MIRA®

Der Preis dieses Bandes versteht sich einschließlich
der gesetzlichen Mehrwertsteuer.

Umwelthinweis:
Dieses Buch wurde auf chlor- und säurefreiem Papier gedruckt.

Sommerträume 6

MIRA®

MIRA® TASCHENBUCH
Band 25296
3. Auflage: Juli 2008

MIRA® TASCHENBÜCHER
erscheinen in der Cora Verlag GmbH & Co. KG,
Valentinskamp 24, 20350 Hamburg
Deutsche Taschenbucherstausgabe (Im Rausch des Sieges)

Titel der nordamerikanischen Originalausgaben:
The Thrill Of Victory/A Secret Splendor

erschienen bei: Silhouette Books, Toronto
Published by arrangement with
HARLEQUIN ENTERPRISES II B.V./S.àr.l.

Konzeption/Reihengestaltung: fredebold&partner gmbh, Köln
Umschlaggestaltung: pecher und soiron, Köln
Titelabbildung: Getty Images, München
Autorenfoto: © Harlequin Enterprise S.A., Schweiz
Satz: Buch-Werkstatt GmbH, Bad Aibling
Druck und Bindearbeiten: CPI – Ebner & Spiegel, Ulm
Printed in Germany
ISBN 978-3-89941-481-3

www.mira-taschenbuch.de

Sandra Brown

Im Rausch des Sieges

Roman

Aus dem Amerikanischen von
Elise Irlesberger

MIRA®

1. KAPITEL

„Ramsey ist stocksauer auf Sie, Mackie." Der junge Praktikant fing den prominenten Sportreporter der *Dallas Tribune* am Fahrstuhl ab und heftete sich an seine Fersen. Völlig ungerührt nahm Judd Mackie die Nachricht zur Kenntnis, beim Chefredakteur in Ungnade gefallen zu sein. Er steuerte zielbewusst den Kaffeeautomaten an, obwohl er ständig über dessen undefinierbares schwarzes Gebräu spottete.

„Mr. Mackie, hören Sie mir überhaupt zu?"

„Klar, Addison. Beruhigen Sie sich." Judd kramte in den Taschen seiner teuren, aber ziemlich zerknitterten Baumwollhose nach Kleingeld.

„Ramsey ist kurz vorm Platzen", meinte Addison mit Grabesstimme.

„Das ist bei ihm ein Dauerzustand." Judd beobachtete, wie sich der Plastikbecher mit dem füllte, was nur entfernt nach Kaffee schmeckte, aber wenigstens den Magen wärmte.

Als er einen heißen Schluck nahm, beschlugen die Gläser seiner Sonnenbrille, die er beim Betreten des Zeitungsgebäudes abzunehmen vergessen hatte. Er steckte sie in die Tasche seiner schicken Leinenjacke, die ebenso mitgenommen aussah wie seine Hose. Alles deutete darauf hin, dass Judd Mackie eine harte Nacht hinter sich hatte. Seine Augenränder waren gerötet, die Lider geschwollen.

„Ich sollte Sie am Lift abpassen und unverzüglich in sein Büro bringen", erklärte Addison.

„Dann muss er ja wirklich vor Wut kochen. Was habe ich denn diesmal verbrochen?", erkundigte sich Judd ohne übermäßiges Interesse. Mike Ramsey war für sein hitziges Temperament bekannt. Seine täglichen Wutanfälle unterschieden sich in ihrer Heftigkeit nur geringfügig.

„Das soll er Ihnen lieber selbst erzählen. Kommen Sie mit?“, fragte der Praktikant mit bekümmerter Miene.

Judd verspürte Mitleid mit ihm. „Na schön. Gehen wir.“

Addison studierte Journalismus und absolvierte bei der *Dallas Tribune* ein Praktikum. An seinem ersten Tag in der Redaktion hatte Judd ihm kameradschaftlich auf die Schulter geklopft und ihn über den Berufsalltag eines Reporters aufgeklärt. „Viele Überstunden, lausige Bezahlung und miserable Arbeitsbedingungen. Außerdem darf jeder Schreiberling froh sein, wenn die Zeitung mit seinem Artikel überhaupt gelesen wird, bevor man sie etwa zum Einwickeln von Gemüse verwendet.“

Addison war trotz der Warnung seines großen Vorbildes immer noch eifrig bei der Sache und arbeitete in der Redaktion als Mädchen für alles. Eingedenk seiner eigenen beruflichen Anfänge brachte Judd es nicht fertig, den Idealismus seines jungen Kollegen zu verspotten. War er selbst zu Beginn seiner Karriere nicht ebenfalls voller Illusionen gewesen?

Mittlerweile hatte er manchen Traum begraben müssen und erinnerte sich an seine einst ehrgeizigen Pläne nur dann, wenn er zu tief ins Glas blickte. Der junge Addison würde noch am eigenen Leib erfahren, wie schnell Hoffnungen sich zerschlugen.

Beide Männer betraten die Redaktion, die jetzt am späten Vormittag einem Bienenkorb glich. Die meisten Reporter gaben ihre Artikel für die Abendausgabe in den Computer ein. Einige telefonierten gleichzeitig, und auf den überquellenden Schreibtischen stapelten sich die noch ungeöffnete Post und die neuesten Telefaxnachrichten. Manche Reporter vertrieben sich rauchend und mit einem Kaffee die Zeit und warteten auf eine Eingebung oder eine Sensation, über die sie berichten konnten.

Judd schlängelte sich mit Addison zwischen den Schreibtischen hindurch, und seine Kollegen riefen ihm einen Gruß zu, ohne dabei die Tätigkeit zu unterbrechen. Judd folgte Addison durch den Flur zum Büro des Chefredakteurs.

„Da sind Sie ja endlich", empfing ihn Ramseys Sekretärin ungeduldig. „Ich war nahe daran, mich persönlich auf die Suche zu begeben. Danke, Addison! Sie können zu Ihrer Arbeit zurückkehren."

Der Praktikant hätte gern den bevorstehenden Zusammenstoß zwischen dem Chefredakteur und dem Starreporter miterlebt. Da er Ramseys resolute Sekretärin jedoch fast ebenso fürchtete wie ihren Chef, verließ Addison stillschweigend den Raum.

„Wo brennt es denn?" Judd warf den leeren Plastikbecher in den nächsten Papierkorb. „Würden Sie mir eine Tasse Ihres vorzüglichen Kaffees servieren?"

Die Sekretärin stemmte gereizt die Hände in die Hüften. „Sehe ich aus wie eine Kellnerin?"

Judd zwinkerte ihr zu. „Sie sehen aus, als wären Sie mindestens eine Million Dollar wert."

Bevor sie entscheiden konnte, ob sie seine Worte als chauvinistische Beleidigung oder als übertriebenes Kompliment werten sollte, schlenderte Judd schon durch die angelehnte Tür in die Höhle des Löwen.

Eine Rauchwolke empfing ihn. Anscheinend hatte Ramsey heute bereits die Hälfte seiner aus vier Zigarettenschachteln bestehenden Tagesration verbraucht, was nichts Gutes verhieß. Im rechten Mundwinkel baumelte eine angezündete Zigarette, eine weitere lag glimmend im Aschenbecher. „Höchste Zeit", meinte er knurrend.

„Wofür?" Judd ließ sich in einen Ledersessel fallen und streckte die langen Beine von sich.

„Diesmal hast du dir einen unverzeihlichen Schnitzer erlaubt, Judd."

Sie wurden von Ramseys Sekretärin unterbrochen, die Judd eine Tasse Kaffee brachte. Er bedankte sich mit einem schmachtenden Blick, der jedoch zu ihrem heimlichen Bedauern nicht das Geringste zu bedeuten hatte.

Sobald die Sekretärin gegangen war, nahm Ramsey einen tiefen Zug aus seiner Zigarette und blies den Rauch in die Luft. „Du hast die Tennissensation des Jahres verpasst."

Vor Überraschung verbrannte sich Judd die Zunge an dem heißen Kaffee. „Tennis!", rief er abfällig. „Wegen eines lausigen Tennisspiels regst du dich so auf? Und ich dachte schon an Schlimmes, etwa, dass die Dallas Cowboys Bankrott angemeldet haben. Was ist geschehen?"

„Stevie Corbett ist in Lobo Blanco mitten im Spiel zusammengebrochen."

Judds Lächeln schwand. Sein berufliches Interesse war geweckt. Über den Rand der Kaffeetasse hinweg blickte er den Chefredakteur fragend an. Ramsey drückte wütend die im Aschenbecher glimmende Zigarette aus.

„Was genau geschah?", erkundigte sich Judd.

„Wie unser Starreporter weiß ich leider nichts Genaueres", entgegnete Ramsey ironisch.

„Dein Sarkasmus ist fehl am Platz. Es kann jedem mal eine wichtige Neuigkeit entgehen. Aber nun zu Miss Corbett. Ist sie etwa über ihren langen blonden Zopf gestolpert ...?"

„Da wenigstens unser Fotograf zur Stelle war, weiß ich zumindest, dass sie einen Schwächeanfall erlitt."

„Sie wurde ohnmächtig ...?"

„Sie brach zusammen und blieb als kleines Häufchen Elend auf dem Tennisplatz liegen."

„Das klingt ja reichlich pathetisch."

Ramseys gerötetes Gesicht färbte sich noch um einige Schattierungen dunkler. „Wärst du dabei gewesen, könntest du mir nun über diesen Vorfall in der nüchternen Sprache des erfahrenen Sportreporters berichten."

„Ich fuhr nicht extra nach Lobo Blanco, weil von vornherein feststand, dass Corbett die junge Italienerin in zwei Sätzen mühelos besiegen würde", verteidigte sich Judd.

„Das hat sie aber nicht getan. Sie musste vorzeitig aufgeben und ist somit aus dem Rennen."

„Nach ihrem Sieg bei den French Open war dieses Turnier für sie doch völlig nebensächlich. Wahrscheinlich hat sie nur aus Lokalpatriotismus daran teilgenommen. Ich wollte mir heute Mittag einige interessante Spiele des Turniers anschauen."

„Nachdem du ausgeschlafen hast", sagte Ramsey spitz. „Wohingegen zahlreiche Leser unseres Blattes die Strapazen des Berufsverkehrs auf sich nahmen, um ihre berühmte Mitbürgerin spielen zu sehen."

„Was wurde als Ursache für Stevie Corbetts Zusammenbruch genannt?"

„Aus einer mehr als dürftigen Pressemitteilung ging das nicht hervor."

„In welches Krankenhaus wurde sie gebracht?" Judd ging in Gedanken die Kontakte durch, die er im Laufe der Jahre zu den verschiedenen Kliniken geknüpft hatte.

„In keines."

„Nein?" Der vermehrte Adrenalinausstoß, den Judd bei der Nachricht von Stevie Corbetts Zusammenbruch verspürt hatte, ebbte langsam ab. Offenbar war die Nachricht doch nicht so spektakulär, wie er anfänglich dachte. Er zwang sich zur Ruhe und trank einen weiteren Schluck Kaffee. „Ich glaube, du bauschst die ganze Sache zu sehr auf, Mike", bemerkte er mit einem anzüglichen Lächeln. „Vielleicht hatte die hübsche Miss Corbett nur eine anstrengende Nacht hinter sich – ähnlich wie ich."

Ramsey schüttelte den Kopf. „Sie musste vom Platz getragen werden. Es handelt sich offenbar um etwas Ernstes." Er musterte Judd mit einem harten Blick. „Du wirst genau herausfinden, was hinter diesem Kollaps steckt, und zwar vor allen anderen. Da er bereits im Radio gemeldet wurde, hinken wir ohnehin schon hinterher. Hast du denn auf der Fahrt hierher keine Nachrichten gehört?“

„Ich hatte mein Radio nicht eingeschaltet“, erwiderte Judd. „Kopfschmerzen“, fügte er lakonisch hinzu.

„Kein Wunder, bei deinem Lebenswandel! Hier.“ Aus seiner obersten Schreibtischschublade zog Ramsey eine Packung Aspirin hervor und reichte sie seinem scharfsinnigsten und sprachgewandtesten Reporter, der ihn zugleich auch die meisten Nerven kostete.

„Nimm drei davon – meinetwegen auch alle. Jedenfalls genug, um wieder klar denken zu können und herauszubekommen, was hinter Stevie Corbetts mysteriösem Schwächeanfall steckt.“ Er fuchtelte mit einer neuen Zigarette in der Luft herum. „Deine Story erwarte ich pünktlich zum Redaktionsschluss.“

Judd warf einen Blick auf seine Armbanduhr. „Ich habe aber gleich noch eine Art Termin.“

„Sag ihn ab!“

Nun, ich kann die Verabredung mit der charmanten Studentin sicher auf den späten Nachmittag verschieben, dachte Judd bei sich. „Alles klar.“

Er stand auf und ging zur Tür, wo er sich noch einmal kurz zu Ramsey umdrehte. „Übrigens, Mike, wenn du dich weiterhin wegen jeder Kleinigkeit aufregst, wirst du früh im Grab enden.“

Mike Ramsey verabschiedete seinen Starreporter mit einem kräftigen Fluch.

„Ach du meine Güte, Sie sind es!“ Stevie Corbett lehnte sich matt gegen die Haustür. Niemand war ihr im Augenblick weniger willkommen als der berüchtigte Sportreporter der *Dallas Tribune*.

Judd fand, dass sie in dem zartgrünen Seidenkimono, der nur knapp die Schenkel bedeckte, einfach hinreißend aussah.

„Ich erwartete jemand anders“, erklärte sie.

„Offensichtlich. Wer ist denn der Glückliche?“, hakte er gleich nach.

„Mein Arzt wollte mir Medikamente vorbeischicken, deshalb hielt ich Sie für den Boten.“

„Und wozu haben Sie einen Spion in Ihrer Tür?“ Judd grinste süffisant.

„Daran hatte ich im Moment nicht gedacht.“

„Ihre Gedanken sind wohl mit Wichtigerem beschäftigt?“

Stevie blickte über Judds breite Schulter, in der Hoffnung, dort den Wagen des Botendienstes zu entdecken. „Ja.“

„Beispielsweise damit, dass Sie sich gerade in Lobo Blanco zum Gespött Ihrer Zuschauer gemacht haben.“

Mit zornig funkelnden Augen blickte sie ihn an. „Wie üblich werfen Sie mit Beleidigungen um sich, die zudem nicht der Wahrheit entsprechen.“

„Meinen Informationen zufolge sind sie wahr.“

„Sie waren nicht selbst dabei?“ Stevie verzog das Gesicht zu einer Grimasse. „Welches Pech für Sie, dass Sie meine Demütigung nicht persönlich miterleben konnten“, meinte sie in gespieltem Bedauern.

Judd grinste nur, wobei sich die kleinen Fältchen um seine Augen vertieften. „Falls Sie eine starke Schulter zum Ausweinen benötigen, stehe ich gern zur Verfügung. Bitten Sie mich doch herein und schütten mir Ihr Herz aus.“

„Ach, scheren Sie sich zum Teufel.“ Trotz der barschen Worte grinste Stevie ihn an. „Alle weiteren Details über meinen schmachvollen Abgang vom Platz können Sie in der Spalte Ihrer Konkurrenten nachlesen.“

„Ich habe keine Konkurrenten."

„Und an Bescheidenheit, Skrupeln, Talent und Geschmack mangelt es Ihnen ebenfalls."

Judd kommentierte ihren Ausbruch mit einem lang gezogenen Pfiff. „Ihr Temperament scheint unter dem Sturz zum Glück nicht gelitten zu haben. Womöglich aber Ihr Sinn für Freundlichkeit."

„Ich sehe nicht ein, warum ich zu einem Reporter freundlich sein soll, der mich in seiner Kolumne ständig mit sarkastischen Bemerkungen verhöhnt."

„Meine Leser erwarten Reportagen mit Biss und Ironie", entgegnete Judd sanft. „Und mein Witz ist mein Markenzeichen, wie Ihres dieser lange blonde Zopf ist." Er ließ das geflochtene Haar durch seine Finger gleiten und streifte dabei unabsichtlich ihre Brust.

Stevie schlug seine Hand weg und warf ihren dicken Zopf über die Schulter nach hinten. „Woher wissen Sie eigentlich meine genaue Adresse?"

„Ich habe da so meine Quellen."

„Mr. Mackie, ich fühle mich nicht wohl und habe keine Lust, mich mit Ihnen weiter herumzustreiten. Hätte ich gewusst, wer vor meiner Tür steht, hätte ich erst gar nicht geöffnet. Bitte, gehen Sie jetzt."

„Noch eine Frage."

„Nein."

„Weshalb wurden Sie ohnmächtig?"

„Guten Tag."

Stevie schlug Judd Mackie die Tür vor der Nase zu und hätte beinahe seine Jacke eingeklemmt. Erschöpft legte sie die Stirn an die Tür. Wieso musste ausgerechnet er heute bei ihr aufkreuzen? Er, der in seiner gestrigen Kolumne ihre Teilnahme am Turnier in Lobo Blanco mit einem beißenden Kommentar glossiert hatte.

„Man darf gespannt sein, in welchem Aufzug sich die modebewusste Miss Corbett, Gewinnerin der diesjährigen French Open, vor heimischem Publikum präsentieren wird“, hatte er gelästert. „Wenn doch ihre Rückhand den gleichen Schwung besäße wie ihre niedlichen kurzen Röckchen.“

Seit sie bis an die Spitze der weltbesten Tennisspielerinnen vorgerückt war, verfolgte sie dieser Mann mit bissigen Kommentaren. In schöner Regelmäßigkeit bescheinigte er ihr bei jedem Sieg eine ungewöhnliche Glückssträhne. Verlor sie aber ein Match, ließ er sich unbarmherzig über ihre Fehler und Schwächen aus.

Dass seine vernichtenden Kritiken oft auch ein Körnchen Wahrheit enthielten, empfand Stevie meist als besonders schmerzlich. Andererseits rätselte sie seit Jahren, warum Judd Mackies Urteil über sie stets so gnadenlos ausfiel. Noch nie hatte er sich zu einer freundlichen Äußerung hinsichtlich ihrer Person hinreißen lassen.

In letzter Zeit allerdings hatte Stevie ihm wenig Gelegenheit gegeben, seine spitze Feder an ihr zu wetzen, denn sie hatte mehrere Turniere hintereinander gewonnen. Zuletzt die French Open, was sie zu einer hoffnungsvollen Anwärterin für den Sieg des diesjährigen Grand Slam machte. Und die nächste Station war Wimbledon.

Wimbledon. Während dieses magische Wort sonst erwartungsvolle Erregung in ihr auslöste, beschlich sie jetzt eine düstere Vorahnung. Judd Mackie zählte momentan wahrlich zu ihren geringsten Problemen.

Unwillkürlich legte sie die Hand auf den Bauch und ging in Richtung Küche, um sich Tee aufzubrühen. Vielleicht fühlte sie sich ein bisschen besser, wenn sie etwas Warmes im Magen hatte.

Kaum hatte sie den Wasserkessel aufgesetzt, klingelte es erneut an der Tür. Judd Mackies Rat beherzigend, spähte sie diesmal erst durch den Spion, sah aber nichts als das leicht schwankende Etikett eines Arzneiröhrchens. Sie öffnete.

Judd Mackie lehnte lässig am Türrahmen und schwenkte ein braunes Tablettenröhrchen in Höhe des Spions hin und her.

„Wie haben Sie das geschafft?“ In Stevies Ausruf mischte sich Empörung mit Überraschung.

„Mit einer Fünfdollarnote und dem Versprechen, Ihnen die Tabletten persönlich auszuhändigen. Anscheinend spielte ich die Rolle des besorgten Bruders recht überzeugend.“

„Der Bote ist tatsächlich darauf hereingefallen?“

„Keine Ahnung. Jedenfalls nahm er das Geld und eilte davon. Ein kluger Bursche. Wäre es jetzt nicht angebracht, mich hereinzubitten?“

Stevie seufzte resigniert und trat beiseite. Nachdem sie die Tür geschlossen hatte, musterten sie und Judd sich einige Augenblicke lang stumm. Obgleich sie sich in den vergangenen Jahren unzählige Male öffentlich einen verbalen Schlagabtausch geliefert hatten, standen sie sich jetzt erstmals allein gegenüber.

Nur einmal, vor mehr als zehn Jahren, hatten sie sich in einer ähnlichen Situation befunden, doch ganz ungestört waren sie auch damals nicht gewesen. Stevie bezweifelte, dass Judd noch an jenen Abend in Stockholm dachte.

Jäh fiel ihr auf, wie groß er doch war. Normalerweise begegnete er ihr bei gesellschaftlichen und sportlichen Anlässen. Dort begrüßte er sie meist von fern mit einer übertriebenen Verbeugung. Eine Geste, die Stevie jedes Mal nervte.

Tatsächlich überragte er sie fast um einen Kopf. Als er nun die Sonnenbrille abnahm, entsann sie sich wieder, wie faszinierend sie damals in Stockholm seine Augen gefunden hatte – bernsteinfarben, mit einem gelblichen Schimmer und einer dunkelbraun umrandeten Iris. Die Augen eines Raubtiers.

Stevie streckte eine Hand nach dem Tablettenröhrchen aus, doch Judd hob es über seinen kastanienbraunen Haarschopf. „Mr. Mackie."

„Miss Corbett."

Aus der Küche ertönte das Pfeifen des Wasserkessels, und Stevie eilte davon.

Judd folgte ihr und sah sich interessiert um. „Hübsch haben Sie es hier."

„Für einen Schreiberling ist das eine ziemlich abgedroschene Phrase", antwortete sie und goss kochendes Wasser in eine Tasse mit einem Teebeutel. „Möchten Sie auch einen Kräutertee mit Honig?"

Judd zog eine Grimasse. „Wie wäre es mit einer Bloody Mary?"

„Solches Zeug habe ich nicht."

„Cola?"

„Diätcola."

„Gut. Danke."

Stevie gab einen Löffel Honig in den Tee, rührte um und trank vorsichtig einige kleine Schlucke, bevor sie eine Dose Cola aus dem Kühlschrank holte und Judd reichte.

„Haben Sie Bauchweh?", wollte er wissen.

„Nein, wieso?"

„Wenn ich als Kind Bauchweh hatte, gab mir meine Mutter Kräutertee."

„Sie haben eine Mutter?"

„Die Bemerkung war so knallhart wie Ihr Aufschlag." Er zog die Brauen hoch. „Lesen Sie eigentlich meine Artikel?" Er trank einen Schluck und setzte sich ihr gegenüber an die Frühstückstheke.

Statt einer Antwort streckte Stevie die Hand aus. „Dürfte ich jetzt wohl meine Tabletten haben?"

Er warf einen Blick auf das Etikett. „Schmerztabletten."

„Richtig."

„Zahnschmerzen …?"

Sie entblößte mit verächtlichem Blick ihr makelloses Gebiss. „Die Tabletten bitte!"

„Muskelzerrung? Tennisarm? Spannungsriss?"

„Nein. Hören Sie auf, den Hansdampf zu spielen!"

Er zuckte die Schultern und ließ das Röhrchen über den Tisch rollen.

„Danke."

„Bitte sehr. Sie sehen aus, als würden Sie das Zeug dringend benötigen. Ihr Mund wirkt leicht verkrampft." Sanft berührte er mit dem Zeigefinger erst ihren rechten und dann ihren linken Mundwinkel.

Mit einem Ruck fuhr Stevie zurück, schob sich zwei Tabletten in den Mund und spülte sie rasch mit Tee hinunter. Ohne Judd eines weiteren Blickes zu würdigen, nahm sie schweigend weitere Schlucke Tee. Sie spürte, wie er sie ungeniert musterte.

„Was wollen Sie, Mr. Mackie?", fragte sie schließlich gereizt.

„Ich bin beruflich hier."

„Warum nicht in Lobo Blanco, wo das Turnier weiterläuft?"

„Weil ich Ihre Geschichte interessanter finde." Judd stützte sich mit beiden Ellbogen auf die Tischplatte und legte den Kopf auf die gefalteten Hände. „Bitte – warum sind Sie mitten im Spiel zusammengebrochen? Da es nicht besonders heiß war, kann es schwerlich an der Hitze gelegen haben."

„Nein. Es war ideales Tenniswetter."

„Waren Sie zu spät ins Bett gekommen?"

„Während eines Turniers feiere ich nachts keine Orgien", meinte sie mit einem bedeutungsvollen Blick auf die dunklen Ringe unter seinen Augen.

„Vielleicht würde Ihnen das hin und wieder guttun."

„Sie sind unverbesserlich, Mr. Mackie."

„Das sagt man mir dauernd."

„Hören Sie, ich bin todmüde, und auch laut Anweisung meines Arztes soll ich mich nach Einnahme der Tabletten hinlegen."

Judd musterte Stevie eingehend. In seinem Blick lag Bewunderung. „Sie sehen eigentlich gesund aus. Ganz klare Augen ..."

„Was man von Ihnen nicht unbedingt behaupten kann", entgegnete sie schnippisch.

Er überhörte dies geflissentlich. „Sollten Sie von etwas abhängig sein, dann höchstens von cholesterinarmer Kraftnahrung", behauptete er spöttisch. „Haben Sie versehentlich zu viel Magerquark gegessen?"

„Bitte, gehen Sie endlich", bat Stevie, die sich zusehends elender fühlte und gegen das dringende Bedürfnis ankämpfte, sich jemandem anzuvertrauen. Nahe daran, ihre mühsam aufrechterhaltene Beherrschung zu verlieren, befürchtete sie, sich in ihrer Not letztendlich sogar Judd Mackie zu offenbaren, weil momentan nur er zugegen war. Das durfte auf keinen Fall geschehen!

„Dann bleibt nur noch eine Möglichkeit", rätselte er weiter.

„Welche?" Trotz ihres Kummers war sie neugierig auf seine Einschätzung.

„Sie wollten die Öffentlichkeit auf sich aufmerksam machen."

Stevie verdrehte die Augen. „Als ob ich das nötig hätte."

„Nun ja", räumte Judd widerwillig ein. „Eigentlich sind Sie schon bekannt genug, werben für verschiedene Produkte, und man kann keine Zeitung aufschlagen, ohne auf Ihr Konterfei zu stoßen." Er blickte sie abschätzend an. „Möglicherweise wollten Sie das Match vorzeitig beenden und haben deshalb eine Ohnmacht vorgetäuscht."

„Welchen Grund hätte ich dafür haben sollen?" Der Mann

hat wirklich eine blühende Fantasie, dachte Stevie gereizt.

„Diese Italienerin spielt ziemlich gut ..."

„Aber ich bin besser", erklärte Stevie selbstbewusst.

„Das stimmt. Doch Sie werden nicht jünger. Wenn ich mich nicht irre, sind Sie bereits einunddreißig."

Damit hatte er Stevies wunden Punkt getroffen. „Ich war noch nie so erfolgreich wie in diesem Jahr", protestierte sie erbost. „Und gelte sogar als aussichtsreichste Kandidatin für den Gewinn des Grand Slam."

„Dazu müssen Sie erst einmal in Wimbledon siegen."

„Letztes Jahr habe ich dort gewonnen."

„Aber diesmal sitzt Ihnen die Konkurrenz im Nacken. Es gibt einige talentierte Nachwuchsspielerinnen, die Ihnen an Durchhaltevermögen überlegen sind."

„Ich bin bekannt für meine Zähigkeit."

„Ja, so wie für Ihren kecken Zopf. Doch Sie sind keine Athletin."

„Ich trainiere so hart wie unsere Fußballstars."

„Aber Sie sehen nicht so aus", beharrte Judd. „Allein vom Körperbau her sind Sie viel zu zart für das harte Profitennis."

Wütend wollte Stevie ihm widersprechen. Dann bemerkte sie, wie sein Blick auf ihrer Brust ruhte. Sie sah an sich herab und stellte entsetzt fest, dass ihr Kimono sich verschoben hatte und den Ansatz ihrer Brüste freigab. Hastig raffte sie mit einer Hand die beiden Enden des Ausschnitts zusammen und stand auf. „Verschwinden Sie jetzt endlich, Mr. Mackie. Ich hätte Sie schon längst hinauswerfen sollen."

Ohne auf ihre Äußerung einzugehen, setzte Judd seine Mutmaßungen fort. „Wahrscheinlich haben Sie zuletzt einfach nur die Nerven verloren."

Obwohl Stevie vor Zorn kochte, schwieg sie. Sie fand Judds Vermutung einfach zu absurd, um sie einer Antwort zu würdigen. Mit undurchdringlicher Miene wartete sie, womit er diese groteske Unterstellung begründen würde.

„Tief in Ihrem Inneren war Ihnen lange klar, dass ein Sportchampion härter drauf sein muss“, versuchte er sie herauszufordern. „Sie sind nur eine Eintagsfliege.“

„Kaum, Mr. Mackie. Ich bin seit zwölf Jahren Profi.“

„Aber erst vor fünf Jahren fielen Sie durch besondere Leistungen auf.“

„Dann bin ich eben eine Ausnahme. Statt nachzulassen, steigere ich mich mit zunehmendem Alter.“

„Der Vorfall lässt eher das Gegenteil vermuten.“

„Mein Alter hat nichts mit …“

Gleich habe ich dich so weit, dachte Judd zufrieden und sprang auf. „Nun sprechen Sie es schon aus, Stevie. Warum sind Sie zusammengebrochen?“

„Das geht Sie nichts an!“

„Doch nur ein Wadenkrampf …?“

„Nein!“ Wieso nur lasse ich mich von diesem Kerl in die Enge treiben, dachte Stevie so hilflos wie erbost.

Judd legte den Kopf auf die Seite und ließ seinen Blick über ihren Körper schweifen, um sich zu vergewissern, dass ihm zuvor nichts entgangen war. „Da Sie so beharrlich schweigen, muss es sich um etwas ganz Besonderes handeln. Sozusagen um ein süßes Geheimnis“, meinte er lächelnd. „Erwarten Sie ein Baby?“

Ungläubig starrte Stevie ihn an. „Sie sind total verrückt.“

„Und Sie sind schwanger“, folgerte er. „Von wem? Etwa von diesem extravaganten skandinavischen Designer, der für Sie Tennisschuhe entworfen hat?“

„Ich bin nicht schwanger.“

„Oder ist vielleicht dieser Polospieler von den Bermudas der glückliche Vater?“

„Er stammt aus Brasilien. Das sollten Sie als Reporter wissen. Und halten Sie jetzt endlich den Mund.“

„Dann wissen Sie vielleicht nicht, wer der Vater ist?“

„Hören Sie auf, sagte ich. Es gibt kein Baby!“, schrie Stevie und presste ihre Hände gegen den Bauch. „Es gibt kein Baby“, wiederholte sie mit leiser, tränenerstickter Stimme.

Über ihre blassen Wangen rollten plötzlich Tränen. „Und wie es momentan aussieht, werde ich auch nie eines bekommen, weil ich nach der Operation für immer unfruchtbar sein werde.“

2. KAPITEL

Stevies Ausbruch traf Judd völlig unvorbereitet. Er holte tief Luft, was bei ihm höchst selten vorkam. Normalerweise nahm er jede Nachricht mit unerschütterlichem Gleichmut hin. Diesmal jedoch brachte er es nicht fertig, sich einfach nur aus dem Staub zu machen.

Stevie wandte ihm den Rücken zu. Ihr langer blonder Zopf schien ihren Kopf wie eine schwere Bürde zu belasten. Kam es daher, dass sie plötzlich so klein und hilflos wirkte?

Sie hatte völlig die Kontrolle über sich verloren und schluchzte herzzerreißend. Der Anblick ihrer zuckenden Schultern berührte Judd aus einem ihm unerfindlichen Grund zutiefst und erweckte in ihm den Wunsch, sie zu trösten.

Wie unter Zwang legte er seine Hände auf ihre Schultern und drehte sie zu sich herum. „Schon gut", murmelte er. Ohne ihren Widerstand zu beachten, zog er sie an sich und legte beide Arme um sie. „Es tut mir leid. Hätte ich gewusst, wie ernst die Sache ist, hätte ich Ihnen nicht so zugesetzt."

Judd bezweifelte, dass Stevie ihm das glaubte. Denn es gehörte nicht zu seinen Gepflogenheiten, sich bei anderen zu entschuldigen.

Außerdem waren ihm bisher weinende Frauen stets ein Gräuel gewesen. Als sich Stevie nun aber Hilfe suchend an ihn klammerte, lag ihm jeder Gedanke an Flucht fern. Vielmehr drückte er sie noch fester an sich und legte seine Wange auf ihr weiches Haar.

Bei einer Frau den uneigennützigen Seelentröster zu spielen, das war für Judd Mackie eine ganz neue Erfahrung. Gewöhnlich begnügte er sich nicht damit, eine Frau freundschaftlich im Arm zu halten. Zumal dann nicht, wenn sie lediglich einen dünnen Seidenkimono trug, der ihre wohlgeformten langen Beine nur knapp bis zu den Oberschenkeln bedeckte.

Doch diesmal war es anders. Warum, konnte er sich nicht erklären. Er spürte nur instinktiv, dass diese Umarmung anders war als alles, was er je erlebt hatte.

Judd war keineswegs blind für Stevies körperliche Reize. Insgeheim bewunderte er sogar ihre samtige Haut und ihre zierliche Gestalt. Trotzdem unterdrückte er jede sexuelle Empfindung. Stevies momentanes Bedürfnis nach menschlicher Nähe wollte er nicht schamlos ausnutzen. Wahrscheinlich beruhte sein jäh erwachter Beschützerinstinkt auf einem schlechten Gewissen, denn zweifellos hatte er durch seine bohrende Fragerei unabsichtlich ihren Weinkrampf verursacht. Und im Gegensatz zu den anderen Frauen, die er im Laufe der Jahre zu Tränenausbrüchen getrieben hatte, hatte Stevie Corbett gute Gründe zum Weinen.

Langsam ebbte ihr heftiges Schluchzen ab. Durch den dünnen Stoff seines Hemdes spürte Judd, dass sie allmählich ruhiger atmete. „Sie sollten doch längst im Bett liegen", erinnerte er sanft.

Nickend befreite Stevie sich aus seiner Umarmung und trocknete mit den Fingern ihre noch immer tränenden Augen.

Meine für nachher geplante Verabredung kann ich wohl abschreiben, schoss es Judd durch den Kopf. Gleich darauf schob er, ohne zu überlegen, einen Arm unter Stevies Knie und hob sie hoch. Sie ahnte nicht, dass er über seine spontane Handlungsweise mindestens ebenso verwirrt war wie sie.

„Das ist nicht nötig, Mr. Mackie. Ich kann selbst gehen."

„Wohin?"

Einen Augenblick lang zögerte sie, dann wies sie ihm mit dem Arm die Richtung.

Judd spürte ihre festen Muskeln, als sich Stevie bewegte, und fand diesen durchtrainierten und trotzdem so weichen Frauenkörper ungemein erregend. Sie war leicht wie eine Feder, und er hätte sie stundenlang tragen können, ohne ins Schwitzen zu geraten. Eine irrige Annahme, wie sich bald herausstellte, denn Judd wurde es plötzlich ziemlich heiß, was jedoch weniger an Stevies Gewicht, sondern hauptsächlich an ihren weiblichen Formen lag.

Mit dem Knie stieß er die Tür zum Schlafzimmer auf. Überrascht blickte er sich in dem großen und hellen Raum um, der mit Grünpflanzen aller Art vollgepfropft war und ihn an einen Dschungel erinnerte. „Der ideale Drehort für Tarzanfilme", scherzte er.

„Wegen meiner Reisen halte ich mir statt Haustieren lieber Pflanzen. Sie sind während meiner Abwesenheit leichter zu versorgen als ein Hund oder eine Katze."

Judd setzte Stevie auf dem Bett ab. „Hinlegen", befahl er.

„Das ist wohl Ihr Lieblingsspruch im Schlafzimmer", meinte Stevie ironisch.

„Zum Scherzen ist jetzt keine Zeit", erwiderte er streng. „Legen Sie sich hin!"

Gehorsam ließ sich Stevie in die Kissen zurücksinken. Ihrer Miene konnte Judd entnehmen, dass es ihr guttat, sich auszuruhen, obwohl sie das bestimmt nie zugegeben hätte. Fürsorglich breitete er die aufgeschlagene Steppdecke über sie. Dann setzte er sich auf den Bettrand. „Und jetzt erzählen Sie mir etwas über diese Operation."

„Ihnen erzähle ich überhaupt nichts, Mr. Mackie."

„Ich heiße Judd."

„Ich weiß. Ihr Name prangt ja groß und deutlich über jedem Ihrer Artikel."

„Vergessen Sie für einen Augenblick meinen Beruf?"

„Können Sie ihn denn vergessen?"

„Ja."

In dem darauf folgenden Schweigen beobachtete Judd, wie sich Stevies braune Augen, deren Farbe ihn an alten Scotch erinnerte, erneut mit Tränen füllten. „Stevie", begann er sanft. „Was Sie mir jetzt anvertrauen, verwerte ich nicht beruflich. Ehrenwort! Sie müssen sich doch wohl unbedingt einmal aussprechen."

„Ja, schon, aber nicht …" Sie schniefte. Judd zog ein Papiertaschentuch aus der auf dem Nachttisch liegenden Packung, entfaltete es und hielt es ihr an die Nase.

„Schnäuzen Sie."

Stevie gehorchte. Judd putzte ihr die Nase und warf das Taschentuch in den Papierkorb. Dann tupfte er mit einem frischen Tuch ihre feuchten Wangen ab. „Sie brauchen jemanden, der Ihnen zuhört."

„Das weiß ich, aber es fällt mir schwer, ausgerechnet Ihnen Vertrauen zu schenken."

„Für mich ist die Situation so ungewohnt wie für Sie. Das dürfen Sie mir glauben", entgegnete er trocken. „Also, was genau fehlt Ihnen, und seit wann wissen Sie, dass Sie sich einer Operation unterziehen müssen?"

„Seit heute Morgen. Man hat bei mir eine Geschwulst entdeckt."

„Und das haben Sie wohl ausgerechnet kurz vor dem letzten Match erfahren?"

Stevie nickte.

„Wie kam es dazu?"

Stevie runzelte die Stirn. „Ich hatte mich untersuchen lassen und darum gebeten, mir den Befund, sobald er bekannt ist, mitzuteilen."

Ihr Blick schweifte zum Fenster und blieb an einem Topf mit weißen Hibiskusblüten hängen. „Vermutlich rechnete ich nicht wirklich mit dem Schlimmsten, obwohl ich mir selbstverständlich einredete, auf alles gefasst zu sein." Sie sah Judd an. „Sie hatten übrigens recht. Mir sind bei dem Spiel die Nerven durchgegangen."

„Kein Wunder." Judd rieb die Handflächen aneinander und studierte dann eingehend seine langen sehnigen Finger und ihre schlanken, aber kräftigen Handgelenke. „Befindet sich diese Geschwulst … äh …"

„An meinen Eierstöcken", bekannte Stevie und vermied es, ihn weiter anzusehen. „Ich habe schon seit einiger Zeit dort Schmerzen."

Judd räusperte sich verlegen und kam sich auf einmal wie ein pubertärer Halbwüchsiger vor. Ausgerechnet er, der sich bisher für einen erfahrenen Frauenkenner gehalten hatte, musste sich beschämt eingestehen, dass er tatsächlich recht wenig über Frauen und ihren Körper wusste. Hatte er sich nicht stets mit oberflächlichen Beziehungen begnügt, die hauptsächlich auf gegenseitiger sexueller Anziehungskraft beruhten?

Erst in diesem Augenblick ging ihm auf, dass der weibliche Körper nicht nur ein Lustobjekt war. Was mochte es für eine junge Frau bedeuten, sich einem so folgenreichen Eingriff zu unterziehen und sich mit Kinderlosigkeit abfinden zu müssen?

„Ich komme um eine Operation nicht herum", fuhr Stevie nach einer Weile leise fort. „Vorausgesetzt, es war ein bösartiger Tumor."

Beide wussten, was Letzteres bedeutete, und blickten einander stumm an.

„Wenn die Geschwulst gutartig ist, könnte die Operation noch etwas hinausgezögert werden", setzte Stevie schließlich hinzu.

Judd sprang auf und ging neben ihrem Bett auf und ab. Dann blieb er abrupt stehen. „Was wollen Sie jetzt tun?"

„Ich kann und will nicht einfach alles stehen und liegen lassen", erklärte sie. „In einem Monat beginnt Wimbledon."

„Das Turnier in Wimbledon läuft nicht davon. Es findet jedes Jahr statt."

„Wie Sie vorhin so charmant anmerkten, werde ich nicht jünger, Mr. Mackie. Momentan spiele ich besser denn je. Und es fragt sich, wie lange noch. Wäre ich zehn Jahre jünger, könnte ich auf ein Comeback nach der Operation hoffen. Doch in meinem Alter ..."

Judd dachte schon weiter. „Sollte die Geschwulst sich als bösartig herausstellen, was dann ...?"

„Da könnte sich die Verschiebung der Operation natürlich als fatal erweisen", gab sie zu.

„Wozu rät Ihnen Ihr Arzt?"

„Er drängt auf eine sofortige Operation, meint aber, zwei oder drei Wochen Verzögerung würden keinen großen Unterschied machen."

„Was sagt Ihr Manager?"

„Er überlässt mir die Entscheidung, besteht allerdings darauf, dass ich mich innerhalb der nächsten zwei Wochen entscheide, ob ich in Wimbledon antreten will."

„Ihn interessiert natürlich hauptsächlich das Geschäftliche", bemerkte Judd abfällig. „Wie denken Ihre Eltern?"

„Sie leben nicht mehr."

„Und was sagt Ihr Freund dazu?"

„Es gibt niemanden, den ich um Rat fragen könnte." Stevie hob den Kopf und schaute zu ihm auf. „Auch nicht den extravaganten skandinavischen Designer, der, nebenbei bemerkt, an die sechzig und mehrfacher Großvater ist."

„Aber der brasilianische Polospieler ...?"

„Ihn verabscheue ich. Wer immer sich unsere angebliche Affäre aus den Fingern sog, ist einer von den widerlichen Sensationsjournalisten. Die kennen Sie ja."

Judd ignorierte den Seitenhieb. „Dann kann Ihnen also tatsächlich niemand mit Rat und Tat zur Seite stehen."

„Das wird sich rasch ändern, sobald Sie die Nachricht über meine Krankheit per Schlagzeile in Ihrer Zeitung verkünden."

„Ich habe Ihnen doch versprochen, die Angelegenheit nicht beruflich auszuschlachten."

„Sie meinen, das kann ich Ihnen glauben?", spottete Stevie.

„Erst wenn Sie in der Klinik sind und die Sache nicht länger geheim halten können, werde ich darüber berichten." Judd, der sonst reichlich hart gesotten war, fühlte sich durch ihr Misstrauen seltsamerweise gekränkt.

„Wann ich mich operieren lasse, ist aber noch nicht abzusehen."

„Wenn Sie vernünftig sind, bringen Sie den Eingriff möglichst bald hinter sich", beschwor Judd sie. „Es geht hier nicht um Ihre Karriere. Es geht um Ihr Leben."

„Tennis ist mein Leben."

„Jetzt sind Sie diejenige, die mit abgedroschenen Phrasen um sich wirft!"

Abrupt setzte Stevie sich auf, wobei ihr die Decke bis zu den Hüften hinunterrutschte. „Sie sind wohl außerstande, nachzuempfinden, wie schwer mir die Entscheidung fällt!"

„Schwer, sich zwischen Leben und Tod zu entscheiden …?"

Stevie holte tief Luft. „Wieso trauen ausgerechnet Sie sich zu, meine Lage angemessen zu beurteilen, Mr. Mackie? Sie mussten noch nie Ihren Lebenstraum begraben, weil Sie noch nie einen hatten. Eine Frau im Bett und ein doppelter Whisky in Reichweite ist doch alles, was Sie sich vom Leben ersehnen."

Judd spürte, wie er wütend wurde, denn Stevie hatte den Nagel auf den Kopf getroffen. Er selbst hätte nicht zutreffender das Privatleben beschreiben können, das er seit Jahren führte, was seine Erbitterung über ihre Worte noch verstärkte.

Stevie blickte ihn hämisch an. „Würden Sie nun, da Sie Ihre Sensationsstory bekommen haben, mich bitte allein lassen, Mr. Mackie? Ich möchte in Ruhe nachdenken."

„Bin schon weg", sagte er nur, da er ihren richtigen Beobachtungen nichts entgegenzusetzen hatte.

„Ja, ich fühle mich jetzt wesentlich besser", versicherte Stevie Stunden später ihrem Arzt am Telefon. „Die Tabletten hatten eine beruhigende Wirkung, und ich schlief schon bald ein."

Leider hatte Judd Mackies markantes Gesicht sie bis in ihre Träume verfolgt, vor allem seine mokanten Blicke. Dazu wusste er auf alles gleich eine Antwort – kein Wunder, dass sie diesen Mann nicht ausstehen konnte.

„Die Ohnmacht ist allein auf den Schock zurückzuführen, den mir das Untersuchungsergebnis versetzt hat", versicherte Stevie ihrem Arzt.

Ohne auf den Kollaps weiter einzugehen, drängte er sie nun, mit ihm einen baldigen Operationstermin festzulegen.

„Sie sagten selbst, zwei bis drei Wochen mehr oder weniger würden keinen Unterschied machen", wandte Stevie ein. „Ich kann meine Entscheidung nicht von einer Minute auf die andere fällen."

Der Arzt beschwor sie, nicht länger zu warten, da sich erst bei der Operation herausstellen würde, wie gefährlich der Tumor wirklich war.

Stevie versprach, sich nochmals alles durch den Kopf gehen zu lassen, und legte den Hörer auf. Sie sprang aus dem Bett und ging barfuß ins Wohnzimmer, um den Fernseher einzuschalten. Gerade hatte die allabendliche Sportschau begonnen, und nach dem ersten Überblick zeigte man Bilder aus Lobo Blanco. Stevie schnitt eine Grimasse, als sie sich reglos auf dem Tennisplatz liegen sah. Wahrlich kein schöner Anblick!

Während sie auf dem Bildschirm beobachtete, wie Trainer, Linienrichter und andere Offizielle aufgeregt ihre am Boden ausgestreckte Gestalt umringten, war sie noch im Nachhinein froh über ihre Bewusstlosigkeit. Dadurch hatte sie von dem ganzen Wirbel um sie herum nichts mitbekommen.

Erinnern konnte sie sich nur noch an den Beginn des Matches, als sie sich bangen Herzens gefragt hatte, ob das wohl ihr letztes Turnier sein würde. Später hatte sie jeden weiteren Gedanken an ihre Krankheit unterdrückt und wie ein Roboter funktioniert. Dank ihrer Disziplin war es ihr sogar gelungen, im ersten Satz mit zwei Punkten in Führung zu gehen, bis es ihr jäh schwarz vor den Augen wurde.

„Es gibt bisher nur Spekulationen über die Ursache von Miss Corbetts Schwächeanfall", verkündete gerade der Moderator. „Einer Verlautbarung ihres Managers zufolge handelt es sich jedoch um keine ernsthafte Erkrankung. Und nun schalten wir direkt ins Stadion der Rangers, wo ..."

„Keine ernsthafte Erkrankung", murmelte Stevie grimmig und schaltete den Fernseher ab. Nur ein kleiner Tumor, der wahrscheinlich das Ende meiner Karriere bedeutet und mich zur Kinderlosigkeit verdammt, dachte sie bitter.

Da es Zeit fürs Abendessen war, ging sie in die Küche, obwohl sie keinen Hunger hatte. Auf dem Tisch entdeckte sie Judd Mackies leere Colabüchse und warf sie grollend in den Abfalleimer.

Ihre Gedanken beschäftigten sich unablässig mit Judd. Vielleicht deshalb, weil er sich ihr gegenüber unerwartet anständig benommen hatte? Oder wegen seines Versprechens, über ihre Krankheit Stillschweigen zu bewahren? Sollte sie sich für sein faires Verhalten revanchieren und ihn als Ersten informieren, sobald sie sich zu einer Operation durchgerungen hatte?

Trotz Judd Mackies boshafter Bemerkung über cholesterinarme Kraftnahrung holte Stevie Magerquark aus dem Kühlschrank und vermengte ihn mit frischen Erdbeeren. Lustlos aß sie ihr frugales Mahl und zog sich hinterher wieder ins Schlafzimmer zurück. Beim Entflechten ihres dicken blonden Zopfes musste sie erneut an Judd denken. Daran, wie er sie in seinen Armen gehalten und seine Wange an ihr Haar geschmiegt hatte. Später hatte er sie hochgehoben und damit in ihrem Bauch ein verwirrendes Prickeln ausgelöst, das ihren ganzen Körper erfasste, als sie seine muskulösen Arme unter ihren nackten Schenkeln spürte und mit dem Kopf seine breite Brust streifte.

Wider Willen beeindruckte sie das selbstsichere Auftreten des Reporters und seine betont lässige Art, die sich unter anderem auch in seiner Kleidung ausdrückte. Bestimmt trug er das Haar nicht aus weltanschaulichen Gründen eine Idee zu lang. Wahrscheinlich war er einfach zu faul, regelmäßig einen Friseur aufzusuchen. Dass Judd Mackie nicht wie ein Schönling aussah, sondern eher wie ein Raubein, etwa Humphrey Bogart, machte seinen speziellen Charme aus. Er war das Gegenteil eines flotten Schickis – und gerade deshalb ungemein sexy. Sein zur Schau getragener Zynismus und seine schnodderige Ausdrucksweise verstärkten diese Anziehungskraft noch, wie sich Stevie nur ungern eingestand. Gleichzeitig bedauerte sie jede Frau, die töricht genug war, sich in einen Mann wie ihn zu verlieben.

Reichlich naiv von dir, dich von ihm herausfordern zu lassen, schalt sie sich insgeheim, während sie mit kräftigen Strichen ihre wilde Mähne bürstete. Wieso hatte sie es überhaupt für nötig befunden, sich vor Judd zu rechtfertigen? Warum hatte sie sich eingebildet, ausgerechnet Judd Mackie, der allem Anschein nach keine hohen Ansprüche an das Leben stellte, könnte ihr Dilemma verstehen? Sein einziger Ehrgeiz bestand darin, sich als Casanova hervorzutun, und man musste ihm sicher zugestehen, dass er von Frauen einiges verstand.

Stevie legte die Haarbürste aus der Hand und schlüpfte ins Bett. Nachdem sie die Nachttischlampe ausgeschaltet hatte, ließ sie sich in die weichen Kissen sinken. Ohne es zu wollen, durchlebte sie nochmals die Szenen von heute Nachmittag, als sie Judd nahegekommen war. Hoffentlich hatte er nicht gemerkt, wie diese Situation sie trotz ihres vermeintlich beherzten Auftretens verwirrt hatte.

3. KAPITEL

„Hallo“, murmelte Judd schlaftrunken ins Telefon. „Wer um diese Zeit anruft, muss dafür einen guten Grund haben“, meinte er nach einem Blick auf den Wecker.

„Den habe ich.“

„Mike, wieso rufst du mitten in der Nacht an?“

„Um dich zu feuern. Im Übrigen ist es bereits acht Uhr.“

Judd zog verärgert die Luft durch die Nase und sank in die Kissen zurück. „Du hast mich doch erst letzte Woche gefeuert.“

„Diesmal spaße ich nicht.“

„Das sagst du jedes Mal.“

„Du nichtsnutziger fauler Bastard! Hast du eigentlich schon die Morgenzeitungen gelesen?“

„Bis jetzt habe ich noch nicht einmal den Morgen gesehen, geschweige denn irgendeine Zeitung.“

„Dann darf ich dir verraten, dass die Konkurrenz im Gegensatz zu dir nicht geschlafen hat.“

„Hm?“

„Während du unsere Leser mit einem öden Artikel über den neuen mexikanischen Tormann der Rangers langweilst, kann dein Konkurrent von den *Morning News* mit einer echten Sensation aufwarten. Stevie Corbett hat Krebs.“

Schlagartig war Judd hellwach und schwang die Beine aus dem Bett. Er hielt sich leise fluchend den brummenden Schädel und bereute seinen unmäßigen Alkoholkonsum vom vergangenen Abend. Nach dem gestrigen Spiel der Rangers hatte er mit einigen seiner Berufskollegen einen Nachtclub besucht in der vagen Hoffnung, der Anblick vollbusiger Stripteasetänzerinnen würde die Erinnerung an Stevie Corbett aus seinem Gedächtnis verbannen. Da sich diese Hoffnung eher ins Gegenteil verkehrte und er Stevies zornig funkelnde Augen aufregender fand als alle Tänzerinnen, hatte er sich mit Bier zu betäuben versucht.

„Schrei nicht so, Mike! Und nun berichte mir, was los ist."

„Das frage ich dich. Immerhin erzähltest du mir gestern, mit Stevie Corbett gesprochen zu haben."

„Habe ich auch."

„Gleichzeitig hast du behauptet, es gäbe keine Story."

„Meiner Meinung gab es auch keine."

„Die Tatsache, dass sie Krebs hat, fandst du also nicht erwähnenswert?", ereiferte sich der Chefredakteur lautstark.

„Sie hat keinen Krebs." Judd begann nun ebenfalls zu schreien, obwohl das seine Kopfschmerzen noch verstärkte. „Bisher hat man bei ihr nur einen Tumor festgestellt, dessen Gefährlichkeit keineswegs bewiesen ist. Woher will die *Morning News* Genaues wissen?"

Für einige Sekunden herrschte gespanntes Schweigen, das Judd jedoch nicht zur Kenntnis nahm. Er stand auf und trottete mit dem schnurlosen Telefon in der Hand ins Bad. Ein Blick in den Spiegel bestätigte ihm, was er bereits befürchtet hatte. Er sah ziemlich verkatert aus.

Mittlerweile hatte Mike Ramsey seine Stimme wiedergefunden. „Du wusstest davon?", brüllte er. „Und hast mir gegenüber kein Wort verlauten lassen, sondern mich mit diesem dürftigen Artikel über die Rangers abgespeist?"

Judd hielt es für überflüssig, sich die nun folgende Schimpftirade anzuhören, denn er kannte sie bereits auswendig. Er legte den Hörer neben das Waschbecken und begann sich zu rasieren.

„Und du wagst es, dich Journalist zu nennen!" Mikes Stimme übertönte sogar das Surren des Rasierapparates. „Dabei bist du nichts weiter als ein windiger Schreiberling. Die eigene Kolumne in unserer Zeitung verdankst du lediglich deinen guten Kontakten zu Sportlern und deren Anhängern, die sich in denselben

Kneipen herumtreiben wie du. Im Grunde genommen wiederholst du immer nur, was du nebenbei aufschnappst. Als kreativen Journalismus kann man das kaum bezeichnen."

Judd war mit dem Rasieren fertig und putzte sich nun die Zähne. Zwischendurch griff er nach dem Hörer. „Unsere Leser verschlingen meine Artikel. Was wäre der Sportteil unserer Zeitung ohne meine Kolumne? Nichts, Ramsey! Und das weißt du!"

„Das werden wir ja jetzt herausfinden. Du hast gestern deinen letzten Artikel für unser Blatt verfasst, Mackie. Verstanden?"

„Sicher, du bist ja laut genug."

„Mir ist es diesmal todernst. Du bist fristlos gekündigt. Ich werde Addison beauftragen, deinen Schreibtisch auszuräumen. Deine Sachen kannst du dir beim Pförtner abholen. Und komm mir so schnell nicht mehr unter die Augen!"

Gleich darauf war das Freizeichen zu vernehmen. Ungerührt legte Judd das Telefon auf den Toilettendeckel und stellte sich unter die Dusche. Mike Ramsey entließ ihn fast turnusmäßig einmal wöchentlich. Wie sollte er da den heutigen Rausschmiss noch ernst nehmen?

Im Übrigen konnte ihm eine Kündigung nur von Nutzen sein, denn in einem hatte Ramsey Recht: Er verwertete in seiner täglichen Kolumne tatsächlich nur, was er so nebenbei erfuhr, und füllte das Ganze mit einigen witzigen Bemerkungen auf. Seine Artikel waren in einem lockeren Stil verfasst und lasen sich gut, aber sie waren beileibe keine journalistische Meisterleistung. Das wusste niemand besser als er selbst.

Es quälte Judd, dass er nur belangloses Zeug schrieb, das er mehr oder weniger aus dem Ärmel schüttelte. Seiner Meinung nach war er überbezahlt und fühlte sich manchmal wie ein Betrüger. Mochten seine Leser auch von seinen Artikeln, vor allem seiner täglichen Kolumne, begeistert sein, er selbst wusste, dass er sein Talent verschleuderte. Er empfand sein gegenwärtiges Leben als äußerst unbefriedigend, auch wenn er sich das nur selten eingestand.

Was er benötigte, war eine berufliche Herausforderung. Gleichzeitig befürchtete er insgeheim, dass sein zu Beginn seiner Karriere zweifellos vorhandenes schriftstellerisches Talent zu lange brachgelegen hatte und es nun für einen Berufswechsel zu spät war.

Trotzdem sorgte er sich momentan weniger um seine berufliche Zukunft als um Stevie Corbett. Von wem hatte sein Konkurrent etwas über ihre Krankheit erfahren? Wie mochte Stevie zumute sein, wenn sie in der Zeitung intime Details über ihren Gesundheitszustand las?

Judd zog sich in Windeseile an und verließ das Haus, um dies möglichst schnell herauszufinden.

Wütend schwang Stevie den Tennisschläger und zielte mit ihrer gefürchteten Vorhand auf Judds Kopf.

„Was soll …“

„Mistkerl!“

Judd duckte sich blitzschnell und packte mit eisernem Griff ihren Arm, ehe sie ihre ebenso berüchtigte Rückhand an ihm ausprobieren konnte. „Was soll der Quatsch?“

„Trotz des Versprechens, über meine Krankheit Stillschweigen zu bewahren, haben Sie alles an die große Glocke gehängt. Sie elender Lügner …“

„Habe ich nicht.“

„Natürlich haben Sie das!“, rief sie erbost. „Sie wussten als Einziger davon.“

Es gelang Judd, ihr den Schläger zu entwinden. Er warf ihn zu Boden. „Halten Sie mich für so beschränkt, die Story an unser Konkurrenzblatt abzugeben? Der Artikel ist weder in meiner Zeitung erschienen, noch habe ich ihn verfasst. Ich habe ihn noch nicht einmal gelesen.“

Stevie bemühte sich, ihr Temperament im Zaum zu halten. Sie überlegte einen Augenblick. Judds Argumentation klang logisch. Warum sollte er eine solche Bombenstory anderen überlassen? Andererseits war ihre Welt in den letzten beiden Tagen so sehr aus den Fugen geraten, dass ihr nichts mehr unwahrscheinlich erschien.

„Woher wissen Sie dann von dem Artikel?“, erkundigte sie sich misstrauisch. „Und wie ist es Ihnen gelungen, ungehindert an meinen Bewachern vorbei aufs Grundstück zu kommen?“

Seit den frühen Morgenstunden war Stevies Vorgarten von Reportern belagert, und so hatte schließlich ihr Manager einen Sicherheitsdienst angefordert.

„Einen der Männer kenne ich ganz gut.“

„Woher?“

„Nun, als Reporter kommt man halt viel herum …“

Müde rieb sich Stevie die Stirn. „Verstehe.“

Judd legte ihr einen Arm um die Schultern und führte sie zurück an den Tisch der Küche, in die er mit einem Dietrich durch die Hintertür des Hauses eingedrungen war. Als Stevie ihn entdeckt hatte, hatte sie blindlings nach dem Schläger gegriffen und Judd damit bedroht.

„Woher weiß Ihr Konkurrent von meiner Krankheit, Mr. Mackie?“, fragte sie, nachdem sie am Küchentisch Platz genommen hatten.

„Keine Ahnung. Aber das wird sich umgehend ändern.“ Er nahm das auf der Frühstückstheke liegende Telefon und wählte eine Nummer. Anscheinend kannte er den Schreiber des Artikels gut, denn er wusste seine Durchwahlnummer auswendig und begrüßte ihn wie einen alten Freund.

„Hi, Mackie hier. Gratuliere dir zu deiner Story über Stevie Corbett.“ Er nahm ihren bösen Blick nicht zur Kenntnis. „Wie ist es dir gelungen, ihr so intime Einzelheiten über ihr Leben zu entlocken? Oder schweigt ein Kavalier in diesem Fall besser?“ Wütend öffnete Stevie den Mund, den Judd ihr jedoch geistesgegenwärtig mit der Hand zuhielt. „Ach, du hast gar nicht mit ihr selbst gesprochen? Mit wem dann? Etwa mit ihrem Manager?“

Sie schob seine Hand beiseite und schüttelte energisch den Kopf.

„Von wem hast du dann die Geschichte? Nachdem du die Katze aus dem Sack gelassen hast, könntest du mir ruhig deinen Informanten verraten.“ Die Antwort seines Gesprächspartners schien Judd nicht zu befriedigen. Er runzelte die Stirn. „Nun spann mich nicht länger auf die Folter. Da ich mich vergeblich abgemüht habe, den Grund für ihren Kollaps herauszufinden, interessiert mich natürlich deine Quelle.“

Einen Moment hörte Judd schweigend zu. Seine Miene verfinsterte sich. „Aha. Diesmal warst du also schneller als ich.“ Er lachte kurz auf. „Danke, das wünsche ich dir ebenfalls. Mach’s gut.“

„Nun?“, fragte Stevie ungeduldig, nachdem er aufgelegt hatte.

„Der Informant war ein Techniker des Mitchell Labors.“

„Dort wurde mein Sonargramm gemacht“, erklärte Stevie nüchtern. „An das Labor habe ich überhaupt nicht gedacht. Ich war nur sicher, dass weder mein Arzt noch seine Angestellten etwas verraten würden.“

„Eine reichlich naive Einstellung. Wenn die Bezahlung stimmt, plaudert letztendlich jeder“, belehrte Judd sie. „Wo stehen die Tassen?“

„Zweiter Schrank, rechte obere Tür.“

„Soll ich Ihnen auch noch Kaffee nachschenken?“

„Nein danke. Ich habe heute schon genug Kaffee getrunken.“

Judd goss sich eine Tasse voll und setzte sich Stevie gegenüber. „Wie haben Sie geschlafen?“

„Gut.“

„Die dunklen Schatten unter Ihren Augen zeugen eher vom Gegenteil."

Sie hatte bereits befürchtet, dass er ihr die unruhige Nacht ansehen würde, und es wohlweislich vermieden, ihm direkt ins Gesicht zu blicken. Immer wieder war sie in der vergangenen Nacht aus wilden erotischen Träumen hochgeschreckt, in denen seltsamerweise stets Judd Mackie die Hauptrolle spielte. Kein Wunder, dass sie sich heute Morgen erschöpft fühlte. Gleichzeitig ärgerte sie Judds Anspielung auf ihr schlechtes Aussehen. Sie beschloss, ihm seine Taktlosigkeit mit gleicher Münze zurückzuzahlen. „Sie selbst sehen auch reichlich mitgenommen aus."

„Ich bin ziemlich spät ins Bett gekommen."

„Wieso sind Sie dann hier, statt sich zu Hause auszuschlafen, wo immer das auch sein mag? Wollen Sie sich etwa an meinem Unglück weiden?"

Obgleich Judd ruhig seinen Kaffee trank, entging ihr nicht, dass er von ihren Worten betroffen war. „Vielleicht würde ich das wollen, wenn ich den Artikel geschrieben hätte, was nicht der Fall ist. Wäre ich der Verfasser, hätte ich mich allerdings an die Fakten gehalten."

Jäh verwandelte sich Stevies Zorn in tiefe Niedergeschlagenheit. „Nach diesem Artikel bin ich als Spielerin erledigt und lasse mich am besten gleich begraben", sagte sie düster.

Leise fluchend, sprang Judd auf. „Sprechen Sie nicht so, sonst bekomme ich eine Gänsehaut."

„Tut mir leid, Ihr Zartgefühl verletzt zu haben", entgegnete sie schnippisch. „Aber da es sich um das Ende meiner Karriere handelt, nehme ich mir das Recht, darüber zu reden, wie ich es will. Falls Ihnen das nicht passt, können Sie jederzeit gehen, was ich, nebenbei bemerkt, sehr begrüßen würde."

Das war schlichtweg gelogen, denn Stevie wollte keineswegs, dass Judd sie ausgerechnet jetzt verließ. Nun, da sie von seiner Unschuld überzeugt war, war sie über seine Anwesenheit sogar froh. Sie empfand seine Gegenwart als permanente Herausforderung, was sie von ihrer Verzweiflung ablenkte.

Um sich nicht zu verraten, setzte sie eine hochmütige Miene auf und gab sich unnahbar. „Da Sie hier sowieso nichts tun können, verschwinden Sie jetzt am besten."

„Ich bin hergekommen, um Sie ins Krankenhaus zu fahren, Stevie ..."

„Und ich habe Ihnen bereits gestern mitgeteilt, dass ich mir zwei Wochen Bedenkzeit ..."

„Hören Sie, Stevie ..."

„Nein, nun hören Sie zur Abwechslung einmal mir zu, Mr. Mackie. Hier geht es um mein Leben, und niemand ..."

Es klingelte an der Tür. „Miss Corbett", rief jemand von draußen. „Wie ist Ihnen zumute, nachdem man bei Ihnen Krebs diagnostiziert hat und Sie Ihre Profikarriere an den Nagel hängen müssen?"

„Grauenhaft!" Stevie schluchzte laut auf. „Warum lässt man mich nicht in Ruhe?" Instinktiv hielt sie sich die Ohren zu.

Schließlich gab der hartnäckige Reporter auf. Vielleicht wurde er auch von den Sicherheitsleuten vertrieben, deren Aufgabe es gewesen wäre, Stevie solche Belästigungen zu ersparen. Sie zuckte zusammen, als Judd ihr die Hand auf die Schulter legte.

„Lassen Sie sich von mir wenigstens für einige Stunden weg von hier bringen." Er rutschte mit seinem Barhocker näher und klemmte Stevies Hocker zwischen seine langen Beine.

„Wieso spielen Sie sich auf einmal als mein Retter auf?"

„Weil ich mich gestern in Unkenntnis der Sachlage Ihnen gegenüber zuerst ziemlich schlecht benommen habe und das heute wiedergutmachen möchte."

„Immerhin haben Sie über meine Krankheit nichts verlauten lassen."

„Trotzdem fühle ich mich irgendwie verantwortlich für

den Rummel vor Ihrem Haus.“ Stevie blickte ihn verächtlich an. „Ich weiß, in Ihren Augen bin ich ein jämmerlicher Schreiberling“, fuhr er fort, „der zu viel trinkt, ständig die Frauen wechselt und zudem unzuverlässig und zynisch ist. Doch unter dieser rauen Schale verbirgt sich ein weicher Kern. Im Grunde genommen bin ich ein netter Kerl.“

„Das können Sie jemand anderem weismachen.“

Sein jungenhaftes Grinsen blieb nicht ohne Wirkung auf Stevie. Sie verspürte ein leichtes Kribbeln in der Magengegend.

„Geben Sie mir die Chance, Ihnen das Gegenteil zu beweisen“, bat Judd.

Stevie hätte Judds Vorschlag am liebsten gleich angenommen. Trotzdem zögerte sie. Möglicherweise versuchte er sie doch nur mit seinem Charme einzuwickeln, um letztendlich doch noch zu seiner Story zu kommen. Eventuell plante er eine Charakterstudie, in der er sie seinen Lesern als Modepüppchen vom Tennisplatz präsentierte. Diese Bezeichnung hatte er schon einmal verwendet.

„Ich halte wenig von Ihrem Vorschlag, Mr. Mackie, ich bleibe lieber hier.“

Im selben Augenblick klingelten beinahe gleichzeitig Türglocke und Telefon. „Das haben Sie extra so eingerichtet“, schimpfte sie.

Judd lachte leise, hocherfreut über die unerwartete Unterstützung, die ihm zuteil wurde. „Wie Sie sehen, ist das Schicksal auf meiner Seite. Packen Sie ein, was Sie für einen Tag benötigen. Wir kommen erst abends wieder zurück.“ Das klang, als hätte er bereits ihre Zusage.

„Mr. Mackie, selbst wenn ich Lust hätte, den Tag mit Ihnen in der Stadt zu verbringen, was keineswegs der Fall ist, könnten wir uns kaum ungesehen aus dem Haus schleichen. Außerdem sind wir beide stadtbekannt.“

„Ein Grund, nicht in der Stadt zu bleiben."

„Wohin wollen Sie?"

„Lassen Sie sich überraschen."

„Und wie gedenken Sie Ihre reizenden Kollegen zu überlisten?"

„Nun quengeln Sie nicht dauernd, sondern holen Sie lieber Ihre Sachen", sagte Judd ungeduldig.

Stevie betrachtete argwöhnisch sein gut geschnittenes Gesicht. Es erweckte so viel Vertrauen wie das eines Piraten. Gut möglich, dass sie und Judd sich den ganzen Tag stritten, aber das fand sie immer noch erträglicher, als allein daheim herumzusitzen und Trübsal zu blasen.

Kurz entschlossen sprang sie auf und strich den weißen Hosenrock glatt, den sie zu einem blauweiß gestreiften T-Shirt trug. „Kann ich so gehen?"

„Klar."

Innerhalb von fünf Minuten kehrte sie in die Küche zurück. Sie hatte weiße Sandaletten angezogen und hielt eine Sporttasche in der Hand, in die sie schnell alles gestopft hatte, was sie eventuell benötigte. Judd stand am Becken und spülte seine Tasse.

„Sie fühlen sich hier wohl schon ganz zu Hause", spottete Stevie.

„Mehr oder weniger", antwortete er gelassen und trocknete sich an einem Handtuch die Hände ab.

Dann kam er langsam auf sie zu, umfasste mit beiden Händen ihre Taille und zog Stevie an sich. Er neigte den Kopf und senkte seine Lippen auf ihren Mund.

Sie fühlte sich völlig überrumpelt und hielt einfach still, ohne sich zu wehren.

Judds Kuss war sanft und zärtlich. Ohne Hast berührte er ihre Brüste und strich mit den Daumen über ihre zarten Knospen, sodass sich eine wohlige Wärme in ihrem Innern ausbreitete. Und als Judd ein Knie zwischen ihre Beine schob, durchrieselte sie ein angenehmer Schauer.

Während er mit seinen Fingern ihren Hals liebkoste, strich er mit der Zungenspitze spielerisch über ihre geschlossenen Lippen. Er bedrängte sie nicht, sondern verhielt sich eher so, als wäre es ihm egal, ob sie seinen Kuss erwiderte oder nicht. Für ihn schien das Ganze scheinbar nur ein amüsantes Spiel zu sein.

Unwillkürlich öffnete Stevie die Lippen.

Sie spürte, wie Judd mit seiner feuchten warmen Zunge in ihren Mund eindrang, ihn erforschte. Ganz allmählich veränderte sich sein Kuss. Er verlor seinen spielerischen Charakter, wurde fordernder und leidenschaftlicher, und Stevie erwiderte ihn voller Hingabe.

Erst als Judd gewahr wurde, dass sein Körper erste Reaktionen zeigte, löste er sich abrupt von ihr. Mit einer Mischung aus Verwirrung und Verlangen blickte sie zu ihm auf. „Wieso haben Sie mich geküsst?"

„Aus reiner Neugier", erwiderte er leise. Dann räusperte er sich. „Seit ich Sie gestern im Arm hielt, rätselte ich, wie es wäre, Sie zu küssen. Und Ihnen ging es ebenso, das weiß ich. Erst jetzt, da wir beide unsere Neugier befriedigt haben, können wir uns entspannen und den ganzen Tag genießen."

Doch von Entspannung konnte bei Stevie keine Rede sein.

4. KAPITEL

Sie haben Ihren Beruf verfehlt.“ Stevie saß auf dem Beifahrersitz in Judds Sportwagen und hatte Mühe, mit ihrer Stimme das Dröhnen des Motors zu übertönen. „Als Verbrecher hätten Sie es bestimmt weit gebracht.“

Judds Fluchtplan hatte perfekt funktioniert. Gemäß seiner Anweisung hatte Stevie für wenige Sekunden ihren Kopf durch die Haustür gesteckt und damit sämtliche Reporter in höchste Aufregung versetzt. Doch während Journalisten und Kamerateams in ihrem Vorgarten eine hektische Betriebsamkeit entfalteten und sich auf ein Interview mit ihr vorbereiteten, entwischten sie und Judd ungesehen durch den Hinterausgang, spurteten über den Rasen und stiegen über den Zaun. Wenig später saßen sie in Judds Wagen, den er in einer nahe gelegenen Seitenstraße geparkt hatte.

„Natürlich hätte mich eine Karriere als Mafiaboss gereizt“, scherzte er, „aber der Weg an die Spitze ist mit zu viel Arbeit verbunden.“

Die Antwort entlockte Stevie ein Schmunzeln, während sie sich bequem in ihrem Sitz zurücklehnte. Sobald ihr Haus außer Sichtweite gewesen war, hatte sie ein Gefühl von Freiheit überkommen. Einmal der üblichen Routine zu entfliehen versetzte sie in eine Art Urlaubsstimmung, denn gewöhnlich hatte sie um diese Zeit bereits einige Kilometer Langlauf und ein einstündiges Konditionstraining hinter sich. Sie gestand Judd, wie ihr zumute war.

„Wann genau haben Sie eigentlich mit Tennis begonnen?“ Mit einem Blick über die Schulter vergewisserte er sich, dass die Straße frei war, und bog in die Zufahrt der in Richtung Osten führenden Autobahn ein.

„Mit zwölf.“

„Für eine Spitzenspielerin ist das sehr spät.“

„Stimmt. Trotzdem kann ich mich kaum noch an Zeiten erinnern, in denen ich nicht wusste, wie sich ein Tennisschläger anfühlt." Stevie erzählte ihm, wie sie ihren verblüfften Eltern eines Abends beim Essen erklärt hatte, sie würde gern Tennisspielen lernen, und wie ihr Vater abgewinkt hatte, Tennis sei ein Sport für Kinder reicher Eltern. „Aber als meine Schule Kurse anbot und Tennisschläger und Bälle zur Verfügung stellte, willigte er ein."

Stevie berichtete nun, wie sie rasch eine Leidenschaft für den Tennissport entwickelte, alsdann Trainerstunden in einem exklusiven Club von Dallas nahm und sie durch Babysitten finanzierte. „Natürlich war ich dort kein Mitglied. Allein der Jahresbeitrag betrug mehr als ein Monatseinkommen meines Vaters."

„Auf dem Platz des Clubs fiel ich positiv auf, wurde in die Clubmannschaft aufgenommen und durfte an kleineren Turnieren teilnehmen. Dabei lernte ich Presley Foster kennen." Die Begegnung mit dem berühmten Trainer hatte für Stevie die entscheidende Wende im Leben bedeutet.

„Presleys Urteil über mich fiel nicht gerade schmeichelhaft aus", fuhr sie fort. „Deine Schuhe sind eine Nummer zu groß, deine Rückhand ist schauderhaft, obgleich dir damit hin und wieder ein guter Schlag gelingt. Statt dich auf deine Taktik zu konzentrieren, lässt du dich von den Zuschauern ablenken. Sobald du mit zwei Punkten im Rückstand liegst, gibst du das Match verloren. Dein Aufschlag ist schnell und hart, aber unbeständig. Zu selten versuchst du, selbst Druck zu machen, lässt dich vom Gegner unter Druck setzen."

Judd pfiff bei dieser Tirade leise durch die Zähne.

Rückblickend konnte Stevie über damals lachen. „Ich war geschockt. Da bescheinigte er mir aber auch großes Talent. Wenn ich hochmotiviert sei und hart arbeite, könne er mich innerhalb von zwei Jahren zur Weltklassespielerin aufbauen, was aber kein Honigschlecken sei."

Gleich nach ihrem Schulabschluss war Stevie gegen den Willen ihres Vaters nach Florida übergesiedelt, in das Trainingslager des berühmten Coach, auch wenn ihr bewusst war, dass ihre ehrgeizigen Pläne sich mitunter niemals erfüllten.

„Das Training unter Presleys Regiment war tatsächlich beinhart gewesen", gestand sie Judd. „Mit neunzehn begann dann mein Leben als Profi." Stevie blickte durchs Seitenfenster auf die vorbeiziehende Landschaft. „Während eines Turniers erreichte mich die Nachricht vom Tod meiner Eltern. Sie waren bei einem Tornado ums Leben gekommen. Ich war fix und fertig gewesen. Presley meinte damals kaltschnäuzig zu mir, erst in solchen Situationen zeige sich, ob jemand wirklich das Zeug zum Spitzenspieler habe."

Judd verzog das Gesicht, obschon er nur zu gut wusste, was Hochleistungssportlern abverlangt wurde.

„Ich spielte – und gewann. Nach dem Turnier flog ich nach Dallas und kümmerte mich um das Begräbnis meiner Eltern." Stevies Stimme klang nach einer Pause seltsam weit entfernt. „Sechs Monate später brach Presley während einer Unterhaltung plötzlich tot zusammen. Herzinfarkt. Am nächsten Tag spielte ich mein bis dahin bestes Match und war sicher, damit ganz in seinem Sinn zu handeln."

Weder ihre Eltern noch ihr Entdecker hatten ihren Aufstieg in die internationale Spitzenklasse erlebt.

Stevies Ziel war es jetzt, ihre Karriere mit dem Gewinn des diesjährigen Grand Slam zu krönen und sich dann vom Profitennis zurückzuziehen. Jenem Sport, dem sie bisher alles geopfert hatte: Studium, Liebe, Ehe und Familie.

Sollte sie nun, so kurz vor dem Ziel, aufgeben? Sie bemerkte, wie Judd sie von der Seite verstohlen musterte, und zwang sich zu einem Lächeln. „Wie war das bei Ihnen? Hatten Sie schon von klein auf den Wunsch, wehrlose Sportler mit Ihrer spitzen Feder zu traktieren?"

Judd zog eine Grimasse. „Das hört sich an, als wäre ich in Sportlerkreisen eine Art Schreckgespenst."

„Für mich sind Sie das. Warum sollte ich das nicht offen aussprechen?"

„Vermutlich schieße ich manchmal wirklich übers Ziel hinaus. Sie wissen ja selbst, wie leicht man hin und wieder die Beherrschung verliert."

Stevie ignorierte seine offensichtliche Anspielung auf den Kuss von vorhin, bei dem sie tatsächlich beinahe die Beherrschung verloren hatte. Sie fand es ratsam, auf dieses Thema nicht weiter einzugehen. Keineswegs wollte sie das nächste Opfer des stadtbekannten Frauenhelden Judd Mackie werden. Ihr reichte es vollauf, in seinen Artikeln laufend Zielscheibe seiner bissigen Kommentare zu sein.

„Eines würde mich interessieren, Mr. Mackie." Sie drehte sich zu ihm hin. „Wieso hacken Sie in Ihrer Kolumne ständig auf mir herum?"

„Solange Ihnen das Publikum zu Füßen liegt, kann es Ihnen doch egal sein, welchen Schwachsinn ein armseliger Schreiberling in seinen unbedeutenden Artikeln über Sie verzapft."

„Es ärgert mich aber."

„Den Lesern gefällt es. Seit jenem ersten Artikel vor einigen Jahren ..."

„Über den ich mich schriftlich beschwerte?"

Judd lächelte süffisant. „Und Sie erinnern sich hoffentlich, dass ich Ihren Brief auszugsweise veröffentlichte. Die Leser waren begeistert. Da Ihre und meine Gegnerschaft ein so großes Echo fand, begann ich, sie zu kultivieren."

„Was bezweckten Sie damit?"

„Eine Steigerung der Auflagenhöhe unserer Zeitung."

„Trotzdem wüsste ich gern, aus welchem Grund Sie mich in jenem ersten Artikel so unfair angriffen. Ich habe es nicht verstanden. Was hatte ich Ihnen getan?"

„Falsche Fährte …“

„Was war dann der Grund?“, beharrte sie.

„Es hing mit Ihrem Aussehen zusammen.“

Vor Überraschung verschlug es Stevie fast die Sprache. „Wie bitte?“

„Sie waren zu hübsch“, erklärte Judd. „Es fiel mir schwer, Sie als Sportlerin wahrzunehmen, weil Sie wie eine Barbiepuppe in Tenniskleidung aussahen.“

„Eine wenig professionelle Betrachtungsweise.“

„Das will ich nicht bestreiten.“

„Mein Aussehen war und ist völlig nebensächlich. Wichtig ist, wie ich spiele.“

„Schon möglich. Ich bin eben ein unverbesserlicher Macho.“

Gegen die Beifahrertür gelehnt, betrachtete sie ihn entgeistert. „Die ganzen Jahre habe ich nach triftigen Gründen für Ihre ständigen Attacken gesucht. Nun stellt sich heraus, dass diese nur auf männlichen Vorurteilen beruhten. Nicht zu fassen!“

„Eine grobe Verallgemeinerung. Ich habe keine Vorurteile gegen Sportlerinnen.“

„Nur gegen mich. Und womit kann ich Ihre Haltung zu mir ändern? Indem ich hässlich werde? Oder Krebs bekomme?“

Judd fuhr auf den Randstreifen der Autobahn, brachte den Wagen zum Stehen und drehte sich zu Stevie hin. „Das war ein Schlag unter die Gürtellinie, den ich Ihnen nur unter einer Bedingung verzeihe.“

„Unter welcher?“

„Können Sie eine Mahlzeit zubereiten?“

„Was? Natürlich …“

„Gut!“ Judd legte den Gang ein und fuhr wieder los.

„Sie sind unverbesserlich!“ Stevie stöhnte auf, musste aber doch auch schmunzeln.

Eine halbe Stunde später verließen sie die Autobahn und fuhren auf einer engen Landstraße weiter. Judd hielt vor einer Tankstelle, neben der sich ein kleines Gemischtwarengeschäft befand. „Hier können wir einkaufen."

Hinterher lenkte Judd den Wagen durch den kleinen Ort, in dem es neben der Tankstelle nur noch ein Kurzwarengeschäft, eine Post, ein Feuerwehrhaus, ein Gasthaus, eine Schule und drei evangelische Kirchen gab.

Nach einer weiteren halben Stunde bogen sie in einen holprigen Feldweg ein, der links und rechts von Laubbäumen und Kiefern gesäumt war, die ein schattiges, grünes Dach bildeten.

„Wo in aller Welt fahren wir eigentlich hin?", erkundigte sich Stevie neugierig.

„Neben einer Mutter hatte ich auch einen Vater. Und Großeltern. Zu deren Haus fahren wir." Judd lächelte über Stevies erstaunte Miene.

Vor ihnen tat sich eine Farm auf. „Dieses Anwesen erbte ich in zweiter Generation. Ich verkaufte das Ackerland und habe nur das Haus und den ziemlich großen Hausgarten behalten."

„Es ist wunderschön hier", meinte Stevie.

„Danke."

Das Haus war an einer Seite von Obstbäumen eingegrenzt, die gerade zu blühen begannen. Auf der anderen Seite stand eine alte Windmühle, an die sich eine Garage und eine Koppel anschlossen. Alle Gebäude waren weiß gestrichen und wirkten etwas verwahrlost. Ebenso die von Unkraut überwucherten Blumenbeete. Über allem lag ein Hauch von Verlassenheit.

„Hier muss einiges getan werden", bemerkte Judd, was leicht untertrieben war. „Innen sieht es besser aus."

Stevies Urteil fiel wohlwollend aus. „Ich finde es hier ausgesprochen romantisch", versicherte sie.

Judd schloss die Haustür auf. Sie betraten die Diele, in der es ziemlich muffig roch. „Ursprünglich wollte ich das Haus als

Wochenenddomizil benutzen", erklärte Judd. „Doch wie Sie wissen, finden gerade am Wochenende die meisten Sportveranstaltungen statt. Auch in der Woche habe ich kaum Zeit, hierherzufahren, obwohl ich es bedauere, so selten hier zu sein."

„Was ist das?", fragte Stevie, als sie zu einem Zimmer kamen.

„Das ist das ehemalige Esszimmer."

„Gibt es oben auch noch Räume?"

„Ja, drei Schlafzimmer und ein Bad. Also, bringen wir jetzt erst einmal unsere Einkäufe in die Küche."

Die Küche befand sich am anderen Ende der Diele. Auf dem Weg dorthin passierten sie ein geräumiges Wohnzimmer, dessen Möbel mit Tüchern abgedeckt waren. Judd stellte die Lebensmittel auf den runden Küchentisch.

„Eine richtige Großmutterküche", schwärmte Stevie und strich mit der Hand über die geschnitzten Stuhllehnen.

Während Judd im Haus alle Fenster öffnete, um die Zimmer zu lüften, packte Stevie die mitgebrachten Lebensmittel aus und machte ein paar belegte Brote zurecht. Ganz plötzlich verspürte sie wieder das schmerzhafte Ziehen im Unterleib, und erst jetzt wurde ihr bewusst, dass sie in den letzten Stunden ihre Krankheit völlig vergessen hatte, was unbestritten Judd Mackies Verdienst war.

Noch vor zwei Tagen hatte sie ihn für einen äußerst unsympathischen Zeitgenossen gehalten und war schon bei dem Gedanken an ihn zornig geworden. Jetzt musste sie sich eingestehen, dass sie seine Gegenwart sogar genoss und für seinen rabenschwarzen Humor eine gewisse Schwäche zu entwickeln begann. Judd war ein überaus angenehmer Gesellschafter, der sie weder mit seinem Mitleid bedrängte noch versuchte, sie mit albernen Witzen aufzuheitern. So gesehen konnte sie sich momentan keinen idealeren Gefährten vorstellen, und sie war im Nachhinein froh, mit ihm losgefahren zu sein. Natürlich wollte sie sich lieber die Zunge abbeißen, als dies ihm gegenüber offen zuzugeben.

„Es gibt etwas zu essen!“, rief sie laut.

Gleich darauf erschien Judd in der Küche. Er wusch sich die Hände und kam zu Stevie an den Tisch. „Sieht lecker aus“, lobte er und ließ sich auf einen Stuhl sinken.

Stevie biss hungrig in ihr Brot und fragte kauend: „Was machen wir nach dem Lunch?“

„Uns lieben“, erwiderte Judd gelassen.

Vor Schreck schluckte Stevie den ganzen Bissen hinunter. Fassungslos starrte sie Judd an, der ruhig weiterkaute, schluckte und sich den Mund mit einer Papierserviette abwischte. „Das ist natürlich nur ein Vorschlag“, sagte er.

Wie ein Blitz sprang Stevie auf. „Was für eine Närrin, Ihnen zu vertrauen! Wie leichtgläubig ich … Au!“ Judd hatte ihre geplante Flucht durch einen reaktionsschnellen Griff nach ihrem Zopf gestoppt. „Lassen Sie mich sofort los!“, tobte sie.

„Setzen Sie sich.“ Seine Stimme klang ernst, doch Stevie entging nicht das leichte Zucken um seine Mundwinkel. „Können Sie keinen Scherz vertragen?“

„Das soll ein Scherz gewesen sein?“

„Was dachten Sie denn? Dass meine Worte ernst gemeint waren?“

„Natürlich nicht …“

„Dann wundert es mich, warum Sie nicht gelacht haben.“

„Weil ich Ihre Art von Humor reichlich geschmacklos finde.“

„Dafür fand ich Ihre versteinerte Miene eben umso amüsanter.“ Judd ahmte ihren entsetzten Gesichtsausdruck nach.

Wie konnte ich so idiotisch sein, schimpfte Stevie im Stillen mit sich und nahm wieder Platz. „Es würde trotzdem gut zu Ihrem Charakter passen, mich erst unter falschen Vorspiegelungen hierher zu locken und dann einen Verführungsversuch zu starten“, verteidigte sie sich und biss heftig in ihr Brot.

Judd schien ihre Worte keineswegs als Beleidigung, sondern eher als Kompliment aufzufassen. „Bilden Sie sich ein, mich gut genug zu kennen, um meinen Charakter richtig einschätzen zu können?"

„Man hört so allerhand über Sie", entgegnete sie von oben herab.

„Interessant. Was hört man denn so über mich?"

„Darüber will ich mich jetzt nicht auslassen", wehrte Stevie ab.

„Beziehen Sie sich etwa auf die Geschichte mit den rothaarigen Drillingen, die über mich im Umlauf ist? Ich schwöre Ihnen, das ist alles gelogen."

„Rothaarige ... Drillinge?", stammelte Stevie verwirrt.

Sie musterte ihn argwöhnisch. „Wollen Sie mich wieder auf den Arm nehmen?"

„Gut geraten." Er schien das Ganze zu genießen und lächelte selbstgefällig. Seine bernsteinfarbenen Augen funkelten. „Und uns beiden war doch von Anfang an klar, dass wir das Haus meiner Großeltern nicht in eine Liebeshöhle verwandeln wollen."

„Stimmt." Liebend gern hätte sie ihn gegen das Schienbein getreten.

„Was ich damit ausdrücken will, ist, dass es bei dem Kuss zwischen uns nicht gefunkt hat."

„R... richtig."

„Die Erde hat nicht gebebt, und es ist auch kein Feuerwerk explodiert. Ich habe so gut wie nichts gefühlt. Sie etwa?"

„Nein, nichts", log Stevie tapfer.

„Nicht einen Hauch von Lust."

„Ganz und gar nicht."

Judd zuckte gleichgültig mit den Schultern. „Der Kuss hat uns also beide nicht vom Hocker gerissen, deshalb brauchen Sie sich in dieser Hinsicht auch keine Sorgen zu machen. Und nun zurück zu Ihrer ursprünglichen Frage. Was machen wir nach dem Essen?"

Stevie hörte nur noch halb hin. Zwar empfand sie Erleichterung, weil Judd augenscheinlich nichts weiter von ihr wollte. Gleichzeitig aber hatte gerade ihr Selbstwertgefühl etwas gelitten. Hatte ihn der Kuss tatsächlich so kaltgelassen? Von sich selbst konnte sie das kaum behaupten.

Nun ja, vielleicht war es übertrieben, das aufregende Kribbeln, das sie bei seinem Kuss verspürt hatte, als Lust zu bezeichnen, aber kaltgelassen hatte sie das erotische Spiel ihrer Zungen gewiss nicht. Küsste sie so langweilig, dass selbst ein notorischer Casanova wie Judd Mackie, der bei seinen Frauenbekanntschaften allem Anschein nach nicht besonders wählerisch war, sie nicht in seinem Bett haben wollte?

„... müssen Sie nicht."

„Was muss ich nicht?" Erst jetzt nahm Stevie wahr, dass Judd die ganze Zeit gesprochen hatte.

„Mir helfen", antwortete er und musterte sie seltsam. „Haben Sie mir nicht zugehört?"

„Nein, ich war in Gedanken ... vorübergehend woanders."

Er runzelte die Stirn. „Haben Sie wieder Schmerzen?"

„Nein, nein."

Einen Augenblick lang betrachtete er sie prüfend, als zweifle er an ihren Worten. Dann wiederholte er seine Erklärungen von zuvor. „Ich muss noch einige dringende Arbeiten erledigen. Sie könnten sich inzwischen oben in einem der Schlafzimmer ausruhen."

„Ich gehe lieber nach draußen. Der Garten ist wunderschön."

„Wie Sie sich die Zeit vertreiben wollen, überlasse ich Ihnen." Judd stand auf und trug seinen Teller zum Becken. „Falls Sie gern in Büchern schmökern, finden Sie im Wohnzimmer eine reichhaltige Auswahl."

„Danke."

„So, und nun ziehe ich mich schnell um und stürze mich in

die Arbeit. Rufen Sie mich, wenn Sie etwas benötigen."

„Danke, das werde ich tun."

Nachdem Judd die Küche verlassen hatte, überkam Stevie ein Gefühl der Einsamkeit und Niedergeschlagenheit. Sie ging zur Spüle und drehte den Wasserhahn auf.

„Übrigens, was ich noch sagen wollte, Stevie."

„Ja?" Sie fuhr herum.

An der Tür war nur Judds Kopf zu sehen. „Einen Hauch von Lust habe ich doch verspürt." Er zwinkerte ihr verschwörerisch zu und machte sich dann schnell aus dem Staub.

Stevie starrte wütend auf die leere Türöffnung und murmelte einige recht undamenhafte Verwünschungen. Dieser Mann verstand es immer wieder, sie zur Weißglut zu bringen.

5. KAPITEL

„Was, zum Teufel, tun Sie da?“ In Hockstellung auf dem Boden kauernd, blickte Stevie über ihre Schulter und musste sich eisern beherrschen, um den Mann hinter ihr nicht hingerissen anzustarren.

Mit nichts als verwaschenen Jeans bekleidet, stützte Judd sich lässig auf einen alten Rechen und sah zu ihr hinunter. Auf seiner muskulösen braunbehaarten Brust glitzerten Schweißperlen, die sich in kleinen Rinnsalen den Weg nach unten bahnten und in seinem Hosenbund verschwanden.

Das Bild vitaler Männlichkeit, das Judd bot, weckte in Stevie recht vielschichtige Empfindungen. Einerseits hätte sie ihn gern berührt, andererseits jagte es ihr Angst ein, dass sie sich so unwiderstehlich zu ihm hingezogen fühlte.

„Sie sehen doch, was ich mache. Ich jäte Unkraut.“ Sie wandte sich erneut ihrer Tätigkeit zu, unter der ihr vordem weißer Hosenrock bereits erheblich gelitten hatte. Ihre Hände waren erdverschmiert, ihr blauweißes T-Shirt verschwitzt. Trotzdem fühlte sie sich so wohl wie seit langem nicht mehr. Irgendwie fand sie es viel angenehmer, durch Gartenarbeit ins Schwitzen zu geraten, als durch hartes Training auf dem Tennisplatz.

„Sie sind hier, um sich zu erholen“, schimpfte Judd.

„Für mich bedeutet Gartenarbeit Erholung. Außerdem muss sich schließlich jemand um die armen Blumen kümmern.“ Erneut wandte sie den Kopf, um Judd einen tadelnden Blick zuzuwerfen, fand sich jedoch plötzlich von seinem Blick wie gefangen, was sie ziemlich verwirrte. Judd war geräuschlos hinter ihr in die Knie gegangen, und aus nächster Nähe wirkte sein Gesicht ungemein attraktiv. Stevie atmete seinen männlichen Duft ein und stellte sich vor, wie es wäre, ihm die Schweißperlen von der Stirn zu küssen.

Unwillkürlich musste sie einmal schlucken. „Auf der Veranda steht ein Krug mit geeistem Zitronentee“, sagte sie hastig.

„Danke.“ Er stand auf und seufzte leise, als es in seinen Knien knackte. „Meine alten Knochen sind so harte Arbeit nicht mehr gewöhnt. Morgen Früh werde ich wahrscheinlich keinen Muskel mehr rühren können.“ Langsam stieg er die wenigen Stufen zur Veranda hoch und schenkte sich ein Glas Tee ein, das er in einem Zug austrank. „Haben Sie hier oben etwa aufgeräumt?“

„Nur gekehrt. Der Boden war mit Blättern und Kiefernnadeln übersät. Wirklich eine Schande.“

„Sie sind ja eine richtige kleine Hausbiene.“

Stevie überhörte den leicht ironischen Ton. „Solche Arbeit empfinde ich als angenehme Abwechslung. Außerdem lenkt sie mich von anderen Gedanken ab.“

Judd verließ die Veranda und versetzte im Vorbeigehen Stevies blondem Zopf einen sanften Schubs. „Passen Sie auf, dass Sie sich nicht überanstrengen.“

„Mach ich.“

„Sie sehen ziemlich erschöpft aus“, stellte Judd einige Stunden später fest.

Mittlerweile war die Sonne hinter den Bäumen verschwunden, die nun bizarre Schatten auf den freien Platz vor dem Haus warfen. Stevie lag ausgestreckt auf der aus Eichenholz grob zusammengezimmerten Schaukel, die unter der Veranda stand.

Bevor sie sich darauf niederließ, hatte sie die Schaukel erst von Spinnweben säubern müssen. Die Eisenketten quietschten leicht, als sie nun mit einem Fuß die Schaukel sanft hin- und herbewegte, und irgendwie fand sie das Geräusch beruhigend.

Während Judd die klappernden Fensterläden festgenagelt, mit einer vorsintflutlichen Sense das Gras gemäht und Garage und Koppel aufgeräumt hatte, war Stevie damit beschäftigt gewesen, im Haus etwas Ordnung zu schaffen.

Nun, nach getaner Arbeit, ließ Judd sich gegenüber der Schaukel auf dem frisch gemähten Gras nieder. Er hatte sein Hemd wieder angezogen, es jedoch nicht zugeknöpft. Stevie zwang sich, den Blick von seinem sehnigen Oberkörper und seinem flachen Bauch abzuwenden, was ihr ziemlich schwerfiel. Schon den ganzen Nachmittag hatte Judds athletischer Körper erregende Gefühle in ihr wachgerufen, die sie nur mühsam unterdrücken konnte.

„Ich bin müde", gab sie zu. „Aber es ist eine angenehme Müdigkeit. Wie lange ist es her, seit ich so wie heute die Sonne hinter den Bäumen untergehen sah. Es ist wundervoll, zu beobachten, wie sich das Licht in den Bäumen fängt und die Blätter mit einem rötlichen Schimmer überzieht. Vor allem aber liebe ich die Stille hier, die sich so wohltuend vom Lärm der Stadt unterscheidet."

Judd rollte sich auf die Seite. Auf den rechten Ellbogen gestützt, blickte er zu Stevie hoch. „Sie geraten ja förmlich ins Schwärmen."

„Das passiert mir nur, wenn ich müde bin", meinte sie lächelnd. „Ich habe den heutigen Tag sehr genossen. Jammerschade, dass wir wieder in die Stadt zurückkehren müssen, wo es nicht nach frischen Wiesenblumen, sondern stark nach Abgasen riecht."

„Müssen wir?"

Stevie bremste die Bewegung der Schaukel mit einem Fuß ab, hob den Kopf und schaute ihn an. „Müssen wir was?"

„Zurückfahren?"

Sie musterte Judd unter zusammengezogenen Brauen. „Was soll das heißen, Mr. Mackie?"

„Sind Sie schon wieder misstrauisch?"

„Nein, aber ganz kann ich Ihnen wohl doch nicht über den Weg trauen", erwiderte sie zuckersüß. „Nun erklären Sie mir freundlicherweise, was Sie gemeint haben. Denn natürlich müssen wir nach Dallas zurück."

„Wieso?"

„Wir haben beide unsere Verpflichtungen."

„Wem gegenüber?"

„Sie beispielsweise gegenüber der *Tribune*."

„Seit heute Morgen nicht mehr."

„Was soll das nun schon wieder heißen?"

„Ich wurde gefeuert."

Verblüfft sah Stevie ihn an. „Gefeuert? Man hat Ihnen gekündigt?"

„Richtig."

„Aus welchem Grund?"

„Weil ich mir von unserem Konkurrenzblatt die Story über Sie angeblich wegschnappen ließ."

Einen Augenblick lang musterte Stevie ihn argwöhnisch, kam dann aber zu dem Schluss, dass er die Wahrheit sprach, obwohl ihr in diesem Fall das Gegenteil lieber gewesen wäre. „Sie haben also meinetwegen Ihren Job verloren?"

Judd gab sich gelassen. „Kein Grund zur Sorge. Mich gelegentlich zu feuern ist eines der wenigen Vergnügen, die sich mein Boss leistet. Es käme mir nie in den Sinn, seine Kündigungen allzu ernst zu nehmen und ihn damit einer seiner letzten Freuden zu berauben."

So erheiternd fand Stevie das alles nicht. „Sie waren der Einzige, der die Wahrheit kannte. Sie hätten mit einer Sensation aufwarten können."

„Dann wäre ich mir aber wie ein echter Schuft vorgekommen. Möglicherweise kaufen Sie mir das nicht ab, aber ich glaube an so etwas wie Berufsethik. Und wenn ich Ihnen verspreche, Stillschweigen zu bewahren, dann halte ich mich auch daran."

Judd erhob sich aus dem Gras und kam auf Stevie zu, die in einer Ecke der Schaukel lehnte und einen Fuß hochgelegt hatte.

Mit festem Griff umfasste er ihren Knöchel und hob ihr ausgestrecktes Bein hoch. Dann setzte auch er sich auf die Schaukel und legte Stevies Fuß auf seinen Schoß. „Sie haben eine Blase an der Ferse“, bemerkte er.

„Die bekomme ich meistens, wenn ich statt Turnschuhen und Socken Sandalen trage.“

Mit seiner Daumenkuppe zog Judd zart die Umrisse der Blase nach. Am liebsten hätte Stevie ihr Bein zurückgezogen, befürchtete jedoch seinen Spott.

„Wir sollten uns besser vor Einbruch der Dunkelheit auf den Rückweg machen“, schlug sie mit leicht heiserer Stimme vor.

„Was ich vorhin sagte, war mein Ernst. Lassen Sie uns hier bleiben.“

„Das geht nicht.“

Wenn er nur endlich die Hand von meinem Fuß nehmen würde, dachte Stevie verzweifelt. Er zeichnete mit dem Daumen unsichtbare Kreise auf ihrer nackten Fußsohle, und es kostete sie eiserne Beherrschung, ihren Fuß nicht zu bewegen. Judds Berührung artete allmählich in sanftes Streicheln aus, und Stevie war nahe daran, wie eine Katze wohlig zu schnurren.

„Warum nicht?“

Ja, wieso eigentlich nicht? Auf Anhieb fiel ihr kein triftiger Grund ein. „Darum.“

„Eine äußerst logische Begründung.“ Judd lächelte, wurde aber sofort wieder ernst. „Sie benötigen Zeit zum Nachdenken. Und nirgendwo finden Sie dazu mehr Ruhe als hier, wo Sie kein Telefon stört und keine aufdringlichen Reporter belästigen. Außer mir müssen Sie niemanden ertragen.“

Dass er selbst der Haupthinderungsgrund war, darauf kam er wohl nicht. Trotzdem reizte Stevie sein Vorschlag in mancher Hinsicht, weshalb sich ihre Ablehnung dann auch nicht sehr überzeugend anhörte. „Und was wollen Sie inzwischen anfangen? Mich beobachten, wie ich mir den Kopf zerbreche?“

„Nein. Ich schreibe an meinem Roman."

„Roman? An welchem Roman?" Dieser Mann steckte voller Überraschungen.

„An dem Roman, mit dem ich morgen Früh beginne. Vorausgesetzt, dass wir bleiben. Falls nicht, tragen Sie die Verantwortung dafür, dass der große amerikanische Gegenwartsroman nicht geschrieben wird."

„Wollen Sie mir jetzt auch noch die Verantwortung für Ihre Schriftstellerkarriere aufladen?"

„Na ja, immerhin bin ich Ihretwegen meinen Reporterjob los", erinnerte er sie wenig zartfühlend.

„Gerade sagten Sie ..."

„Ich weiß, was ich gesagt habe", fiel Judd ihr ins Wort. „Lassen Sie uns dableiben. Sie können sich im Haus und an den Blumenbeeten austoben – und ich schreibe."

„Sie suchen wohl nur eine kostenlose Haushälterin!" Wütend über sein unverschämtes Angebot, entzog Stevie ihm ihren Fuß. „Während Sie den großen Romancier mimen, soll ich Ihnen als Mädchen für alles zur Verfügung stehen. Sie sind ein elender Chauvinist, Mr. Mackie, und obendrein ..."

„Von mir aus können Sie auch den ganzen Tag im Bett liegen", unterbrach er sie lautstark. „Sie waren es doch, die behauptet hat, die Arbeit würde Sie entspannen und ablenken." Ihre empörte Miene veranlasste ihn, resigniert aufzuseufzen. „Okay, vergessen Sie das. Ich bildete mir ein, wir könnten beide ein paar ruhige Tage gebrauchen, um uns über unsere Zukunft klar zu werden. Aber dies war keine gute Idee von mir."

Unvermittelt sprang er auf, wodurch die Schaukel in heftige Bewegung geriet. Stevie bremste mit einem Fuß. „Wo würden wir hier überhaupt schlafen?", rief sie Judd hinterher, der in Richtung Haus davonstürmte.

Er blieb schlagartig stehen und verharrte einige Sekunden bewegungslos. Dann drehte er sich langsam um. „Wo wir schlafen würden?", fragte er mit hochgezogenen Brauen.

„Ich meine natürlich, wo ich schlafen würde."

„Sie können sich Ihr Zimmer aussuchen."

„Und wo würden Sie schlafen?"

„In einem der anderen Zimmer." Judd stemmte die Hände in die Hüften. „Allmählich beginne ich zu begreifen. Sie waren wohl der Meinung, ich hätte Ihnen die kombinierte Rolle einer Haushälterin und Geliebten zugedacht?" Da Stevie zu seiner Anschuldigung schwieg, fuhr er fort: „Ich nahm an, wir hätten bereits heute Mittag geklärt, dass zwischen uns keine körperliche Anziehungskraft besteht. Selbstverständlich schwebte mir ein rein platonisches Zusammenleben vor. Momentan sind wir beide vollauf damit beschäftigt, unser Leben zu ordnen. Warum sollten wir uns da zusätzlich Komplikationen aufladen?"

„Sie sprechen mir aus der Seele."

„Außerdem hat zwischen uns ja kein Funke gezündet."

„Eben."

„Im Übrigen würden Sie in meiner Gegenwart wohl kaum schmutzig und total verschwitzt herumlaufen, wenn Sie auf meine Verführung aus wären."

„Stimmt", bejahte Stevie steif und bekämpfte den drängenden Impuls, Judd zu ohrfeigen.

„Na also. Für mich gilt das Gleiche. Außerdem würde ich es Ihnen offen sagen, wenn ich mit Ihnen schlafen wollte." Er fuhr sich mit den Fingern durchs Haar. „Da wir nun alle Missverständnisse beseitigt haben, bleibt nur noch eine Frage offen: Fahren wir noch heute zurück oder nicht?"

„Ich dachte, es wäre hübsch, hier draußen zu essen."

Verlegen wies Stevie auf den Tisch, den sie vom Esszimmer auf die Veranda geschleppt hatte. Beim Durchstöbern der Schränke hatte sie eine Tischdecke und Leinenservietten gefunden und schließlich in der Küche sogar eine Kerze mit Halter aufgetrieben. Als Blumenschmuck diente eine mit Wiesenblumen gefüllte Vase.

„Prima Idee. Aber Sie haben sich viel zu große Mühe gegeben.“ Judds Blick ruhte auf dem liebevoll gedeckten Tisch.

„Es hat mir Spaß gemacht.“

Wie versprochen hatte er ihr bei der Wahl des Zimmers den Vortritt gelassen. Als gewohnheitsmäßige Frühaufsteherin entschied sie sich für das auf der Ostseite gelegene Zimmer. Eine gute Wahl, fand Judd, der nach eigenem Bekunden nichts mehr hasste, als morgens in einem sonnendurchfluteten Raum aufzuwachen.

Als Nächstes hatte er ihr das Bad gezeigt, und Stevie war entzückt gewesen über das Waschbecken mit Sockel und altmodischer Badewanne. „Sie ist über zwei Meter lang und eignet sich hervorragend für ausgedehnte Schönheitsbäder“, hatte Judd die Wanne im Stil eines gewieften Verkäufers angepriesen.

Dann hatte er ihr Handtücher und Bettwäsche ausgehändigt und ihr einen Schrank gezeigt, in dem bunt gemischt alle möglichen Kleidungsstücke hingen. „Bis wir wieder in die Stadt kommen, müssen Sie sich zur Not damit behelfen.“

„Kein Problem. Wem gehören die Sachen?“, hatte Stevie sich neugierig erkundigt und sich einen weiten Rock an die Taille gehalten.

„Meinen diversen Cousins und Cousinen.“ Judd drückte ihr eine Bluse und Shorts in die Hand. „Da ich ein vollendeter Gentleman bin, dürfen Sie zuerst ins Bad. Sind Sie einverstanden, wenn wir zum Abendessen die mitgebrachten Steaks essen?“ Wie auf Kommando hatte genau in diesem Augenblick ihr Magen laut und vernehmlich geknurrt, worauf Judd seine Fingerknöchel sanft an ihrem Bauch rieb. „Darf ich das als Zustimmung auffassen?“

Stevies Bauchmuskeln hatten sich unter seiner Berührung verkrampft, und sie hatte Mühe gehabt, gleichmäßig zu atmen, weshalb ihre Stimme unnatürlich hoch geklungen hatte. „Ja, ich mag Steaks."

„Gut. Während Sie baden, werde ich schon mal den Grill anzünden. Er stammt noch aus Großvaters Zeiten und ist mir heute beim Aufräumen der Garage unter die Finger geraten. Sogar einen Sack Holzkohle habe ich gefunden."

Und nun, eine knappe Stunde später, standen sie sich beide im flackernden Kerzenschein gegenüber. Die laue Abendluft war vom Duft gegrillten Fleisches durchzogen. Stevie lief das Wasser im Mund zusammen.

Sie fühlte sich seltsam nervös und unsicher und suchte nach einem unverfänglichen Gesprächsstoff. Sie war von einer plötzlichen Schüchternheit befallen, die sie sich schlecht erklären konnte. Vielleicht lag das an der spitzenverzierten Folklorebluse, die sie in dem Schrank gefunden hatte und die so betont weiblich wirkte. Zudem war ihr die Bluse viel zu groß, und der ohnehin weite Ausschnitt rutschte ständig nach unten oder über ihre Schulter. Viel lieber hätte sie nach dem Bad wieder ihre eigenen Sachen angezogen, aber die starrten vor Schmutz.

Außerdem war es ihr unangenehm, mit diesem Mann allein zu sein, der sie wiederholt mit seinem Adlerblick und vermeintlichen Scherzen in Verlegenheit brachte.

Auch jetzt tat er sich keinen Zwang an und unterzog alles einer gründlichen Musterung. Kerze, Blumen, den gedeckten Tisch – und Stevie. Sie vor allem. Genüsslich ließ er seinen Blick über ihren Körper wandern und lächelte dann hämisch. „Versuchen Sie etwa, mich zu becircen, Stevie? Vielleicht sollte ich Sie warnen, ich bin als Heiratskandidat ungeeignet."

Sofort fiel jede Verlegenheit von ihr ab. Sie blickte ihn mit ihren braunen Augen zornig an. „Sie eingebildeter Affe", schimpfte sie. „Glauben Sie ja nicht, ich hätte mir nur Ihretwegen so viel Mühe gegeben. Ich tat es in erster Linie für mich. Da ich meine Gäste gewöhnlich in ein Restaurant zum Essen einlade, habe ich selten Gelegenheit … Was ist daran so lustig?"

„Sie – weil man Sie so herrlich ärgern kann. Allerdings sehen Sie nicht lustig, sondern zum Anbeißen aus, wenn Sie wütend sind."

Da Stevie bei bisherigen Streitereien mit Judd stets den Kürzeren gezogen hatte, verzichtete sie darauf, ihm ihre Reaktion näher zu erläutern. Stumm beobachtete sie, wie er zum Grill schlenderte und die Steaks umdrehte.

„Noch fünf Minuten", sagte er über die Schulter.

Sie nutzte die verbleibende Zeit, um in der Küche die Soße über den Salat zu gießen und das mit Kräuterbutter bestrichene Weißbrot aus dem Ofen zu holen. Beides stellte sie zusammen mit einer Kanne Eistee auf ein Tablett und trug es auf die Veranda.

Inzwischen hatte Judd die Steaks serviert. Er setzte sich und goss sich ein Glas Tee ein, den Stevie mit frischen Minzeblättern geschmacklich verfeinert hatte.

„Die Minze im Tee weckt in mir Erinnerungen an die Sommerferien, die ich als Kind stets bei meinen Großeltern verbrachte", sagte er träumerisch und betrachtete den Abendhimmel. Dann wandte er sich wieder Stevie zu und schmunzelte.

„Was ist?"

„Mir ist soeben bewusst geworden, dass ich meinen allabendlichen Aperitif bisher nicht vermisst habe." Er prostete ihr mit dem Glas Tee zu. „Das verdanke ich bestimmt Ihrer unterhaltsamen Gesellschaft."

Stevie genoss den warmen Blick, mit dem er sie bedachte. Sie begann zu essen. „Das Steak schmeckt köstlich, Judd", lobte sie ihn nach einigen Bissen.

„Seien Sie nicht zu enthusiastisch. Meine Kochkünste sind nämlich mit dem Grillen von Steaks erschöpft."

Eine Zeit lang saßen sie schweigend beisammen. „Wovon

soll denn Ihr Roman handeln?“, fragte Stevie, um das Gespräch in Gang zu halten.

„Ein Schriftsteller redet nie über das Werk, an dem er gerade arbeitet.“

„Noch haben Sie nicht angefangen.“

„Man spricht auch nicht über Ideen, die einem im Kopf herumschwirren.“

„Wozu diese strengen Regeln?“

„Weil der innere Druck, etwas niederzuschreiben, beträchtlich abflaut, wenn man mit einem anderen Menschen darüber spricht.“

„Ich verstehe.“ Stevie widmete sich wieder ihrem Steak, befasste sich aber weiter mit diesem Thema. „In gewisser Weise verhalte ich mich vor einem wichtigen Spiel ähnlich. Ich verrate meine Strategie nicht. Und ich weigere mich, über die Schwächen meiner Gegnerin zu diskutieren, da ich das als schlechtes Omen betrachte.“

„Sie sind ja abergläubisch“, hänselte Judd sie.

„Darüber habe ich mir bisher noch keine Gedanken gemacht, aber wahrscheinlich haben Sie recht.“ Stevie, die mit dem Essen fertig war, schob ihren Teller beiseite. „Ich nehme meine Spiele halt sehr ernst. Das ist mit ein Grund, warum mich Ihre Kommentare immer so erbittern, Mr. Mackie. Ständig machen Sie sich in Ihrer Kolumne über mich lustig.“

„So etwas fördert die Verkaufszahlen. Aber wie ich sehe, nehmen Sie Ihren Sport vielleicht ein wenig zu ernst.“

„Unsinn.“

„Da wäre ich nicht so sicher.“ Beide Ellbogen auf den Tisch gestützt, beugte Judd sich vor. Im flackernden Kerzenlicht wirkten seine Gesichtszüge weicher, was seine männliche Ausstrahlungskraft keineswegs schmälerte. Er musterte Stevie eindringlich. „Wo bleiben der Ehemann, die Kinder, das Haus …?“

„Wäre ich ein Mann, kämen Sie gar nicht auf die Idee, mir

eine solche Frage zu stellen."

„Möglich", räumte er ein. „Aber Sie …" Er ließ seinen Blick zu dem spitzenbesetzten Ausschnitt ihrer Bluse wandern. „Sie sind nun einmal kein Mann."

Stevie war entgangen, dass ihr Ausschnitt während des Essens immer weiter nach unten gerutscht war und nun den Ansatz ihrer Brüste freizügig enthüllte. Fasziniert starrte Judd auf den halb entblößten Busen, dessen zarte Haut im warmen Kerzenschein rosig schimmerte.

Stevie empfand seinen verlangenden Blick als ähnlich bedrohlich wie die Wende ins allzu Persönliche, die ihre Unterhaltung nahm. Sie blockierte jeden weiteren Vorstoß in diese Richtung und lenkte ihr Gespräch wieder auf das ursprüngliche Thema. „Nichts bekommt man im Leben umsonst. Schon gar nicht den Erfolg. Man kann nicht alles haben."

„Man muss sich aber auch nicht zwingend auf nur einen Bereich im Leben beschränken. Aber Ihnen bleibt wohl nichts als Ihr Sport."

„Immerhin bin ich darin sehr gut", widersprach sie gereizt.

„Zugegeben."

Stevie schob ihren Stuhl nach hinten und sprang auf. „Immer diese überhebliche Stichelei. Wo bleibt Ihr Feingefühl? Sie sind ein hoffnungsloser Fall, Mr. Mackie."

„Das versichert man mir seit meinen ersten Kindergartentagen immer wieder. Zuletzt hörte ich diesen Spruch heute Morgen von Mike Ramsey. Er … Stevie?" Mit wenigen Schritten war Judd bei ihr. „Was ist los?"

„Nichts."

„Machen Sie mir nichts vor", meinte er leise. „Haben Sie Schmerzen?"

Sie atmete einige Male tief durch. „Manchmal, wenn ich so plötzlich aufspringe, wie gerade, tut es ein wenig weh."

Judd presste seine Hand auf ihren Bauch. „Setzen Sie sich

vorsichtig wieder hin, verdammt. Soll ich Ihre Schmerztabletten holen?"

„Nein, danke. Es geht mir wieder besser." Ihr Lächeln wirkte ein wenig gezwungen. „Gewöhnlich vergehen die Schmerzen genauso schnell, wie sie kommen. Es ist alles in Ordnung."

Durch die Bluse hindurch massierte Judd sanft ihren Bauch. „Sind Sie sicher?"

Sicher war sich Stevie nicht, aber etwas war ihr klar. Wenn er nicht sofort seine Hand von ihrem Bauch nahm, konnte sie für nichts mehr garantieren. Ein wohliger Schauer durchrieselte sie, und ihre Knie fühlten sich plötzlich ziemlich weich an.

„Ja, ich bin mir sicher", erwiderte sie mit belegter Stimme.

Auf Judd schien das nicht sehr überzeugend zu wirken, denn er musterte sie weiterhin besorgt. Dann zog er unvermittelt seine Hand zurück und trat beiseite. „Am besten gehen Sie doch nach oben und legen sich hin."

„Ach. Doch nicht wegen der paar Stiche im Bauch."

„Wegen ein paar Stichen wird man nicht kreidebleich", beharrte Judd. „Wie oft verspüren Sie solche Stiche?"

„Ein oder zwei Mal am Tag. Sie sind wirklich nicht schlimm. Aber jetzt lassen Sie mich bitte am besten ganz in Ruhe das Geschirr abwaschen, Mr. Mackie. Schreiben Sie doch solange an Ihrem Roman."

6. KAPITEL

Judd knallte fluchend die Küchentür hinter sich zu. Er hatte doch genau gesehen, wie sich Stevies Gesicht vor Schmerzen verzerrt hatte. Wieso glaubte sie, sie könne ihm etwas vormachen? Statt sich ihrer Krankheit zu stellen, tat sie jeden Hinweis darauf mit einem Lächeln ab.

Aber verhielt er selbst sich nicht ähnlich, wenn er weiterhin die zwischen ihnen bestehende erotische Spannung einfach zu ignorieren versuchte? Ihren warmen Bauch unter seinen Fingern zu spüren, das hatte in ihm eine wilde Sehnsucht nach mehr geweckt. Es kostete ihn eine beinahe übermenschliche Anstrengung, seine Hand wegzuziehen und sie nicht weiter nach oben, zu ihren kleinen festen Brüsten wandern zu lassen.

Ich muss mich unbedingt ablenken, dachte er. Judd trug den auf der Veranda stehenden Tisch ins Esszimmer zurück, platzierte ihn direkt unter der einzigen Lampe und stellte den Laptop darauf.

Zufrieden betrachtete er sein Werk und bewegte die Finger, um sie fürs Tippen geschmeidiger zu machen.

„Was tun Sie da?"

Judd fuhr herum. Im Türrahmen stand Stevie und beobachtete ihn neugierig.

„Ich bereite alles vor", gab er mürrisch Auskunft. „Man setzt sich nicht einfach hin und tippt blindlings drauflos", belehrte er sie salbungsvoll. „Zuerst muss man die nötigen Voraussetzungen schaffen."

„Aha. Aus meiner Sicht sind das alles nur faule Ausflüchte. Ihnen graut davor, mit dem Schreiben anzufangen, deshalb suchen Sie dauernd nach neuen Ausreden."

„Da irren Sie sich gewaltig."

„Schon gut." Stevie trat hastig einen Schritt zurück, als

müsse sie sich vor einem gereizten Stier in Sicherheit bringen, was der Wahrheit ziemlich nahe kam. „Ich gehe jetzt ins Wohnzimmer und schmökere ein wenig im Bücherregal."

„In Ordnung. Hoffentlich sind Sie leise."

„Ich werde darauf achten", meinte sie spöttisch.

„Warten Sie." Judd eilte ihr hinterher. „Tut mir leid, ich wollte Sie nicht so anfahren. Ich bin nur im Moment etwas reizbar. Vermutlich muss ich mich erst an den Ortswechsel gewöhnen."

„Sie vermissen wohl die Hektik der Stadt?"

„Kann sein. Kommen Sie, ich will Ihnen bei der Auswahl eines interessanten Buches behilflich sein."

Er wandte sich in Richtung Wohnzimmer, doch Stevie packte ihn am Arm. „Ich suche mir mein Buch gern allein aus. Hören Sie endlich mit Ihren Ablenkungsmanövern auf, Mr. Mackie."

„Ablenkungsmanövern?"

„Ja. Sie benehmen sich wie ein kleines Kind, das sich vor dem Schlafengehen drücken will. Doch Ihr Roman schreibt sich nicht von selbst."

„Glauben Sie wirklich, ich würde mich davor drücken, mit meinem Buch zu beginnen?", fragte er beleidigt.

„Ja."

Nachdem Stevie sich mehrmals beim Einnicken ertappt hatte, kapitulierte sie und legte das Buch auf den Couchtisch. Heute Nachmittag hatte sie zuerst sämtliche Möbel im Wohnzimmer von den Abdeckungen befreit und dann den Raum recht gemütlich gefunden. Zwar entsprachen die schweren Ahornmöbel im Stil der Gründerjahre nicht unbedingt ihrem Geschmack, sie passten jedoch gut zur übrigen Einrichtung des Hauses.

Sie schaltete die Leselampe aus und hob barfuß ihre Sandaletten vom Boden auf. Beim Durchqueren der Diele blieb sie an der offenen Esszimmertür stehen. Judd ging unruhig im Zimmer auf und ab, ließ den Kopf kreisen und bewegte die Oberarmmuskeln. Über den Boden verstreut lagen Papierflugzeuge in verschiedenen Größen und Ausführungen. Ein besonders kühn konstruiertes Modell hatte sich sogar in einem der rustikalen Vorhangringe verfangen.

„Wie kommen Sie voran?“, erkundigte sich Stevie freundlich und ging zum Tisch, um einen Blick auf den Bildschirm zu werfen. „Erstes Kapitel“, las sie laut. „Sehr aufschlussreich.“

„Sparen Sie sich Ihre klugen Kommentare.“

Sie ließ sich nicht einschüchtern. „Vom Pulitzer-Preis sind Sie noch recht weit entfernt, Mr. Mackie.“

„Genauso weit wie Sie vom Gewinn des Grand Slam.“

Schlagartig verschwand der belustigte Ausdruck in ihren Augen, ebenso ihr amüsiertes Lächeln. „Da haben Sie recht.“

Im Nachhinein hätte Judd sich wegen seiner unbesonnenen Äußerung am liebsten geohrfeigt. Er fuhr sich mit den Fingern verlegen durch das ohnehin schon zerzauste Haar. „Tut mir leid. Ich wollte nicht ... das war keine Anspielung ...“

„Schon gut, ich weiß, wie es gemeint war. Was ist mit Ihrer Schulter?“

„Nichts.“

„Wieso zucken Sie dann jedes Mal zusammen, wenn Sie sie bewegen?“

„Wahrscheinlich bin ich körperliche Arbeit nicht mehr gewohnt.“

„Lassen Sie mal sehen.“ Stevie stellte ihre Sandaletten ab und drückte leicht Judds Schulter.

„Au!“, schrie er. „Es tut schon so höllisch weh. Sie müssen nicht auch noch Ihre Finger in meine Schulter graben.“

„Sie sind griesgrämig wie ein alter Bär.“

„So fühle ich mich auch. Und zwar wie einer, der gerade aus dem Winterschlaf erwacht ist.“

„Kommen Sie mit nach oben“, sagte Stevie energisch. „Ich

werde Sie mit meinem Spezialmittel einreiben, das ich stets mit mir führe." Sie bückte sich nach ihren Sandaletten.

Judd schaltete die Lampe aus und folgte ihr in die Diele. „Was für ein Zeug ist das?", fragte er argwöhnisch.

„Eine Lotion, die ein Spezialist für Sportverletzungen zusammengebraut hat. Sie löst Versteifungen und mildert Schwellungen", erklärte sie, während sie vor ihm die Treppen hinaufstieg.

Jäh fasste er nach ihrem losen Blusenzipfel und hinderte sie am Weitergehen. Sie drehte sich um und sah ihn fragend an.

„Falls dieses Mittel wirklich eine derartige Wirkung hat", sagte er gedehnt, „müssen Sie mir versprechen, nur die Körperstellen damit einzureiben, die ich Ihnen erlaube."

Stevie entriss ihm den Blusenzipfel und warf ihm einen vernichtenden Blick zu, ehe sie weiterging. Oben in seinem Zimmer angekommen, holte sie aus ihrer Sporttasche die Lotion und wartete darauf, dass Judd sich frei machte.

Er zog sich das T-Shirt über den Kopf. Mit hoch gestreckten Armen stand er direkt unter der Deckenlampe und bot Stevie einen ungehinderten Blick auf seinen drahtigen Körper. Sie nahm sein Bild mit fast fotografischer Genauigkeit in sich auf. Breite Schultern, muskulöser Brustkorb, schlanke Hüften, flacher Bauch, Narben am Bein.

Narben am Bein?

Inzwischen hatte Judd seinen Kopf aus dem T-Shirt befreit und ertappte Stevie dabei, wie sie auf sein mit roten Narben übersätes linkes Schienbein starrte. Er knüllte das T-Shirt zusammen und schleuderte es mit elegantem Schwung auf den Hocker neben dem Bett.

„Jemanden so anzustarren ist unhöflich." Sein ohnehin grimmiger Gesichtsausdruck, schon eine Art Markenzeichen von ihm, hatte sich in den letzten Sekunden noch um einige Schattierungen verfinstert.

Stevie deutete die harschen Worte als Versuch, dahinter seine eigene Betroffenheit zu verstecken. War sie etwa zufällig auf Judd Mackies wunden Punkt gestoßen?"

Abgesehen davon, dass sie eine schlechte Schauspielerin war, fand sie es albern, vorzugeben, nichts gesehen zu haben. Sie entschloss sich, nicht lange um den heißen Brei herumzureden.

„Was ist mit Ihrem Bein passiert, Judd?"

„Doppelter Unterschenkelbruch."

Das war noch schlimmer, als sie angenommen hatte. Sie bemühte sich erst gar nicht, ihr Entsetzen zu verbergen. „Und wie ist das geschehen?"

„Wasserskiunfall", teilte er ihr knapp mit.

„Wann?"

„Vor einer Ewigkeit", antwortete er mit einer Mischung aus Bitterkeit und Wehmut. Dann kam er langsam auf sie zu. Noch immer blickte sie wie gebannt auf das vernarbte Bein. Judd hob mit zwei Fingern ihr Kinn an. „Wenn Sie mich weiter so anstarren, bekomme ich einen Komplex."

„Tut mir leid", entschuldigte sie sich. „Ich bin nur etwas verwirrt, weil mir die Narben erst jetzt aufgefallen sind. Dabei sind Sie heute Abend die ganze Zeit in Shorts herumgelaufen." Auf der Veranda war es relativ dunkel gewesen, und solange sie sich am Tisch gegenübersaßen, hatte der Tisch Judds Beine ihren Blicken entzogen. „Irgendwie war es da ein kleiner Schock für mich, als ich nun die Narben entdeckte", bekannte sie aufrichtig.

„Die meisten Frauen finden mein Bein sexy."

Typisch Judd, dachte Stevie. Gleichzeitig fand sie es nett von ihm, dass er die peinliche Situation mit einem Scherz aufzulockern versuchte. Sie beschloss, darauf einzugehen und nicht weiter nachzubohren, wie er sich die Verletzung zugezogen hatte. In diesem Punkt schien der hartgesottene Sportreporter recht empfindlich zu sein.

„Ja, sexy ist es“, versicherte sie schmunzelnd. „Beinahe so sexy wie Ihre haarige Brust.“

„Ehrlich?“

„Ehrlich. Mir läuft buchstäblich das Wasser im Mund zusammen.“

„Hm.“

Judd ließ seine Blicke zu Stevies Lippen wandern. In gewisser Weise fand sie seine Direktheit ähnlich erregend und herausfordernd wie seinen sarkastischen Schreibstil. Dieser Mann übte eine unwiderstehliche Anziehungskraft aus. Ihre Knie drohten unter ihr nachzugeben, und sie wusste, dass sie sich diesem magischen Blick entziehen musste, bevor er sie völlig willenlos machte.

Sie wandte sich ab und begann, die Flasche in ihrer Hand kräftig zu schütteln. „Wo soll ich Sie massieren?“, erkundigte sie sich forsch.

„Das weiß ich nicht“, entgegnete er leicht heiser. „Es hängt davon ab, wie nahe wir uns kommen wollen?“

Stevie spürte, wie er ihren Zopf hochhob, und fuhr herum. Judd stand dicht hinter ihr und betrachtete voller Verlangen ihren schlanken Nacken, während er ihr seidiges Haar durch seine Finger gleiten ließ. „Wir können zwischen Stuhl und Bett wählen“, flüsterte er.

Mit einer heftigen Bewegung riss sie sich von ihm los. „Wollen Sie nun eine Massage oder nicht?“

„Ja.“

„Dann setzen Sie sich hin, damit wir es hinter uns bringen.“

„Das heißt wohl unmissverständlich Stuhl“, bemerkte er trocken, während er ein Lächeln unterdrückte. Er zog sich einen Stuhl heran, setzte sich rittlings darauf und stützte sich mit verschränkten Armen auf die Lehne. „Verfügen Sie nach Belieben über mich.“

Stevie stellte sich hinter Judd. Sie schüttete etwas Lotion auf eine Handfläche und rieb die andere dagegen. Unwillkürlich zögerte sie, seine nackte Haut zu berühren. Er hatte seinen Kopf auf die Arme gelegt und drehte sich nun zu ihr um. „Worauf warten Sie noch?"

„Gleich geht's los."

„Das Zeug brennt doch nicht, oder?"

„Haben Sie etwa Angst?"

„Wenn es um meine Haut geht, bin ich sehr empfindlich."

„Glauben Sie, ich würde mir etwas von dem Mittel auf die Hand geben, wenn es brennen würde?", fuhr sie ihn an.

„Durchaus möglich. Immerhin habe ich einige gepfefferte Artikel über Sie verfasst. Vielleicht wollen Sie nun grausame Rache üben."

„Verdient hätten Sie es."

Das kleine Wortgefecht hatte Stevie Zeit gegeben, ihre Scheu zu überwinden. Sie legte die Hände auf Judds nackte Schultern und begann, das schmerzlindernde Mittel einzureiben.

„Hm", meinte er genießerisch. „Nicht schlecht, Stevie."

„Danke. Ich habe eine ganze Menge Praxis."

„Durch wen?"

„Meine diversen Kollegen."

„Männer?"

„Manchmal."

„So, so. Reicht das Material für eine Kolumne mit dem Titel ‚Sexorgien in der Garderobe'?"

„Typisch Judd Mackie. Ihr Niveau ist immer gleich niedrig."

„Was halten Sie von ‚Liebe auf dem Tennisplatz'?"

„Grässlich langweilige Schlagzeile."

„Und von ‚Schläger und Romanzen'?"

Stevie fiel es schwer, sich auf seine Worte zu konzentrieren. Sie konnte ihren Blick nicht von seiner Schulter wenden, die sie zu gern mit den Lippen berührt hätte.

Die straffe Haut unter ihren Händen und die harten Muskeln, die ihre Finger ertasteten, erweckten in ihr sonderbare Wünsche. Es reizte sie, die Linie von Judds Wirbelsäule nachzuziehen und ihre Erkundungen nach unten fortzusetzen.

„Also, wie wäre es damit?" Judds Worte klangen ziemlich unverständlich, da er seinen Mund gegen die Hände presste. Er hatte die Augen geschlossen und schien die Massage außerordentlich zu genießen.

„Womit?" Tief über ihn gebeugt, betrachtete Stevie bewundernd die seidigen langen Wimpern, die so gar nicht zu einem Mann wie Judd Mackie passten.

„Mit ‚Schläger und Romanzen'. Ist es Ihnen je passiert, dass sich einer Ihrer Mitspieler als glutvoller Romeo entpuppte und Sie sich seiner mit dem Schläger erwehren mussten?"

„Nein, nie."

„Das ist wohl nicht ganz Ihr Stil?"

„Was ist denn mein Stil?", wollte sie wissen.

„Sich unerwünschte Verehrer mit einem eisigen Blick vom Leib zu halten. Diese Kunst beherrschen Sie wie keine andere Frau."

„Leider scheint sie an Ihnen wirkungslos abzuprallen, Mr. Mackie."

„Wie Sie bereits feststellten, bin ich unverbesserlich. Ließe ich mich generell vom ersten Nein einschüchtern, käme ich im Leben zu gar nichts." Er stieß einen wohligen Seufzer aus. „Wenn Sie Ihre Massage noch ein wenig fortsetzen, Stevie, können Sie mit mir machen, was Sie wollen."

Eine durchaus verlockende Vorstellung, fand Stevie, behielt diese Meinung aber wohlweislich für sich. „Solche Sprüche kommen bei mir nicht an, Mr. Mackie."

Obwohl er seine Augen nicht öffnete, konnte sie an den kleinen Fältchen, die sich in seinen Augenwinkeln bildeten, erkennen, dass er lächelte. Sie nutzte die Gelegenheit, ihn unbeobachtet aus nächster Nähe zu mustern. Sein gut geschnittenes

Gesicht zeugte von Charakter, wenngleich ihr der Ausdruck „charaktervoll“ im Zusammenhang mit Judd Mackie unangebracht erschien. Andererseits hatte Judd gestern ihr gegenüber recht uneigennützig gehandelt und sich von seinen Konkurrenten eine Bombenstory wegschnappen lassen, weil er selbst aus ihrem persönlichen Dilemma keinen Nutzen ziehen wollte.

Dieses selbstlose Verhalten hatte ihn immerhin seine Stelle bei der *Tribune* gekostet. War das nicht Beweis genug, dass sich hinter der Maske des zynischen Reporters ein weiches Herz verbarg?

„Die Arme auch.“

„Meine Finger werden allmählich lahm“, klagte Stevie. „Dieses Kneten bedeutet für mich harte Arbeit.“

„Nicht aufhören.“

Stevies Protest war eine Verdrehung der Tatsachen, denn die Massage bereitete ihr mindestens so viel Wohlbehagen wie Judd. Während sie hingebungsvoll seine harten Armmuskeln knetete, verfolgte sie, wie ihre Finger auf der gebräunten Haut weiße Streifen hinterließen. Judd gab sinnliche Laute von sich, die wie das Schnurren einer Katze klangen.

„Gestern sagten Sie, ich hätte meinen Beruf verfehlt“, murmelte er träge. „Dasselbe könnte man auch von Ihnen behaupten.“

Leicht bestürzt stellte Stevie fest, dass nicht nur bei ihm die Sinne von der Massage angeregt wurden. Unbewusst war sie immer näher an ihn herangerückt, bis sich nun bei jeder Bewegung ihr Bauch an Judds Rücken rieb. Ruckartig trat sie zurück. „Mehr kann ich für Sie nicht tun“, erklärte sie brüsk. Ohne mich vollends wie eine Närrin aufzuführen, setzte sie im Stillen hinzu.

Widerwillig hob Judd den Kopf und drehte sich herum, bis er in normaler Haltung auf dem Stuhl saß. Er legte die Arme um ihre Taille und zog Stevie zwischen seine Knie.

„Mr. Mackie!“, stieß sie atemlos hervor.

„Hm?“

„Was tun Sie da?“

„Was ich tue? Nichts“, antwortete er unschuldig und strich mit der Linken über ihren Bauch. „Haben Sie noch Schmerzen?“ Er presste die Handfläche gegen ihren Unterleib.

Unfähig, auch nur ein Wort von sich zu geben, schüttelte Stevie den Kopf.

„Bestimmt nicht?“

„Nein.“

„Gut.“ Er sah zu, wie sich seine Hand streichelnd über ihren Bauch bewegte, und hob dann unvermutet den Kopf. Ihre Blicke versanken ineinander. „Sie würden es mir doch sagen, wenn Sie Schmerzen hätten, oder?“ Hinter der höflichen Frage verbarg sich die Mahnung, ihm nichts zu verheimlichen.

„Ja.“

Ohne den Blick von ihr zu wenden, ließ Judd seine Hand nach oben wandern. „Sie riechen gut.“ Den Kopf nach vorn gebeugt, schnupperte er an ihren Brüsten und rieb seine Nasenspitze sachte an dem dünnen Blusenstoff. „Wo haben Sie dieses Parfüm aufgetrieben?“

„Es ist mein eigener Duft.“ Nur mit Mühe brachte Stevie diesen Satz zu Stande, während Judd sein Gesicht nun an ihren Busen schmiegte. Ihr Puls raste.

„Ich mag den Duft.“

„Danke“, antwortete sie leise. Im nächsten Moment entfuhr ihr ein lustvoller Seufzer, da Judd mit seinem Mund an ihrem Ausschnitt entlangglitt und die Mulde zwischen ihren Brüsten küsste. Ganz langsam erhob er sich, vollzog diese Aufwärtsbewegung auch mit den Lippen und bedeckte ihren Hals und ihr Kinn mit lauter kleinen Küssen.

„Mr. Mackie …“

„Judd“, verbesserte er sie sanft.

„Judd …"

„Lass dich einfach gehen, Stevie."

Stevie konnte sich seinem leidenschaftlichen Drängen nicht länger entziehen und öffnete die Lippen. Ihre Zungen vereinten sich zu einem wilden erotischen Spiel, welches das beiderseitige Verlangen noch schürte. Judds Kuss wurde fordernd und besitzergreifend, während er gleichzeitig mit dem Daumen ihre empfindsamen Brustspitzen streichelte.

Dann beugte er sich hinunter und küsste die Stelle, die er zuvor mit der Hand gestreichelt hatte. Sein Mund hinterließ auf dem dünnen Blusenstoff einen feuchten Fleck, unter dem sich die steife Knospe abzeichnete. Ein Anblick, der Judds Erregung noch steigerte. Erneut presste er seine Lippen auf Stevies Mund und küsste sie mit wilder Begierde.

„Keine Sorge, Baby", meinte er leise. „Du bist mehr Frau, als ein Mann verkraften kann."

In dem entrückten Zustand, in dem Stevie sich mittlerweile befand, dauerte es eine Weile, bis der Sinn seiner Worte zu ihr durchdrang. Dann erwachte sie jäh aus ihrer Benommenheit und stieß Judd mit solcher Wucht von sich, dass er rittlings auf dem Fußboden landete.

„So ist das also!" Ihre Stimme überschlug sich beinahe vor Zorn. Mit keinem seiner Artikel hatte Judd sie je so zu verletzen vermocht. „Ihre zarten Komplimente und verdeckten sexuellen Anspielungen waren nichts als Mitleid!"

„Was?" Noch leicht benebelt sah Judd zu ihr auf. „Verdammt, was ist plötzlich in dich gefahren? Wovon sprichst du eigentlich?"

„Von Ihrer unerwarteten Freundlichkeit, Ihrem freundschaftlichen Mitgefühl und Ihrer selbstlosen Einladung, einige Tage mit Ihnen gemeinsam in dieser ländlichen Idylle zu verbringen." Sie biss die Zähne zusammen und presste beide Hände gegen die Schläfen. „Wie konnte ich nur so dumm sein, auf Ihre verlogenen

Schmeicheleien hereinzufallen."

„Wieso diese Schimpftirade?" Wenig begeistert von ihrem jähen Stimmungswechsel musterte Judd sie düster.

Sein Ärger war jedoch nichts im Vergleich zu Stevies Wut. „Auf Ihr Mitleid bin ich nicht angewiesen", sagte sie hitzig.

„Mitleid? Mitleid hat keine solchen Nebenwirkungen", antwortete Judd unverblümt und deutete auf die Ausbuchtung unter seinen Shorts.

„Umso schlimmer. Falls nicht Mitleid Ihr Motiv war, dann wollten Sie meine üble Lage wohl dazu ausnutzen, mich in Ihr Bett zu bekommen. Sie dachten wohl, ich hätte Angst, nach der Operation keine richtige Frau mehr zu sein."

Judd blickte sie verdutzt an. „Mit einer derart üppigen Fantasie solltest besser du einen Roman schreiben", meinte er missmutig.

Stevie lief unruhig im Zimmer auf und ab, ohne seine Einwände zu beachten. „Wahrscheinlich war Ihr Plan, mich bei einem gemeinsamen Schäferstündchen etwas aufzutauen, und mehr aus meinem Privatleben zu erfahren. Bei Ihrer Rückkehr nach Dallas hätten Sie dann eine Exklusivstory über mich veröffentlicht und damit Ihren Chefredakteur versöhnt, die Verkaufszahlen Ihrer Zeitung gesteigert und obendrein Ihrem Konkurrenten eins ausgewischt."

„Nicht zu fassen." Judd schüttelte ungläubig den Kopf.

„Lassen Sie sich Eines gesagt sein", fuhr Stevie unbeirrt fort und blieb drohend vor ihm stehen. „Ich benötige keinen Muskelprotz, um mich als Frau zu fühlen. Sogar nach einer Totaloperation werde ich noch mehr weibliche Qualitäten besitzen als Sie mannhafte. Ein wirklicher Mann muss nicht zu schmutzigen Tricks greifen, um eine Frau in sein Bett zu locken."

„Das ist der größte Blödsinn, den ich seit langem gehört habe." Judd rappelte sich hoch und stand nun dicht vor Stevie. „Ich finde es unter meiner Würde, mich gegen deine absurden

Anklagen zu verteidigen."

„Ich würde Ihnen sowieso kein Wort glauben."

„Deshalb mache ich mir erst gar nicht die Mühe, mich zu rechtfertigen."

Seine Gelassenheit brachte Stevie noch mehr in Rage. „Sie sind ein erbärmlicher Schreiberling! Ihre Gesellschaft macht mich krank, und bessere Steaks als Ihre habe ich ebenfalls schon gegessen. Und jetzt fahren Sie mich bitte nach Dallas zurück!"

Judd grinste. „Nein, das werde ich nicht!" Dann entledigte er sich seelenruhig seiner Kleidung und ging ins Bett.

7. KAPITEL

Am nächsten Morgen saß Stevie bereits beim Frühstück, als Judd die Küche betrat. Er fuhr sich schläfrig über seine behaarte Brust und gähnte ausgiebig.

„Ah, Kaffee ist jetzt genau das, was ich brauche", brummte er, holte sich eine Tasse und schenkte sich ein. Gegen die Spüle gelehnt, trank er einen Schluck. „Wie ich sehe, hast du schon gepackt." Amüsiert deutete er auf die Sporttasche zu ihren Füßen.

Stevie saß steif auf ihrem Stuhl und versuchte trotz ihrer angeschmutzten Kleider einigermaßen würdevoll auszusehen.

„Hast du gut geschlafen?", erkundigte er sich liebenswürdig.

„Nein."

„Das tut mir aber leid. Lag es vielleicht an dem zu weichen Bett? Ich selbst habe sehr gut geschlafen."

Sie maß ihn mit einem eisigen Blick. „Danke, dass Sie sich die Mühe gemacht haben, in Shorts hier zu erscheinen." Immerhin war das mehr, als er gestern Abend anhatte, bevor sie ihn verließ.

„Ehrlich gestanden, trinke ich die erste Tasse Kaffee immer am liebsten im Adamskostüm, habe jedoch deinetwegen heute Morgen darauf verzichtet." Er verneigte sich wie ein Kavalier alter Schule.

„Scher dich zum Teufel!" Da er sie so hartnäckig duzte, kam sie sich lächerlich vor, ihn weiter zu siezen.

Judd lachte. „Sei nicht so unleidlich, Stevie. Schließlich wollen wir hier noch den ganzen Tag zusammen …"

„Das wollen wir nicht. Ich will sofort nach Dallas zurück. Falls du mich nicht fährst, nehme ich den nächsten Bus."

„Es gibt keinen Bus."

„Dann halte ich ein Auto an."

„Dazu möchte ich nicht raten."

„Irgendwie komme ich schon nach Hause!", rief sie erbost.

„Bist du immer noch auf mich böse? Was du mir gestern Abend vorgeworfen hast, war einfach Unsinn."

„So?"

„Wenn ich eine Frau küsse, dann nicht aus Berechnung oder Mitleid, sondern weil ich sie begehre. Das kannst du mir ruhig glauben, Stevie."

„So? Gestern Nachmittag wolltest du mir weismachen, nur an einem platonischen Miteinander interessiert zu sein."

„Nun ja, das war ein wenig geschwindelt." Sein jungenhaftes Lächeln prallte wirkungslos an Stevies versteinerter Miene ab. Er musterte sie eindringlich. „Meiner Ansicht nach bist du weniger auf mich böse als vor allem auf dich selbst."

„Wieso sollte ich das?"

Er lächelte wissend und eine Spur selbstgefällig. „Du ärgerst dich, weil dir meine Küsse, gegen deinen Willen, gefallen haben."

„Du … du eingebildeter …"

„Kein Grund, sich so zu ereifern. Ich habe unsere Küsse ebenfalls sehr genossen", unterbrach er sie und hob in einer hilflosen Geste beide Hände. „Das war ja kaum zu übersehen."

Verlegen schlug sie die Augen nieder. „Ich weiß nicht, wovon du sprichst."

„Das weißt du genau, Stevie. So etwas passiert nun einmal, wenn ein Mann die Brust einer Frau liebkost. Sogar wenn er sie nur durch den Stoff hindurch küsst, kann das seine Sinne entflammen."

Judds Stimme nahm einen tiefen warmen Klang an. „Hätten dich meine Küsse kaltgelassen, wäre deine Brustspitze unter der Bluse nicht so deutlich zu spüren gewesen. Und das verzeihst du mir nicht. Es ist höchst unfair, allein mir anzulasten, dass du auf mich reagiert hast."

Stevie schoss das Blut in die Wangen. Sie spürte, wie ihr Körper zu glühen begann und heiße Schauer der Erregung sie durchrieselten. Judds Worte hatten erneut Gefühle in ihr geweckt, die sie zu vergessen wünschte. Doch nachdem sie die ganze Nacht vergeblich dagegen angekämpft hatte, konnte sie kaum hoffen, sie würden beim Frühstück von allein verschwinden. Schon gar nicht dann, wenn Judd die Glut von Neuem anfachte.

„Ich möchte nach Hause“, beharrte sie. „Du hast mich mit falschen Versprechungen hierhergelockt, den edlen Ritter gespielt und dabei nur an deinen eigenen Vorteil gedacht.“

„Nein, Stevie, daran glaubst du selbst nicht.“ Judd stellte seine Tasse ab und kam auf sie zu. „Und böse bist du mir auch nicht deswegen, dass ich mich vor deinen Augen ausgezogen habe.“

Sie lehnte sich weit nach hinten, bis sie Gefahr lief, samt ihrem Stuhl umzukippen. „Natürlich bin ich auch deswegen sauer!“

„Warum bist du dann nicht einfach in mein Auto gestiegen und allein nach Dallas zurückgefahren? Der Schlüssel lag auf dem Küchentisch.“

„Der Gedanke kam mir.“

„Aber?“

„Es war zu spät“, entgegnete sie lahm und hoffte, Judd würde ihr ihre Verlegenheit nicht anmerken.

Tatsächlich hatte Stevie nicht im Traum daran gedacht, allein loszufahren. Nachdem sie gestern Abend Judd nackt gesehen hatte, war sie aus dem Zimmer gelaufen, um nicht das zu tun, was sie sich am sehnlichsten wünschte – sich neben ihn ins Bett zu legen.

Stundenlang hatte sie wach gelegen und befürchtet, sich letztendlich doch noch zu einem unbedachten Schritt hinreißen zu lassen, den sie hinterher zutiefst bereuen würde. Doch angesichts der eitlen Selbstgefälligkeit, die Judd heute Morgen an den Tag legte, sollte es für sie kein Hin und Her mehr geben. Sie malte sich aus, von welch unerträglicher Arroganz sein Benehmen erst wäre, hätte sie seinem Drängen nachgegeben. „Ich befürchtete, mich nachts auf der unbekannten Landstraße zu verfahren und womöglich die Autobahnauffahrt zu verpassen."

Judds süffisantes Lächeln zeigte, dass er ihr kein Wort glaubte. „Tatsächlich?" Er stützte sich auf beide Hände und beugte sich über den Tisch. „Was dich gestern Abend wirklich aus dem Gleichgewicht gebracht hat, war die jähe Erinnerung an Stockholm!"

Falls es Judds Absicht gewesen war, Stevie bis ins Mark zu erschüttern, so war ihm dies unweigerlich gelungen. Sie öffnete einige Male hilflos den Mund. „Daran … erinnerst du dich noch?", stammelte sie dann.

„Ja."

„Du warst damals betrunken."

„Nicht betrunken genug."

Sie stand vom Tisch auf und entrann geschickt Judds Zugriff. Mit zitternden Händen schenkte sie sich Kaffee nach und umklammerte ihre Tasse, als wollte sie sich daran festhalten. Während sie in kleinen Schlucken trank, überlegte sie sich ihr weiteres Vorgehen.

Judds triumphierender Blick sprach Bände. Wahrscheinlich bildete er sich ein, sie endgültig festgenagelt zu haben. Doch da täuschte er sich gewaltig.

Stevie gab sich einen innerlichen Ruck und spielte die Dame von Welt. „Stockholm ist eine Ewigkeit her, Mr. Mackie", sagte sie schließlich und lächelte hochmütig. „Warum alte Geschichten aufwärmen? Außerdem war alles recht harmlos."

„Findest du?" Ihre herablassende Miene schien ihn nicht zu beeindrucken. In lässiger Pose saß er auf seinem Stuhl, die langen Beine bequem ausgestreckt. „Meiner Meinung nach war es eine der tollsten Partys, die ich je besucht habe."

„Das war sie höchstens, bevor du hineingeplatzt warst."

Judd lachte laut auf. „In eine Party hineinzuplatzen ist eine meiner Spezialitäten. Man braucht ein feines Gespür, um den richtigen Zeitpunkt zu erwischen."

„Du und deine Freunde, ihr habt euch den Eintritt durch Bestechung verschafft."

„Nein, wir ließen nur unseren Charme spielen."

„Und dann habt ihr ein heilloses Durcheinander angerichtet."

„Aber nein. Wir brachten die Party nur in Schwung."

„Die Gastgeber waren peinlich berührt."

„Im Gegenteil, sie waren amüsiert."

Stevie stöhnte. „Wie ich sehe, unterscheidet sich meine Erinnerung beträchtlich von deiner."

„Gib es zu, Stevie. Erst als ich und meine Freunde dort erschienen, tauten die Leute auf."

Ein schwaches Lächeln umspielte ihre Mundwinkel. „Na schön, ich gebe zu, dass es vor deinem Aufkreuzen dort ziemlich steif herging."

„Nachdem sich die erste Aufregung über unser Erscheinen gelegt hatte, entdeckte ich mit meinem untrüglichen Instinkt sofort die schönste Frau im Saal." Judd blickte Stevie voller Bewunderung an, und sie konnte sich seiner männlichen Ausstrahlung jetzt ebenso wenig entziehen wie damals, als sich ihre Blicke über die große Entfernung eines schwedischen Ballsaales hinweg getroffen hatten. „Dich."

„Danke. Aber zugleich war ich auch der jüngste weibliche Gast."

„Ich war auch noch sehr jung", sagte er sinnend. „Erst später wurde mir bewusst, wie jung. Es war lange vor meiner Anstellung bei der *Dallas Tribune.* Zu jener Zeit arbeitete ich für eine internationale Nachrichtenagentur und berichtete über das europäische Sportgeschehen. Mein Bein ..."

Er schüttelte den Kopf, als wollte er trübselige Gedanken vertreiben. „Ich verlebte eine herrliche Zeit in Europa, lernte zahlreiche Sportgrößen kennen, verkehrte gesellschaftlich mit

Fürsten und Königen, besuchte tolle Partys, mit Essen und Trinken in Hülle und Fülle ..."

„Und ebenso mit Frauen", ergänzte Stevie bissig.

„Nun, der Job hatte eine Reihe von Vorteilen", gestand er ganz freimütig.

„Ich war damals noch ungeheuer naiv." Stevies Stimme klang nachdenklich. „Es war mein erstes Jahr auf Tour, und niemand hatte mich vor abgebrühten Mediengeiern wie dir gewarnt."

„Das war mein Glück."

„Es ist aber nichts weiter passiert", betonte sie.

„Ich habe es anders in Erinnerung."

„Na ja, wir tanzten zusammen, nachdem du mich meinem Tanzpartner ziemlich rüde entführt hattest."

„Daran warst du schuld, weil du mir diesen sehnsüchtigen Blick zugeworfen hattest."

„Sehnsüchtigen Blick? Dein Gedächtnis scheint dir einen Streich zu spielen."

„Im Übrigen habe ich dich nicht entführt, sondern nur von einem lausigen Tänzer befreit, der wie ein Känguru herumsprang."

Stevie musste über die wenig schmeichelhafte, aber zutreffende Beschreibung ihres damaligen Tanzpartners schmunzeln. Nein, tanzen konnte der wirklich nicht, dachte sie.

Dafür tanzte Judd umso besser. Ohne sich um die anderen Paare zu kümmern, hatte er sich einen Weg zu ihr gebahnt und sie einfach in seine Arme gezogen.

„Hallo", war alles, was er gesagt hatte, dies aber so, als würden sie beide sich schon ewig kennen. Es hatte selbstbewusst und zugleich vertraulich geklungen.

Stevie war von seiner tiefen warmen Stimme und der selbstsicheren Art, mit der er besitzergreifend seine Arme um ihre Taille legte, wie verzaubert gewesen.

Dieser Mann hatte alle Eigenschaften, die ihr fehlten. Er war gebildet, selbstsicher, arrogant und völlig ungezwungen. Allem Anschein nach hatte er viele Freunde und genoss das Leben in vollen Zügen.

Ihr eigenes Leben hingegen war fast ausschließlich vom Tennis bestimmt gewesen, und ihr einziger ständiger Begleiter war Presley Foster. Die Gespräche mit ihm drehten sich nur um den Sport. Eiserne Disziplin hieß Presleys Credo, weshalb Partybesuche für sie eine Seltenheit waren.

Der gut aussehende Sportjournalist hatte sie fasziniert – und er war gefährlich. Er tanzte nicht übermäßig eng mit ihr, aber doch eng genug, um sie seinen schlanken muskulösen Körper fühlen zu lassen. Dabei blickte er ihr tief in die Augen und lächelte so hinreißend, dass die disziplinierte Stevie Corbett sich plötzlich im siebten Himmel wähnte und keinen Gedanken mehr an Tennis verschwendete.

„Nach dem Tanz gingst du mit mir los."

„Du fantasierst, Mr. Mackie." Stevie wünschte sich, ihre Stimme würde etwas fest und weniger heiser und gefühlvoll klingen. „Ich ging nach draußen, und du folgtest mir."

„Du bist gerannt."

„Ich brauchte frische Luft."

„Du hattest Angst."

Das stimmte. Sie hatte vor ihm die Flucht ergriffen, weil er sie so unwiderstehlich anzog und heftige sexuelle Gefühle in ihr geweckt hatte, die sie erschreckten.

„Taktvoll wie du bist, wirst du nun auch noch auf deinen Kuss zu sprechen kommen", meinte Stevie spöttisch.

Judd blickte ihr offen in die Augen. „Immerhin hast du meinen Kuss erwidert."

Leider, dachte Stevie und räusperte sich. „Nun ja, er war … angenehm."

„Sehr angenehm, würde ich sagen. Er war feucht und heiß und erotisch."

„Wir haben uns damals also geküsst. Na und?“, versuchte Stevie das vergangene Erlebnis herunterzuspielen.

„Und ich schob meine Hand in deinen Ausschnitt und streichelte dich.“

„Das war reichlich unverschämt“, flüsterte sie.

„War es das?“ Judd stand geschmeidig auf und trat ganz nah an sie heran. „Du warst sehr süß und fühltest dich so weich an, Stevie. Dein Herz klopfte rasend schnell, genau wie gestern Abend.“ Bevor sie ihn abwehren konnte, hatte er seine Hand auf ihr Herz gelegt. „Und wie jetzt.“

„Nichts war geschehen.“

Judd ließ die Hand sinken und trat einen Schritt zurück. „Weil unvermutet Presley Foster auftauchte und mir sofortige Kastration androhte, falls ich meine Finger nicht von dir nähme.“

Bei der Erinnerung an einen der schwärzesten Momente ihres Lebens bedeckte Stevie mit einer Hand ihre Augen. Am liebsten wäre sie damals im Erdboden versunken, um den strafenden Blick ihres Trainers und Judds verächtliches Grinsen nicht länger ertragen zu müssen.

„Presley wollte mich davor bewahren, seelisch verletzt zu werden“, verteidigte sie ihren früheren Trainer halbherzig.

„War er dein Liebhaber?“

Stevie starrte Judd voller Abscheu an. „Nein, natürlich nicht. Hast du das damals tatsächlich angenommen?“

„Ich gebe zu, dass mir dieser Gedanke kam.“

„Du bist verrückt.“

„Wieso? Es wäre nicht die erste Beziehung zwischen einem Trainer und seinem Schützling gewesen.“

„Du liest zu oft in der Regenbogenpresse.“

„Zweifellos“, pflichtete er ihr gelassen bei.

Während Stevie ihren Blick ohne besonderes Ziel durch die Küche wandern ließ, versuchte sie das soeben Gehörte zu verdauen. „Allmählich wird mir klar, wieso du in deiner Kolumne ständig auf mir herumgehackt hast", dachte sie laut. „Du hast mich entweder für eine karrieregeile Sportlerin gehalten, die für den Erfolg sogar mit einem dreißig Jahre älteren Mann ins Bett gehen würde, oder du hegtest einen heimlichen Groll gegen mich, weil ich an jenem Abend Presley folgte und nicht dir."

„Ich sagte bereits, du solltest einen Roman verfassen."

„Aber stimmt etwa nicht, was ich eben sagte?", hakte Stevie bitter nach.

Judd packte sie am Oberarm. „Es dauerte Jahre, bis mir dämmerte, dass die Weltklassespielerin Stevie Corbett und das großäugige kindliche Geschöpf auf jener Party in Stockholm ein und dieselbe Frau waren."

„Als du das herausbekamst, fandst du es wahrscheinlich sehr erheiternd." Verärgert schüttelte sie seinen Arm ab.

„Nein, eigentlich nicht", antwortete er zu ihrem Erstaunen. „Ich habe mich an jenes Zusammentreffen immer mit leichter Wehmut und keineswegs mit Spott erinnert. Soll ich dir eines meiner verborgensten Geheimnisse verraten? Selbst wenn Foster mich nicht aufgehalten hätte, wäre ich höchstwahrscheinlich nicht viel weiter gegangen."

„Wieso?"

„Weil du so jung und unschuldig warst. Ich hingegen … nun, ich war es nicht mehr."

Die Traurigkeit in seinem Blick griff Stevie ans Herz. Doch gleich darauf wurde sie wieder misstrauisch. „Wenn du mich tatsächlich für jung und unschuldig gehalten hast, warum hast du mich dann eben gefragt, ob Presley doch mein Liebhaber war?"

„Oh, dass du damals nicht mit ihm geschlafen hast, dachte ich mir. Und bei unserer Begegnung in Stockholm warst du noch Jungfrau, habe ich recht?"

Stevie wollte etwas sagen, brachte aber kein Wort heraus, so aufgewühlt war sie.

„Was ich wissen wollte, war, ob du überhaupt jemals eine Liebesbeziehung zu ihm hattest und ihm noch immer nachweinst“, fuhr Judd fort. „Wie ich mich nun überzeugen konnte, ist das nicht der Fall.“

Bei diesen Worten geriet Stevie erneut in Rage. „Du gemeiner Schnüffler ...“

„Würdest du mir bitte zuerst ein Frühstück anbieten, bevor du zu einer weiteren Schmährede ansetzt? Die Landluft wirkt sich bei mir sehr appetitanregend aus.“

„Mach dir doch selbst dein Frühstück“, fuhr sie ihn wütend an.

„Denk an unsere gestrige Vereinbarung. Du versprachst, das Essen zu ...“

„Dies gilt nicht mehr. Glaubst du etwa, ich würde unter den gegebenen Umständen noch länger mit dir hier bleiben?“

„Was hat sich denn von gestern auf heute so gravierend geändert?“

Alles, dachte Stevie. Die gestrige Szene in seinem Schlafzimmer und das Auffrischen von gemeinsamen Erinnerungen an eine Begegnung, die sie längst vergessen glaubte, hatten die Situation schlagartig verändert. Allerdings konnte sie das Judd gegenüber schlecht zugeben.

„Zwischen uns wird es nie eine Verständigung geben. Wir würden uns noch gegenseitig umbringen, blieben wir länger zusammen in diesem Haus.“

„Ein erneuter Beweis deiner blühenden Fantasie, Stevie. Falls mich eine unverhoffte Schreibhemmung befällt, weiß ich, an wen ich mich wenden kann.“ Judd warf einen Blick in den Kühlschrank. „Im Moment gebe ich mich mit Orangensaft, Toast und Kaffee zufrieden. Erinnere mich daran, Eier und Schinken einzukaufen, wenn wir nachher in den Ort fahren.“

„Mr. Mackie!“

Bedächtig schloss er die Kühlschranktür und wandte sich zu ihr um. „Was ist? Übrigens brauchst du nicht so zu schreien. Mein Gehör funktioniert ausgezeichnet.“

„Ich bleibe nicht.“

Einen Augenblick lang musterte er Stevie, die ein Bild völliger Verzweiflung bot. „Na gut“, sagte er. „Die Autoschlüssel liegen auf dem Küchentisch. Fahr vorsichtig. Bevor du gehst, solltest du aber noch Folgendes bedenken.“

Judd hob seinen linken Daumen. „Erstens. Dein Haus wird bestimmt noch von der Presse belagert, und man wird dich mit Fragen zu deiner Planung bezüglich Grand Slam, Wimbledon, der Operation und deiner Perspektiven für die Zeit danach bestürmen. Kannst du solche Fragen beantworten?“ Unbarmherzig gab er die augenfällige Antwort selbst. „Nein, weil du bisher noch keines deiner Probleme gelöst hast. Willst du dich tatsächlich sensationslüsternen Reportern ausliefern, statt hier in Ruhe die Entscheidung für deine Zukunft zu fällen?“

Judd blickte sie durchdringend an. „Zweitens zeigen die dunklen Ringe unter deinen Augen, dass du ein paar Urlaubstage benötigst.“ Er hob einen weiteren Finger. „Drittens bin ich deinetwegen gefeuert worden. Da ist es doch nicht zu viel verlangt, wenn du für mich kochst, während ich an dem Rohentwurf meines Romans arbeite. Möglicherweise ist dieses Buch künftig meine einzige Einnahmequelle.“ Es folgte der Ringfinger. „Und viertens ist es unfair, wortbrüchig zu werden.“

Judds Gründe klangen logisch, vor allem der erste Aspekt. Trotzdem war Stevie nicht bereit, bedingungslos nachzugeben. „Ich muss mindestens zwei Stunden täglich trainieren, sonst gerate ich völlig aus der Übung.“

„Ein berechtigter Einwand.“ Judd schien zu überlegen. „Ich hab’s. Bei unserer heutigen Einkaufsfahrt in den Ort machen wir einen Abstecher zur Schule. Meines Wissens gibt es dort einen Tennisplatz. Und da ich durch meine Artikel und meine Kolumne in diesem Nest eine Art Berühmtheit bin, wird man mir bestimmt erlauben, den Platz zu benutzen."

„Falls du das erreichst, bleibe ich."

„Schön, das wäre also geregelt. Dem Himmel sei Dank", murmelte Judd und goss sich Kaffee ein. „Ich werde mich jetzt weiter meinem Roman widmen. Nett, wenn du mir Saft und Toast ins Esszimmer bringst und ansonsten schön leise bist."

Stevie verspürte große Lust, ihm einen gezielten Tritt in den knackigen Hintern zu verpassen. Doch wie immer beherrschte sie sich auch diesmal.

Mehr als eine Woche später schwärmte Stevie beim Abendessen von den glücklichen Tagen, die sie auf dem Land verlebte.

Judd bedachte sie mit einem tadelnden Blick. „Wenn du mit solchen Klischees um dich wirfst, wird aus dir nie eine gute Autorin." Er schien vergessen zu haben, dass nicht Stevie, sondern er schriftstellerische Ambitionen hatte.

Doch sein Spott konnte Stevie nicht von ihrer Meinung abbringen, dass das Wort „glücklich" ihr momentanes Leben am treffendsten beschrieb. Jeden Morgen stand sie früh auf und widmete sich nach dem Frühstück einige Stunden der Gartenarbeit. Nachdem sie alle Blumenbeete vom Unkraut befreit hatte, blühte und grünte es mittlerweile in allen Farben. Mit großer Freude beobachtete sie, wie prächtig sich die Pflanzen unter ihrer Pflege entwickelten.

Judd hingegen war ein Langschläfer und Morgenmuffel und erst nach der dritten Tasse Kaffee ansprechbar. Er verzog sich nach dem Frühstück stets ins Esszimmer, um an seinem Buch zu schreiben. Und auch nach dem Lunch kehrte er an seine Arbeit zurück.

Den Nachmittag verbrachte Stevie meist lesend auf der Veranda oder im Wohnzimmer. Noch immer konnte sie sich nicht dazu aufraffen, über ihre künftigen Lebensperspektiven nachzudenken.

Am Spätnachmittag fuhr sie täglich mit Judd zum Tennisplatz der Schule und trainierte mit ihm, wobei er sich als überraschend spielstarker Übungspartner erwies. Stevie hatte sich ihren Schläger aus Dallas mitgebracht, und Judd spielte mit einem von der Schulbehörde geliehenen Schläger. Beide trugen sie schlichte weiße Shorts und T-Shirts, die sie in dem örtlichen Kurzwarenladen erstanden hatten. Dort hatte Stevie auch ihre spärliche Garderobe mit einigen billigen Kleidungsstücken aufgebessert und dabei festgestellt, dass Judd Mackie das Einkaufen großen Spaß machte.

Abends unternahmen sie kleine Spazierfahrten oder spielten auf der Veranda Karten. Judd schummelte schamlos beim Kartenspielen und war obendrein ein schlechter Verlierer, der allem Möglichen die Schuld gab, wenn er nicht gewann – angefangen von der zu schwachen Beleuchtung bis zu den angeblich zu lauten Grillen.

Was Stevie beunruhigte, war die sexuelle Spannung, die sich allmählich zwischen ihnen immer stärker aufbaute. Wenn sie einander zufällig berührten, schienen elektrische Ströme zwischen ihnen zu fließen, und das machte ihr Angst. Sie wollte ihre Beziehung unbedingt auf einer rein platonischen Ebene halten und sich keinesfalls auf eine Affäre mit Judd Mackie einlassen. Doch wie lange würde es ihr noch gelingen, ihre Gefühle für ihn zu ignorieren?

Eines Nachmittags kauften sie in dem kleinen Gemischtwarengeschäft ein Exemplar der *Dallas Tribune.* Nach Überfliegen des Sportteils war Stevie völlig niedergeschmettert. Ihre ärgste Rivalin war nun Siegerin des Turniers in Lobo Blanco. „Sie schreiben, dass sie es schaffen könnte, mich von meinem Platz auf der Weltrangliste zu verdrängen“, teilte sie Judd bedrückt mit.

„Fühltest du dich denn schon stark genug, dich dem ganzen Zirkus zu stellen?"

Stevie hob den Kopf und sah ihn an. Sein Blick verriet ihr, dass Judd ebenso wenig wie sie darauf erpicht war, möglichst bald nach Dallas zurückzukehren. „Nein, noch nicht."

„Ich auch nicht." Er bemühte sich erst gar nicht, seine Erleichterung zu verbergen, und griff nach der Zeitung, um sie durchzublättern. „Sieh mal, hier ist ein Leserbrief abgedruckt, in dem nach meinem Verbleib gefragt wird."

„Und wie lautet darunter die Antwort?"

„Es heißt, ich hätte einige Wochen Urlaub genommen."

„Da sie über deine Kündigung nichts verlauten lassen, bedeutet das sicher, dass sie dich zurückhaben wollen", vermutete Stevie und beugte sich über Judds Schulter, um den Text zu lesen. „Vielleicht solltest du dich mal in der Redaktion melden."

„Kommt nicht in Frage." Judd faltete die Zeitung zusammen und warf sie in den nächsten Papierkorb. „Ramsey soll ruhig noch etwas schwitzen."

Als Stevie am nächsten Morgen an einem Blumenbeet arbeitete, brachte der Postbote einen an Judd adressierten Brief. Sie wischte sich die erdigen Hände an ihren Shorts ab und ging ins Haus.

„Entschuldige die Störung, aber hier ist ein Brief für dich", sagte sie beim Betreten des Esszimmers. Er schrieb den Satz zu Ende und minimierte das Schreibprogramm. Bis jetzt weigerte er sich hartnäckig, etwas über den Inhalt seines Romans preiszugeben.

„Ramsey", verkündete Judd verächtlich, nach einem Blick auf den Briefkopf. Er überflog das Schreiben und knüllte es zusammen.

„Nun?", erkundigte sich Stevie ungeduldig und lehnte sich an den Tisch. „Ist er schon mürbe?"

„Ziemlich. Aber noch bittet er mich nicht, zurückzukommen."

„Er soll dich bitten?"

„Klar soll er das. Vielleicht ist ihm das eine Lehre."

Stevie lachte. „Darf ich daraus schließen, dass du noch keine Lust auf Rückkehr hast?"

„Momentan habe ich vor allem auf das Mittagessen Lust", antwortete Judd und erhob sich. Er drückte Stevie kurz an sich und gab ihr einen freundschaftlichen Kuss auf die Wange. „Entweder ist gleich unser Lunch fertig ...?"

Hastig befreite sie sich aus seinen Armen. „Oder ...?"

In seinen bernsteinfarbenen Augen blitzte ein leidenschaftlicher Funke auf. „Oder ich werde dir zeigen, worauf ich sonst noch Lust habe."

Stevie verschwand eilig in Richtung Küche.

8. KAPITEL

Du bist heute Abend ungewöhnlich ruhig. Was ist los?", erkundigte sich Judd abends beim Dinner.

Stevie, die abwesend auf den Tisch gestarrt hatte, hob den Kopf. „Tut mir leid, dass ich keine bessere Unterhaltung biete."

„Hast du Schmerzen?"

„Nein, ich bin nur müde."

„Das wundert mich nicht. Du hast mich heute förmlich vom Tennisplatz gefegt."

Stevie lächelte schwach. „Für einen Sonntagsspieler bist du überraschend konditionsstark."

Judd musterte sie scharf und spielte dabei mit dem Löffel in seiner Hand. „Es ist nicht nur die Müdigkeit, Stevie. Habe ich recht?"

„Kann sein. Ich weiß es nicht. Mir geht manches durch den Kopf."

„Es war das Pärchen."

Sie warf ihm einen erschrockenen Blick zu und bemühte sich dann, ihre spontane Reaktion hinter einer ausdruckslosen Miene zu verbergen. „Pärchen?"

„Das junge Paar mit dem Baby, das wir heute Nachmittag im Laden trafen."

Verlegen wich sie seinem fragenden Blick aus.

„Bis zu jenem Augenblick warst du bester Laune", fuhr Judd fort. „Während unseres Tennisspiels hast du dich ständig über meinen Aufschlag amüsiert, und hinterher balgten wir uns lachend um den letzten Bissen Hamburger und betraten vergnügt den Gemischtwarenladen." Er machte eine kurze Pause.

„Dort fiel dein Blick auf die beiden netten jungen Leute, die sich über den Kopf ihres Babys verliebt anlächelten. Deine

Miene verfinsterte sich schlagartig, und du warst von da an kaum mehr ansprechbar."

„Ich wusste nicht, dass ich hier neben den Pflichten einer Haushälterin auch noch die Rolle einer Gesellschafterin zu übernehmen habe", erwiderte Stevie spitz. „Darüber hättest du mich vorher aufklären müssen."

Judd ließ den Löffel laut auf den Tisch fallen und hob beschwichtigend beide Hände. „Reg dich nicht auf. Ich mache mir doch nur Sorgen deinetwegen."

„Das brauchst du nicht."

„Doch."

Stevie sah ihn prüfend an. Judd schien es ehrlich zu meinen. Zumindest hoffte sie das. „Wahrscheinlich hältst du mich für zu sentimental", meinte sie mit einem selbstironischen Lächeln.

„Um aufrichtig zu sein, dieses Bild ehelichen Glücks und elterlicher Liebe hat bei mir ebenfalls einen Nachklang hinterlassen."

„Ausgerechnet bei dir!" Stevie schnitt eine Grimasse.

„Im Ernst. Nicht von jeher bin ich ein oft gehässiger Zyniker gewesen. Ich wurde von meinen Eltern nach recht bürgerlichen Grundsätzen erzogen."

„Und was hat dich dann verändert?"

„Grausame Schicksalsschläge, durch die bei mir manches auf der Strecke geblieben ist."

„Hoffentlich steht dieses pathetische Geständnis nicht auch in deinem Roman."

Ein Lächeln umspielte Judds Mund. „Nicht wörtlich. Sinngemäß aber ist es das Thema meines Buches."

Stevie schwieg eine Weile. Dann seufzte sie tief auf. „Da wir bei Geständnissen sind – ich gebe zu, dass mich beim Anblick dieser harmonischen Familienidylle leichte Wehmut überkam. Ich verspürte ein Gefühl von Neid."

„Neid?", fragte Judd ungläubig. „Neid auf dieses schlichte

Paar vom Land, obwohl du die ganze Welt bereist, viele interessante Leute kennengelernt und hohe Preisgelder gescheffelt hast? Von den Unsummen ganz zu schweigen, die du als Werbeträgerin verdienst. Dazu all die Siegerehrungen und Pokale …"

„Ich kenne viele Menschen", gab Stevie zu. „Trotzdem habe ich niemanden, mit dem ich richtig meine Probleme besprechen kann."

Judd schwieg einen Moment und fragte dann: „Bereust du etwa einige Entscheidungen in deinem Leben, Stevie?"

„Ja. Nein. Ich weiß es selbst nicht, Judd. Es ist nur …" Stevie bemühte sich, ihre wirren Gedanken in Worte zu fassen.

„In den vergangenen drei Jahren fehlte mir jeweils ein Turniersieg zum Grand Slam. Diesmal wollte ich alles dransetzen, ihn zu gewinnen, um dann, auf dem Höhepunkt meiner Laufbahn, auszusteigen und mir das unweigerlich folgende Erlebnis des Abstiegs zu ersparen."

Betrübt setzte sie hinzu: „Aber nie habe ich mir den Kopf darüber zerbrochen, was ich hinterher anfangen soll. Nun, da ich mich dem Unausweichlichen stellen muss, sehe ich nur eine Leere vor mir. Ich habe keine Perspektiven."

„Ein Baby …"

„Kein Baby. Vielleicht nicht einmal die Chance, jemals eines zur Welt zu bringen."

„Bereust du es jetzt, nicht schon früher ein Kind bekommen zu haben?"

„Möglich, doch sieht man im Nachhinein meist die Dinge anders."

„Die Frage wäre ja auch: Ein Kind, von wem?"

Sie stieß einen freudlosen Lacher aus. „Genau. Ich habe mir nie die Zeit genommen, mich zu verlieben, zu heiraten oder eine stabile Beziehung aufzubauen. Ich weiß noch nicht einmal, was man hierunter versteht."

„Und nun, da du Zeit hättest, das herauszufinden, befürchtest du, dazu keine Gelegenheit mehr zu haben. Ist es das, was dich quält?"

„Mehr oder weniger."

Eine Zeit lang schwiegen beide. Judd sprach zuerst wieder. „Manchmal wird uns eine Entscheidung aufgezwungen."

„Mir nicht. Als ich mich vor vielen Jahren für das Tennis entschied, wollte ich unbedingt die Weltrangliste erklimmen."

„Das ist dir gelungen."

„Ich weiß. Mir ist durchaus klar, dass kein Grund zur Klage besteht. Ich habe viel erreicht." Sie lächelte traurig. „Nur werde ich hin und wieder, wie heute, daran erinnert, welche Opfer ich für die Verwirklichung meiner Pläne gebracht habe. Nun, am Ende meiner Karriere, befallen mich leise Zweifel, ob ich richtig gehandelt habe."

Stevie atmete tief durch. „Nichts hasse ich mehr als Selbstmitleid, denn es schwächt einen nur. Was mir aber am meisten zusetzt, ist die Tatsache, dass mir in meiner jetzigen Lage so wenig Handlungsspielraum bleibt."

Sie hatten ihr Mahl beendet und räumten nun gemeinsam den Tisch ab und spülten das Geschirr. Trotz seiner Sprüche verhielt Judd sich nicht wirklich wie ein Macho. Er unterstützte Stevie tatkräftig bei der Hausarbeit.

„Ich gehe ins Bett", verkündete sie, nachdem sie in der Küche fertig waren.

„Um trübsinnigen Gedanken nachzuhängen?"

„Nein, weil meine melancholische Anwandlung mich erschöpft hat."

Judd lächelte verschmitzt. „Ich wüsste da einige angenehme Methoden, sich wieder mental zu regenerieren. Soll ich sie dir aufzählen?"

„Nein, danke", lehnte sie hastig ab.

Er drückte ihre Schulter und küsste sie flüchtig auf die Stirn.

Stevie sah zu Judd auf und fühlte sich trotz seiner Gegenwart einsam und verloren. Sein brüderlicher Kuss und der freundschaftliche Schulterdruck genügten ihr nicht, doch konnte sie das schlecht zugeben.

Immer öfter ertappte sie sich dabei, dass sie sich nach einer leidenschaftlichen Umarmung von ihm sehnte und sich ausmalte, wie er sie wild und voller Verlangen küsste und ihr mit seiner rauen Stimme heiße Liebesworte ins Ohr flüsterte. Nur zu gern hätte sie jetzt den Kopf an seine breite Brust gelehnt und das Gefühl der Geborgenheit genossen, das er ihr vermittelte.

Alles Hirngespinste, schalt sie sich innerlich und wandte sich abrupt zur Tür. „Gute Nacht."

„Gute Nacht, Stevie."

Stevie fand lange keinen Schlaf. Der Tag war selbst für texanische Verhältnisse ungewöhnlich schwül, und in ihrem sonst relativ kühlen Zimmer herrschte eine stickige Hitze. Bis jetzt hatte sie die Klimaanlage nicht vermisst. Vielmehr liebte sie es, im Bett zu liegen und vor den weit geöffneten Fenstern die wehenden Vorhänge zu beobachten. Heute allerdings hingen sie schlaff herunter. Kein noch so schwaches Lüftchen regte sich.

Ruhelos wälzte sie sich hin und her. Zwar fühlte sie sich körperlich erschöpft, war gleichzeitig aber innerlich viel zu aufgewühlt, um einschlafen zu können. Sie schlug das dünne Laken zurück und tapste barfuß zur Tür, die, wie alle anderen Türen des Hauses, stets geöffnet war, um einen ständigen Luftdurchzug zu garantieren.

Stevie horchte nach unten. Nichts. Durch einen Blick in Judds Zimmer vergewisserte sie sich, dass er noch nicht im Bett lag. Sie beugte sich über das Treppengeländer und entdeckte, dass unten im Esszimmer noch Licht brannte. Vielleicht hat er eine kurze Pause eingelegt, dachte sie. Stevie schlich leise die

Treppe hinunter, um nachzuschauen, was los war.

Judd saß tief in Gedanken versunken am Tisch in einer Pose, die nach Stevies Vorstellung gut zu einem Schriftsteller passte. Den Kopf auf die Arme gestützt, starrte er auf das Display. Seine Kleidung hatte einen leichten Anstrich von Boheme. Er trug knappe marineblaue Shorts und ein weißes Hemd, dessen gekürzte Ärmel zerfranst waren.

Sein zerwühlter kastanienbrauner Haarschopf sah aus, als hätte Judd sich mit der kleinen Gartenharke gekämmt, mit der Stevie die Blumenbeete bearbeitete. Eine in die Stirn fallende Locke vervollständigte das Bild des über seiner Arbeit brütenden Künstlers. Die in bänderlosen Turnschuhen steckenden Füße stemmte er gegen die unterste Sprosse des Tisches.

Um ihn nicht aus seiner Versunkenheit zu reißen, wollte Stevie sich lautlos davonstehlen.

„Stevie?"

Bereits in Richtung Treppe unterwegs, kehrte sie um und erschien im Türrahmen. „Entschuldige, ich wollte dich nicht stören."

„Offenbar nicht."

„Sind dir die Musen heute nicht hold?"

„Diese Biester." Mit dem in die Stirn fallenden Haar und den dunklen Bartschatten auf Kinn und Wangen vermittelte Judd im grellen Schein der Lampe nicht gerade den Eindruck von Seriosität. Er wirkte reizbar und gefährlich – und ungemein attraktiv. Wieder einmal verspürte Stevie das altbekannte Magenkribbeln und eine leichte Schwäche in den Kniekehlen.

„Wieso schläfst du nicht?" Er trank einen Schluck Kaffee, der mittlerweile eiskalt sein musste.

„Ich konnte nicht einschlafen. Es ist ziemlich schwül."

Er musterte sie eindringlich von Kopf bis Fuß. „Ist mit dir alles in Ordnung?"

„Ja."

„Bestimmt?"

„Ja."

„Du schwindelst. Wenn alles in Ordnung wäre, würdest du längst schlafen."

Stevie kam näher. Sie trug ein ärmelloses Nachthemd mit stickereiverziertem Ausschnitt, das sie ebenfalls in dem Kurzwarenladen erstanden hatte. Vom Schnitt her wirkte es brav, doch war der leichte Baumwollstoff ziemlich durchsichtig. Als sie nun die Arme lose herabhängen ließ, zeichnete sich unter dem dünnen Material deutlich ihre Figur ab, was Stevie jedoch nicht bewusst war. „Wie du selbst sehen kannst, geht es mir gut."

„Mir nicht", murmelte Judd mürrisch. „Setz dich und leiste mir ein bisschen Gesellschaft."

Suchend sah sie sich um. „Wo ...?"

„Hier." Ehe sie sich versah, hatte er sie auf seinen Schoß gezogen.

Stevie stieß einen leisen Schrei aus, als sie seine nackten Oberschenkel durch den dünnen Stoff ihres Nachthemds hindurch spürte. „Judd!"

„Habe ich dir etwa erzählt, dass ich weiße Baumwollnachthemden aufregend finde?", meinte er und schmiegte sein Gesicht an ihren Hals.

„Nein."

„Das beruhigt mich. Ich dachte schon, ich hätte dir diesen Bären aufgebunden."

„Frechdachs." Sie versetzte ihm mit dem Ellbogen einen Stoß in die Rippen.

Lachend hob er den Kopf, legte beide Arme um ihre Taille und betrachtete sie ungeniert. „Selbst wenn du dich nicht wehren würdest, wäre ich momentan nicht im Stande, dich zu verführen."

„Warum nicht?"

„Weil du in diesem keuschen Hemdchen und dem offenen Haar wie eine Zwölfjährige aussiehst."

Schmunzelnd fuhr Judd mit dem Zeigefinger über die Reihe kleiner Knöpfe an ihrem Ausschnitt und spielte mit der sorgfältig gebundenen Satinschleife, ohne sie zu öffnen. Dann verging ihm jedoch jäh das Lachen; er sah mit ungewöhnlichem Ernst in Stevies dunkle Augen. Ihre Blicke versanken ineinander.

Stevies Puls beschleunigte sich, und sie hoffte, dass Judd es nicht bemerkte, denn schon einmal hatte er sie deswegen aufgezogen. Deshalb wagte sie jetzt kaum zu atmen.

Ich muss etwas unternehmen, sonst ist es um mich geschehen, überlegte sie. Am besten erkundige ich mich nach seiner Arbeit. „Wie weit bist du?"

„Hm?", murmelte er dicht an ihrem Ohr.

„Mit deinem Buch."

„Wie ich vorankomme, willst du wissen?" Judd legte den Kopf zurück, schloss die Augen und atmete mehrmals tief durch. Um seine Mundwinkel zeigten sich Zeichen von Anspannung.

„Dies schon ein Buch zu nennen wäre eine ziemliche Übertreibung." Er wies auf den Stapel weißer Blätter, die mit der beschriebenen Seite nach unten auf dem Tisch lagen.

„In den letzten Tagen warst du aber eifrig bei der Sache. Bestimmt hast du da nicht nur wertloses Zeug fabriziert."

„Hoffentlich nicht", meinte Judd seufzend und nahm ihre Hand. Er studierte die Innenfläche und strich mit dem Daumen zart über die vom Tennisschläger verursachten Schwielen. Die sanfte Berührung vermehrte noch das Chaos, das in Stevies Innerem tobte. Gleichzeitig wurde sie sich nur allzu deutlich der Wärme unter ihren Schenkeln bewusst.

Hastig entzog sie Judd ihre Hand und versuchte aufzustehen.

„Wo willst du hin?"

„Zurück ins Bett."

„Ich dachte, du wolltest dich mit mir unterhalten?"

„Du sagst ja kaum etwas."

„Dich interessiert also wirklich mein Manuskript?" Er klang verdrossen. „Na schön, ich erzähle."

„Ich …"

„Da du mich schon geraume Zeit mit Fragen piesackst, sei jetzt still und hör zu."

Gegen diese Behauptung hätte Stevie eigentlich protestieren müssen. Seit Judd ihr erklärt hatte, wieso er mit niemandem über sein Buch reden wollte, hatte sie sich mit diesbezüglichen Fragen weit gehend zurückgehalten.

Doch nun schien er plötzlich von einem für ihn seltenen Mitteilungsbedürfnis befallen zu sein, und so blieb sie gehorsam auf seinem Schoß sitzen und hörte zu.

„Also – zuerst der Held. Er …"

„Hat er auch einen Namen?"

„Noch nicht. Und unterbrich mich nicht." Judd holte tief Luft. „Der von klein auf sportliche Held schafft es schon als Oberschüler in eine sehr gute Baseballmannschaft. Als Student lockt ihn ein lukrativer Profivertrag. Unser Held ist nach großem Zaudern so klug, zuerst sein Studium der Journalistik abzuschließen. Er feiert gern, lernt viele Frauen kennen, genießt das Leben."

Einen Augenblick lang sah Judd sinnend auf das Blatt in seiner Maschine. „Unser Held unterschreibt alsdann nach ehrgeizigem sportlichem Einsatz einen schillernden Fünfjahresvertrag als Baseballprofi. Er feiert dies mit einem Wochenendtrip mit Freunden an einem neu geschaffenen Stausee. Und hat dort die Idee, das Wasserskifahren auszuprobieren."

Stevie biss sich auf die Unterlippe. Sie ahnte, was nun folgen würde, und hätte sich das Ende der Geschichte gern erspart. Doch wollte sie jetzt keinesfalls von Judds Schoß aufstehen. Anscheinend gärte es schon seit langem in ihm, und er hatte diese Aussprache bitter nötig. Außerdem konnte sie sich endlich bei ihm revanchieren – schon oft hatte er ihr geduldig zugehört, wenn sie ihm ihr Herz ausschüttete.

„Das Boot steuert auf einen aus dem Wasser stehenden Pfahl zu, unser Held findet das ungemein lustig. Er hält sich für unverwundbar.“ Judds Stimme klang auf einmal seltsam tonlos. „Statt die Leine loszulassen, bildet er sich ein, er könne das Hindernis mit einem eleganten Schlenker umfahren – ein Trugschluss ...“

In das nun folgende Schweigen drang entferntes Donnern, das sich bedrohlich anhörte. Ein leichter Wind begann zu wehen. Doch weder Stevie noch Judd bemerkten die Signale eines Wetterumschwungs.

„All seine hochtrabenden Pläne werden in einem einzigen Augenblick zerstört“, fuhr Judd fort. „Eine unbedachte Handlung verändert sein Leben von Grund auf. Ein Jahr lang muss er sich unzähligen Operationen unterziehen, bis sein Bein wieder einigermaßen hergestellt ist. Doch trotz intensiver Bemühungen attestieren die Ärzte, dass sein Bein den Belastungen des Profisports nicht mehr gewachsen ist. Da er nun selbst keinen Hochleistungssport mehr ausüben kann, besinnt der Held sich auf seinen flüssigen Schreibstil und beginnt, beruflich als Reporter über die Glanzereignisse des Sports zu berichten.“

Draußen hatte heftiger Regen eingesetzt, und sturmartige Böen bliesen die Vorhänge ins Zimmer. Ein greller Blitz leuchtete auf, gleich darauf ertönte ein krachender Donner. Die Luft kühlte sich merklich ab.

Doch Stevie nahm das Gewitter nicht zur Kenntnis. Ihre ungeteilte Aufmerksamkeit galt Judd. Sie strich ihm liebevoll das Haar aus der Stirn und versuchte, mit den Fingern die steile Falte zwischen seinen Brauen zu glätten.

„Doch wahrscheinlich hat der Roman kein Happy End“, schloss Judd seinen Vortrag in beinahe wegwerfendem Ton ab.

„Wieso das?"

Ohne sich darüber klar zu sein, was er tat, fuhr Judd mit dem Zeigefinger unter Stevies Ausschnitt und zeichnete dessen Linie nach. „Unser Held hadert nach dem Unfall mit sich und der Welt. Vor allem verzeiht er es sich nicht, dass einzig und allein er selbst an seiner Misere schuld ist. Er betrachtet sein Leben als verpfuscht, sieht plötzlich keine Zukunftsperspektive mehr. Alles Tun erscheint ihm sinnlos, gleichzeitig scheut er nicht davor zurück, den Groll, den er gegen sich selbst hegt, an seinen Mitmenschen abzureagieren. Er trinkt viel, gibt sich mit Frauen ab, die ihm nichts bedeuten, und bricht hin und wieder eine Schlägerei vom Zaun."

„Schlägereien?"

Bedächtig zupfte Judd an den kleinen Knöpfen von Stevies Nachthemd. „Vielleicht muss er sich und anderen damit etwas beweisen. Da er nicht mehr der leistungsstarke Sportler wie vor dem Unfall ist."

„Muskelkraft allein ist kein Beweis für wahre Männlichkeit."

„Versuch das mal einem Durchschnittsamerikaner klarzumachen."

Diesem Argument konnte Stevie sich nicht verschließen, und so zuckte sie nur mit den Schultern. Doch durch die plötzliche Bewegung rutschte Judds Zeigefinger in die weiche Mulde zwischen ihren Brüsten. „Und wie endet die Geschichte, Judd?"

„Das Ende ist bislang noch offen. Mein jetziges Konzept reicht nur bis zu dem Zeitpunkt, wo er einen gut bezahlten festen Job hat, ohne sich dafür besonders zu verausgaben. Es gelingt ihm, seiner Umgebung weiszumachen, er würde gute Arbeit leisten, doch sich selbst kann er nicht belügen. Ihm ist klar, dass er sein Talent verschleudert. Was aus ihm letztendlich wird, weiß ich noch nicht. Möglicherweise trauert er zeitlebens den verbauten Chancen nach."

„Ich glaube, du stellst dein Licht zu sehr unter den Scheffel", sagte Stevie. Ihre Stimme klang weich und mitfühlend. „Um eine eigene Kolumne in einer großen Tageszeitung zu erhalten, muss man beträchtliche Erfolge vorweisen, und das kannst du. Deine Artikel sind spritzig und humorvoll und niemals langweilig ... was hast du?"

Judd, der Stevie bis dahin mit unbewusster Vertrautheit, aber ohne sexuelle Hintergedanken gestreichelt hatte, zog abrupt seine Hand zurück. Seine Augen funkelten zornig. „Habe ich etwa behauptet, die Geschichte handle von mir?"

Sein jäher Stimmungsumschwung machte Stevie betroffen. „Nicht ... nicht direkt", stammelte sie. „Aber ..."

„Der Held meines Buches ist mit seinem Leben höchst unzufrieden. Erwecke ich einen solchen Eindruck?"

Ohne Rücksicht sprang er auf, sodass Stevie fast von seinem Schoß fiel. Sie taumelte und hatte Mühe, ihr Gleichgewicht zu halten. Das Mitgefühl, das sie eben noch mit Judd hatte, verwandelte sich in Wut. Erst heulte er sich bei ihr aus, und dann schlüpfte er unvermutet wieder in die Rolle des unzugänglichen Machos.

„Weißt du, welchen Eindruck du erweckst?", rief sie erzürnt. „Den eines zweitklassigen Journalisten, der seit Jahren aller Welt von dem großen Roman vorfaselt, den er bald zu veröffentlichen gedenkt."

„Wieso bildest ausgerechnet du dir ein, mich zu kennen, Miss Tennisplatz?", entgegnete er in gleicher Lautstärke und musterte sie finster.

„Jedenfalls kenne ich dich gut genug, um zu wissen, dass du zu unsensibel bist, um eine einfühlsame Geschichte über die Desillusionierung eines Menschen zu verfassen." Sie deutete auf den Stapel Papier. „Ich finde deinen Helden langweilig, und das Buch wird mich bestimmt auch nicht vom Hocker reißen."

Judd baute sich in seiner ganzen Größe dicht vor ihr auf und sah grimmig auf sie hinunter. „Da irrst du dich", stieß er zwischen zusammengebissenen Zähnen hervor. „Ich werde mit eingehenden Passagen über die Frauenbekanntschaften des Helden für genügend Spannung sorgen."

„Umso schlimmer. Dann wird dein Roman sich ja nur wenig von einem gewöhnlichen Groschenroman unterscheiden." Nach diesem vernichtenden Urteil machte Stevie auf dem Absatz kehrt und verließ sein Zimmer.

9. KAPITEL

Als Stevie am nächsten Morgen früh erwachte, regnete es noch immer. Doch hatte nicht das laute Prasseln des Regens sie geweckt, sondern ein Krampf im Unterleib.

Sie stand auf und schluckte zwei Schmerztabletten. Dann legte sie sich wieder ins Bett und rollte sich zusammen, in der vagen Hoffnung, in dieser Stellung besser einschlafen zu können. Das gleichmäßige Geräusch des Regens hatte eine einlullende Wirkung auf sie, und sie dämmerte in einen unruhigen Halbschlaf hinüber.

Plötzlich hörte sie Judd leise ihren Namen rufen. Sie spürte, wie jemand hinter sie auf die Matratze glitt und ihr eine Hand auf die Schulter legte. „Stevie, was ist los?"

„Nichts", murmelte sie mit geschlossenen Augen.

„Ich konnte dein Stöhnen bis in mein Zimmer hören. Es hat mich geweckt."

„Entschuldigung."

Judd stöhnte. „Mir geht es doch nicht um meinen Schlaf, sondern darum, zu wissen, ob du Schmerzen hast", meinte er aufgebracht.

„Ein wenig. Aber es ist nur ein leichter Krampf. Mach dir keine Sorgen, er lässt bestimmt bald nach."

„Wo sind deine Tabletten? Ich hole sie dir."

„Ich habe bereits zwei genommen."

„Wann?"

„Weiß ich nicht genau. Es ist noch nicht lange her."

„Warum wirken sie nicht?"

„Es dauert wohl noch eine Weile."

„Was kann ich für dich tun?"

„Nichts."

„Warum öffnest du deine Augen nicht?"

„Weil ich todmüde bin", antwortete Stevie. Und weil ich weiß, dass du splitternackt schläfst und so auch in mein Bett geschlüpft bist, setzte sie in Gedanken hinzu. „Geh in dein Zimmer zurück. Ich bin bald wieder in Ordnung."

„Wo tut es weh?"

„Wo schon", entgegnete sie bissig. „Ich habe nur einen Tumor."

„Was könnte dir helfen?"

„Mein Heizkissen."

„Wo ist es?"

„Zu Hause."

Judd schwieg, rührte sich jedoch nicht vom Fleck. Stevie fühlte, dass er sie betrachtete. Dann schien ihm unvermittelt ein rettender Einfall zu kommen. Blitzschnell veränderte er seine Position, legte einen Arm um Stevies Hüfte und tastete unter dem Laken nach ihrem Bauch. Behutsam schob er das Nachthemd hoch und presste seine warme Hand auf ihre nackte Haut.

„Judd! Was soll ..."

„Halt still. Ich will dir nur helfen."

„Das kannst du nicht."

„Vielleicht nicht, aber ich möchte es wenigstens versuchen."

„Weshalb?"

„Weil ich dich ohne Schmerzen sehen will. Zumal ich mich gestern Abend ziemlich rüde benommen habe. Es war ungerecht von mir, dich anzuschreien."

„Das ist längst vergessen. Es ist nicht nötig ..."

„Nun lass mich doch ein einziges Mal die Rolle des barmherzigen Samariters spielen, ja? Also, wo tut es weh? Hier?" Er legte seine warme Hand auf ihren Unterleib und begann, ihn sanft zu massieren.

„Hm." Unter Judds zärtlichen Fingern begann die Verkrampfung sich allmählich zu lösen. Statt der Schmerzen empfand Stevie jetzt eine wohlige Hitze im Bauch. Ein herrliches Gefühl.

„Ist es schon besser?" Judd wartete. „Stevie?"

Stevie schlummerte bereits selig.

Als Stevie an diesem Morgen zum dritten Mal erwachte, lag Judds Arm schwer auf ihrer Hüfte und seine Hand auf ihrem Bauch.

Wenn er sich schon in meinem Bett breit macht, hätte er wenigstens sein eigenes Kopfkissen mitbringen können, dachte Stevie. Es war ein halbherziger Versuch, sich in eine Wut auf Judd hineinzusteigern und gleichzeitig die verwirrenden Empfindungen zu verdrängen, die seine Nähe in ihr weckte. Er kuschelte sich im Schlaf an sie, und sie spürte an ihrem Nacken seinen warmen, feuchten Atem.

Stevie neigte weder zu Selbstbetrug noch hatte sie einen Hang zu Masochismus, und so fiel es ihr schwer, sich dem Reiz zu entziehen, den dieser sehnige harte Körper auf sie ausübte. Statt von ihm abzurücken, lehnte sie sich an ihn.

Gleich darauf öffnete sie voller Schreck die Augen, denn ihr wurde nur allzu deutlich bewusst, dass sie nicht mit einem seelenlosen Körper, sondern mit einem recht vitalen Mann im Bett lag. Vorsichtig wandte sie den Kopf und hoffte inständig, dass Judd davon nicht aufwachte.

Doch in diesem Augenblick bewegte er sich schon, gähnte und öffnete die Augen. Ihre Gesichter waren nur eine Handbreit voneinander entfernt, und Stevie überlegte fieberhaft, wie sie die Situation entschärfen konnte. Vielleicht mit einem netten Dankeschön oder einem befreienden Lachen? Oder war es besser, die Zornige zu mimen?

Sie tat nichts von alledem, lag nur still da und studierte jede Einzelheit dieses markanten Gesichtes, das ihr in den letzten Tagen so vertraut geworden war.

Judd rührte sich als Erster. Mit seiner noch immer auf ihrem

Bauch ruhenden Hand strich er über ihre Hüfte und drückte Stevie sanft auf den Rücken.

Stumm nahm er ihr Bild in sich auf. Ihr blondes Haar, von dem er eine seidige Strähne durch seine Finger gleiten ließ, ihre braunen Augen, die er insgeheim mit der Farbe von altem Scotch verglich, ihren Mund, ihren Hals. Beim Anblick des züchtigen Ausschnitts des Nachthemds schmunzelte er. Dann schweifte sein Blick wieder gemächlich nach oben zu ihrem Gesicht.

Erneut bewegte er sich. Diesmal beugte er sich, auf seine Ellbogen gestützt, über Stevie und drängte ein Bein zwischen ihre Schenkel. Zärtlich strich er ihr das Haar aus der Stirn und umfasste mit beiden Händen ihr Gesicht. Dann fuhr er mit dem Daumen über ihre Lippen, bis sie sich öffneten. Ihn schien das zu faszinieren, denn nun zeichnete er mit der Daumenkuppe die Linie ihres Mundes nach und strich danach über die weißen Zähne.

Und endlich neigte er den Kopf und küsste Stevie.

Sie dachte nicht mehr an Abwehr, sondern legte beinahe automatisch die Arme um Judds Hals. Ermuntert durch seine Zärtlichkeiten ertastete sie mit den Fingerspitzen seine harten Rückenmuskeln und berührte die beiden Grübchen über seinem Po.

Judd reagierte auf ihre Liebkosungen mit einem dumpfen und sinnlichen Laut und schob seine Zunge zwischen ihre Lippen. Ohne Hast erkundete er das weiche Innere ihres Mundes, erforschte genießerisch jeden Winkel. Es war ein liebevoller, ein schläfriger Kuss, um Guten Morgen zu sagen.

Für Stevie war es der verführerischste Kuss, den sie jemals erhalten hatte.

Als sich ihre Lippen voneinander lösten, blickten Judd und Stevie sich leicht benommen an. Sie hob eine Hand, um sich eine Strähne ihres langen blonden Haares aus dem Gesicht zu streichen, doch er schnappte mit dem Mund nach ihrem Daumen, knabberte verspielt daran und liebkoste mit seiner Zunge ihren Handballen.

Stevie ging nun ebenfalls auf Entdeckungsreise, berührte das dichte kastanienbraune Haar, strich über Judds Stirn und zog die steile Falte zwischen seinen Brauen nach, die ihm stets ein leicht grimmiges Aussehen verlieh. Diese Mischung aus Zorn und Wehmut, die seine Miene meist verdüsterte, hatte sie schon von jeher an ihm gereizt.

Er küsste ihren Hals, und sie drängte sich an Judd, um ihm zu zeigen, wie sehr sie sich nach ihm sehnte. Der Kuss, der nun folgte, war nicht mehr schläfrig, sondern ungestüm, leidenschaftlich und fordernd.

Trotz seiner Erregung nahm Judd sich auch weiterhin viel Zeit. Stevie wünschte sich, er würde diese endlose Reihe von Knöpfen an ihrem Ausschnitt mit einem Ruck aufreißen. Doch er öffnete bedächtig Knopf für Knopf, zog die Satinschleife auf und schob schließlich den dünnen Baumwollstoff von ihren Schultern. Seine schlanken Finger strichen behutsam über ihre weiße Haut und umfassten dann ihre Brüste.

Stevie entging der zärtliche bewundernde Blick, mit dem Judd ihre Brüste betrachtete. Sie hatte die Augen geschlossen und atmete heftig und unregelmäßig. Verspielt rieb Judd erst seine Nase an ihrem Busen, dann seine Wangen und sein stoppeliges Kinn, sodass eine heiße Lust Stevie durchströmte. Sie verlor jede Hemmung und presste sich verlangend an ihn.

Er umkreiste mit der Zunge ihre Brustspitze, nahm sie in den Mund und knabberte sanft an der rosigen Knospe. Dann reizte er sie mit der Zunge, bis sie sich aufrichtete und hart wurde.

Stevie hatte das Gefühl, am ganzen Körper zu brennen. Stöhnend wälzte sie den Kopf hin und her und hob Judd ihre Hüften entgegen. Er rieb sein Knie an ihrem Schenkel, und sie klammerte sich sehnsuchtsvoll an ihn. Dann spürte sie, wie er ihr Nachthemd hochschob und ihr mit seinen geschickten Fingern den Slip abstreifte und sie gezielt streichelte.

Im nächsten Augenblick drang lautes Klopfen an ihr Ohr. Jemand hämmerte mit aller Kraft gegen die Haustür.

Und so kam es, dass Judds erste Bemerkung an diesem für ihn so wundervoll begonnenen Morgen keine poetische Liebeserklärung war, sondern ein deftiger Fluch.

„Na endlich“, murrte der Briefträger, als Judd eine Minute später die Haustür mit solcher Wucht aufriss, dass sie beinahe aus den Angeln kippte.

„Ich lag noch im Bett.“

„Es hat mich einige Mühe gekostet, mich zu Ihnen durchzuarbeiten.“ Der Briefträger schien mindestens so missgelaunt zu sein wie Judd. Anklagend deutete er auf seine mit Schlamm bespritzten Stiefel. Der wolkenbruchartige Regen während der vergangenen Nacht hatte den Weg zum Haus völlig aufgeweicht und in einen einzigen Morast verwandelt. Auch die von Stevie so liebevoll gepflegten Blumen boten einen traurigen Anblick.

„Danke, dass Sie sich so tapfer zu mir durchgekämpft haben“, murmelte Judd und kritzelte seinen Namen auf die Empfangsbestätigung.

Der Mann im gelben Regenmantel überreichte ihm einen eingeschriebenen Eilbrief. Dann zog er sich die Kapuze über den Kopf und rannte ohne ein weiteres Wort zu seinem Wagen zurück.

Judd knallte die Haustür zu.

„Wer war es?“, rief Stevie von oben.

„Der Postbote mit einem Eilbrief für mich.“

„Von wem?“

In seiner Wut über die unliebsame Störung gerade in dieser Situation hatte Judd vergessen, nach dem Absender zu schauen. Er warf einen Blick auf das Kuvert und unterdrückte einen weiteren Fluch. „Mike Ramsey.“

„Was will er?“

„Woher soll ich das wissen. Ich habe den Brief noch nicht geöffnet.“

Noch nie hatte Judd sich so frustriert gefühlt wie in diesem Moment. Da war es ihm endlich gelungen, Stevies Widerstand zu überwinden und die Beziehung zu ihr ein wenig enger zu gestalten, und dann musste ihm ausgerechnet Ramsey mit seinem idiotischen Brief dazwischenkommen.

Er hörte Schritte auf der Treppe und wandte den Kopf. Seine Stimmung sank auf den Nullpunkt, als er Stevie voll angezogen die Stufen herunterkommen sah. Ihre braunen Augen wirkten unnatürlich groß in dem blassen Gesicht, und in ihrer Miene spiegelten sich Verlegenheit und Reue wider.

Noch lag auf seinen Lippen der Geschmack ihres Mundes, und alles in ihm drängte danach, dort fortzufahren, wo sie unterbrochen worden waren.

Gleichzeitig wusste Judd instinktiv, dass es dazu zu spät war. Stevie hatte in der Zwischenzeit Gelegenheit zum Nachdenken gehabt und sich erneut in ihr Schneckenhaus zurückgezogen.

Vielleicht täusche ich mich, versuchte er sich einzureden. Er machte einen Schritt auf sie zu, als sie am Fuß der Treppe stehen blieb. „Stevie“, bat er heiser und blickte sie voller Sehnsucht an.

Nervös fuhr sie sich mit der Zunge über die Lippen. „Am besten setze ich erst einmal Kaffee auf“, sagte sie schnell und eilte im Laufschritt in Richtung Küche. Es sah verdächtig nach Flucht aus.

Judd wartete einige Augenblicke, bevor er ihr folgte. In der Küche ließ er sich auf einen Stuhl fallen und riss den Umschlag auf. Nachdem er Ramseys Botschaft gelesen hatte, knüllte er den Brief zusammen und steckte ihn in die Tasche seiner Shorts. „Wie lange dauert es, bis der Kaffee fertig ist?“

„Fünf Minuten. Was schreibt dein Chefredakteur?“

„Nichts von Bedeutung.“

„Wieso machst du dann so eine mürrische Miene?"

„Weil der Kaffee noch nicht fertig ist." Es klang ausgesprochen gereizt, wenngleich sein Zorn nicht Stevie galt, sondern Mike Ramsey. Judds Erregung war noch nicht abgeflaut, und das machte ihm zu schaffen. „Es gibt natürlich noch andere Gründe für meine ... äh ... Verdrießlichkeit, doch wahrscheinlich interessieren sie dich nicht, oder?"

Hastig schüttelte sie den Kopf.

„Dachte ich es mir doch", spottete er.

„Ist Mr. Ramsey nun schon so klein mit Hut, wie du ihn haben willst? Bittet er dich, schnellstens zurückzukommen?"

„Nein."

„Was schreibt er dann?"

„Nichts Wichtiges."

„Ich will wissen, was in dem Brief steht."

Stevies unverhoffter Ausbruch kam für Judd völlig überraschend und lenkte ihn vorübergehend von seinem angespannten Körper ab. Ihre Stimme hatte ungewöhnlich schrill geklungen, was auf eine starke innere Anspannung schließen ließ. „Na schön, deine offenbare Ahnung trügt dich nicht. Der Brief handelt von dir."

Sie setzte sich ihm gegenüber an den Tisch und blickte ihn fragend an. „Und was schreibt Mr. Ramsey über mich?"

„Er informiert mich wegen deines Verschwindens", erwiderte Judd mit einem trockenen Lächeln. „Seiner Meinung nach habe ich mir die heißeste Story des Jahres entgehen lassen. In Sportkreisen spreche man derzeit von nichts anderem als von Stevie Corbetts mysteriösem Verschwinden nach ihrem Zusammenbruch."

Das Kontrolllämpchen der Kaffeemaschine blinkte und zeigte an, dass der Kaffee fertig war. Judd stand auf und kehrte mit zwei dampfenden Tassen zurück, von denen er eine vor Stevie auf den Tisch stellte.

Nachdem er vorsichtig einige Schlucke getrunken hatte, fuhr er fort: „Mike fordert mich auf, nicht länger zu schmollen und umgehend nach Dallas zurückzukommen. Er meint, es müsste mir mit meinen weit reichenden Verbindungen möglich sein, als Erster deine Spur zu finden." Ein schwaches Lächeln huschte über sein Gesicht. „Anscheinend hat er meine Kündigung vergessen."

„Und was behaupten die anderen?"

„Wer?"

„Die Sportreporter. Sicher haben sie bereits atemberaubende Theorien über meinen Verbleib entwickelt."

„Ja, einige. Laut Mike munkelt man etwas von Selbstmord und ..."

„Selbstmord?"

„Es ist nur ein Gerücht, da man deine Leiche noch nicht gefunden hat. Andere hegen die Vermutung, du hättest dich irgendwo heimlich operieren lassen, und wieder andere meinen zu wissen, dass du dich in einer sehr exklusiven Spezialklinik auf den Bahamas behandeln lässt. Ramsey befiehlt mir, meinen Roman vorübergehend zu vergessen und mich schnellstmöglich auf die Suche nach dir zu begeben."

„Er weiß von deinem Roman?"

„Na ja, ich habe ihm gegenüber hin und wieder etwas über dieses Projekt verlauten lassen." Judd war dieses Geständnis äußerst peinlich. Bestätigte es doch, dass Stevie gestern Abend den Nagel auf den Kopf getroffen hatte. Seit Jahren hatte er jedem, der es hören wollte, von dem geplanten Roman erzählt, aber nie die nötige Ausdauer zur Verwirklichung aufgebracht.

Zumindest nicht bis jetzt. Nach etlichen missglückten Versuchen im Laufe der letzten Jahre hatte er aber diesmal immerhin wenigstens den Einstieg geschafft und fand von Tag zu Tag mehr Gefallen an seiner schriftstellerischen Tätigkeit. Sie stellte große Anforderungen an seinen Intellekt und seine schöpferische Fantasie und erforderte ein hohes Maß an Selbstdisziplin. Alles in allem eine echte Herausforderung.

Der Gedanke, aus seiner momentan recht guten Schaffensphase herausgerissen zu werden, behagte ihm gar nicht. Andererseits hatte er gewisse finanzielle Verpflichtungen, wie beispielsweise die monatlichen Abzahlungsraten für seinen teuren Sportwagen. Er konnte es sich nicht erlauben, wochenlang an seinem Buchmanuskript zu sitzen, ohne einen Dollar zu verdienen.

Allerdings hatte er es bei alledem in der Hand, seine wirtschaftlichen Verhältnisse mit einem Schlag grundlegend zu verbessern, denn ihm gegenüber saß die Frau, die im ganzen Land von einer sensationslüsternen Presse fieberhaft gesucht wurde. Würde er sein Wissen über ihre Flucht geschickt vermarkten, würde er seinen Roman in Ruhe zu Ende schreiben können, ohne sich um seinen Unterhalt sorgen zu müssen. Eine große Versuchung, wie er fand.

„Und was wirst du also nun tun?“

Ohne seine Gedanken zu kennen, deutete Stevie an, was ihm im Kopf herumging. Sie schien sich über ihre momentane Lage keine Illusionen zu machen und wirkte recht bedrückt. Sicher war ihr klar, wie verlockend es für einen Reporter sein musste, mit einer Exklusivstory über ihre Flucht an die breite Öffentlichkeit zu treten.

Judd wischte sich mit der Hand über die Augen. Aus vielerlei Gründen fühlte er sich im Augenblick extrem unwohl. Sein Körper schmerzte noch immer von der angestauten Erregung, die nicht abflauen wollte. Sein Magen brannte, weil er gegen besseres Wissen den starken heißen Kaffee zu schnell getrunken hatte, und die Vorstellung, sich eine weitere glänzende Gelegenheit entgehen zu lassen, stimmte ihn auch nicht gerade glücklich.

Trotzdem gab er die seiner Meinung nach einzig richtige

und zugleich einzig moralisch vertretbare Antwort. „Ich mache mich wieder an die Arbeit."

Voller Bewunderung beobachtete er, wie Stevie erst trocken schluckte und dann trotzig das Kinn vorstreckte. „In Dallas?"

Sie ist wirklich hart im Nehmen, dachte er anerkennend und fragte sich verwundert, wieso ihm das in all den Jahren nicht aufgefallen war, in denen er sie in seiner Kolumne wiederholt als niedliches Modepüppchen dargestellt hatte.

„Nein, hier an meiner Schreibmaschine."

„Du willst … niemandem meinen Aufenthaltsort verraten?"

„Nicht, solange du es nicht wünschst. Bis dahin bleibt es unser süßes Geheimnis", erwiderte er augenzwinkernd.

Stevie atmete erleichtert auf und entspannte sich sichtlich, überhäufte Judd jedoch nicht mit überschwänglichen Dankesbezeigungen. „Gut", meinte sie nur. „Das beruhigt mich. Außerdem freue ich mich, wenn du mit dem Roman vorankommst."

„Letzte Nacht nanntest du ihn langweilig und hast ihn mit einem Groschenroman verglichen."

Sie hatte den Anstand, eine schuldbewusste Miene aufzusetzen. „Das meinte ich nur, weil du mich absichtlich provoziert hast", verteidigte sie sich.

„Da wir gerade von Provokation sprechen." Judd stand langsam auf und ging um den Tisch herum. „Heute Morgen …"

„Judd!" Stevie sprang vom Stuhl hoch. „Wegen heute Morgen bin ich dir noch eine Erklärung schuldig."

„Wozu denn?" Er runzelte die Stirn.

„Warum das mit uns geschah …"

„Ich weiß, warum. Aus Lust, was gemäß Websters Universallexikon auch so viel wie ‚Befriedigung der Sinne' bedeutet."

Der giftige Blick, mit dem sie ihn maß, legte die Vermutung nahe, dass sie seine Ansicht ganz und gar nicht teilte. „Nach Einnahme der Tabletten war mein Bewusstsein vorübergehend leicht getrübt. Dies Zeug ist ziemlich stark."

Nun zieht sie sich also wieder in bewährter Manier hinter ihre Verteidigungslinien zurück, dachte Judd grimmig. Ihr Rückzug kränkte ihn vor allem deshalb, weil er vorhin gespürt hatte, dass ihr beiderseitiges Verlangen gleich stark gewesen war.

„Oh, ich verstehe", entgegnete er spöttisch. „Du findest mich nur anziehend, wenn du unter der Einwirkung von den Blick vernebelnden Schmerztabletten stehst. Meinst du das?"

„Nicht ganz …"

„Sondern?"

„Ich möchte nicht intim mit dir zusammen sein", erklärte sie schroff.

Er lachte kurz auf. „Und das soll ich dir abnehmen?"

Judd wusste genau, dass er sie damit in Rage brachte. Die Anzeichen waren ihm mittlerweile vertraut. Gerötete Wangen, blitzende Augen und ein trotzig vorgestrecktes Kinn. Er fand sie in diesem Zustand einfach bezaubernd.

„Mein Leben steckt in einer Krise", erklärte sie mit angespannter Stimme. „Ähnlich wie deines. Keiner von uns beiden kann sich jetzt eine Affäre leisten. Im Übrigen hätte dir schon seit Stockholm klar sein müssen …"

„Dass zwischen uns eine starke sexuelle Anziehungskraft besteht", vollendete er ihren Satz in einer von ihr nicht vorgesehenen Weise. „Damals warst du bereit, mit mir zu schlafen."

Stevie ballte die Hände zu Fäusten und atmete tief durch. „Mein Manager erwartet in wenigen Tagen meine Entscheidung. Für uns beide ist es das Beste, wenn unser Zusammensein auch weiterhin platonisch bleibt."

Unsanft packte Judd sie an den Schultern. „Erzähl das deinen Hormonen, Baby", spottete er.

Empört riss sie sich von ihm los, rannte aus der Küche und lief nach oben. Er eilte ihr hinterher, blieb dann aber am Fuß der Treppe abrupt stehen.

Widerstreitende Gefühle machten sich in ihm breit. Zum einen gab es da jenen Judd Mackie, der in den Augen seiner Kumpel ein Draufgänger war. Er durfte sich von einer Frau nicht so behandeln lassen und musste sie also jetzt noch einmal ordentlich zur Rede stellen. Ein Kuss, eine verführerische Liebkosung, und schon würde sie Wachs in seinen Händen werden und ihn anflehen, sie zu lieben.

Wieso sträubte sie sich so sehr, mit ihm zu schlafen? Hatte er ihretwegen nicht schon auf zwei Wochen Gehalt verzichtet, ganz zu schweigen von dem Honorar, das er mit einer Geschichte über ihr Verschwinden längst hätte verdienen können. Falls man ihm seinen Sportflitzer wegnahm, war allein sie dafür verantwortlich.

Er hatte sie überdies den Klauen der Presse entrissen, sie gastfreundlich bei sich aufgenommen und ihr Zuflucht gewährt. Konnte er da ein bisschen mehr Entgegenkommen von ihrer Seite nicht erwarten?

Es gab jedoch noch einen zweiten Judd Mackie, und dieser wusste instinktiv, dass ihm ein solches Entgegenkommen Stevies nicht genügte. Er wollte mehr von ihr als eine flüchtige Affäre.

Judd ging ins Esszimmer und setzte sich an die Maschine. Leider musste er feststellen, dass die Rolle des Gentlemans mit allerlei Widrigkeiten verbunden war. Er konnte sich schlecht konzentrieren, sah immer wieder Stevies feste Brüste vor sich und glaubte, den Geschmack ihrer Haut auf den Lippen zu schmecken.

Sieh mal, ermahnte er sich in einem stummen Zwiegespräch, bis jetzt hast du noch nie eine Frau gegen ihren Willen verführt, und du wirst damit auch bestimmt nicht bei Stevie Corbett beginnen. Zudem bist du viel zu sehr mit deinem Buch beschäftigt, um an schnöden Sex zu denken.

Zu Judds Bedauern drohte sich in seinem Fall aber der bekannte Ausspruch zu bewahrheiten: „Der Geist ist willig, aber das Fleisch ist schwach“ – und so gingen ihm bei der Verwirklichung seiner guten Vorsätze seine eigenen Worte nicht aus dem Sinn: „Erzähl’ das deinen Hormonen, Baby.“

10. KAPITEL

Zwei Tage lang regnete es ununterbrochen, oder drastischer ausgedrückt, Judd und Stevie blieben endlose achtundvierzig Stunden ans Haus gefesselt. Zwar versuchten sie, sich möglichst aus dem Weg zu gehen, trotzdem erschwerte die unterschwellig zwischen ihnen herrschende sexuelle Spannung ihr Zusammenleben beträchtlich.

Während der gemeinsamen Mahlzeiten sprachen sie wenig miteinander, da ihre Unterhaltungen unweigerlich in Auseinandersetzungen ausarteten. Um der spannungsgeladenen Atmosphäre für einige Stunden zu entfliehen, fuhr Stevie am zweiten Tag zum Einkaufen in den Ort. Sie beschloss, als Friedensangebot ein besonders leckeres Dinner zu servieren, dessen Zubereitung ihre ganze Kochkunst erforderte. Doch ausgerechnet an diesem Abend arbeitete Judd durch und bat sie, ihm das Dinner auf einem Tablett ins Esszimmer zu stellen. Nachdem sie stundenlang in der Küche gestanden hatte, empfand Stevie seine Bitte als offene Kriegserklärung und teilte ihm hitzig mit, er solle sich sein Essen gefälligst selbst holen und sich dann zum Teufel scheren.

Ein anderes Mal verließ Judd brummend das Bad, nachdem Stevie ihm von draußen zugerufen hatte: „Es würde dir nicht schaden, dich hin und wieder einmal zu rasieren."

„Wen geht das hier etwas an?", hatte er nur erwidert.

In diesem Ton verkehrten sie, bis schließlich am dritten Tag der Dauerregen gegen Mittag aufhörte. Eine Stunde später kam die Sonne durch und brannte heiß auf den feuchten Boden, sodass bald südseeähnliche klimatische Verhältnisse mit besonders hoher Luftfeuchtigkeit herrschten.

Von der Veranda aus begutachtete Stevie die vom Sturm und Regen im Garten verursachten Schäden. Viele Blumen waren zu Boden gedrückt worden, doch würden sie sich in der Sonne gewiss bald wieder aufrichten.

„Sieht es schlimm aus?"

Judd schlenderte in gewohnt lässiger Art durch die Tür. Wie üblich trug er seine derzeitige Lieblingskleidung – knappe Shorts, bei denen er offensichtlich über eine wohl sortierte Kollektion in allen möglichen Farben verfügte. Meist lief er ohne Hemd und barfuß herum und schien keinen Gedanken mehr an sein vernarbtes Bein zu verschwenden. Auch jetzt reckte er sich reichlich ungeniert und lockerte Arm- und Beinmuskulatur.

„Weniger schlimm, als ich dachte", antwortete Stevie und riss ihren Blick mit Gewalt von seinem kraftvoll athletischen Körper los.

„Vom ständigen Sitzen tun mir alle Glieder weh." Abwesend rieb Judd jenen Teil seiner Anatomie, der bei ihm besonders wohlgeformt war. „Hast du Lust, heute Nachmittag Tennis zu spielen?"

In Stevies Ohren klang das wie Musik. An tägliches Training gewöhnt, hatte sie sich in den vergangenen zwei Tagen wie im Gefängnis gefühlt. Hinzu kam noch die knisternde Spannung zwischen ihnen als zusätzliche Belastung. Sie benötigte dringend ein Ventil für ihre Frustrationen, und nirgendwo konnte sie sich besser abreagieren als auf dem Tennisplatz.

„Große Lust sogar", erwiderte sie.

„Wann?"

„Sobald du dich rasiert hast."

Judd rieb sich das Kinn. „Sie stellen ja harte Forderungen, Lady", nörgelte er und sah sie herausfordernd an. Doch Stevie hielt seinem Blick stand. „Na schön", gab er nach und konnte sich ein albernes Lächeln nicht verkneifen. „Dann rasiere ich mich eben."

„Fünfzehn zu vierzig."

„Ich weiß, wie man zählt", murmelte Stevie erbost, während sie sich auf ihren nächsten Aufschlag zu konzentrieren versuchte, den Schläger fest umklammert.

„Wie bitte?", rief Judd und hielt sich die Hand ans Ohr. „Ich habe dich nicht verstanden."

„Ich sagte, ich weiß, wie man zählt. Danke", wiederholte sie mit erhobener Stimme.

„Bitte sehr, gern geschehen."

Zähneknirschend richtete Stevie sich auf, warf den Ball in die Luft und schlug ihn kraftvoll und – wie sie glaubte – unerreichbar für Judd in dessen Spielfeld.

Er erwischte ihn – mühelos. Und da sie damit nicht gerechnet hatte, verfehlte sie seinen Rückschlag nicht nur um Haaresbreite, sondern um mehrere Meter.

„Dieses Spiel geht an mich", stellte er vergnügt fest. „Somit führe ich in diesem Satz mit fünf zu vier und habe Aufschlag. Außerdem ist Seitenwechsel."

„Ich kenne die Regeln, Mr. Mackie."

Stevie schraubte die mitgebrachte Thermosflasche auf und spülte ihren Mund mit Wasser aus. Innerlich kochend überdachte sie den bisherigen Spielverlauf. Sie hatte den ersten Satz verloren und den zweiten nur mit einem knappen Tiebreak gewonnen. Falls dieser verdammte Kerl den dritten Satz ebenfalls gewann, fiel der Sieg an ihn. Ein unerträglicher Gedanke.

Bestimmt würde er nach einem Sieg in eitler Siegerpose herumstolzieren und ihre Niederlage genießen. Im Augenblick gab er sich höflich und zuvorkommend, aber gerade diese ungewohnte Freundlichkeit stimmte sie besonders misstrauisch. Am liebsten hätte sie ihm das ständige Grinsen mit einer Ohrfeige vom Gesicht gewischt.

Stevie trocknete sich mit dem Handtuch den Schweiß vom Gesicht und rieb den Schlägergriff ab.

„Lass dir ruhig Zeit", rief Judd, der bereits an der Grundlinie stand und sich auf seinen Aufschlag vorbereitete. „Wir haben es nicht eilig. Falls du dich ein wenig ausruhen willst, habe ich nichts dagegen."

Wütend warf sie das Handtuch auf ihre Sporttasche und marschierte mit Riesenschritten auf ihre Seite des Spielfeldes. „Fang an!“

„In Ordnung.“

Er schlug seinen Ball wie ein blutiger Anfänger hoch in die Luft und verwirrte dadurch Stevie, die sich auf einen schnellen flachen Ball eingestellt hatte. Sie musste fast bis hinten an den Zaun laufen, erwischte den Ball nicht richtig, und so landete er im Netz.

„Fünfzehn zu null, Liebling“, rief Judd.

Stevie schleuderte ihren Schläger zu Boden. „Was soll dieser Quatsch?“

„Du hast ins Netz geschlagen.“

„Ich spreche von deinem Aufschlag, Judd.“

„Wieso?“, erkundigte er sich unschuldig. „Du sahst ein wenig erschöpft aus, und da wollte ich dir die Sache ein wenig erleichtern.“

„Du brauchst mich nicht zu schonen, Judd, ist das klar?“

„Klar.“ Ein flüchtiges Lächeln erschien auf seinem Gesicht. „Verglichen mit den Temperamentsausbrüchen dieser Frau sind McEnroes früher berüchtigte Ausfälle auf dem Tennisplatz geradezu lahm“, murmelte er in einer Art Selbstgespräch, das jedoch für Stevies Ohren gerade noch laut genug war.

Sie bemühte sich, ihren Zorn abzuschütteln und sich ganz auf das Spiel zu konzentrieren. Judds nächster Aufschlag war flach und schnell und wurde von ihr mit Rückhand retourniert. Ein längerer und schneller Ballwechsel entwickelte sich zwischen ihnen, den Stevie schließlich mit einem knallharten Schmetterball für sich entschied, der genau vor Judds Füßen aufschlug.

„Fünfzehn beide“, verkündete sie mit zuckersüßem Lächeln.

„Guter Schlag.“

„Danke.“

In Erwartung eines ähnlichen Returns verließ Stevie die

Grundlinie und ging etwas nach vorn. Doch Judd platzierte seinen Aufschlag in ihre äußerste linke Ecke. „Dreißig zu fünfzehn“, sagte er voller Befriedigung.

Seinen nächsten Aufschlag gab sie ungewohnt sanft zurück, sodass der Ball gleich hinter dem Netz aufschlug, unerreichbar für Judd. „Dreißig beide“, rief sie fröhlich.

Mit Genugtuung stellte Stevie fest, dass Judds Lächeln nicht mehr ganz so strahlend war wie zuvor. Sie beobachtete, wie er sich streckte, die Lippen zusammenpresste und den Arm hob. Eine Sekunde, bevor er auf den Ball schlug, sagte er: „Du hast vergessen, mit dem Po zu wackeln.“

Der Ball flog durch die Luft, schlug kurz vor der Grundlinie auf und knallte laut gegen den Zaun. Stevie drehte sich zu ihrem selbstgefällig lächelnden Gegner um, der bedächtig die Saitenbespannung seines Schlägers prüfte.

„Was war das?“

„Das war ein Ass, wie du es wahrscheinlich nur selten serviert bekommst.“

Wütend stürmte Stevie ans Netz. „Ein Ass ist für mich keine Seltenheit, dafür umso mehr ein Gegner, der unmittelbar vor dem Abschlagen des Balls eine Unterhaltung beginnt. So etwas ist mir überhaupt noch nicht vorgekommen. Niemand würde es wagen, sich mit einem so schmutzigen Trick einen Vorteil zu verschaffen. Außer dir natürlich, denn du bist geradezu ein Meister übler Tricks. Was sollte übrigens diese lächerliche Anspielung auf meinen Po?“

„Ach, Stevie, wir sind hier doch unter uns und können offen miteinander reden.“ Judd lehnte sich über das Netz und zwinkerte ihr verschwörerisch zu. „Ich spreche von deiner Angewohnheit, jedes Mal kess mit dem Hintern zu wackeln, wenn du einen Punkt machst.“

Sie starrte ihn mit offenem Mund an. Das war unerhört. „Ich soll mit meinem …“

„Natürlich tust du das. Ich habe es oft genug beobachtet. Wahrscheinlich willst du damit unbewusst deinen Zuschauern auf dem Platz und deinen zahlreichen Bewunderern vor dem Bildschirm signalisieren, dass du einen Schlag gelandet hast."

Es kostete Stevie beinahe übermenschliche Überwindung, nicht mit dem Schläger auf ihn loszugehen. „Ich habe keine Lust, noch länger hier in der Hitze herumzustehen und mir deine Beleidigungen anzuhören." Mit einer Reflexbewegung warf sie ihren blonden Zopf über die Schulter.

Judd deutete mit seinem Schläger triumphierend auf sie. „Das ist eine weitere."

„Eine weitere was?"

„Eine weitere deiner einnehmenden Gesten, mit denen du dich vor dem Publikum nett in Szene setzt. Den Zopf nach hinten zu werfen bedeutet, du bist unzufrieden, sei es nun mit dir selbst, mit deiner Gegnerin oder einem Linienrichter."

„Eine meiner einnehmenden Gesten?", wiederholte Stevie wutschnaubend.

Judd grinste nur. „Richtig. Damit köderst du dein Publikum. Dass du absoluter Zuschauerliebling bist, verdankst du oftmals weniger deinem spielerischen Können, sondern ganz wesentlich deinem schauspielerischen Talent, mit dem du manche Schnitzer kaschierst. Eine clevere Taktik."

Am ganzen Körper vor Zorn bebend, fand Stevie es besser, Judd keiner weiteren Antwort mehr zu würdigen. Mehr als hilfloses Gestammel hätte sie in ihrer momentanen Verfassung sowieso nicht hervorgebracht. Stumm drehte sie sich um, holte ihre Sporttasche und marschierte in Richtung Parkplatz.

„Spielen wir unser Match nicht zu Ende?"

„Nein."

„Befürchtest du etwa, gegen mich zu verlieren?", fragte Judd und kam ihr hinterher. „Du könntest es nicht verkraften, von mir geschlagen zu werden, habe ich recht?"

„Wie du vorhin bereits anmerktest, habe ich heute einen schlechten Tag. Die Hitze macht mir zu schaffen. Außerdem habe ich seit Tagen nicht trainiert."

„Ich auch nicht", betonte er herzlos. „Und auf meiner Seite des Platzes ist es ebenso heiß wie auf deiner."

Stevie schleuderte Schläger und Sporttasche auf den Rücksitz des Autos, stieg ein und knallte die Tür zu. Judd setzte sich hinters Steuer und ließ den Motor an.

Die ersten Kilometer legten sie in eisigem Schweigen zurück.

Nach den vergangenen zwei Tagen ist dieser Streit unvermeidbar gewesen, ging es Stevie durch den Kopf. In gewisser Weise hatte sie ihn sogar herbeigesehnt, in der irrigen Annahme, etwas Dampf ablassen zu können. Leider hatte sich alles eher ins Gegenteil verkehrt. Mit dem ihm eigenen Spürsinn war es Judd ein weiteres Mal gelungen, eine ihrer schwachen Stellen bloßzulegen.

„Ein wenig auf Show zu machen ist doch überhaupt nichts Unehrenhaftes", brach er nun das Schweigen.

Doch damit schürte er nur Stevies Zorn. „In die Spitzenklasse der weltbesten Tennisspieler dringt man aber kaum durch einnehmende Gesten vor, Judd."

„Nur ruhig Blut, Stevie. Ich werde keinem verraten, dass ich dich heute besiegt habe."

„Hast du ja auch nicht."

„Aber nur, weil du es abgelehnt hast, das Match zu Ende zu spielen."

„Weil du zwischendrin immer wieder den Hanswurst gespielt hast!", schrie sie unbeherrscht. „Du hast ganz viele Punkte nicht mit guten Schlägen gemacht, sondern mit Clownerien, in der Absicht, mich zu veralbern. Von Talent, Können und Finesse kann bei deinem Spiel nicht so sehr die Rede sein." Sie wandte den Kopf und blickte Judd von der Seite an, um sich zu vergewissern, dass sie mit ihren nächsten Worten die gewünschte Wirkung erzielte. „Und für dein Geschreibsel gilt dasselbe."

Judd trat voll auf die Bremse und brachte den Wagen vor der Garage abrupt zum Stehen. „Was soll das heißen, Stevie?"

„Das musst du schon selbst herausfinden."

Ohne sich um ihre Sachen zu kümmern, stieg Stevie aus und eilte die Verandastufen hoch. Zum Glück hatten sie und Judd sich nicht die Mühe gemacht, während ihrer Abwesenheit die Haustür abzuschließen, sodass Stevie ungehindert ins Haus und die Treppe hinaufstürmen konnte. Zwei Stufen auf einmal nehmend, rannte Judd hinter ihr her und erwischte auf dem obersten Treppenabsatz das Ende ihres Zopfes.

„Aua! Lass mich los!"

„Erst nachdem du mir erklärt hast, was dieser letzte Seitenhieb auf meine Schreiberei bedeutet. Was soll das heißen, dass es mir dabei an Talent, Können und Finesse mangelt?"

„Ich habe nicht behauptet, es mangle dir womöglich grundsätzlich daran. Nur ist in deinen Artikeln davon bislang nichts zu finden gewesen."

„Immerhin habe ich mein Journalistikstudium abgeschlossen …"

„Schön, nur leider schlägt sich das nicht in deinen Artikeln nieder. Und deine Kolumne besteht oft nur aus Rühren in der Gerüchteküche." Stevie erwärmte sich immer mehr für dieses Thema. „Jeder Typ mit einem Minderwertigkeitskomplex und einem Hang zu Holzhackermethoden kann dergleichen fabrizieren. Es ist der richtige Job für jemanden, der ernsthafte Arbeit scheut und lieber abends in Kneipen sitzt, was er dann hochtrabend als Recherchieren und nötige Kontaktpflege bezeichnet. Und von dem Frauenverschleiß dabei will ich lieber schweigen."

„Seit wir hier sind, habe ich keinen Tropfen Alkohol getrunken. Und was den so genannten Frauenverschleiß betrifft …" Judd legte einen Arm um sie und presste sie hart an sich. „Seit ich Dallas verließ, war ich mit keiner anderen Frau zusammen, nur mit dir.“

„Lass mich los.“

„Nein, Baby. Diesen Kuss bist du mir schuldig.“

Er küsste sie hart und fordernd. Als sich Stevie abwehrend nach hinten bog, erreichte sie damit nur, dass sich ihr Unterleib noch enger an ihn drückte. So versuchte sie den Kopf wegzudrehen, doch Judd hielt ihr Kinn mit einer Hand fest und stieß mit seiner Zunge tiefer in ihren Mund.

Stevies Protest verwandelte sich rasch in ein sehnsuchtsvolles Stöhnen, und bald war nur noch heftiges Atmen zu vernehmen. Statt Judd von sich zu schieben, klammerte sie sich an sein schweißnasses T-Shirt und erwiderte seinen Kuss voller Leidenschaft.

Unvermutet hob Judd den Kopf und blickte in ihre dunkel glänzenden Augen. „Stevie.“

„Ja?“

Er nahm ihre Hand und führte sie an seinem Körper nach unten, um sie seine Erregung fühlen zu lassen. „Bist du dir diesmal sicher? Wenn nicht, dann lass uns jetzt lieber aufhören.“ Ohne Scheu berührte sie ihn an seiner intimsten Stelle und streichelte ihn. „Oh, Baby.“ Judd stöhnte auf und senkte seine Lippen erneut auf ihren Mund.

Das in beiden lang angestaute Verlangen schien nun einem Feuerwerk gleich zu explodieren und versetzte sie in einen Taumel sexueller Lust. Leidenschaftlich klammerten sie sich aneinander und küssten sich voller Leidenschaft.

Ohne sich loszulassen, stolperten sie in das nächstgelegene Zimmer, Judds Schlafzimmer. In fieberhafter Eile zogen sie ihre Schuhe aus, streiften die Socken ab und lachten, weil sie in der Hitze des Gefechts mehrmals mit den Köpfen zusammenstießen.

Judd zog sich das T-Shirt über den Kopf, und Stevie folgte seinem Beispiel. Er öffnete geschickt den Verschluss ihres BHs und schob den zarten Stoff beiseite. Sanft strich er mit den Fingerspitzen über ihre rosigen Brustspitzen, die sich sofort versteiften. Den Blick auf Stevies erregte Brüste gerichtet, zog er den Reißverschluss seiner Shorts auf und ließ sie zu Boden fallen.

Stevie streifte den BH ab und entledigte sich ebenfalls ihrer Shorts. Sie warf einen verstohlenen Blick auf Judd, der mittlerweile nackt vor ihr stand. Entschlossen fasste sie nach dem Bund ihres Höschens, dann verließ sie jedoch der Mut, und sie sandte einen stummen Hilferuf zu Judd.

„Das genügt erst einmal“, flüsterte er, nahm sie bei der Hand und führte sie zum Bett.

Dort legte er sich auf den Rücken und zog Stevie auf sich. Mit beiden Händen umfasste er ihr Gesicht und gab ihr einen langen und innigen Kuss. Während er mit seiner Zunge ein wildes erotisches Spiel begann, streichelte er mit seinen Fußspitzen Stevies Beine und schob schließlich ein Knie zwischen ihre Schenkel, sodass sie nunmehr rittlings auf seinem Bein saß. Er streifte ihren Slip nach unten, rollte sie auf den Rücken und zog ihr das Höschen ganz aus.

Dann betrachtete er ihren Körper, berührte mit zärtlichen Fingern ihre Brüste, ihren Bauch und den weichen Flaum über ihren Schenkeln.

„Stevie“, murmelte er rau, bevor er sich auf sie legte und sein Gesicht an ihren Hals schmiegte.

„Judd?“

„Ja, Liebling, gleich.“

„Du – vielleicht solltest du wissen …“

„Keine Sorge, Baby. Ich weiß …“

„Ich bin noch Jungfrau.“

11. KAPITEL

Judd fuhr hoch. Er sah Stevie eindringlich an. „Du bist was?“ Nachdem sie ihr Geständnis wiederholt hatte, starrte er sie noch immer ungläubig an. Langsam richtete er sich auf und setzte sich mit dem Rücken zu ihr auf die Bettkante.

„Jetzt könnte ich eine Zigarette gebrauchen. Schade, dass ich das Rauchen aufgegeben habe.“

Er hielt den Kopf in beide Hände gestützt und versuchte, einen klaren Gedanken zu fassen. Schließlich blickte er über die Schulter. Stevie hatte schamhaft die Decke bis ans Kinn gezogen.

„Wie hast du es geschafft, so lange unberührt zu bleiben?“ Als sie ihn verständnislos ansah, formulierte er die Frage neu. „Einfach gefragt, wieso bist du noch Jungfrau?“

„Vielleicht hättest du damals in Stockholm beenden sollen, was du begonnen hattest.“

„Mit Presley Foster im Nacken? Nein danke. Hat er außer mir etwa noch andere infrage kommende Liebhaber verjagt?“

„Um ihm gegenüber fair zu sein, nein. Es lag an mir. Ich nahm mir einfach nicht die Zeit für eine ernsthafte Beziehung. Männern, die sich für mich interessierten, gab ich zu verstehen, dass Tennis für mich einen höheren Stellenwert besaß als sie.“

„Das hat natürlich jeden abgeschreckt. Hinter Tennis bei einer Frau an zweiter Stelle zu stehen, ist nicht gerade das, was ein Mann sich erträumt.“

„Das wurde mir mit der Zeit auch klar.“ Nervös fuhr Stevie sich mit der Zunge über die Lippen. „Hätte ich deine Reaktion vorausgeahnt, hätte ich geschwiegen.“

„Wäre dein Geständnis etwas früher gekommen, hätte ich es erst gar nicht so weit kommen lassen.“

„Macht es denn jetzt einen solchen Unterschied?“

Judd ließ ein heiseres, humorloses Lachen hören. „Sogar einen gewaltigen Unterschied."

„Weshalb? Ich glaube kaum, dass es dich in Stockholm besonders gestört hätte."

„Möglicherweise nicht. Doch in Stockholm war ich noch jung und leichtfertig. Jetzt bin ich alt und leichtfertig. In der Jugend ist Torheit entschuldbar, nicht aber im Alter."

Zögernd streckte Stevie einen Arm aus und legte Judd die Hand auf die nackte Schulter. „Bitte, Judd. Leg dich zurück ins Bett."

Er wich ihrem Blick aus und schüttelte störrisch den Kopf. „Ich kann diese Verantwortung nicht auf mich nehmen, Stevie", beharrte er.

„Du gehst keinerlei Verpflichtungen ein."

„Sie sind automatisch inbegriffen."

„Für mich nicht."

„Aber für mich."

„Bitte."

„Ich habe Nein gesagt."

Ein leiser erstickter Laut kam über ihre Lippen.

Judd drehte sich ruckartig um und sah die Tränen in ihren Augen. Sie erschütterten ihn auf eine Weise, wie es keiner ihrer zahlreichen Wutanfälle je vermocht hatte. Seine Miene wurde weicher und wirkte nicht mehr so unnachgiebig wie zuvor.

Erneut legte er sich neben sie und zog sie an sich. „Nicht weinen, Stevie." Ausgerechnet er, der weinende Frauen verabscheute, drückte nun Stevie fest an sich und küsste sie liebevoll auf die Stirn.

Sie kuschelte sich an seinen nackten Oberkörper und rieb ihre Wangen an seinem rauen Brusthaar. „Bitte, Judd, liebe mich. Ich möchte, dass du der erste Mann bist, der mit mir schläft."

„Warum?"

„Vielleicht aus reiner Sentimentalität. Im Gegensatz zu dir glaube ich nämlich, dass wir uns in Stockholm geliebt hätten, wenn Presley nicht zwischen uns gegangen wäre.“ Verführerisch fuhr sie mit der Zunge über seine Brustspitze, zupfte mit den Zähnen daran und presste ihre Hand auf die feuchte Stelle.

„Oh … Liebling!“ Judd stöhnte auf. Er streichelte ihr Haar. „Hör auf.“

„Ich möchte aber nicht aufhören.“

„Du musst aber, sonst …“

„Ich will mich endlich als richtige Frau fühlen. Judd. Bitte.“

Ihr blonder Zopf schwang hin und her, als sie nun seine Brust mit Küssen überhäufte und dann mit den Lippen über seinen Bauch strich, der sich heftig hob und senkte. Sie drang mit ihrem Mund in gewagte Zonen vor, bis Judd schließlich ihren Kopf mit beiden Händen nach oben zog.

Er rollte sie auf den Rücken und beugte sich über sie. „Na gut“, meinte er keuchend. „Du bist dir absolut sicher, dass du es willst?“

„Absolut.“ Da er ihre Antwort mit einem grimmigen Nicken kommentierte, begann sie zu lachen. „Deine unglückliche Miene hebt nicht gerade mein Selbstbewusstsein.“

„Ich mache mir Sorgen.“

„Das musst du nicht. Du gehst keine Verpflichtung ein.“

„Das meinte ich nicht.“

„Was dann?“ Sie blickte ihn mit ihren schönen Augen groß an. „Weißt du nicht, was du tun musst?“, scherzte sie.

„Doch, Baby. Beim ersten Mal lässt man sich Zeit, aber wenn du so weitermachst …“ Er atmete heftig und schüttelte den Kopf, wie um seine Benommenheit abzuschütteln. „Ich bestimme das Tempo, in Ordnung?“

Stevie nickte gehorsam, obwohl sie keineswegs sicher war, dieses Versprechen halten zu können. Sie hatte das Gefühl, gleich in einem Strudel lustvoller und sehr verwirrender Empfindungen zu versinken. Sie bezweifelte sogar, dass Judd sich an seine eigenen Regeln hielt, denn er atmete schwer, und sein

Gesicht war von Leidenschaft gerötet.

„So, und jetzt küss mich", befahl er heiser. „Vergiss, was man dir über so genannte Liebestechniken erzählt hat und küss mich einfach so, wie du dir einen bestrickenden Kuss vorstellst."

Diese Anweisung empfand Stevie als echte Herausforderung, und sie verschränkte ihre Arme hinter Judds Hals und zog seinen Kopf zu sich hinunter. Als seine geöffneten Lippen auf ihren Mund trafen, ergriff sie beherzt die Initiative und begann, mit ihrer Zunge seinen Mund zu erkunden. Sie reizte, lockte und verführte ihn, und schon bald küssten sie sich wild und hemmungslos.

Langsam zog Judd das störende Bettzeug beiseite, bis beide sich schließlich wieder nackt gegenüberlagen. Er drückte Stevie eng an sich, und sie fühlte seine Erregung an ihren Schenkeln und rieb ihren Oberkörper an seiner Brust.

Die Empfindungen, die nun über sie hereinstürmten, waren wundervoll und völlig neu für sie. Noch nie hatte sie sich so sehr als Frau gefühlt wie jetzt, als sie diesen harten sehnigen Körper umschlungen hielt und Judds berauschend männlichen Duft einatmete. Wie hatte sie es nur so viele Jahre ohne ihn ausgehalten?

Schlagartig wurde ihr bewusst, dass sie auf dem besten Weg war, sich unsterblich in ihren ärgsten Gegner und Kritiker zu verlieben.

Es hatte nichts mit sentimentalen Erinnerungen an Stockholm zu tun, dass sie ihn gebeten hatte, mit ihr zu schlafen. Sie wollte ihn lieben, weil sie ihm in den vergangenen zwei Wochen viele ihrer geheimsten Empfindungen und Gedanken anvertraut, seine eigenen Schwächen und Ängste kennengelernt und sich zu ihm von Tag zu Tag mehr hingezogen gefühlt hatte. Sie sehnte sich danach, wenigstens einmal eins zu sein mit ihm und sich ihm ganz hinzugeben.

An das, was danach kommen würde, wollte sie jetzt nicht

denken, zumal ihr das Denken zusehends schwerer fiel, seit Judd sich mit seinem Mund den Weg über ihren Hals nach unten bahnte.

Er umschloss mit den Lippen eine Brustspitze, saugte daran und strich mit der Zunge rhythmisch über die sich verhärtende Knospe. „Oh ... Judd!“ Stevie stöhnte erregt. Ihre dunklen Augen glänzten fiebrig.

„Du bist süß, Stevie. Sehr süß.“ Judds Mund wanderte zur anderen Brustspitze, während er mit den Fingern die harte Knospe liebkoste, die noch feucht von seinen Lippen war.

„Bitte!“ Stevie keuchte und hob ihm verlangend ihre Hüften entgegen.

Er seufzte tief auf, bevor er seine Hand zwischen ihre Schenkel gleiten ließ und sie verführerisch zu streicheln begann. „Du bist noch nicht ganz für mich bereit“, sagte er mit einem liebevollen Lächeln. Dann beugte er sich erneut über sie und küsste ihren Bauch.

Während er mit seinen Händen seine erotischen Liebkosungen fortsetzte, umspielte er mit der Zunge ihren Nabel und knabberte sanft an ihrer Haut.

Stevie rief laut seinen Namen, als er mit seinem Mund tiefer glitt und das Zentrum ihrer Weiblichkeit berührte. Seine raffinierten Zärtlichkeiten steigerten ihr Verlangen ins Unermessliche, und sie warf unruhig den Kopf hin und her, weil sie die lustvolle Qual kaum noch ertragen konnte.

Unaufhaltsam trieb sie der erlösenden Erfüllung entgegen, bis sich schließlich die Spannung in ihr löste und Wellen der Lust ihren Körper schüttelten.

Judd richtete sich auf und küsste Stevie die Schweißperlen von der Stirn. Dann kniete er sich zwischen ihre Beine und hob ihre Hüfte an. Langsam drang er in sie ein, hielt immer wieder inne, um ihr nicht wehzutun. Als er sie schließlich ganz ausfüllte, verspürte sie ein unbeschreibliches Glücksgefühl, weil sie endlich mit ihm vereint war.

„Es ist unwahrscheinlich schön, in dir zu sein“, flüsterte er und strich mit dem Mund zärtlich über ihre Lippen. Für einen Moment schloss er die Augen, um sich ganz auf diesen herrlichen Augenblick zu konzentrieren. „Du fühlst dich wundervoll an.“

Atemlos murmelte Stevie seinen Namen und streichelte liebevoll sein Gesicht. Ihr war nicht bewusst, dass Tränen in ihren Augen schwammen. Judd jedoch sah es.

„Alles in Ordnung?“

Sie nickte heftig. „Ja, ja, ja.“

„Nun, bei mir nicht ganz“, erwiderte er. „Ich habe das Gefühl, mich gleich aufzulösen, in einer gänzlich neuartigen Erfahrung.“

Er begann, sich in ihr zu bewegen und steigerte sein Tempo allmählich, bis sie beide in einem Rausch der Ekstase versanken und einen überwältigenden Höhepunkt erlebten.

„Soll ich …?“

„Nein.“

Judd lachte. „Weshalb lässt du mich nicht ausreden?“

„Weil du dich bewegen müsstest, um dein Vorhaben zu verwirklichen, um was auch immer es sich dabei handelt. Und wenn du dich bewegst, müsste ich es auch“, erwiderte Stevie und gähnte. „Ich glaube nicht, dass ich dazu momentan in der Lage wäre.“

Trotz ihrer Erklärung bewegte sich Judd, aber nur, um sie enger an sich zu ziehen und sein Kinn auf ihren Kopf zu legen. Stevie kuschelte sich wohlig an ihn.

„Warum hast du mich heute auf dem Tennisplatz so herausgefordert?“, fragte sie träge.

„Du hast miserabel gespielt, und zwar nur deshalb, weil du ganz andere Spieler gewohnt bist und du mich außerdem für einen unwürdigen Gegner gehalten hast.“

„Zugegeben, ich habe lausig gespielt, aber aus einem völlig anderen Grund."

„Welchem?"

„Meine Gedanken waren nicht beim Tennis."

„Wo dann?"

„Hier."

„Hier?" Überrascht hob Judd den Kopf, um sie anzusehen. „Du meinst, du hast dir eine Situation wie diese hier vorgestellt?"

„Hm."

„Ach, du willst mich nur zur Wahrheit zwingen, gib es zu." Er seufzte resigniert. „Um ehrlich zu sein, ich habe dich aus ähnlichem Grund absichtlich geärgert. Seit wir vorgestern Früh unterbrochen wurden, konnte ich an nichts anderes mehr denken als daran, mit dir zu schlafen."

„Ich auch nicht."

„Du hättest mich nur darum zu bitten brauchen, Lady."

„Das habe ich ja getan."

Er blickte sie vorwurfsvoll an. „Du weißt genau, was ich meine."

Lächelnd gab sie ihm einen Kuss und zupfte dann mit den Zähnen an dem gekräuselten Haar auf seiner Brust. „Irgendwie kann ich es noch gar nicht fassen, hier nackt und selig neben dir zu liegen. Dabei habe ich mir früher immer genüsslich ausgemalt, welch qualvolles Ende ich dir bereiten würde, wenn ich dich einmal allein zwischen die Finger bekäme."

„Wenn du mich heute nicht von meinen Qualen erlöst hättest, wäre mein baldiges Ende unaufhaltsam gewesen", flüsterte er ihr ins Ohr und erntete dafür einen Schlag auf den Po. „Da fällt mir übrigens eine nette Schlagzeile ein", fuhr er unbeirrt fort. „‚Berühmte Tennisspielerin rächt sich an berühmtem Sportreporter und liebt ihn zu Tode'."

„Mir war es durchaus ernst mit dem, was ich eben sagte. Ich

glaube, dir ist nie bewusst geworden, wie sehr mich deine bissigen Artikel wiederholt getroffen haben."

„Warum hast du sie nicht einfach mit einem Schulterzucken abgetan und vergessen?", erkundigte er sich verwundert.

„Weil viel von dem, was du über mich schriebst, der Wahrheit entsprach."

Judd, der sanft ihren Rücken gestreichelt hatte, zog seine Hand zurück und rollte Stevie auf den Rücken. Auf seinen Ellbogen gestützt, musterte er sie eindringlich. „Das musst du mir näher erklären."

„Nur, wenn es unter uns bleibt."

„Es gibt da unter uns Journalisten ein ungeschriebenes Gesetz, Baby", meinte er mit einem frechen Grinsen. „Gespräche, die ein nackter Interviewer mit seiner ebenfalls nackten Interviewpartnerin im Bett führt, werden wegen ihres meist ... äh ... delikaten Inhalts generell als nicht für eine Veröffentlichung geeignet angesehen."

„Danke für die Klarstellung."

„Bitte sehr. Und jetzt weiche mir nicht länger aus, sondern erkläre mir, inwiefern du meine Artikel als wahr empfunden hast."

„Du bist in Vielem der Wahrheit sehr nahe gekommen. Nehmen wir beispielsweise deine Behauptung, ich würde nicht recht auf einen Tennisplatz passen. Das war in gewisser Weise zutreffend, Judd. Die Ansicht meines Vaters, Tennis sei ein Sport der Reichen, hat sich unbewusst auch in mir festgesetzt. Ich fühlte mich oft unsicher und gehemmt, hatte nicht die geschliffenen Manieren der feinen Clubmitglieder und kam mir unter vielen anderen Spielerinnen oft wie ein Aschenputtel vor."

„So ein Unsinn."

„Vielleicht. Doch spornte mich dieser Minderwertigkeitskomplex gleichzeitig an, es den anderen zu zeigen. Ich trainierte härter als sie und bemühte mich, sie sportlich zu überflügeln. In den meisten Vereinen wurde ich nicht wegen meiner

Herkunft, sondern einzig und allein meiner sportlichen Erfolge wegen akzeptiert.

Um in den vornehmen Clubs Anerkennung zu finden, musste ich immer besser als alle anderen sein", betonte sie in dem Bemühen, Judd ihre schwierige Lage verständlich zu machen. „Als sich meine finanziellen Verhältnisse besserten, versuchte ich, bei Turnieren mit ausgefallener Tenniskleidung auf mich aufmerksam zu machen. Ich wollte den Zuschauern beweisen, dass ich etwas Besonderes war und ihr Interesse verdiente. Manchmal habe ich mich deswegen richtiggehend in Szene gesetzt."

Stevie hielt einen Augenblick inne und blickte Judd offen an. „Du hast wie niemand sonst von Anfang an meine Tricks durchschaut, und deshalb setzten mir deine Artikel so zu. Da du meine Schwächen so klar erkanntest, bildete ich mir ein, sie seien zu offenkundig. Im Grunde genommen habe ich mich wie eine Hochstaplerin verhalten, die in ständiger Angst lebt, eines Tages entlarvt zu werden."

Judd heftete seinen Blick auf Stevies Unterlippe. Weniger wegen ihrer sinnlichen Form, sondern weil er einen Fixpunkt benötigte, um seine Gedanken zu ordnen.

„Du bist einem Missverständnis aufgesessen, Stevie. Wenn ich in meiner Kolumne vermeintliche Schwächen von dir anprangerte, so geschah das nicht, weil ich dich scharfsinnig durchschaute, sondern aus anderen Gründen. Mein Ego verkraftete nicht, dass ein hübsches junges Ding wie du die internationale Sportkarriere schaffte, die mir versagt geblieben war. Mit meinen boshaften Sticheleien in meiner blödsinnigen Kolumne wollte ich dir die Freude am Erfolg ein wenig versalzen."

„Deine Kolumne ist nicht blödsinnig." Stevie legte ihm mitfühlend eine Hand auf die Stirn. „Nur weil ich wütend war, habe ich behauptet, sie würde weder von Talent noch Können zeugen. Du hast dir eine treue Leserschaft herangezogen, die deinen scharfzüngigen Schreibstil zu schätzen weiß. Im Übrigen haben deine Artikel durchaus Substanz, andernfalls könntest du deine Leser nicht jahrelang bei der Stange halten."

„Danke für das Kompliment." Judd konnte der Versuchung nicht länger widerstehen und küsste Stevie. „Trotzdem bin ich mir bewusst, seit meinem Unfall keine wirklich anspruchsvolle Arbeit mehr geleistet zu haben." Seine Augen begannen zu leuchten. „Zumindest nicht, bis ich dich hierherbrachte. Vielleicht war diese gute Tat eine Entschädigung für den jahrelangen Neid auf dich."

„Neid?"

„Ja, ich war auf dich und alle anderen erfolgreichen Profisportler neidisch. Oft genug habe ich bekannte Athleten mit meiner spitzen Feder aus diesem Grund angegriffen. Doch du warst mein Lieblingsopfer."

„Warum?"

„Weil du meinem Vorurteil, demzufolge Spitzensportlerinnen muskelbepackt und flachbrüstig sein müssen, so wenig entsprichst."

Judd räusperte sich und wirkte plötzlich leicht verlegen. „Und da ich schon dabei bin, mein innerstes Seelenleben vor dir auszubreiten, sollst du auch noch den letzten Grund für meinen heimlichen Groll gegen dich erfahren."

„Nämlich?"

„Irgendwie habe ich dir die ganzen Jahre unsere Stockholmer Episode nachgetragen. Damals wollte ich mit dir schlafen, kam nicht an dich ran und rächte mich deshalb hinterher auf meine Weise. Ein ziemlich kindisches Verhalten, findest du nicht?"

„Aber ein doch menschliches."

„Dein Großmut beschämt mich."

„Ich bin heute eben in großmütiger Stimmung." Lächelnd fuhr sie mit dem Zeigefinger über seine Nase. „Und als Beweis meiner

Großmut verzeihe ich dir jedes böse Wort, das du je über mich geschrieben hast. Allerdings nur unter einer Bedingung."

„Welcher?", fragte er misstrauisch.

Sie gab ihm einen liebevollen Kuss. „Dass wir uns noch einmal lieben."

„Nein, Stevie, lieber nicht."

„Warum nicht?"

Judd zögerte mit seiner Antwort, und Stevie nutzte seine Unentschlossenheit schamlos zu ihren Gunsten aus, indem sie ihre Hand über seine Hüfte nach unten gleiten ließ und ihn an seiner empfindlichsten Stelle streichelte.

„Weil es dir möglicherweise ... schaden könnte", beendete er etwas lahm seinen Satz.

„Unser Liebesspiel schadet mir ganz bestimmt nicht." Sie strich mit den Lippen über seinen Hals und knabberte an seinem Ohrläppchen, während sie ihn mit einer Hand gezielt streichelte. „Bitte, Judd", flüsterte sie ihm ins Ohr.

Stöhnend zog er sie auf sich. „Wenn du mich so anziehend bittest ..."

12. KAPITEL

Die Windschutzscheibe von Judds Sportwagen war völlig verschmutzt. Doch das störte die Fahrerin nicht weiter, denn ihre Sicht war ohnehin durch die vielen Tränen getrübt, die sie seit mehr als einer Stunde vergossen hatte.

Stevie wischte sich mit dem Ärmel über die Nase, während sie den Wagen über die Autobahn lenkte. Nach über hundert Kilometern Fahrt, die sie hauptsächlich schluchzend zurückgelegt hatte, fühlte sie sich völlig ausgelaugt. Doch bei dem Gedanken an den Mann, den sie zurückgelassen hatte, und an das, was vor ihr lag, kamen ihr erneut die Tränen.

Sie hatte Judd verlassen, und er war darüber sehr zornig gewesen.

Sogar jetzt befürchtete sie noch, er könnte sie einholen. Als sie heute Abend mit dem Auto davongebraust war, hatte sie bei einem letzten Blick über die Schulter gesehen, wie Judd, nur mit einem Slip bekleidet, auf einer Verandastufe stand und fluchend die erhobene Faust schwang.

Unter anderen Umständen wäre das ein recht komischer Anblick gewesen, doch für sie hatte er einen Abschied für immer bedeutet und ihr beinahe das Herz gebrochen.

Am westlichen Horizont, dessen tiefes Blau mit fortschreitender Dämmerung verblasste, zeichnete sich die glitzernde Silhouette der Wolkenkratzer von Dallas ab.

In spätestens einer Stunde bin ich in meiner Wohnung, überlegte Stevie. Dann muss ich packen und einige wichtige Telefonate erledigen und dann ... Doch so weit wollte sie jetzt lieber nicht denken, sondern Schritt für Schritt vorgehen.

Nachdem sie auf die Stadtautobahn übergewechselt war, schweiften ihre Erinnerungen zu dem nachmittäglichen Liebesspiel mit Judd zurück. Judd, dessen heisere Stimme so sexy klang. Judd, wie er sie mit seinen schlanken kundigen Fingern so erregend liebkoste und auf sich zog. Judd, wie er mit hungrigen und doch so zärtlichen Lippen an ihren Brüsten saugte. Judd, Judd, Judd.

Wieder wischte sie sich die Tränen ab und verlangsamte das Tempo. Sie war es nicht gewohnt, mit einem hochtourigen Sportwagen über die Autobahn zu fahren. Dass sie Judd das Auto entführt hatte, würde er ihr bestimmt nie verzeihen, ebenso wenig, dass sie ihn weitab von allen öffentlichen Verkehrsmitteln in einem Haus ohne Telefon zurückgelassen hatte.

Stevie dachte an die große altmodische Badewanne, die sich für ihre Liebesspiele so vorzüglich eignete. Judd und sie hatten einander eingeseift und sich gegenseitig erforscht.

Sie selbst hatte verwundert festgestellt, wie empfänglich sie für Küsse in den Kniekehlen und der Innenseite ihrer Oberarme war.

Judd hatte zwischen seiner untersten Rippe und dem rechten Hüftknochen einen schwachen Punkt sowie ein Muttermal auf seinem linken Schulterblatt. Als sie sich über ihn gebeugt und sein vernarbtes Bein geküsst hatte, hatten seine Augen dunkler geschimmert. „Dies hier war seit langem Gegenstand meiner ausschweifenden Fantasien“, hatte er ihr gestanden und sie sachte an ihrem blonden Zopf gezogen.

„Wirklich?“

„Wirklich.“

„Inwiefern?“

Er hatte nur geheimnisvoll gelächelt und es abgelehnt, sich näher darüber auszulassen.

„Dann zeig es mir.“ Bei ihrem verlockenden Vorschlag hatten seine Augen geglitzert. Mit ihrer tatkräftigen Unterstützung hatte er seine Fantasien exzessiv ausgelebt, bis sie beide einen überwältigenden Höhepunkt erreichten. In dem Augenblick war sie sich ihrer Liebe zu ihm vollends bewusst geworden und hatte innerhalb von Sekunden die Entscheidung getroffen, um die sie sich seit Wochen herumgedrückt hatte. Im Moment höchsten Glücks war ihr aufgegangen, dass ihr Preise, internationale Erfolge und Anerkennung nicht halb so viel bedeuteten wie das Leben in seiner einfachsten und ursprünglichsten Form.

Während Judd sich noch anzog, war sie nach unten gegangen, angeblich, um etwas zu essen zu machen. Doch statt mit dem Kochen zu beginnen, hatte sie sich ihre Geldbörse geschnappt, Judds Autoschlüssel vom Küchentisch genommen und eilig das Haus verlassen. Ihre überstürzte Flucht war weniger aus Furcht vor Judd erfolgt denn aus der Angst, sie könnte ihren Entschluss schon bald bereuen.

Als sie mit dem Auto losfuhr, war Judd auf der Veranda erschienen. „Was soll das heißen, Stevie? Komm sofort zurück. Wohin willst du?“, hatte er ihr hinterher gerufen. Dann, als ihm bewusst wurde, dass sie ihn allein zurückließ, war er fuchsteufelswild geworden. „Verdammt, was soll der Unfug? Mist!“ Er war auf einer Verandastufe ausgerutscht und musste sich am Geländer festhalten. „Warte nur, dafür wirst du mir büßen, wenn ich dich erwische“, hatte er lauthals geschimpft.

Stevies Haus lag im Dunkeln. Mit Erleichterung nahm sie zur Kenntnis, dass weit und breit kein Reporter zu sehen war. Entweder war die Pressemeute der Belagerung eines leeren Hauses müde geworden oder hatte mittlerweile Stevie Corbett abgeschrieben. Zuerst kümmerte sie sich um ihre Pflanzen und machte sich Vorwürfe, während ihrer Abwesenheit niemand mit der Blumenpflege beauftragt zu haben.

Dann ging sie zum Telefon und rief ihren Arzt an, der heilfroh zu sein schien, von ihr zu hören.

„Es muss jetzt gleich sein, sonst mache ich vielleicht wieder einen Rückzieher“, sagte sie zu ihm. „In einer Stunde könnte ich in der Klinik sein. Könnten Sie die Operation für morgen Früh ansetzen?"

Er versprach, alles Nötige in die Wege zu leiten.

Danach rief Stevie ihren Manager an.

„Stevie, endlich. Ich war schon ganz verzweifelt, weil du dich nicht gemeldet hast."

„Ich musste einige Tage allein sein, um in Ruhe nachdenken zu können." Das stimmte zwar nicht ganz, aber es war zu kompliziert, ihm jetzt am Telefon ihr Zusammensein mit Judd zu erklären. „Ich gehe heute Abend in die Klinik. Die Operation ist für morgen Früh vorgesehen."

Es folgte eine bedeutungsvolle Pause. „Natürlich ist es allein deine Entscheidung", sagte er schließlich.

„Ja. Mein Leben steht auf dem Spiel, und es ist mir wichtiger als meine Karriere."

„Hey, du versäumst Wimbledon, aber Wimbledon findet jedes Jahr statt", meinte er mit gezwungener Munterkeit. „Nächstes Jahr holst du dir dort den Pokal."

Sie wussten es beide besser. Trotzdem ging Stevie auf seinen Ton ein und legte so viel Zuversicht wie möglich in ihre Stimme. „Darauf kannst du wetten."

Er versprach, alle, die es betraf, über ihren Entschluss zu informieren und eine Verlautbarung an die Presse zu geben.

„Aber warte damit noch bis nach der Operation", bat Stevie. Er stimmte zu und hängte ein.

Nach diesem Gespräch fühlte sich Stevie auf einmal sehr einsam. Die im Haus herrschende Stille bedrückte sie. Sie blickte auf die gerahmten Fotos an den Wänden. Sie waren allesamt nach erfolgreichen Turnieren aufgenommen worden und zeigten die Spielerin meist in Siegerpose. Einer Pose, die Stevie in ihrer momentanen Lage als Hohn empfand.

Ihr Blick wanderte zu den fein säuberlich auf einem Regal aufgereihten Pokalen, mit denen sie jetzt nichts mehr verband.

Sogar der Preispokal von den erst kürzlich gewonnenen French Open bedeutete ihr nur noch wenig. Was interessierte sie jetzt noch der Grand Slam?

„Jetzt gilt es, nur noch nach vorn zu schauen und nicht zurück", ermahnte sie sich laut und ging ins Schlafzimmer, um zu packen.

„Sie können hier nicht hereinkommen."

„Ich bin aber schon da."

Der Klang dieser vertrauten Stimme weckte Stevie aus ihrem Dämmerzustand. Es war ihr jedoch unmöglich, die Augen zu öffnen. Es schien etwas wie Blei auf ihren Lidern zu liegen.

„Gemäß Hausordnung sind Besucher auf der Intensivstation erst ab zehn Uhr zugelassen."

Doch dieser Besucher war äußerst renitent. „Ich will sie sehen, ob Ihnen das nun passt oder nicht."

„Dann hole ich unsere Sicherheitskräfte."

„Stevie?"

„Judd?", flüsterte sie.

„Ich bin hier, Baby."

Sie fühlte, wie eine warme starke Hand ihre Finger umklammerte. „Willst du mir die Hand zerquetschen?"

„Dort ist er, Herr Wachmann. Vor zehn Uhr hat hier niemand Zutritt."

„Bis später, Baby."

Stevie fühlte einen sanften Kuss auf ihrer Stirn. Dann war es wieder ruhig im Zimmer.

Wahrscheinlich war das alles nur ein Traum gewesen.

„Sind Sie sicher?"

„Hundertprozentig."

„Der Tumor wurde total entfernt?"

„Ja."

Der Arzt bemerkte, dass seine Patientin die Augen geöffnet hatte und ihn und ihren zerzausten Besucher ernst musterte.

„Es ist alles bestens verlaufen, Stevie." Der Arzt lächelte beruhigend. „Ich weiß, die Intensivstation ist nicht angenehm, aber bald kommen Sie in ein normales Krankenzimmer. Fühlen Sie sich in der Lage, einen Besucher zu empfangen?"

Sie nickte. Der Arzt legte Judd eine Hand auf die Schulter. „Aber nur zehn Minuten, sonst werden Sie erneut hinausgeworfen."

Judd hörte ihm nicht zu, sondern hatte sein ganzes Augenmerk auf Stevie gerichtet. Vorsichtig beugte er sich über sie, gewissenhaft darauf bedacht, keinen der vielen Schläuche zu berühren. „Ich musste mir den Weg zu dir hart erkämpfen."

„Wie hast du mich gefunden?"

„Ich rief Addison von unterwegs an und hetzte ihn auf deine Fährte. Ein Lastwagenfahrer hatte mich nach Dallas mitgenommen und ließ mich sein Handy benutzen. Zufällig ist er ein eifriger Leser meiner Kolumne. Als Dank für seine Gefälligkeit habe ich ihm zwei Freikarten für das nächste Spiel der Rangers versprochen."

Stevie bemühte sich, seinen Ausführungen zu folgen.

„Später erzähle ich dir die ganze Geschichte in Ruhe", erklärte Judd mit weicher Stimme und lächelte. „Stoff für einen weiteren Roman."

Stevie fuhr sich mit der Zunge über die spröden Lippen. Sie hatte das Gefühl, als wäre ihr Mund völlig ausgetrocknet.

„Aber nun zu deinem Tumor …" Seine Miene war wieder ernsthafter, und er neigte sich tiefer zu Stevie hinunter. „Zu unserer Freude dürfen wir heute im Nachhinein dazu spaßend sagen: ‚Viel Lärm um nichts'."

„Ja – wie erleichtert ich bin!"

„All diese Schlagzeilen um einen Tumor, der eigentlich keiner war", scherzte er. „Nur ein paar harmlose gutartige Wucherungen." Trotzdem schimmerten seine Augen verdächtig feucht.

Stevie schloss die Augen. Unter ihren Lidern quollen Tränen hervor, die Judd sachte fortwischte.

„Wie der Gynäkologe und der Pathologe, beides anerkannte Kapazitäten auf ihrem Gebiet, einmütig sicher urteilten, wirst du wieder völlig gesund werden."

„Und ich benötigte zum Glück auch keine Totaloperation. Nur der rechte Eierstock wurde etwas angekratzt", zeigte Stevie sich hocherfreut. Doch dann traten ihr erneut Tränen in die Augen. „Judd", hauchte sie.

„Hey, hör auf zu weinen, sonst lässt mich dieser Drache von Schwester nochmals wegen Ruhestörung hinauswerfen."

„Du hättest nicht kommen sollen."

„Nicht einmal die sprichwörtlichen zehn Pferde hätten mich davon abhalten können."

Stevie schniefte. „Entschuldige bitte, dass ich dir dein Auto entwendet habe."

„Ach – es gehört sowieso mehr der Bank als mir. Doch sag, wie fühlst du dich im Moment?"

Höhnisch lachen durfte sie ausdrücklich nicht, deshalb lächelte sie gequält. „Überall in meinem Körper stecken irgendwelche Nadeln, Schläuche und Klammern. Kurz gesagt, ich fühle mich schrecklich."

„Ich fühlte mich auf andere Weise schrecklich, bevor ich erfuhr, wohin du gefahren warst. Wenn du mir noch einmal ohne ein Wort davonläufst …"

Stevie ignorierte seinen drohenden Unterton. „Hast du heute schon etwas geschrieben?"

„Heute? Geschrieben?", wiederholte er ungläubig. „Stevie, ich bin durch Krankenhausflure gelaufen und habe Stunden darauf gewartet, dass du aus der Narkose erwachst."

„Diese Zeit hättest du besser mit Schreiben verbringen sollen. Kapitel sieben sollte übrigens überarbeitet werden."

„Ich weiß. Es ..." Judd stutzte. „Was weißt denn du über Kapitel sieben?"

„Ich habe deine Fortschritte an dem Roman täglich verfolgt ..."

„Seit wann?"

„Von Anfang an." Sie sehnte sich danach, Judd zu berühren, hatte jedoch nicht die Kraft dazu. „Dein Manuskript gefällt mir, ehrlich."

Sie spürte verstärkt, wie die Beruhigungsmittel ihre Wirkung taten. Doch etwas Wichtiges musste sie noch sagen. „Judd, ich liebe dich."

„Soll ich dir etwas verraten? Ich liebe dich auch!"

Er lächelte trocken, als er bemerkte, dass sie die erste richtige Liebeserklärung seines Lebens nicht mitbekommen hatte, weil sie eingeschlummert war. Doch es störte ihn nicht weiter, denn wenn Stevie wieder aufwachte, würde er noch immer an ihrem Bett sitzen.

„Vielen Dank." Das junge hübsche Mädchen strahlte übers ganze Gesicht. „Ich kann es kaum erwarten, mit der Lektüre zu beginnen. Falls der Roman nur halb so umwerfend ist wie Ihr Foto auf dem Umschlag, werde ich ihn bestimmt verschlingen", meinte sie schwärmerisch.

Judd blickte sein Frau an, die eben den miniberockten Teenager gemustert hatte. Als ihre Blicke sich trafen, zuckte er hilflos mit den Schultern. Eine Geste, die angesichts seines von Stolz und männlicher Eitelkeit zeugenden Lächelns nicht ganz glaubwürdig wirkte.

„Mrs. Mackie, die Schlange vor der Eingangstür wird immer länger", sagte der Geschäftsführer der New Yorker Buchhandlung. „Es wird geraume Zeit dauern, bis Mr. Mackie alle Bücher signiert hat. Wollen Sie sich nicht lieber setzen?"

„Nein, danke, ich stehe ganz gern."

Der Mann warf ihr einen schüchternen Blick zu. „Wäre es sehr vermessen, Sie ebenfalls um ein Autogramm zu bitten?“

„Aber nein“, erwiderte sie lächelnd.

Er zog ein Blatt Papier und einen Kugelschreiber aus dem Jackett. „Ich habe Sie einmal bei den ‚US-Open‘ spielen sehen.“

„Hatte ich da gewonnen?“

„Nein, Sie verloren im Viertelfinale. Aber nur ganz knapp.“

Stevie lachte dazu nur.

„Stimmt es, dass Sie sich vom Tennis zurückgezogen haben?“

„Ich spiele nicht mehr als Profi, aber ich widme mich nun dem Aufbau von Trainingszentren.“

„Davon habe ich gehört. Für Kinder aus benachteiligten Familien, nicht wahr?“

Die Ärzte hatten Stevie nach einer sechsmonatigen Genesungszeit für vollständig geheilt erklärt und ihr erlaubt, jedes gewünschte Projekt in Angriff zu nehmen.

Bald nach ihrer Entlassung aus dem Krankenhaus hatte sie Judd ihre Pläne erläutert, und er war davon begeistert gewesen. In einer Reportage für die *Tribune* hatte er Stevies Vorhaben den Lesern vorgestellt und um finanzielle Unterstützung gebeten. Seither hatte sich auf dem Spendenkonto eine beachtliche Summe angesammelt. Ihr erstes Tennisausbildungszentrum in Dallas fand viel Anklang, und bald meldeten sich Politiker und Unternehmer aus anderen Städten und baten sie um Mitwirkung beim Aufbau eines solchen Projekts. Mittlerweile gab es bereits in einigen Städten ein Stevie-Corbett-Tenniszentrum, in dem sportlich begabte Kinder und Jugendliche, für die eine Clubmitgliedschaft unerschwinglich war, unentgeltlich unter Anleitung Tennis spielen konnten.

„Die Zentren werden von Sponsoren und von den Kommunen unterstützt“, beantwortete sie die Frage des Buchhändlers.

„Eine höchst anerkennenswerte Unternehmung. Und Ihr

Mann? Soviel ich weiß, arbeitet er nur noch als freier Mitarbeiter für die *Dallas Tribune* und schreibt bereits an einem zweiten Roman?"

„Das ist richtig."

„Wovon handelt er?"

Stevie bedachte den Geschäftsführer mit einem besonders liebenswürdigen Lächeln. „Ich musste schwören, kein Wort darüber zu verraten. Sie müssen sich bis zum Erscheinen des Buches gedulden."

Mittlerweile hatte sich die Menschenschlange auf dem Bürgersteig um einige Meter verlängert. Stevie beobachtete, wie sich ein Mann mit seinen Ellbogen den Weg nach vorn zu dem Tisch bahnte, an dem Judd saß und die Exemplare seines ersten Buches signierte. Der Mann stellte sich als Buchkritiker der *Times* vor.

„Kann ich Sie für eine Minute unterbrechen, Mr. Mackie?"

„Leider nein." Judd deutete mit einer freundlichen Geste auf die lange Schlange von Buchkäufern. „Aber ich antworte Ihnen gern, während ich signiere. Also, schießen Sie los."

„Ist Ihr Roman autobiografisch?"

„Teilweise."

„Inwiefern?"

„Mit Rücksicht auf meine Familie und noch lebende Beteiligte kann ich darauf nicht allzu detailliert antworten. Doch in der hier gebotenen Kürze sei gesagt, dass ich als junger Mann sehnlichst ein berühmter Baseballspieler werden wollte. Ich musste diesen Traum begraben und haderte lange Zeit mit meinem Schicksal." Judd klappte ein signiertes Buch zu, reichte es mit einem Lächeln der Besitzerin und wandte sich deren Hintermann zu. „Hallo."

Während er in das nächste Buch eine Widmung schrieb, fuhr er fort: „Ich fühlte mich desillusioniert. Insofern könnte man mich mit dem Helden vergleichen, der ebenfalls eine bittere Enttäuschung erlebt.“

„Und wodurch hat sich Ihre Lebenseinstellung geändert?“

Unwillkürlich wanderte Judds Blick zu Stevie, die ihn mit leuchtenden Augen ansah. „Ich traf eine Person, die wesentlich mehr Mumm in den Knochen hat als ich. Sie lehrte mich, nicht so schnell aufzugeben, weil manch wichtige Siege im Leben erst nach einer tiefen Niederlage errungen werden können.“

Ein warmes Lächeln erhellte Stevies Miene. Doch auf den zweiten Blick erschien sie ihm etwas blass und wirkte auf ihn verwirrt und seltsam bewegt. Judd legte den Kugelschreiber hin und sprang auf.

Mit wenigen Schritten war er bei ihr und ergriff besorgt ihre Hände. „Stevie, was ist los?“

„Nichts, Darling. Setz dich wieder an deinen Platz.“

„Mr. Mackie“, sagte der Geschäftsführer mit zunehmender Nervosität, als er zusah, wie Judd resolut Stevie in den schmalen Gang im hinteren Teil des Ladens schob. „Die Leute warten.“

„Bin gleich wieder da“, rief er.

„Aber ... aber Sie können doch jetzt nicht einfach weggehen“, stammelte der Geschäftsführer. „Was soll ich meinen Kunden sagen?“

„Sagen Sie, dass ich seit zwei Stunden Bücher signiere und eine kurze Pause einlege. Sicher werden sie das verstehen.“

Ohne sich weiter um Buchhändler, Reporter und die wartende Menge zu kümmern, zog Judd Stevie an den beladenen Regalen vorbei in einen Lagerraum. Die bereits bis zum Tisch vorgedrungenen Kunden starrten dem davoneilenden Paar hinterher.

„Was ist los?“, wiederholte Judd seine Frage, nachdem er die Tür geschlossen hatte.

„Nichts.“

„Stevie! Du hast eben so eine Miene gemacht wie ich, wenn

du spielerisch nach meinem ...“

„Judd! Denk an die Leute. Sie könnten dich hören.“

„Das ist mir egal. Ich will wissen, was dieser verwirrte Ausdruck auf deinem Gesicht zu bedeuten hatte.“

Seit sie nach ihrer Entlassung aus der Klinik in das Haus seiner Großeltern zurückgekehrt waren, hatte Judd sich über Stevies Gesundheitszustand stets sehr besorgt gezeigt. Es dauerte Monate, bis er endlich der guten Prognose der Ärzte vertraute, und noch heute achtete er wachsam darauf, dass seine Frau sich nicht überanstrengte. „Ich hätte dich nicht mit hierhernehmen dürfen“, machte er sich nun Vorwürfe. „Am besten rufe ich ein Taxi, das dich zurück ins Hotel bringt.“

„Nicht doch, Judd. Ich schaue so gern zu, wie dich deine Fans bewundern. Und ich lasse mich nicht in ein Hotelzimmer abschieben, während du hier mit jeder Frau flirtest, die dein Buch kauft.“

„Nicht mit jeder“, erwiderte er mit der für ihn typischen Arroganz, in der stets ein Quäntchen Selbstironie mitschwang und die Stevie mittlerweile besonders an ihm liebte.

Sie legte die Arme um seinen Hals und drängte sich an ihn. „Du bist unverbesserlich. Ich frage mich, warum ich dich so liebe.“

„Weil ich so ungeheuer liebenswert bin“, meinte er und zog sie noch enger an sich. Dann senkte er seinen Mund auf ihre Lippen.

„Judd, die Leute da draußen warten auf dich.“

„Lass sie warten.“

Er küsste Stevie ohne Hast und erforschte mit seiner Zunge genießerisch jeden Winkel ihres Mundes. Beider Verlangen war noch genauso stark wie am ersten Tag. Oft zog Judd seine Frau damit auf, dass er wahrscheinlich der einzige Mann sei, der nach der Hochzeit zwölf Wochen warten musste, bis er die Ehe vollziehen durfte. Stevie hielt ihm dann entgegen, das sei allein seine Schuld, weil er bereits für zwei Tage nach ihrer Rückkehr aus dem Krankenhaus den Dorfpfarrer in das alte Bauernhaus zur Trauung im Wohnzimmer bestellt hatte. Im Übrigen vertrat sie die Meinung, er habe das Versäumte umso intensiver nachgeholt.

„Hm, köstlich", schwärmte er nun, als er nach einem langen Kuss ihre Lippen freigab. „Ich habe mich schon danach gesehnt …" Schlagartig verstummte er. Seine Miene wurde ausdruckslos.

Stevie begann leise zu lachen. „Du wirkst nun auch ein wenig verwirrt."

„Und was war nun bei dir eben los? Sag es endlich."

„Das." Sie nahm seine Hand und legte sie an ihren gewölbten Bauch. „Unser Baby, das sich heute zum ersten Mal bewegt."

„Nein", rief Judd ungläubig. „Ich hätte darauf bestehen sollen, dass du im Hotelzimmer bleibst. Ich hätte wissen müssen, wie sehr dich das lange Stehen auf dem harten Kunststoffboden anstrengt. Warum hast du dich nicht hingesetzt?"

Stevies innere Freude äußerte sich in einem fröhlichen Lachen. „Nun beruhige dich. Es ist ganz normal. Der Arzt hat mich bei meinem letzten Besuch schon darauf vorbereitet und mich angewiesen, besonders darauf zu achten. Da, schon wieder. Spürst du es?" Sie warteten, doch nichts geschah. „Unser Nachwuchs scheint wieder eingeschlafen zu sein."

„Bedauerlicherweise ist bei mir das Gegenteil der Fall", klagte Judd mit heiserer Stimme. „Der Körperkontakt mit dir hat mich hellwach gemacht." Er drückte Stevie fest an sich, um sie spüren zu lassen, was er meinte. „Ich bin ein echter Glückspilz, weil ich mit der betörendsten Schwangeren der Welt verheiratet bin."

„Habe ich dir schon gesagt, dass du hoffnungslos romantisch bist?"

„Nein." Judd lächelte seine Frau verliebt an und ließ seine Hände von ihrer fülliger gewordenen Taille nach oben zu ihren Brüsten wandern. Auch sie waren in den letzten Wochen schwerer geworden. „Gut so?", fragte er und massierte sie durch die Kleidung hindurch.

„Wundervoll."

Er rieb mit den Daumen über ihre Brustspitzen, die bald eine erste Reaktion erkennen ließen. „Wie sehr ich dich liebe. Du bist zu mir gekommen, als ich dich am nötigsten brauchte."

„Mir erging es mit dir ebenso."

Der nun folgende innige Kuss drückte aus, was sie füreinander empfanden.

„Judd, unser Baby bewegt sich wieder", sagte Stevie aufgeregt.

„Tut es weh?", flüsterte Judd.

„Nein", gab Stevie ebenso leise zurück.

An der Tür ertönte ein Klopfen. „Mr. Mackie, die Leute werden langsam ungeduldig."

„Was ist es für ein Gefühl?", fragte Judd seine Frau leise, ohne sich um den aufgeregten Geschäftsführer zu kümmern.

„Ein unbeschreiblich schönes. Ich fühle mich lebendig und glücklich und könnte die ganze Welt aus den Angeln heben." Sie sah ihn versonnen an. „Ein Zustand ähnlich dem, wenn du in mir bist."

Judd lehnte seine Stirn an ihre. „Leider muss ich jetzt wieder an die Arbeit, Mrs. Mackie, aber halten Sie an diesem Gedanken bis nachher fest."

– ENDE –

Sandra Brown

Bittersüßes Geheimnis

Roman

Aus dem Amerikanischen von
Rita Langner

MIRA®

1. KAPITEL

Daniel McCasslin schmetterte den Tennisball über das Netz zurück. Sie ist also wieder da, dachte er. Zum dritten Mal in dieser Woche saß die dunkelhaarige junge Frau am selben Tisch am Rand der Terrasse, die zum Freiluft-Restaurant des Clubs gehörte. Von dort aus konnte man die Tennisplätze sehr gut überblicken.

Zu Beginn des Trainingsspiels hatte sie noch nicht dort gesessen, aber als sie später auf die Terrasse hinausgetreten war, hatte Daniel sie sofort bemerkt und prompt einen Ball verschlagen, weil seine Aufmerksamkeit für einen Augenblick von ihren anmutigen Bewegungen abgelenkt wurde. Graziös strich sie den Rock über ihren Hüften und den Oberschenkeln glatt, bevor sie sich setzte.

„Du wirst mit jedem Tag besser", stellte Gary, Daniels Trainingspartner, fest. Sie kamen nun am Netz zusammen, um einen Moment zu verschnaufen, einen Schluck Mineralwasser zu trinken und sich den Schweiß vom Gesicht zu wischen.

„Leider bin ich noch nicht gut genug", antwortete Daniel. Dann setzte er die Seltersflasche an den Mund. Dabei warf er wieder einen Blick zu der Frau auf der Terrasse hinüber. Seit er sie dort zum ersten Mal entdeckt hatte, verspürte er Neugierde.

Auch heute beugte sie sich über den Tisch und schrieb irgendetwas auf einen Block, wie sie es an den vergangenen Tagen getan hatte. Was zum Teufel notierte sie nur immerzu?

Daniel stellte die Seltersflasche ab. Sein Blick wurde misstrauisch. Ob diese Frau etwa zu den entnervenden Zeitungsleuten gehörte? Nur das nicht!

„Daniel! Hörst du mir überhaupt zu?"

„Was?" Daniel schaute seinen Tennispartner verwirrt an.

„Entschuldige, Gary. Was hast du gesagt?"

„Ich sagte, deine Kondition hat sich seit letzter Woche ebenfalls erheblich verbessert. Du scheuchst mich ganz schön über den Platz und du selbst scheinst dabei nicht mal außer Atem zu geraten."

Daniel lächelte, und dabei verschwanden die kleinen weißen Linien in seinem tief gebräunten Gesicht. Dieses Lächeln erinnerte an eine Zeit, in der er noch nicht wusste, was eine Tragödie im Leben eines Menschen bedeutete.

„Du spielst fantastisch", sagte er, „doch du bist eben nicht Gerulaitis oder Borg oder McEnroe, Gary. Nimm's mir nicht übel, alter Junge, aber ich muss erheblich wendiger und treffsicherer sein als du, wenn ich es wieder mit den wahren Größen aufnehmen will, und so weit bin ich noch lange nicht."

„Na, ich seh' den Tag schon kommen, an dem ich über meine raushängende Zunge stolpere, während du noch so viel Schwung hast, übers Netz zu hüpfen, wenn das Spiel aus ist."

Daniel klopfte Gary freundschaftlich auf die Schulter. „Warten wir es ab, mein Junge." Er lachte, nahm seinen Tennisschläger auf und ließ ihn unbewusst, aber gekonnt in der Hand herumwirbeln.

Aufmunternde Zurufe und freundlicher Applaus kamen von einer Gruppe Zuschauerinnen, die vor dem Zaun standen, der die Tennisplätze umgab. Die Zurufe wurden lauter, als Daniel zur Grundlinie zurückging.

„Deine Fans sind heute wieder mal vollzählig versammelt", spöttelte Gary gutmütig.

„Diese albernen Groupies", knurrte Daniel und blickte zu den Frauen hinüber, die sich wie hungrige Tiere im Zoo an den Zaun herandrängten. Und er war ihr Futter!

Er machte eine abweisende Miene, doch das schien seine Bewunderinnen eher zu begeistern als abzuschrecken. Sie riefen ihm reichlich schamlose Worte zu und flirteten ohne jede Zurückhaltung mit ihm.

Daniel wandte sich angewidert ab und zwang sich dazu, sich auf den Ball zu konzentrieren. Er ließ ihn ein paarmal vom Boden abprallen und plante dabei seinen Aufschlag. Er wollte den Ball so über das Netz schmettern, dass er in der hinteren Ecke des Feldes aufschlug und dann nach links auf Garys schwache Rückhandseite sprang.

Eine seiner Anhängerinnen machte eine eindeutige, mehr als unschickliche Bemerkung. Er knirschte mit den Zähnen. Wussten diese dummen Gänse nicht, dass Frauen ihm gestohlen bleiben konnten? Ellie war doch gerade erst gestorben …

Verdammt, Daniel McCasslin, denk nicht an Ellie!, rief er sich zur Ordnung. Er durfte nicht an sie denken, wenn das Match nicht zum Teufel gehen sollte.

„Mr. McCasslin?“

„Höchstpersönlich!“, hatte Daniel fröhlich ins Telefon gerufen.

Ein sonniger Tag wie jener im Inselparadies Hawaii konnte einen Mann auf alle möglichen Gedanken bringen, nur nicht auf den, dass seine Frau zwischen Blechtrümmern und Glassplittern bei einem Autounfall gestorben war.

„Sind Sie allein?“

Daniel hatte den Hörer vom Ohr genommen und ihn einen Moment lang verwundert und erheitert angeschaut. Dann hatte er gelacht. „Ja, ich bin allein, wenn man von meinem Sohn absieht. Aber warum fragen Sie? Haben Sie etwa vor, mir etwas Obszönes zu erzählen?“ Er hatte einen Scherz machen wollen; wie hätte er auch ahnen können, mit was für einer schrecklichen Nachricht er konfrontiert werden sollte?

„Mr. McCasslin, ich bin Lieutenant Scott von der Polizei in Honolulu. Es hat einen Autounfall gegeben …“

Von dem, was dann kam, hatte Daniel nicht viel behalten.

Daniel nahm den Ball auf und hielt ihn in der Hand, als wollte er ihn wiegen. Dabei versuchte er, die Erinnerung zu verjagen, die in seinem Innersten schmerzte. Unwillkürlich richtete er den Blick auf die Frau, die noch immer an dem Tisch auf der Terrasse saß. Sie hatte den Arm aufgestützt und die Wange in die Hand gelegt. Offensichtlich schaute sie ins Leere und schien nichts um sich herum wahrzunehmen. War sie denn nicht ein bisschen neugierig auf Daniel McCasslin?

Anscheinend nicht. Bis jetzt hatte sie kaum einmal zum Tennisplatz geschaut. Ihre Gleichgültigkeit ärgerte Daniel, was absolut unangebracht war; seit Ellies Tod, der jetzt knapp ein Jahr zurücklag, hatte er schließlich nichts mehr gewünscht, als in Ruhe gelassen zu werden.

„He, Daniel!“, rief eines der Mädchen am Zaun. „Wenn du keine Lust mehr hast, Tennis zu spielen, dann spiel doch mal mit mir!“

Heißer Zorn packte Daniel bei so viel Unverschämtheit. Wütend hob er den Arm und vollzog seinen Aufschlag mit einer solchen Kraft, dass der Ball wie ein undeutlicher Strich durch die Luft zischte. Während des gesamten Satzes spielte er mit der sprichwörtlichen Wut im Bauch, und am Ende konnte Gary nur zwei Punkte für sich verbuchen.

Wenig später schlang sich Gary ein Handtuch um den Hals. Er war völlig außer Atem. „Wenn ich gewusst hätte, dass du nichts weiter als ein paar schmutzige Angebote von deinen Groupies brauchst, um zu solch großer Form aufzulaufen, dann hätte ich die Mädchen längst stundenweise für dich gemietet.“

Daniel packte seine Sporttasche und verstaute den Schläger im Außenfach. Dann wandte er sich den Treppenstufen zu, die zur Terrasse führten. „Die meisten von denen da kann man wohl tatsächlich stundenweise mieten“, meinte er.

„Nun rede mal nicht so schlecht von ihnen. Schließlich sind das deine Fans."

„Mir wäre es lieber, ich hätte ein paar Fans unter den Sportjournalisten. Aber da fehlt's. Die Leute erzählen der Welt nur immer, ich sei weg vom Fenster. Erledigt. Ewig betrunken."

„Du warst ewig betrunken."

Daniel blieb auf der Stufe stehen und drehte sich ärgerlich zu Gary um. Sein Freund schaute ihn offen, ehrlich und völlig arglos an. Was er gesagt hatte, entsprach ja den Tatsachen. Daniels Ärger verflog.

„Du hast recht", gab er fast verlegen zu.

„Vergiss es. Das ist jetzt vorbei. Heute warst du ganz der alte Daniel. Wenn ich bloß an deine Aufschläge denke! Einfach mörderisch!" Gary verdrehte die Augen, und Daniel musste lachen. „Und dann deine wohlüberlegte Taktik, immer auf meine schwache Linke zu spielen ..."

Daniel schmunzelte. „Ich dachte, das hättest du nicht gemerkt."

„Na, hör mal!"

Schnell stiegen sie die letzten Stufen zur Terrasse hoch. Daniel sah, dass die Frau noch immer da war. Schreibpapier lag über ihrem Tisch verstreut. Ein Glas Mineralwasser stand griffbereit neben ihrer rechten Hand. Sie schrieb jetzt wieder etwas auf ihren Block. Der Weg zu den Umkleideräumen führte an dem Tisch vorbei. Soll ich einen Bogen schlagen?, überlegte Daniel. Nein, das würde auffallen.

Als die beiden Männer bei ihrem Tisch waren, schaute die dunkelhaarige Frau auf. Das war offenbar eine reine Reflexreaktion; sie fühlte sich in ihren Gedankengängen gestört und blickte unwillkürlich hoch, um die Ursache der Störung zu ergründen. Zufällig sah sie dabei Daniel direkt in die Augen.

Die Frau schaute sofort wieder auf ihren Schreibblock hinunter, aber Daniel würde ihre unglaublich grünen Augen so schnell nicht vergessen.

Jäh entschloss er sich, sie bei seiner Rückkehr aus den Umkleideräumen anzusprechen – wenn sie dann noch immer hier saß. Wenn nicht, auch gut. Ihm lag schließlich nichts daran, die Bekanntschaft einer Frau zu machen. Diese hier interessierte ihn allerdings. Natürlich war er nur deshalb auf sie neugierig, weil sie ihn offenbar so gar nicht interessant fand.

Also gut, er wollte es dem Schicksal überlassen. Hielt sie sich nachher noch hier auf, würde er Kontakt mit ihr aufnehmen. Das war ja wohl nichts Schlimmes.

Aber nicht extra lange unter der Dusche trödeln!, ermahnte er sich selbst.

Angela Gentrys Herz hämmerte wie wild.

Fünf Minuten waren schon verstrichen, seit Daniel McCasslin so dicht an ihr vorbeigegangen war, dass sie ihn hätte berühren können, und noch immer konnte sich ihr Herz nicht beruhigen. Zum ersten Mal hatte sie ihn ganz nahe vor sich gesehen. Sie wischte sich die feuchten Hände an der Serviette ab, die sie zerknüllt in ihrer Faust gehalten hatte, und trank einen Schluck Mineralwasser. Ihre Finger zitterten dabei so, dass die Eiswürfel im Glas klirrten.

Er hatte sie direkt angesehen. Ihre Blicke hatten sich nur eine winzige Sekunde lang gekreuzt. Trotzdem traf es sie wie ein Blitzschlag, diesem Mann zum ersten Mal in die Augen zu blicken und dabei an das zu denken, was sie beide miteinander verband. Jeder war dem anderen völlig fremd, und dennoch hatten sie beide ein Geheimnis, das sie ihr ganzes Leben lang miteinander teilen würden.

Angela schaute auf den Platz hinunter, wo er eben so hervorragend gespielt hatte. Noch vor wenigen Monaten hatte sie von diesem Sport, insbesondere vom professionellen Tennis, so gut wie keine Ahnung gehabt. Inzwischen aber besaß sie so viele Kenntnisse, dass sie sich fast als Expertin bezeichnen konnte. Und über die Karriere des Profis Daniel McCasslin wusste sie am besten Bescheid.

Vier Damen traten auf den Platz hinaus. Zu ihrer Tenniskleidung, offensichtlich Modellanfertigung, trugen sie extravaganten Gold- und Diamantschmuck, womit sie einigermaßen lächerlich wirkten. Angela lächelte nachsichtig zu ihnen hinunter, als sie sich daran erinnerte, wie Ronald sie dazu hatte überreden wollen, der Tennisabteilung ihres Country Clubs in Los Angeles beizutreten.

„Das ist nichts für mich, Ronald", hatte sie geradeheraus abgelehnt.

„Stattdessen sitzt du lieber zu Hause und schreibst deine kleinen Verse, die du dann versteckst, damit sie niemand zu lesen bekommt. Du musst ja nicht gut spielen, Angela. Mir ist völlig egal, ob du von Tennis etwas verstehst oder nicht. Aber deine Mitgliedschaft wäre gut für mein berufliches Ansehen, von den nützlichen Kontakten einmal ganz abgesehen, die du als aktives Mitglied knüpfen könntest. Du kämst mit den Frauen anderer Ärzte zusammen."

Angela blieb hart, und Ronald war dann schließlich auch mit Bridge einverstanden. Sie brachte es darin zwar nie zur Meisterschaft, aber sie spielte gut genug, um zu allen Turnieren, die der Country Club veranstaltete, eingeladen zu werden. Auf diese Weise befriedigte sie Ronalds Wunsch nach einem Umgang, der ihm für die Gattin eines prominenten Arztes angemessen schien.

Dann kam Joey auf die Welt und bot ihr einen unwiderlegbaren Grund, ihre gesellschaftlichen Aktivitäten etwas einzuschränken. Außerdem konnte sie Joey als Entschuldigung für verschiedene andere Dinge anführen, von denen sie heute einige am liebsten vergessen würde. Ob ihr geliebter, unschuldiger Sohn ihre Entscheidung verstanden hätte, die ihr ganzes Leben verändert hatte? Könnte er ihr verzeihen, was sie sich selbst kaum zu verzeihen vermochte?

An dem Tag, als sein kleiner Sarg in die Erde gesenkt wurde, hatte Angela im Stillen um Joeys Vergebung gefleht, und sie hatte auch Gott um Vergebung gebeten, dafür, dass es sie immer mit Bitterkeit erfüllte, mit anzusehen, wie ein intelligentes, hübsches Kind in einem Krankenbett dahinsiechte, während andere Kinder fröhlich herumtollten und Unsinn anstellten.

Angela versuchte, ihre trüben Erinnerungen beiseitezuschieben. Sie hob ihr Glas an die Lippen und prostete sich selber zu, weil sie sich Daniel McCasslin gegenüber richtig verhalten hatte. Jedermann wusste, dass er Interviews und jede andere Art von Publicity rundweg ablehnte, seit er völlig zurückgezogen auf seinem abgeschirmten Anwesen hier auf der Hawaii-Insel Maui lebte.

Tagelang hatte sich Angela überlegt, wie sie am besten an ihn herankommen könne. Selbst noch auf dem Flug von Los Angeles hierher waren immer wieder neue Pläne von ihr entwickelt und dann verworfen worden.

Unternommen hatte sie bisher nichts Handfestes, außer sich ein Zimmer in der Ferienanlage zu mieten, auf deren Tennisplatz Daniel trainierte. Die Geschäftsleitung hatte ihm hier strengste Diskretion zugesichert.

Angela war nichts weiter übrig geblieben, als unauffällig vorzugehen. Also ließ sie sich einfach nur sehen und wartete ab, was geschehen würde. Ganz bewusst tat sie so, als nehme sie Daniel gar nicht zur Kenntnis, denn sie hatte deutlich gemerkt, wie ihn seine weniger zurückhaltenden Bewunderinnen verstimmten.

Heute also hat er mir endlich Beachtung geschenkt, ich habe es sofort gespürt, dachte sie zufrieden. Obwohl sie weiterhin vorgegeben hatte, sich nicht im Mindesten für ihn zu interessieren, hatte sie ihn keine Sekunde aus den Augen gelassen. Ein paarmal hatte er zu ihr heraufgeschaut, vor allem nach besonders guten Schlägen. Stets war es ihr gelungen, noch rechtzeitig auf ihren Schreibblock zu gucken, sodass Daniel ihrem Blick nie begegnete.

Eine Berühmtheit wie er war es natürlich nicht gewöhnt, nicht beachtet zu werden, und in seinem Fall war eine gewisse Eitelkeit auch durchaus verständlich. Er trug sein blondes Haar ein wenig zu lang, aber es stand ihm ausgezeichnet. Seinem durchtrainierten Körper sah man den Alkoholmissbrauch der vergangenen Monate nicht an. Die tropische Sonne hatte Daniel tief gebräunt, und er bewegte sich geschmeidig. Sein Oberkörper war etwas massiger als bei den meisten Tennisspielern, doch diesen kleinen Schönheitsfehler vergaß man sofort, wenn man das Spiel seiner Muskeln unter seinem weißen T-Shirt beobachtete.

Offensichtlich berührte es ihn seit dem tragischen Tod seiner Frau unangenehm, wenn seine Bewunderinnen seine Anziehungskraft allzu deutlich zur Kenntnis nahmen.

Ja, ich habe es schon richtig angefangen, gratulierte sich Angela. Heute hatte Daniel sie zum ersten Mal beachtet, und morgen würde er vielleicht …

„Sie müssen sehr viele Freunde und Verwandte haben."

Beim Klang der Männerstimme hinter ihr zuckte Angela zusammen. Sie drehte sich um, und ihr Blick fiel zunächst einmal auf bemerkenswert gut sitzende weiße Shorts, die auf der Stelle ihre Fantasie in Gang setzten.

Angela errötete ein wenig und schaute langsam an Daniel McCasslin hoch. Seine blaue Windbluse, deren Reißverschluss nur zur Hälfte geschlossen war, gab den Blick auf seine braune Brust mit dem goldschimmernden Haar darauf frei. Er lächelte strahlend, seine weißen Zähne blitzten, und seine Augen waren tatsächlich von dem so oft beschriebenen umwerfenden Blau.

„Wie meinen Sie, bitte?“ Angela konnte nur hoffen, dass ihre Stimme ihm ihre Nervosität nicht verriet.

„Sie schreiben so furchtbar viel. Ich dachte, es wären lauter Ansichtskarten. Ihr Lieben daheim, mir geht es gut. Schade, dass Ihr nicht auch hier seid und so weiter.“

Angela lächelte, fiel dabei aber keineswegs aus ihrer nonchalanten Rolle. „Nein, ich schreibe keine Postkarten. Es gibt daheim niemanden, der sie erwarten würde.“

„Dann gibt es also auch niemanden, der etwas dagegen hätte, dass ich mich zu Ihnen setze.“

„Ich selbst könnte etwas dagegen haben.“

„Und? Haben Sie?“

Angela war entzückt, zeigte es aber natürlich nicht. Sie machte eine winzige Kunstpause und antwortete dann: „Nein, ich glaube nicht.“

Daniel schob seine Sporttasche unter den Stuhl ihr gegenüber, setzte sich und streckte Angela über den papierübersäten Tisch hinweg die Hand hin. „Daniel McCasslin.“

Sie nahm seine ausgestreckte Rechte. „Angela Gentry.“ Sie berührte ihn! Ihre Hand lag tatsächlich auf seiner! Dies war der erste körperliche Kontakt mit diesem Mann, und dabei …

„Machen Sie hier Ferien?“, erkundigte er sich höflich.

Angela ließ seine Hand los, lehnte sich auf ihrem Stuhl zurück und versuchte, einen klaren Kopf zu behalten. „Teils, teils. Eine Mischung aus Arbeit und Vergnügen.“

Daniel winkte dem Kellner, der hinter der Freiluft-Bar stand. „Möchten Sie noch etwas trinken?“, fragte er Angela.

„Ja, aber diesmal Ananassaft.“

„Natürlich, Sie sind nicht von hier. Sonst hätten Sie das Zeug längst über.“

Warum muss er nur so hinreißend lächeln?, dachte Angela.

Bei seinem Charme würde sie noch vergessen, weshalb sie ihn eigentlich kennenlernen, sein Vertrauen und, wenn möglich, auch seine Freundschaft gewinnen wollte.

„Die Dame wünscht Ananassaft, und ich möchte drei oder vier Gläser Wasser“, sagte er zu dem Kellner.

„Sehr wohl, Mr. McCasslin. Sie haben heute ausgezeichnet gespielt, Sir.“

„Vielen Dank. Machen Sie schnell mit dem Wasser. Ich bin völlig ausgetrocknet.“

„Sehr wohl, Sir.“

„Sie haben wirklich ausgezeichnet gespielt“, bemerkte Angela, nachdem der Kellner sich entfernt hatte.

Daniel schaute sie eine Weile nachdenklich an, ehe er antwortete: „Ich dachte, Sie hätten das Match überhaupt nicht zur Kenntnis genommen.“

„Dann hätte ich taub und blind sein müssen. Ich verstehe zwar nicht viel von Tennis, aber ich kann beurteilen, dass Sie jetzt entschieden besser spielen als vor ein paar Monaten.“

„Dann kennen Sie mich also?“

„Ja. Ich habe Sie ein paarmal im Fernsehen gesehen.“ Weil Daniel darauf ein jungenhaft enttäuschtes Gesicht machte, fuhr sie lächelnd fort: „Sie sind eine Berühmtheit, Mr. McCasslin. Ihr Name ist weltweit ein Begriff.“

„Richtig, und darum werde ich normalerweise auch weltweit angestarrt“, gab er etwas herausfordernd zurück.

„Von Leuten wie Ihre Hurra-Riege da unten?“ Angela deutete mit dem Kopf zum Zaun hinunter, hinter dem sich die jetzt verschwundenen Groupies gedrängt hatten.

Daniel seufzte. „Nehmen Sie es mir ab, wenn ich Ihnen versichere, dass ich nur deswegen hier trainiere, weil man mir Anonymität und Ruhe garantiert hatte? Außerdem sind das hier die besten Tennisplätze auf Maui. Was ich aber nicht bedachte, ist die

Tatsache, dass die Gäste der Ferienanlage Zutritt zu den Sportplätzen haben. Als sich herumsprach, dass ich hier trainiere ..." Er zuckte resigniert die Schultern. „Nun, Sie haben das Ergebnis ja gesehen."

„Die meisten Menschen würden sich von solcher Begeisterung geschmeichelt fühlen."

Daniel quittierte das mit einem spöttischen Blick und wechselte dann rasch das Thema. „Also, was schreiben Sie hier nun andauernd?", fragte er und deutete auf die über den Tisch verstreuten Blätter.

„Das sind Notizen. Ich bin freiberufliche Journalistin."

Obwohl Daniel sich nicht bewegte, nahm Angela deutlich wahr, dass er sich von ihr zurückzog. Sein Gesichtsausdruck wurde undurchdringlich. Er presste die Lippen zusammen und packte das Glas Wasser fester, das der Kellner gerade gebracht hatte.

„Ich verstehe", sagte er kühl.

Angela senkte den Blick und zupfte an dem Papieruntersatz ihres Glases. „Den Eindruck habe ich nicht. Ich bin zwar Journalistin, aber keine Reporterin und keineswegs auf ein Interview mit Ihnen aus. Sie haben dieses Gespräch begonnen, Mr. McCasslin, nicht ich."

Als er darauf nicht antwortete, hob sie die Lider und schaute ihn an. Er machte wieder das gleiche Gesicht wie zuvor, und sein Lächeln war durchaus freundlich, wenn auch ein bisschen zurückhaltender.

„Nennen Sie mich bitte Daniel", bat er.

Er wollte das Gespräch also nicht abbrechen. Angela verspürte eine gewisse Erleichterung. „Gut, Daniel. Und ich bin Angela."

„Sie schreiben für Zeitschriften. Was denn? Romane etwa?"

Angela lachte. „Noch nicht. Eines Tages vielleicht einmal. Im Moment versuche ich mich auf jedem möglichen Gebiet, bis ich mein eigenes Fach gefunden habe. Wissen Sie, ich hatte schon lange vor, einmal auf die Hawaii-Inseln zu kommen, habe es jedoch nie geschafft. Nun verpflichtete ich mich für ein paar Artikel, um so meine Reise zu finanzieren. Auf diese Weise kann ich jetzt länger hierbleiben, ohne befürchten zu müssen, dass das Minus auf meinem Bankkonto allzu groß wird."

Daniel gefiel der Klang ihrer Stimme und die Art, wie sie ihren Kopf beim Sprechen ein wenig zur Seite neigte, wobei ihr dunkles Haar über eine Schulter fiel. Der Wind blies ihr ein paar Strähnen ins Gesicht, die in der hellen Sonne ein bisschen rötlich schimmerten. Offensichtlich war sie schon lange genug auf der Insel, um eine leichte Bräune erworben zu haben. Angela Gentry besaß eine Haut, die man gern berühren wollte. Und das galt auch für ihr Haar. Und erst recht für ihre Lippen.

Daniel räusperte sich. „Was sind das für Artikel?"

Angela erzählte ihm, dass sie für den Reiseteil der *Los Angeles Times* und für ein Modemagazin schrieb. Demnächst würde sie einen bekannten Botaniker interviewen und dann einen Artikel für eine Gartenzeitschrift verfassen.

Daniel hörte ihr kaum zu. Zum ersten Mal seit Ellies Tod interessierte er sich wieder für eine Frau. Das verblüffte ihn selbst, denn er hatte nie gedacht, dass ihm jemals daran liegen würde, sich noch einmal auf irgendwelche tieferen Beziehungen einzulassen.

Dieses Zusammentreffen hier würde selbstverständlich über einen gemeinsamen Drink oder eine kleine Unterhaltung nicht hinausgehen; dennoch gab ihm die Bekanntschaft mit Angela Gentry das Gefühl, dass er eines Tages über Ellies Tod hinwegkommen und sich wieder ernsthaft um weibliche Gesellschaft bemühen würde.

Fraglos entgingen ihm Angelas Reize nicht; da hätte er ja blind sein müssen. Sie war eine schöne Frau, und sie hatte so etwas Gelassenes an sich, das ihn ansprach. Daniel versuchte, sich auf ihre Ausstrahlung und auf ihre angenehme Stimme zu konzentrieren und alle anderen Aspekte außer Acht zu lassen.

Seit er sich an ihren Tisch gesetzt hatte, kostete es ihn Mühe, nicht immerzu auf ihre Brüste zu starren. Waren sie wohl von Natur so schön geformt, oder trug Angela einen trägerlosen BH unter ihrem grünen Strandkleid?

Na, versuch doch, es herauszufinden!, munterte er sich selbst auf.

Da das natürlich hier nicht ging, musste er sich auf sein Urteilsvermögen beschränken, und das sagte ihm, dass Angela keine formenden Kleidungsstücke nötig hatte. Als guter Beobachter, der Daniel nun einmal war, sah er, dass sich ihre Brustspitzen unter dem leichten Stoff ihres Kleides abzeichneten. In ihm regte sich ein Verlangen, das er seit Ellies Tod verloren zu haben glaubte. Jetzt wusste er nicht, ob er sich über dieses Gefühl freuen oder schämen sollte.

Was würde wohl passieren, schoss es ihm plötzlich durch den Kopf, wenn ich mich jetzt zu ihr hinüberbeugte und ihr sagte: „Angela, nehmen Sie es mir nicht übel, aber zum ersten Mal seit dem Tod meiner Frau reagiert mein Körper wieder richtig auf ein weibliches Wesen."

Natürlich hatte es in den vergangenen Monaten Frauen für ihn gegeben. Diese Damen waren ihm von wohlmeinenden Freunden zugeführt worden, die glaubten, in Liebesdingen geschickte Hände und verführerische Lippen seien das Allheilmittel gegen jeden Kummer. Während Daniel jetzt an diese im Alkoholnebel erlebten Begegnungen zurückdachte, verachtete er sich aus tiefster Seele.

Nach einem Match in Paris, das ihm so ziemlich die größte Blamage seines Lebens bescherte, hatte er sich sogar selbst eine Frau ausgesucht, ein Callgirl. Später, als er wieder nüchtern war, hatte er dieses Erlebnis als eine Art selbst auferlegter Strafe betrachtet, und dies war der Wendepunkt für ihn gewesen.

Wenn jemand den Untergang des Daniel McCasslin aufhalten konnte, dann nur er selber. Und der Untergang musste unbedingt aufgehalten werden. Schließlich gab es ja Richy.

„Wie lange leben Sie schon auf den Hawaii-Inseln?“, erkundigte sich Angela.

Ihre Frage holte Daniel in die inzwischen nicht mehr ganz so düstere Gegenwart zurück.

„Seit ich erwachsen bin“, antwortete er. „Nachdem ich als Vertragsspieler Siege errang und damit Geld verdiente, schien mir Hawaii als Adresse für einen Junggesellen sehr passend. Ich wohnte in Honolulu auf Oahu, als ich Ellie kennenlernte. Sie …“ Daniel unterbrach sich. „Entschuldigen Sie bitte.“ Er schaute in sein Wasserglas und nahm unmerklich eine gewisse Abwehrhaltung ein.

„Mir ist bekannt, was Ihrer Frau zugestoßen ist, Daniel“, sagte Angela leise. „Sie brauchen sich nicht dafür zu entschuldigen, dass Sie sie erwähnt haben.“

Daniel blickte in Angelas Augen und sah darin ein Mitgefühl, das nichts mit der Neugier früherer Gesprächspartner zu tun hatte. Das bewegte ihn weiterzusprechen.

„Ihr Vater war Marineoffizier und in Pearl Harbor stationiert. Eleanor Elizabeth Davidson – ich erklärte ihr, dass sie einfach zu klein sei – sie war wirklich ein zierliches Persönchen –, um den Namen einer Präsidentengattin, Eleanor Roosevelt, und den einer englischen Königin zu tragen.“

„Also haben Sie sie kurzerhand zu Ihrer ‚Ellie‘ ernannt, ja?“ Angela lächelte aufmunternd.

Daniel nickte. „Ja, und zwar sehr zum Missfallen ihrer Eltern.“ Er trank einen Schluck Wasser und malte Kringel in den feuchten Niederschlag auf seinem kalten Glas. „Wie dem auch sei, nach ihrem Tod brauchte ich einen Tapetenwechsel und zog von Oahu hierher nach Maui, wo man viel ruhiger leben kann. Ich wollte mich vor der Öffentlichkeit zurückziehen und Richy vor den vielen Blicken abschirmen."

Angela erstarrte. „Richy?"

„Mein Sohn." Daniel strahlte.

Angelas Hals war wie zugeschnürt. Sie schluckte. „Ach ja", brachte sie heraus. „Ich habe von ihm gelesen."

„Er ist einfach umwerfend. Der klügste und süßeste kleine Junge auf der ganzen Welt. Heute Morgen hat er …" Daniel brach ab. „Entschuldigen Sie. Wenn ich von ihm rede, kenne ich meist kein Halten mehr."

„Sie langweilen mich damit keineswegs", versicherte Angela rasch.

„Na, ich glaube, auf die Dauer doch. Lassen Sie mich nur so viel sagen: Richy ist in meinem augenblicklichen Leben das Einzige, worauf ich stolz sein kann. Wir wohnen direkt am Strand. Es gefällt uns dort."

Angela hatte Mühe, Haltung zu bewahren. Sie schaute auf den Ozean hinaus. Schaumgekrönte Wellen rollten auf den Strand und zogen sich dann wieder ins Meer zurück.

„Ich verstehe, weshalb Sie gern auf Maui leben. Es ist wunderschön hier."

„Ja, das ist es", bestätigte Daniel. „Ich fühle mich hier inzwischen wie in einem Sanatorium, in dem sich Körper und Seele erholen können."

Insgeheim fragte er sich, weshalb er so offen mit dieser Frau redete. Gleich darauf fand er die Antwort: Sie wirkte verständnisvoll und flößte einem irgendwie Vertrauen ein.

Dann kam ihm etwas anderes in den Sinn. „Sie sagten vorhin, es gäbe bei Ihnen daheim niemanden, der Ihre Postkarten erwartet. Sind Sie nicht verheiratet?"

„Ich war es. Ich bin geschieden."

„Und Kinder?"

„Einen Sohn, Joey.“ Angela sah Daniel direkt ins Gesicht. „Er ist gestorben.“

Er murmelte ein an sich selbst gerichtetes Schimpfwort, seufzte und sagte dann: „Verzeihen Sie bitte. Ich weiß, wie schmerzlich es manchmal ist, wenn man an etwas erinnert wird.“

„Ich bin Ihnen nicht böse. Im Gegenteil. Wissen Sie, ich nehme es meinen Freunden und Bekannten geradezu übel, dass sie dieses Thema so gründlich vermeiden, als hätte es Joey nie gegeben.“

„Das kann ich nachfühlen. Alle Leute umgehen es, Ellie zu erwähnen. Vermutlich haben sie Angst, ich werde in Tränen ausbrechen und sie damit in Verlegenheit bringen.“

„Ja“, sagte Angela, „und dabei möchte ich Joeys Andenken bewahren. Er war ein so intelligentes, hübsches und fröhliches Kind.“

„Was ist passiert? Ein Unfall?“

„Nein. Im Alter von vier Monaten zog er sich eine Hirnhautentzündung zu. Das hat seine Nieren zerstört. Von da an musste er sich regelmäßig einer Blutwäsche unterziehen. Ich dachte, dass er dennoch ein einigermaßen normales Leben würde führen können, aber …“

Angela sprach nicht weiter, und für eine Weile herrschte Schweigen. Auch alle anderen Laute schienen erstorben zu sein – das Gelächter an dem Tisch am anderen Ende der Terrasse, das Geschepper des Mixbechers, den der Kellner hinter der Bar schüttelte, und das Gekreische der vier Damen auf dem Tennisplatz unter ihnen.

„Es ging ihm immer schlechter“, fuhr Angela schließlich fort. „Komplikationen traten ein, und ehe eine passende Niere für eine Transplantation zur Verfügung stand, starb Joey.“

„Und Ihr Mann?“, fragte Daniel leise.

Wann hatte er eigentlich ihre Hand ergriffen? Angela hätte

es nicht sagen können, aber plötzlich war sie sich dessen bewusst und fühlte, wie er mit dem Daumen über ihre Fingerknöchel streichelte.

„Wir wurden vor Joeys Tod geschieden. Er hat unseren Sohn mehr oder weniger meiner Fürsorge überlassen."

„Mr. Gentry scheint ein ziemlicher Schuft zu sein."

Angela lächelte. Der Name ihres geschiedenen Mannes lautete zwar nicht Gentry, aber ansonsten musste sie Daniel Recht geben. „Stimmt genau. Er ist ein Schuft."

Daniel erwiderte unwillkürlich Angelas Lächeln, und eine Weile blinzelten die beiden einander wie zwei Vertraute zu. Schließlich wurden sie sich dessen bewusst, was sie prompt verlegen machte.

Daniel ließ Angelas Hand los und angelte unter seinem Stuhl nach seiner Sporttasche.

„Ich habe Sie lange genug von Ihrer Arbeit abgehalten", sagte er. „Außerdem habe ich mich für heute Nachmittag als Babysitter verpflichtet, weil meine Haushälterin einkaufen gehen möchte."

„Sie haben eine Haushälterin, die sich um Richy kümmert? Kann sie ... ich meine, ist sie gut zu ihm?" Vor Aufregung versagte Angela fast die Stimme.

„Ich wüsste nicht, was ich ohne sie täte. Mrs. Laani war schon vor ... vor Richys Geburt bei uns. Nach Ellies Tod zog sie mit mir nach Maui, übernahm den Haushalt und die Pflege Richys. Sie genießt mein volles Vertrauen."

Angela atmete erleichtert auf. „Welch ein Glück, dass Sie mit Richy nicht ganz allein dastehen."

Daniel erhob sich und streckte ihr die Rechte hin. „Ich freue mich sehr, Sie kennengelernt zu haben, Angela."

Sie schüttelte seine Hand. „Ganz meinerseits."

Er schien ihre nicht wieder loslassen zu wollen, und als er es endlich doch tat, strich er dabei mit den Fingerspitzen über ihren Handteller. Er wünschte, er könnte auf gleiche Weise auch ihre Wangen, ihre Schultern und die Unterseite ihrer Arme berühren. Wie gern hätte er auch ihr Haar und ihren Nacken gestreichelt!

„Ich hoffe, Sie verleben hier weiterhin schöne Tage, Angela."

Ihr Herz schlug schneller. „Oh, ganz bestimmt."

„Dann also – auf Wiedersehen."

„Auf Wiedersehen, Daniel."

Nach drei Schritten blieb Daniel stehen. Offensichtlich kämpfte er mit sich. Sollte er jetzt etwas tun, was er nicht mehr getan hatte, seit Ellie Davidson in sein Leben getreten war, sollte er Angela um ein Rendezvous bitten?

Er wandte sich zu Angela um. „Ich – äh – sind Sie morgen auch wieder hier?", fragte er.

„Das weiß ich noch nicht", antwortete sie freundlich, aber kühl. Insgeheim hielt sie den Atem an und schickte ein Stoßgebet zum Himmel. „Warum?"

„Nun, Gary und ich spielen morgen wieder zusammen." Er nestelte am Reißverschluss seiner Windjacke. „Ich dachte, vielleicht möchten Sie zuschauen. Anschließend könnten wir – könnten wir irgendwo zusammen zu Mittag essen."

Angela senkte die Lider. Am liebsten hätte sie vor Freude laut gejubelt.

„Wenn Sie nicht …", begann Daniel erneut.

„Nein, nein", unterbrach sie ihn. „Ich meine, ja. Okay, danke, gern."

„Fein!", rief er aus. Sein Selbstvertrauen kehrte zurück. Wieso lag ihm eigentlich so viel daran, dass sie einwilligte? Er konnte doch jederzeit jede Frau bekommen, die er haben wollte. Und nicht nur zum Mittagessen. Aber ihm war es ungeheuer wichtig, dass Angela Ja sagte.

„Dann also bis morgen Mittag", sagte er und versuchte unauffällig, einen Blick auf Angelas Beine unter dem Tisch zu erhaschen. Vielleicht waren sie unförmig.

„Gut, ich werde hier sein."

Ihre Beine waren wunderschön. „Wiedersehen." Er lächelte Angela hinreißend an.

„Wiedersehen." Sie gab das Lächeln ebenso strahlend zurück. Dabei hoffte sie, dass ihre Lippen nicht allzu sichtbar zitterten. Dann schaute sie Daniel nach, der mit elastischen Schritten die Terrasse überquerte und verschwand.

Sie mochte ihn, und das machte sie froh. Daniel war ein netter Mann, ein ungewöhnlicher noch dazu. Wenn sie jetzt an ihn dachte, war er kein großes Fragezeichen mehr für sie, sondern ein Mensch mit einer Identität und einer Persönlichkeit, jemand, der Liebe und Schmerz kennengelernt hatte.

Sie hatte sein Vertrauen gewonnen, und deswegen fühlte Angela sich plötzlich fast schuldig. Hätte er sie wohl zum Mittagessen eingeladen, hätte sie ihr Geheimnis gelüftet? Wäre er so darauf bedacht, sie wiederzusehen, wenn er wüsste, dass sie die Frau war, die man künstlich mit seinem Samen befruchtet hatte? Hätte er so offen mit ihr gesprochen, wenn sie ihm schlicht und einfach erklärt hätte: „Ich bin die Ersatzmutter, die Sie und Ellie mieteten. Ich habe Ihren Sohn geboren."

2. KAPITEL

In Angelas Abwesenheit hatte das Zimmermädchen sauber gemacht und die Klimaanlage voll aufgedreht. Angela legte ihre Handtasche und den Schreibblock auf den Tisch und schaltete erst einmal den Kühlthermostaten herunter. Dann schob sie die große Glastür auf, die auf den riesigen Balkon hinausführte. Das Hotelzimmer war unwahrscheinlich teuer, aber der großartige Blick auf den Ozean war den Preis wert.

Angela holte tief Luft.

„Daniel McCasslin", sagte sie leise vor sich hin. Endlich hatte sie Kontakt zu ihm und mit ihm reden können. Aus seinem Mund hatte sie den Namen ihres Sohnes gehört: Richy.

Sie zog das Strandkleid aus und schlüpfte in den Bademantel. Danach ging sie auf den sonnenüberfluteten Balkon und setzte sich in einen der großen Korbsessel. Sie zog die Füße auf den Sitz, stützte ihr Kinn auf die Knie und schaute aufs Meer hinaus.

Daniel hatte angenommen, ihr geschiedener Mann hieße Gentry. Er konnte natürlich nicht wissen, dass sie dessen wirklichen Namen sofort nach der Scheidung wie ein altes, hässliches Kleid abgelegt und wieder ihren Mädchennamen angenommen hatte. Mit Ronald Lowery sollte sie nichts mehr verbinden. Erinnerungen aber ließen sich nicht so einfach streichen wie ein Name …

Würde Angela jemals den Abend vergessen, an dem Ronald das Thema zum ersten Mal zur Sprache gebracht hatte?

Sie war in der Küche mit der Zubereitung des Abendessens beschäftigt. Ihr Mann hatte sie am Nachmittag angerufen und ihr gesagt, dass er ausnahmsweise einmal pünktlich aus der Klinik heimkommen werde, weil heute weder Babys noch Komplikationen bei seinen Patientinnen zu erwarten seien.

In dieser Ehe, die sich für Angela sehr bald als enttäuschend herausgestellt hatte, war ein gemeinsames Abendessen mit ihrem Mann schon ein außergewöhnliches Ereignis. Wenn Ronald ihre Beziehung zueinander jetzt bessern wollte, würde sie, Angela, ihren Teil dazu beitragen.

„Gibt's einen besonderen Anlass dafür?“, fragte sie, als Ronald mit einer Flasche guten Weins heimkam.

Er drückte ihr einen Kuss auf die Wange. „Eine kleine Feier“, wich er aus.

Angela kannte Ronalds Angewohnheit, manche Dinge eine Zeit lang wie ein Geheimnis zu hüten. Er tat es nicht etwa, um später irgendjemanden mit einer Überraschung zu erfreuen, sondern deswegen, weil er sich dabei ungeheuer überlegen vorkam. Angela hatte es längst aufgegeben, in solchen Fällen Fragen zu stellen. Im Übrigen waren die meisten seiner geheimnisvollen Überraschungen von der unangenehmen Sorte.

„Das Essen steht in ein paar Minuten auf dem Tisch“, sagte sie. „Schau doch inzwischen zu Joey hinein. Er sieht sich gerade ‚Sesamstraße‘ an.“

„Lass mich damit zufrieden, Angela. Ich bin doch nun gerade erst nach Hause gekommen, und nach Joeys Geschwätz sehne ich mich jetzt am wenigsten. Gib mir was zu trinken.“

Angela gehorchte – wie immer.

„Joey ist dein Sohn“, sagte sie, als sie Ronald ein Glas Whisky reichte. „Er verehrt dich sehr, aber ihr beide unternehmt so wenig gemeinsam.“

„Normale Dinge kann man mit ihm ja auch nicht unternehmen.“

Angela sah angewidert zu, wie ihr Mann den Whisky in einem Zug hinunterkippte. Dann setzte sie zu einer Antwort an. „Richtig, Ronald, und deshalb solltest du unbedingt …“

Er unterbrach sie. „Himmel! Ich komme mit einer guten Nachricht heim, und du verdirbst alles mit deinen ewigen Nörgeleien. Aber das hätte ich mir ja denken können. Ruf mich, wenn das Essen fertig ist. Ich möchte dir etwas Wichtiges erzählen, also sieh zu, dass Joey schon vor uns isst und dann ins Bett kommt."

Damit drehte er sich um und verließ das Zimmer. Angela schaute hinter ihm her und stellte wieder einmal fest, wie sehr er sich verändert hatte. Keine Spur mehr von der athletischen Figur, auf die er in Studententagen so stolz gewesen war. Nach zu vielen Cocktailpartys war nichts davon übrig geblieben, und sein früher so freundliches und heiteres Wesen hatte er auch verloren. Er wusste es, aber ihm machte es nichts aus. Für ihn zählte nur noch die Frauenklinik, der er alles andere opferte, sogar ihre Liebe.

Angela versuchte, sich an jenem Abend möglichst nett und anziehend zu geben. Nachdem sie Joey zu Bett gebracht hatte, trug sie das exquisite Abendessen auf – Kochen war damals zu ihrer Leidenschaft geworden – und rief Ronald dann zu Tisch.

„Also?", fragte sie lächelnd nach dem Hauptgang und sah zu, wie ihr Mann eine Riesenportion Nachtisch verdrückte. „Erfahre ich jetzt, was wir heute feiern?"

„Das Ende aller unserer Probleme", erklärte er großartig.

Das Ende aller Probleme hätte darin bestanden, Joey gesund und munter das Leben eines normalen Dreijährigen führen zu sehen, fand Angela. Höflich erkundigte sie sich: „Welche Probleme hast du? Die Klinik geht doch gut, oder?"

„Nun ja, aber …" Ronald seufzte. „Weißt du, Angela, ich brauche schon seit langem etwas Entspannung, ein bisschen Spaß. Das Einzige, was ich tagaus, tagein höre, ist das Gejammer und das Geschrei von Frauen, die Krämpfe haben oder in den Wehen liegen."

Angela unterdrückte die harte Zurechtweisung, die ihr auf der Zunge lag. Ihr Vater, der diese Klinik aufgebaut und zu einer der besten in Los Angeles gemacht hatte, hätte nie so gesprochen.

„Ich habe ein bisschen gespielt – gewettet. Tja, und da …"

Ronald zuckte die Schultern und grinste Angela auf eine Art an, die er wohl für jungenhaft hielt. „Also, ich bin pleite. Ich stecke bis zum Hals in Schulden."

Angela benötigte eine Weile, um zu verarbeiten, was sie eben gehört hatte, und dann brauchte sie noch länger, um die in ihr aufsteigende Panik zu unterdrücken. Ihr erster Gedanke galt Joey. Seine medizinische Versorgung kostete ungeheuer viel Geld.

„Wie – wie hoch sind deine Schulden, Ronald?"

„So hoch, dass ich wahrscheinlich die Klinik verkaufen oder Kredite aufnehmen müsste, die ich dann nie zurückzahlen könnte, egal, wie viele Gören ich auf die Welt hole."

Angela kämpfte gegen ihre Übelkeit. „Vaters Klinik!"

„Verdammt noch mal!", brüllte Ronald und schlug mit der Faust auf den Tisch, sodass das Geschirr klapperte. „Das ist nicht seine, sondern meine Klinik! Meine, hast du verstanden? Er war im Grunde ein altmodischer Landarzt, und ich habe alles erst auf den neuesten Stand gebracht."

„Ja, du hast die Klinik wie eine Fabrik organisiert, und du arbeitest ohne Anteilnahme und Mitgefühl für die Frauen, die du behandelst."

„Ich helfe ihnen!"

„Oh, mir ist durchaus klar, dass du einer der besten Mediziner bist, die es gibt. Aber für dich sind deine Patientinnen keine Menschen. Du siehst nur ihre Scheckbücher."

„Dir hat unser Leben bisher doch gefallen – großes Haus, Mitglied im angesehensten Country Club …"

„Du wolltest das alles. Ich nicht."

„Wenn eine Frau meine Praxis verlässt, fühlt sie sich großartig", verteidigte sich Ronald weiter.

„Du verstehst es ja auch hervorragend, die Menschen einzuwickeln. Mit deinem gespielten Charme kannst du jeden davon überzeugen, dass er dir wirklich etwas bedeutet. Leider ist das alles nur Schau."

„Sprichst du da aus Erfahrung?", fragte er gedehnt.

Angela blickte auf ihren Teller. Ziemlich bald nach ihrer Hochzeit hatte sie gemerkt, dass Ronald mit seinen Schmeicheleien weniger eine Ehefrau als eine gut eingeführte, einträgliche Klinik hatte gewinnen wollen.

„Jawohl! Ich weiß, warum du mich geheiratet hast, Ronald. Du wolltest Vaters Klinik. Wahrscheinlich bist du sogar schuld daran, dass er einen Schlaganfall bekam und starb. Und jetzt sagst du mir ins Gesicht, dass du die Klinik verlieren wirst, weil du Spielschulden hast."

„Du ziehst, wie üblich, voreilige Schlüsse und hörst nicht zu, wenn man dir etwas erzählt." Ronald schenkte sich sein Weinglas voll und leerte es dann mit einem Zug. „Mir wurde die Möglichkeit geboten, sehr viel Geld zu verdienen."

„Womit? Mit Drogen?"

Ronald warf Angela einen verächtlichen Blick zu, sprach dann aber weiter, ohne auf ihre Worte einzugehen. „Erinnerst du dich, dass ich vor ungefähr einem Jahr einem Ehepaar zu einem Adoptivbaby verholfen habe? Die Leute wollten damals keine großen Umstände, keine Bürokratie, sondern nur ein Baby mit rechtsgültigen Papieren."

„Ich erinnere mich", bestätigte Angela vorsichtig. Was hatte Ronald vor? Einen schwarzen Markt für Babys aufzuziehen? Das wäre ihm durchaus zuzutrauen. Ihr schauderte.

„Heute habe ich mich mit Freunden dieser Leute getroffen, einem Ehepaar. Es war ein absolut vertrauliches Gespräch. Sehr geheim und so. Es sind nämlich Berühmtheiten."

Ronald machte eine Pause. Angela wusste, dass er erwartete, sie würde ihn fragen, um wen es sich handelte. Später bedauerte sie, dass sie es nicht getan hatte.

„Dieses Ehepaar sehnt sich geradezu verzweifelt nach einem Kind. Die beiden haben schon alles Mögliche versucht, aber die Frau wird nicht schwanger. Mit dem Mann ist alles in Ordnung. Ein Prachtkerl, kann ich dir sagen“, fügte er zweideutig und mit entsprechendem Unterton hinzu.

Angela verzog keine Miene.

„Ich habe ihnen gesagt, ich würde versuchen, ihnen unter der Hand ein Baby zur Adoption zu verschaffen“, fuhr Ronald fort. „Die Frau lehnte das ab. Das käme nicht in Frage, erklärte sie. Sie wolle ein Baby von ihrem Mann.“

„Ich glaube, ich kann dir nicht ganz folgen.“

„Das Kind soll die Frucht seiner Lenden sein“, formulierte Ronald theatralisch. „Sie haben mich beauftragt, eine passende Leihmutter aufzutreiben und diese dann mit seinem Samen zu befruchten. Ruckzuck – und schon kriegen sie ihr Kind.“

„Von Leihmüttern habe ich in letzter Zeit viel gehört. Was hältst du davon? Funktioniert das? Tust du so etwas für diese Leute?“

Ronald lachte. „Klar doch. Besonders für den Geldbetrag, von dem die Rede ist. Hunderttausend Dollar. Fünfzigtausend für die Leihmutter, fünfzigtausend für mich.“

Angela schnappte nach Luft. „Hunderttausend – das müssen aber reiche Berühmtheiten sein!“

„Sind es, sind es. Und alles, was sie verlangen, ist ein gesundes Baby und absolute Verschwiegenheit. Angela, Verschwiegenheit! Steuerfreies Geld! Sie haben mir Barzahlung zugesichert.“

Das war doch unsittlich, wenn nicht gar ungesetzlich! Angela konnte sich nicht vorstellen, dass sich irgendeine Frau auf so etwas einlassen würde. „Meinst du, du findest eine Frau, die bereit ist, ein Kind zu bekommen, nur um es gleich wieder fortzugeben?“

Ronalds Blick ließ Angela schaudern. Eine Weile lang starrten sie einander über den Tisch hinweg an.

„Ich glaube, ich muss nicht lange suchen", sagte Ronald dann.

Alle Farbe war aus Angelas Gesicht gewichen. Ronald konnte doch nicht sie gemeint haben! Seine eigene Frau! „Ronald, du willst mir doch wohl nicht vorschlagen, dass ich als Leihmutter …"

„Doch."

Angela sprang auf und machte Anstalten, aus dem Zimmer zu laufen, aber schon war Ronald hinter ihr her, packte sie am Arm und drehte sie zu sich herum.

„Denk mal nach, Angela", forderte er. „Wenn du mir diesen Gefallen tust, bekommen wir das ganze Geld. Ich – wir müssen es nicht mit jemandem teilen."

„Ich werde versuchen, dieses Gespräch zu vergessen, Ronald. Bitte, lass meinen Arm los. Du tust mir weh."

„Dir wird noch viel mehr wehtun, wenn du eines Tages mit einem Fußtritt aus diesem schönen Haus hinausfliegst. Und was ist mit Joey? Seine Behandlungskosten fressen uns auf. Und dann die Hinterlassenschaft deines geliebten Vaters. Willst du, dass die Klinik flöten geht, bloß weil du so edle Prinzipien vertrittst?"

Angela befreite ihren Arm mit einem Ruck. Was Ronald eben gesagt hatte, machte sie trotz seines wahnsinnigen Vorschlags nachdenklich. Joey – was würde mit ihm geschehen, wenn sie die Kosten für seine Behandlung nicht mehr aufbringen konnten?

„Diese – diese Eheleute dachten doch bestimmt bei ihrem Wunsch nicht an die Frau ihres Arztes."

„Sie erfahren es auch nicht. Sie wollen nicht wissen, wer die Mutter ist, und die Mutter soll nicht wissen, wer sie sind. Das Kind möchten sie als ihr eigenes ausgeben. Alles, was sie verlangen, ist eine gesunde Frau, die ein gesundes Kind austrägt. Eine Gebärmaschine."

„Das bin ich also für dich, Ronald? Eine Maschine, mit der

du Geld verdienen kannst, um aus dem Schlamassel herauszukommen?“

„Nun hör mal zu! Für Sex benutzt du das da sowieso nicht.“ Ronald deutete mit dem Kopf verächtlich auf Angelas Unterkörper. „Also kannst du doch wenigstens ein Kind damit kriegen.“

Diese Beleidigung wirkte auf Angela wie ein körperlicher Schlag. Aber es stimmte schon, ehelichen Verkehr gab es zwischen ihr und Ronald nur noch ganz selten, was ein ständiger Streitpunkt war. Nicht, dass Angela eine Abneigung gegen körperliche Liebe gehabt hätte, sie fühlte nur heftigen Abscheu vor dem, was Ronald darunter verstand. Ohne Vorspiel, ohne Zärtlichkeit und ohne Liebe nahm er sich, was er wollte. Jahrelang hatte sich Angela gefügt, aber schließlich konnte sie es nicht mehr ertragen und erfand ständig neue Ausflüchte.

Angela wusste, wozu es führen würde, wenn sie jetzt anfinge, mit Ronald über seine Bemerkung zu debattieren. Also erklärte sie nur: „Ich will kein Baby von einem fremden Mann. Ich muss an Joey denken. Er nimmt mich voll in Anspruch. Ich könnte so eine Schwangerschaft weder körperlich noch seelisch aushalten.“

„Wenn du dir mal richtig vor Augen führst, dass wir für Joeys Behandlung viel Geld brauchen, wirst du zu dem Schluss kommen, dass du sie sehr wohl aushalten kannst. Und dann hör auf mit dem dummen Gerede von dem Kind eines fremden Mannes! Kinderkriegen ist nichts als ein biologischer Prozess.“

Angela wandte sich angewidert ab. Wie konnte Ronald nur so gefühllos über ein Wunder reden, das er jeden Tag neu in seiner Klinik erlebte? Warum führte sie dieses scheußliche Gespräch mit ihm überhaupt noch weiter? Weil sie hoffte, einen Ausweg für sich zu finden?

„Was sollten wir denn den Leuten sagen? Ich meine, wenn

ich ohne Kind aus dem Krankenhaus nach Hause käme."

„Wir sagen, es war eine Totgeburt, über die wir so verzweifelt sind, dass wir weder eine Totenfeier noch einen Grabstein wollen."

„Aber das Krankenhauspersonal! Und wie willst du es anstellen, dass eine Frau, die nicht schwanger war, mit meinem Baby aus der Klinik kommt?"

„Mach dir mal keine Sorgen über die Einzelheiten." Ronald wurde immer ungeduldiger. „Darum kümmere ich mich schon. Geld bringt die Leute zum Schweigen. Die Schwestern im Kreißsaal sind mir treu ergeben. Die tun, was ich ihnen sage."

Anscheinend verfügte Ronald bereits über ausreichende Erfahrungen in solchen Dingen.

Angelas Mut sank mehr und mehr. „Nie soll ich – wie willst du es machen, dass ich …"

Da Ronald jetzt meinte, Angela sei bereit, sich auf seinen Plan einzulassen, besserte sich seine Stimmung zusehends. „Als Erstes müssen wir uns vergewissern, dass du nicht schwanger bist." Er grinste hässlich. „Aber das ist ja so gut wie ausgeschlossen, nicht? Ich zeige den Leuten deinen Gesundheitsbericht. Der ist makellos. Deine erste Geburt verlief völlig reibungslos. Dann unterschreiben wir einen Vertrag, und anschließend nehme ich die Behandlung in meiner Klinik vor."

„Und wenn ich nicht empfange?"

„Du wirst empfangen. Dafür sorge ich."

Angela schauderte es. „Ich muss darüber nachdenken, Ronald."

„Was gibt es da noch nachzudenken?", brauste er auf, mäßigte sich jedoch sofort, als er Angelas eisigen Blick auffing. Er setzte seinen altbewährten Charme ein. „Natürlich, ich verstehe schon. Lass dir ruhig ein paar Tage Zeit. Aber Ende der Woche wollen die Leute eine Antwort haben."

Angela teilte Ronald ihre Entscheidung schon am nächsten Morgen mit. Ronald war begeistert – bis er ihre Bedingungen hörte.

„Du – was hast du gesagt?“, fuhr er auf.

„Ich sagte, ich will meine fünfzigtausend Dollar nach der Entbindung haben, und zwar zusammen mit kompletten, rechtsgültigen Scheidungspapieren. In Zukunft wird es zwischen uns keinerlei Intimitäten mehr geben. Und sobald ich die Klinik mit meinem Geld und den Papieren verlassen habe, werden sich unsere Wege nicht mehr kreuzen.“

„Du wirst mich nicht verlassen, Schatz. Es würde dem Ruf der Klinik schaden, wenn du mir wegliefst, und das kannst du doch nicht wollen. Dazu liebst du sie zu sehr.“

„Das war einmal. Jetzt habe ich keinen Grund mehr, stolz auf sie zu sein. Du hast mich dazu benutzt, sie zu bekommen. Mach mit ihr, was dir beliebt.“ Angela richtete sich gerade auf. „Ich werde dieses Kind austragen, weil ich mich und Joey mit dem Geld von dir befreien kann. Du hast mich zum letzten Mal ausgenutzt.“

Ronald erfüllte Angelas Bedingungen dann vollständig. Offenbar waren ihm seine Gläubiger tatsächlich hart auf den Fersen. Als Angela die Klinik verließ, fühlte sie sich zwar erniedrigt und beschmutzt, aber frei, und sie bereute ihre Entscheidung nicht. Das Geld für die Leihmutterschaft gestattete ihr, Joey eine noch bessere Behandlung zukommen zu lassen.

Doch jetzt, zwei Jahre später, waren ihre Gefühle gespalten. Sie hatte den McCasslins den ersehnten Sohn geboren, der das Leben der beiden erfüllte und zum Rettungsanker für Daniel wurde, als dessen Welt einzustürzen drohte. Sollte nicht schon das allein sie von allen Schuldgefühlen befreien?

Warum aber machte sie sich dann Vorwürfe? Die Geschichte ließ sich ohnehin nicht mehr ändern.

Angela erhob sich aus ihrem Sessel und streckte sich. Während die Ereignisse der Vergangenheit an ihr vorübergezogen waren, hatte sie regungslos dagesessen. Jetzt fragte sie sich, wann sie es schaffen würde, Daniel McCasslin zu sagen, wer sie war, und ihn darum zu bitten, ihr ihren Sohn zu zeigen.

„Hallo!“ Daniel lief zum Spielfeldrand und schaute zu Angela hoch, die auf ihrem Stammplatz auf der Terrasse saß. „Sie sehen so frisch und kühl aus.“

„Was man von Ihnen nicht direkt sagen kann.“

Daniel lachte. „Gewiss nicht. Gary jagt mich für mein Geld ganz schön herum.“

„Der Erfolg ist aber unübersehbar.“ Angela hatte das anstrengende Match aufmerksam verfolgt und den Eindruck gewonnen, dass sich Daniel fast wieder in der hervorragenden Form befand wie vor den unglücklichen Monaten des im Alkohol ertränkten Kummers.

Daniel freute sich offensichtlich über ihr Urteil. „Nun ja, mir sind ein paar recht ordentliche Schläge gelungen“, meinte er bescheiden. „Außerdem habe ich von der Hetzerei schon einen mächtigen Appetit aufs Mittagessen bekommen.“

„Der wird sich bestimmt noch steigern.“

„Hm – das glaube ich auch.“ Daniel lief aufs Spielfeld zurück und rief dem recht erschöpft aussehenden Gary zu, dass die Pause vorbei sei.

Das nächste Spiel gewann Daniel ohne Gegenpunkte. Nach Garys Aufschlag revanchierte sich der Club-Profi dann allerdings. Die folgenden Spiele endeten mit Einstand, bis Daniel dann zwei hintereinander gewann und damit den Matchsieg für sich verbuchen konnte.

Das Freudengeheul der Mädchen, die sich wieder beim Zaun eingefunden hatten, nahm er nicht zur Kenntnis. Er tat, als könne er sich keinen Moment länger auf den Beinen halten, wankte lachend zur Terrassenmauer und blickte zu Angela hoch.

„Würden Sie mir bitte vier Gläser Wasser bestellen?", rief Daniel. „Ich bin gleich bei Ihnen." Er winkte ihr noch einmal zu und verschwand dann durch die Tür, die vom Tennisplatz direkt zu den Umkleideräumen führte.

Ob er wohl jemals über die Frau nachgedacht hat, die die Mutter seines Sohnes ist?, fragte sich Angela. Hat er versucht, sich vorzustellen, wie das ist, wenn man das Kind eines Mannes zur Welt bringt, mit dem man niemals intim war?

Angela schüttelte sich unmerklich, als sie an die entwürdigenden Umstände ihrer künstlichen Befruchtung dachte. Sie konnte nur hoffen und beten, dass sie gleich beim ersten Versuch empfangen würde. Eine Wiederholung dieser Prozedur im nächsten Monat hätte sie nicht überstanden.

Ihre Gebete wurden erhört. Ronald informierte das Ehepaar, dass ihre Leihmutter schwanger war.

Die beiden seien außer sich vor Freude, erzählte er danach Angela.

„Pass jetzt verdammt gut auf dich auf", befahl er ihr. „Ich will nicht, dass etwas schiefgeht."

„Ich auch nicht", erwiderte sie und schlug ihm die Schlafzimmertür vor der Nase zu.

Während der nächsten Wochen versuchte sie, nicht daran zu denken, dass ein menschliches Wesen, eine eigene Persönlichkeit, in ihr heranwuchs. Sie betrachtete die Schwangerschaft nur als Mittel zum Zweck, Joey und sich selbst außer Reichweite ihres selbstsüchtigen Ehemannes zu bringen.

An dem Tag jedoch, an dem sie die ersten Bewegungen des Ungeborenen spürte, durchströmte sie plötzlich eine unglaubliche Freude. Sie unterdrückte dieses Gefühl zwar, musste aber während der nächsten Zeit immer öfter über das Baby nachdenken. Würde es ein Junge oder ein Mädchen werden? Würde es vielleicht sogar ihre grünen Augen erben?

Und dann hatte Angela auch begonnen, über den Vater ihres Kindes nachzugrübeln. Was war er für ein Mensch? Würde er gut zu dem Kind sein? Liebte er seine Frau? Natürlich tat er das, denn sie liebte ihn ihrerseits ja so sehr, dass sie eine fremde Frau sein Kind auf die Welt bringen ließ.

„So tief in Gedanken?"

Angela schrak heftig zusammen und fuhr herum. Daniel stand hinter ihrem Stuhl. Seine Hand lag auf der Lehne, nur einen Fingerbreit von ihrer nackten Schulter entfernt.

„Es tut mir leid", sagte er aufrichtig zerknirscht. „Ich wollte Sie nicht erschrecken."

„Oh, schon gut." Das Blut war ihr in die Wangen geschossen, und sie wusste, dass sie nicht gerade das geistreichste Gesicht machte. „Ich war eben ein paar Millionen Lichtjahre von hier entfernt …"

„Da kann ich nur hoffen, dass Ihr Tagtraum die weite Reise wert war."

Daniels unglaublich strahlend blaue Augen bildeten einen reizvollen Kontrast zu der tiefen Bräune seines schönen Gesichts. Er duftete nach Seife und einem angenehmen Eau de Cologne. Sein Haar war noch nass vom Duschen. Er trug eine helle Hose und ein dunkelblaues Polohemd. Zweifellos war er ein sehr attraktiver Mann. Angela konnte den Gedanken an das, was sie miteinander verband, nicht verdrängen. Nervös strich sie mit der Zunge über ihre plötzlich ganz trockenen Lippen und schaute zur Seite.

„Es handelte sich um keinen Tagtraum", sagte sie so unbeschwert wie möglich. „Ich habe nur ein bisschen vor mich hin gesonnen. Die Umgebung hier hypnotisiert einen irgendwie. Die Brandung und der leise Wind lullen einen ein … Sie wissen schon."

Daniel setzte sich ihr gegenüber. Er trank einen tiefen Schluck aus einem seiner Wassergläser. „Manchmal, besonders abends, kann ich stundenlang am Strand vor meinem Haus sitzen, ohne zu merken, dass die Zeit vergeht. Es ist, als schliefe ich, obwohl ich wach bin."

„Ich glaube, der Verstand besitzt die Fähigkeit, einfach abzuschalten, wenn wir uns innerlich irgendwohin flüchten wollen."

„Aha, das war es also! Sie wollten eben vor mir flüchten."

Angela lachte. Welche Frau würde schon vor einem Mann wie Daniel flüchten, besonders wenn er so lächelte wie jetzt! „Keineswegs", widersprach sie. „Jedenfalls nicht vor dem versprochenen Mittagessen."

„Das hätte Richy sagen können. Der verlangt immer erst die Belohnung, ehe er sich zu einer Umarmung oder einem Kuss bereitfindet." Als Daniel Angelas erschrecktes Gesicht sah, schalt er sich innerlich einen Trottel. „Angela, ich ... das war nicht so gemeint, wie es sich anhörte. Wirklich nicht. Das Mittagessen soll Sie zu nichts verpflichten. Also, ich meinte ..."

„Ich weiß schon, was Sie meinten." Angela hatte sich wieder gefasst.

Daniel betrachtete ihren Mund und zeigte deutlich, dass ihm gefiel, was er sah. „Das bringt einen natürlich zum Nachdenken", sagte er. „Übers Küssen."

Angela schwieg.

Am Morgen hatte sie lange Zeit gebraucht, um zu entscheiden, was sie zu dieser Verabredung anziehen sollte. Jetzt wünschte sie, sie hätte sich etwas weniger gewagt gekleidet.

In den Monaten nach Joeys Tod war Angela ganz in ihrem Kummer versunken und dadurch ein bisschen nachlässig geworden. Bevor sie aber diese Reise hierher unternahm, hatte sie sich selbst wieder in Form gebracht. Sie hatte Gymnastik getrieben, Fingernägel und Haut sorgfältig gepflegt, vernünftig gegessen und sich die Haare hübsch frisieren lassen. Dann hatte sie sich neue Garderobe zugelegt, deren Teile untereinander kombiniert werden konnten.

Das Resultat ihrer Bemühungen überraschte sie selbst. Sie sah besser aus denn je zuvor.

Heute trug sie ein schwarzes, schmales, trägerloses Oberteil, das sich eng über ihren Brüsten spannte, und dazu einen ebenfalls eng geschnittenen weißen Rock mit einer Knopfleiste, die auf der linken Seite vom Bund bis zum Saum reichte. Die Knöpfe bis zwei Handbreit über dem Knie hatte sie offen gelassen. Ihre Beine wirkten gegen den weißen Stoff besonders braun und zart. Ihre Füße steckten in Riemchensandalen aus schwarzem Lackleder. Als Schmuck trug sie nur einen weißen Armreifen und dazu passende große Ohrringe.

Heute Morgen vor ihrem Ankleidespiegel hatte sie sich einfach nur schick gefunden. Warum beschlich sie jetzt das Gefühl, sich auffällig und verführerisch angezogen zu haben?

Es lag wohl an Daniels Blick, der bewundernd auf ihr ruhte. Sie wusste genau, dass Daniel ihre Brustspitzen unter dem schwarzen Stoff erkennen konnte, und obwohl sie sich nie für eine besonders sinnliche Frau gehalten hatte, merkte sie jetzt, wie sehr sie dieser Blick erregte.

„Vielleicht sollten wir erst einmal mit dem Mittagessen anfangen und dann weitersehen“, schlug Daniel vor, als er ihr endlich wieder in die Augen sah.

„Einverstanden.“

3. KAPITEL

Daniel führte Angela in eines der Restaurants der Hotelanlage. Mit einer Unterwürfigkeit, die offensichtlich nur für besonders wichtige Persönlichkeiten reserviert war, geleitete der Empfangskellner sie an einen Tisch mit Meeresblick. Obwohl die meisten Gäste ungezwungen gekleidet waren, lag über dem Speisesaal ein Hauch von Eleganz. Wahrscheinlich trugen die Dekoration in Mintgrün und Apricot, die schwarz lackierten Tische und Stühle und die überall verteilten Vasen mit frischen Blumen dazu bei.

„Aperitifs, Sir?", fragte der Kellner.

„Angela?"

„Bitte einen gewürzten Tomatensaft."

„Für mich Mineralwasser mit Limonensaft", bestellte Daniel.

Der Kellner nickte und ging.

Daniel nahm ein kleines Baguette aus dem Korb, zerbrach es in zwei Teile und gab Angela die Hälfte. „Haben Sie das meinetwegen bestellt?", fragte er etwas schroff.

„Was?" Sein Ton missfiel Angela. „Den Drink?

„Der Drink ist kein Drink." Daniel wirkte plötzlich sehr angespannt. „Befürchten Sie, ich könnte Ihnen ein Glas mit einem alkoholischen Getränk aus der Hand reißen und den Inhalt hinunterstürzen? Keine Angst, das Stadium der Schüttelkrämpfe habe ich überstanden." Er begann umständlich, sein Brot mit Butter zu bestreichen.

Angela legte ihre Hälfte auf den Teller und faltete die Hände im Schoß. „Ich bestelle, was mir gefällt, Mr. McCasslin." Sie sagte das so eisig, dass Daniel verdutzt aufschaute. „Wer Sie kennt, weiß auch, dass Sie Probleme mit dem Alkohol hatten. Aber reden Sie bitte nicht mit mir, als wäre ich eine Missionarin, die sich vorgenommen hat, Ihnen den Teufel Schnaps auszutreiben. Wenn ich nicht der Ansicht wäre, dass Sie das ‚Stadium der

Schüttelkrämpfe' überstanden haben, säße ich jetzt nicht hier."

„Nun habe ich Sie verärgert."

„Jawohl. Und ich wäre Ihnen dankbar, wenn Sie mir in Zukunft nicht noch einmal das Denken abnähmen."

Der Kellner brachte die Getränke und die Speisekarten. Angela sah Daniel über den Tisch hinweg kühl an. Sie war verstimmt und machte kein Hehl daraus.

„Es tut mir leid", entschuldigte er sich, nachdem der Kellner sich zurückgezogen hatte. „Ich bin so empfindlich gegen Kritik, obwohl sie ja in der letzten Zeit durchaus angebracht war. Inzwischen leide ich schon fast unter Verfolgungswahn. Ich sehe erhobene Zeigefinger, wo gar keine sind."

Angela betrachtete das Muster der Tischdecke und ärgerte sich über ihre eigene Reaktion. Wollte sie nun Daniels Freundschaft erringen oder ihn vertreiben? Als sie den Kopf hob, war ihr Blick wieder wärmer.

„Ich muss mich wohl auch entschuldigen", sagte sie. „Jahrelang habe ich meinen Mann für mich denken und reden lassen, und so etwas bleibt nicht ohne Auswirkung auf eine Frau. Ich glaube, wir beide haben eben gleichzeitig ein paar wunde Punkte berührt." Sie hob ihr Glas. „Im Übrigen mag ich Tomatensaft tatsächlich."

Daniel entspannte sich. Er stieß mit seinem Glas leicht gegen ihres. „Auf die reizendste Lady dieser Insel. Von jetzt an werde ich in Ihre Worte und Taten nichts mehr hineindeuten."

Dieser Trinkspruch war zwar nicht ganz der, den Angela sich gewünscht hätte, dennoch lächelte sie.

„Was möchten Sie essen?" Daniel klappte die Speisekarte auf.

„Schlagen Sie etwas vor."

„Leber."

Angela brach in Gelächter aus. „Das ist genau das, was ich in keiner Form und Weise essen würde."

Daniel machte ein spitzbübisches Gesicht. „Prima. Ich kann

das Zeug nämlich auch nicht ausstehen. Ich glaube, wir zwei haben uns gesucht und gefunden."

Während Angela die Speisekarte durchsah, dachte sie, dass Richy vermutlich mit einer Abneigung gegen Leber aufwachsen würde. Sie bestellte sich Krabbensalat, der in einer ausgehöhlten, mit Avocadoscheiben und kleinen Orchideenblüten garnierten Ananas serviert wurde. Das Ganze war fast zu hübsch, um aufgegessen zu werden. Daniel hatte ein Filetsteak mit gemischtem Salat gewählt.

Während des Essens machten sie sich etwas näher miteinander bekannt. Angela erzählte Daniel, dass sie an der Universität von Los Angeles kreatives Schreiben studiert habe, ihre Mutter während dieser Studienzeit gestorben sei und ihr Vater, ein Arzt, ein paar Jahre später einen Herzschlag erlitten habe. Einzelheiten, insbesondere über die Frauenklinik ihres Vaters, erwähnte sie nicht.

Daniel war im Staat Oregon aufgewachsen. Seine Mutter lebte noch dort. Sein Vater war tot. Daniel hatte schon in der Schule mit dem Tennissport angefangen.

„Und zwar noch zu der Zeit, in der nur wenige Oberschulen eigene Tennismannschaften aufstellten", erläuterte er. „Der Trainer erkannte mein Talent für diesen Sport und wollte, dass ich dem gerade erst zusammengestellten Tennisteam beitrat. Ich hätte ja viel lieber Baseball gespielt, aber weil er mich so drängte, willigte ich schließlich ein. Dann packte mich der Ehrgeiz, und bald war ich bei den Lokalturnieren unter den Gewinnern."

„Studiert haben Sie auch, nicht wahr?"

„Ja, sehr zum Kummer meines Managers Hank Davis, weil Studium und Sport sich manchmal ins Gehege kamen. Ich sagte mir jedoch, dass ich nicht bis an mein seliges Ende von Tennis würde leben können, und so wollte ich auf den Tag vorbereitet sein, an dem es mit dem Sport einmal vorbei wäre."

„Sie haben jedenfalls beides zusammen geschafft und waren später bei den großen Veranstaltungen immer unter den Gewinnern." Angela hatte inzwischen ihr Obstdessert aufgegessen und nippte an ihrem Kaffee.

„Ja, es lief eine Zeit lang recht gut", erwiderte Daniel bescheiden. „Ich hatte ein paar Jahre Vorsprung vor den anderen und führte nicht ein so ausschweifendes Leben, wie es die meisten Spieler tun, wenn sie zum ersten Mal auf Tour gehen."

Er trank seinen Kaffee. „Das System in diesem Sport ist irgendwie verdreht", fuhr er dann nachdenklich fort. „Einen Neuling kommt die Spielerei wahnsinnig teuer. Reisekosten, Unterbringung, Verpflegung – alles zu eigenen Lasten. Wenn man dann oben ist, Preisgelder kassiert und einem Werbeverträge angeboten werden, kriegt man alles bezahlt."

Er lachte ein wenig unfroh. „Ich verlor ein paar von diesen Werbeverträgen, nachdem mich selbst die besten Tennisschuhe mit meinem Namenszug darauf nicht mehr davor bewahren konnten, nach einer Sauftour nur noch auf dem Platz herumzutorkeln."

„Sie werden neue Verträge bekommen."

Daniel blickte Angela in die Augen. „Das sagt Hank auch immer. Ist das Ihre ehrliche Meinung?"

War ihm ihre Meinung so wichtig, oder brauchte er nur eine Ermutigung?

„Ja. Sobald man Sie so wie eben spielen sieht und nachdem Sie wieder ein paar Turniere gewonnen haben, werden Sie wieder ganz oben stehen."

„Inzwischen sind aber eine Menge jüngere Leute nachgewachsen."

„Die können Ihnen nicht das Wasser reichen", erklärte Angela mit einer wegwerfenden Handbewegung.

„Ich wünschte, ich hätte ihr Vertrauen in mich."

„Bitte, Mr. McCasslin, verzeihen Sie die Störung, aber …" Daniels Gesicht verfinsterte sich. Er drehte sich zu dem Paar um, das hinter ihm stand. Der Mann und die Frau trugen bunt gemusterte Hawaii-Hemden, die sie unverkennbar als Touristen auswiesen.

„Ja, bitte?"

„Wir … äh …" Die Frau musste sich erst einen Ruck geben. „Wir wollten Sie fragen, ob Sie uns vielleicht ein Autogramm geben könnten. Es ist für unseren Sohn. Wir kommen aus Albuquerque. Er fängt jetzt gerade mit Tennis an und meint, Sie sind der Größte."

„Er hat ein Poster von Ihnen in seinem Zimmer", ergänzte der Mann, „und er …"

„Ich habe keine Autogrammkarten bei mir", wehrte Daniel ab und drehte den beiden reichlich unhöflich den Rücken zu.

„Ich weiß eine Lösung", sagte Angela, die den verlegenen Gesichtsausdruck der Eheleute sah. Sie holte den Tennisball aus der Handtasche, den Daniel ihr nach dem Match zugeworfen hatte. „Setzen Sie doch Ihr Autogramm hierauf, Daniel." Sie reichte ihm freundlich lächelnd den Ball.

Er machte ein Gesicht, als wolle er sie auffordern, ihre Nase nicht in anderer Leute Angelegenheiten zu stecken. Aber ihr mild tadelnder Blick stimmte ihn dann um. Er nahm den Kugelschreiber, den die Touristin aus ihrer Tasche gezogen hatte, und kritzelte seine Unterschrift auf die raue Oberfläche des Balls.

„Vielen, vielen Dank, Mr. McCasslin." Die Frau strahlte. „Ich kann Ihnen gar nicht sagen, was dieses Souvenir für unseren Sohn bedeutet. Er …"

„Komm, Lisa, wir wollen Mr. McCasslin nicht länger belästigen. Entschuldigen Sie nochmals die Störung, Sir. Ich möchte Ihnen nur noch sagen, dass wir es kaum erwarten können, Sie wieder auf internationalen Tennisturnieren spielen zu sehen. Alles Gute!"

Daniel erhob sich und schüttelte dem Mann die Hand. Die Frau bedachte er mit einem Handkuss, was fast deren Ohnmacht zur Folge hatte, jedenfalls ihren plötzlich geschlossenen Lidern nach zu urteilen. „Alles Gute auch für Ihren Sohn. Und weiterhin schöne Ferien für Sie."

Wie auf Wolken schwebten die beiden davon, betrachteten immer wieder ihr kostbares Souvenir und versicherten sich gegenseitig, dass dieser McCasslin doch reizend sei und alle Reporter logen, die das Gegenteil behaupteten.

Daniel blickte Angela an. Sie machte sich auf eine Zurechtweisung gefasst.

„Können wir jetzt aufbrechen?", fragte er aber nur mit einer etwas rauen Stimme.

Angela nickte. Daraufhin legte Daniel die Hand unter ihren Ellbogen und half ihr beim Aufstehen. Schweigend verließen sie das Restaurant. Bis sie auf einem der hübsch angelegten Spazierwege angelangt waren, die die einzelnen Gebäude der Ferienanlage miteinander verbanden, fiel kein Wort.

„Danke", sagte Daniel dann.

Angela blieb stehen. „Wofür?"

„Sie haben mich sehr dezent davor gewarnt, mich wie ein Flegel zu benehmen."

Sie vermochte seinem Blick nicht standzuhalten, also schaute sie auf Daniels dritten Hemdknopf von oben, was sie jedoch auch nicht rettete, denn hier lenkte sie das darüber hervorlugende krause blonde Haar auf seiner breiten Brust ab.

„Ich hätte mich nicht einmischen dürfen", antwortete sie ziemlich lahm.

„Ich bin froh, dass Sie es getan haben. Sehen Sie, das war wieder etwas, wogegen ich überempfindlich bin. Nach Ellies Tod bestürmten mich Reporter, die einen ‚Kommentar' von mir hören wollten, sobald ich auch nur die Nase zur Tür hinaussteckte. Mit der Zeit entwickelte ich eine Mordswut auf jeden, der mich in der Öffentlichkeit erkannte und ansprach."

„Ich kann mir gut vorstellen, dass ein so hoher Bekanntheitsgrad seine Schattenseiten hat." Wie mochten sich die krausen Haare dort wohl an ihren Handflächen anfühlen?

„Schattenseiten? Das ist milde ausgedrückt! Manchmal ist es die Hölle. Während meiner schlechtesten Zeiten haben die Zuschauer mich ausgebuht und mich mit Gegenständen beworfen, weil ich so miserabel spielte. Meine Fans ließen mich im Stich, weil ich trank, und ich trank, weil meine Fans mich im Stich ließen – ein Teufelskreis. Und jetzt gehe ich noch immer in Abwehrstellung, wenn mich jemand anspricht, da ich unbewusst fürchte, er könnte mir Beleidigungen an den Kopf werfen."

„Die Szene im Restaurant kam eher einer Heldenverehrung nahe."

Angela löste den Blick von Daniels Brust und verscheuchte die erotischen Gedanken, die sich eingeschlichen hatten. Sie schaute ihm in die Augen.

„Sie haben noch Tausende von Anhängern, die nur darauf warten, Sie auf den großen Veranstaltungen spielen und siegen zu sehen."

Daniel betrachtete ihr offenes, ehrliches Gesicht und verspürte den Wunsch, es zu berühren. Er hob die Hand und wollte eine Haarsträhne von Angelas Wange streichen, tat es dann aber nicht. „Dass ich Sie kennengelernt habe, Angela, gehört zu den schönsten Dingen, die mir seit langem widerfahren sind."

„Das freut mich", erwiderte sie, und sie meinte es aufrichtig.

„Ich bringe Sie zu Ihrem Zimmer."

Daniel und Angela gingen durch die Halle des Hauptgebäudes. Beim Fahrstuhl bat er: „Warten Sie einen Moment. Ich bin gleich wieder da."

Ehe sie ihn fragen konnte, was er vorhatte, war er verschwunden. Sie ließ zwei Lifts fahren, erst dann kam Daniel wieder angelaufen. Er trug ein leichtes, in Papier eingeschlagenes Paket. „Entschuldigung!", rief er ein wenig atemlos. „Welches Stockwerk?"

Zusammen fuhren sie nach oben, und Angela konnte ihre Neugierde kaum zügeln. Was mochte in dem Paket sein?

„Was ...", begann sie – und verstummte. Daniels Augen strahlten so fröhlich, dass sie ihm die Überraschung nicht durch ihre Fragen verderben wollte. Vor ihrer Zimmertür reichte sie ihm die Hand. „Vielen Dank für die Einladung."

Daniel ergriff die ausgestreckte Hand nicht. Er öffnete das Paket und förderte einen großen Lei, den hawaiischen Blütenkranz, aus Plumerien und Orchideen zu Tage. Das Einwickelpapier ließ er achtlos fallen. Vorsichtig hielt er den Lei über Angelas Kopf.

„Wahrscheinlich haben Sie seit Ihrer Ankunft hier schon ein paar Dutzend von diesen Dingern bekommen, aber ich wollte Ihnen auch einen schenken."

Der schwere Duft der Blüten und Daniels Nähe raubten Angela fast den Atem. Ihre Gedanken und Gefühle gerieten durcheinander, trotzdem brachte sie eine einigermaßen vernünftige Antwort zustande. „Nein, ich habe bisher noch keinen Lei bekommen. Recht vielen Dank, Daniel. Die Blumen sind herrlich."

„Sie werden durch Sie noch schöner."

Behutsam legte er den Blumenkranz auf ihre nackten Schultern. Die zarten, taufrischen Blütenblätter fühlten sich kühl auf der Haut an. Daniel zog die Hände nicht gleich zurück, sondern ließ sie leicht auf Angelas Schultern ruhen. Benommen von ihren Emotionen, senkte sie den Kopf.

Dieser Mann überwältigte sie. In ihrem Kopf und in ihrem Herzen existierte nur noch er. Daniel versetzte ihren Körper in eine gewisse Trägheit, die rätselhaft und wunderbar war. Am liebsten hätte sie sich jetzt einfach an seine Brust geschmiegt. Der Lei hob und senkte sich unter ihren unregelmäßigen Atemzügen. Wie im Traum strich sie über die Blüten.

Trotz ihrer Versunkenheit nahm sie wahr, dass Daniel die Hand hob. Sanft streichelte er ihr Handgelenk und verflocht seine Finger dann mit ihren. Angela hob den Kopf. Ihre Augen glänzten wie der Tau auf den Blüten.

„Aloha", flüsterte er den hawaiischen Gruß, der so sehr viel bedeuten konnte. Er beugte sich zu Angela hinunter und küsste sie auf die Wange. Danach glitten seine Lippen bis zu ihrem Mundwinkel. „Angela …"

Mit dem Daumen strich er über ihren Hals. Sie fühlte seinen Atem an ihrer Schläfe. „Angela, nachdem wir nun gemeinsam zu Mittag gegessen haben …"

Sie stöhnte innerlich auf. Jetzt kommt das zweifelhafte Angebot, dachte sie.

Daniel gab sie unwillig frei und trat einen Schritt zurück. „… könnten wir uns vielleicht auch fürs Abendessen verabreden", beendete er seinen Satz.

Während sich Angela für den Abend ankleidete, schalt sie sich, dass sie Daniels Einladung zugestimmt hatte. Es wäre so einfach und einsehbar gewesen, wenn sie gesagt hätte: Vielen Dank, aber es geht leider nicht. Ich muss heute Abend noch einen Artikel zu Ende schreiben.

„Sehr gern, Daniel", hatte sie stattdessen geantwortet.

Er hatte gelächelt, ihr noch einmal in die Augen gesehen und war dann zum Fahrstuhl gegangen. Eingehüllt in ihre romantische Stimmung, war Angela in ihr Zimmer geschwebt. Aber bald hatte sie sich wieder daran erinnert, warum sie ursprünglich Daniels Bekanntschaft machen wollte.

Ein paar Minuten lang, während seine Hand auf ihrer lag und sie seinen Atem fühlen konnte, hatte sie ihren Sohn vergessen. In diesen Momenten war Daniel für sie nicht der Vater ihres Kindes, sondern einfach nur ein Mann, der auf sie eine gefährliche Anziehungskraft ausübte.

Nach ihrer enttäuschenden und in jeder Beziehung abstoßenden Ehe mit Ronald hatte sie geglaubt, nie wieder das Bedürfnis nach einer Beziehung zu einem Mann zu verspüren. Wie ein Schlag traf sie jetzt die Erkenntnis, dass sie die kommenden Stunden in Daniels Gesellschaft kaum erwarten konnte. Und das aus Gründen, die nie vorgesehen waren.

Es hätte ihr Vorhaben sehr erleichtert, wenn Daniel sie körperlich nicht so anzöge, wenn er nicht verwitwet und einsam wäre. Wäre es nicht viel einfacher, wenn die Eltern ihres Kindes beide noch lebten und der Vater ein fröhlicher, unbeschwerter Mann wäre? Als Angela sich zu der Suche entschloss, war ihr weder über die Identität noch über das Äußere des Ehepaars etwas Spezielles bekannt, und außerdem wollte sie nichts weiter, als das Kind finden, das sie geboren, aber nie gesehen hatte. Ob es Joey wohl ähnelte?

Joey …

Jedes Mal, wenn Angela an jenen grauen, regnerischen Tag dachte, an dem Joey zu Grabe getragen worden war, schmerzte die alte Wunde aufs Neue. Selbst nach dem Tod ihrer Eltern hatte sie sich nicht so allein gefühlt.

Nach ihrer Scheidung hatte sie sich nur noch Joey gewidmet. Die letzten Monate seines Lebens musste er im Krankenhaus verbringen, und sie musste zusehen, wie er von Tag zu Tag mehr verfiel.

Insgeheim betete sie um den Tod eines anderen Kindes, dessen Niere dann Joey eingepflanzt werden konnte. Selbstverständlich erwartete sie nicht, dass Gott ein solches Gebet erhören würde.

Joey starb so still, wie er gelebt hatte. Noch Stunden nach seinem letzten Atemzug hielt Angela seine kleine Hand in ihrer und schaute sein liebes Gesichtchen an. Sie würde es nie in ihrem Leben vergessen.

Auf der Beerdigung hatte Ronald perfekt gespielte Trauer zur Schau getragen. So viel Heuchelei ekelte Angela an, besonders wenn sie daran dachte, wie tapfer Joey immer seine Enttäuschung verborgen hatte, wenn sein Vater wieder einmal das Versprechen nicht einhielt, ihn im Krankenhaus zu besuchen.

Nach der Beerdigung hatte Ronald Angela aufgehalten. „Ist noch etwas von dem Geld übrig, das du mir aus der Tasche gezogen hast?", wollte er wissen.

„Das geht dich nichts an. Dieses Geld habe ich verdient."

„Ach, hör doch auf! Ich brauche es." Er machte ein wehleidiges Gesicht.

Angela verspürte nicht das geringste Mitleid. „Das ist dein Problem."

„Angela, du musst mir helfen. Nur noch dieses eine Mal. Ich verspreche ..."

Sie schlug die Autotür vor seiner Nase zu und forderte den Chauffeur auf, sofort loszufahren. Selbst bei der Beerdigung seines Sohnes dachte Ronald nur an sich.

Während der folgenden Monate war Angela so in ihrem Kummer versunken, dass ihr ein Tag wie der andere erschien. Nur auf dem Papier konnte sie ihre Verzweiflung zum Ausdruck bringen.

Ein Essay, den sie über den Tod eines Kindes schrieb, wurde in einem Frauenmagazin abgedruckt und erregte große Aufmerksamkeit. Man bat sie, noch weitere Aufsätze zu verfassen, aber sie hatte keinerlei Ehrgeiz dazu. Angela wollte nur noch die Zeit bis zu ihrem eigenen Tod überstehen, sonst nichts, denn es gab ja nichts, wofür es sich zu leben lohnte.

Mit Ausnahme des anderen Kindes.

Der Gedanke war ihr ganz plötzlich gekommen. Es gab einen Grund zu leben. Irgendwo auf der Welt hatte sie noch ein zweites Kind.

Angela entschloss sich, es zu suchen. Sie hatte nicht die Absicht, in das Leben dieses Kindes einzugreifen; diese Grausamkeit konnte sie weder ihm noch seinen Eltern zufügen, die so viel getan hatten, um es zu bekommen. Angela wollte das Kind nur sehen, seinen Namen erfahren und wissen, ob es ein Junge oder ein Mädchen war. Sie hatte Ronald damals gebeten, sie kurz vor der Entbindung zu narkotisieren, damit sie sich weder an die Vorgänge bei der Geburt noch an das Baby würde erinnern können.

„Was soll das heißen – es gibt keine Akte?“, hatte Angela ärgerlich gefragt, als sie zum ersten Mal Informationen über das Kind einholen wollte.

Die Angestellte in der Verwaltung der Klinik war nicht zu erschüttern. „Das soll heißen, dass Ihre Akte wahrscheinlich falsch abgelegt wurde und nicht auffindbar ist. In einem Krankenhaus dieser Größe passiert so etwas schon einmal, Mrs. Lowery.“

„Besonders wenn ein einflussreicher Arzt jemanden beauftragt, sie falsch abzulegen, und denjenigen dafür vielleicht auch noch bezahlt. Im Übrigen heiße ich Gentry.“

Es erstaunte Angela später nicht, dass es auch im behördlichen Geburtenregister keine Aufzeichnungen gab. Den Rechtsanwalt, der seinerzeit für Ronald die Papiere für das Kind ausgefertigt hatte, suchte sie erst gar nicht auf, er war ohnehin ein gekaufter Mann.

Die Hebamme, die ihr während der Wehen beigestanden hatte, war Angelas letzte Möglichkeit. Sie arbeitete jetzt in einer anderen Frauenklinik.

Eines Nachmittags wartete Angela vor dem Krankenhaus auf sie. Die Frau erschrak bei ihrem Anblick.

„Erinnern Sie sich an mich?“, fragte Angela ohne Umschweife.

Die Hebamme schaute nervös um sich, als suche sie einen Fluchtweg. „Ja“, flüsterte sie.

„Sie wissen, was mit meinem Baby geschehen ist?“

„Nein!“, rief die Frau nachdrücklich, aber Angela merkte genau, dass sie log.

„Mrs. Hancock, bitte sagen Sie mir, was Sie wissen. Oder nur einen Namen. Mehr will ich nicht von Ihnen. Nur einen Namen!“

„Das kann ich nicht. Er … er lässt mich nicht aus den Augen. Er hat gedroht, wenn ich Ihnen je etwas verrate, dann sagt er den Leuten alles über mich.“

„Wer lässt Sie nicht aus den Augen? Mein geschiedener Mann?“ Die Frau nickte heftig.

„Und womit erpresst er Sie? Sie brauchen keine Angst vor ihm zu haben. Ich werde Ihnen helfen. Wir könnten ihn der Polizei ausliefern.“

„Nein! Um Himmels willen, nein!“ Mrs. Hancock unterdrückte ein Schluchzen. „Sie verstehen ja nicht … ich war früher … ich hatte ein kleines Drogenproblem. Er hat es gemerkt und mich unter Druck gesetzt. Später hat er mich hinausgeworfen, mir aber diese Stellung hier verschafft. Und …“ Ihre schmalen Schultern bebten. „Und er hat gesagt, wenn ich Ihnen jemals etwas erzähle, zeigt er mich an.“

„Sie sind doch jetzt sauber, oder? Wenn Sie …“ Als Angela das schuldgequälte Gesicht der Frau sah, konnte sie nicht weiterreden.

„Es handelt sich ja nicht nur um mich“, schluchzte Mrs. Hancock. „Mein Mann würde sterben ohne … ohne seine Medizin. Ich muss sie ihm beschaffen.“

Angela gab auf. Wieder versank sie in Selbstmitleid und Verzweiflung. Die Tage flossen ereignislos dahin.

Eines Samstagabends saß sie wie so oft vor dem Fernsehschirm, ohne eigentlich zu wissen, was sie sich anschaute. Plötzlich erregte etwas ihre Aufmerksamkeit. Ein Gesicht. Ein bekanntes Gesicht, das die Kamera in Großaufnahme zeigte.

Angela war mit einem Mal hellwach. Sie drehte den Ton lauter. Bei dem Programm handelte es sich um eine Sportsendung. Das herausragendste Ereignis des Tages war eine Tennisveranstaltung gewesen, ein Herreneinzel.

Dieses Gesicht kannte sie doch! Aber woher? Wann hatte sie ...? Im Krankenhaus! Jawohl, und zwar an jenem Tag, an dem sie mit nichts außer einer Tasche voll Geld die Klinik verlassen hatte. Draußen auf der Freitreppe hatten Reporter mit Mikrofonen und Kameras gestanden. Fernsehteams drängten sich auf der Suche nach den besten Plätzen.

Alle wollten das schöne Paar sehen, das gerade mit einem Säugling die Klinik verließ. Der große blonde Mann hatte einen Arm um die Schultern seiner zierlichen, ebenfalls blonden Frau gelegt, die ein dick eingepacktes Bündel trug.

Angela erinnerte sich noch genau an die offensichtliche Freude der beiden und daran, dass es sie selbst mit Neid und Trauer erfüllt hatte, wie liebevoll der Mann auf seine Frau und sein Kind heruntergelächelt hatte. Mit Tränen in den Augen war Angela zu ihrem Taxi gelaufen.

An diese Szene hatte sie bis jetzt nicht mehr gedacht, aber es handelte sich um den Mann. Angela hörte zu, was der Reporter sagte, während der Tennisspieler seinen Aufschlag machte.

„Daniel McCasslin scheint sich heute zu einer heldenhaften Anstrengung aufzuraffen, nachdem er vergangene Woche in Memphis so deutlich versagt hat. Leider mussten wir während der vergangenen Monate bei ihm einen ständig größer werdenden Leistungsabfall registrieren."

„Das hängt gewiss mit dem privaten Unglück zusammen, das er dieses Jahr erlitten hat", fügte eine andere Reporterstimme hinzu.

Daniel McCasslin verlor den Punkt. Angela las von seinen Lippen ein übles Schimpfwort ab, das besser nicht über den Sender gegangen wäre. Der Regisseur des Programms war offenbar derselben Meinung. Er ließ auf eine Kamera umschalten, die den Spieler aus einem anderen Blickwinkel zeigte.

Der nächste Aufschlag McCasslins sah brillant aus, aber der Ball wurde für aus erklärt. McCasslin warf seinen Schläger auf den Boden, stürmte wütend zu dem Hochsitz des Schiedsrichters und stieß Flüche und Beleidigungen aus. Klugerweise blendete der Sender sofort einen Werbespot ein. Nachdem das Loblied auf eine amerikanische Automarke beendet war, wurde wieder zum Match zurückgeschaltet.

Angela ließ sich kein Wort des Reporters entgehen, der McCasslins Benehmen zu erklären versuchte, indem er sich geradezu genüsslich über das schon erwähnte private Unglück verbreitete. Er erzählte, dass die Frau des Tennisprofis bei einem schrecklichen Autounfall in Honolulu, wo das Paar mit dem kleinen Sohn gelebt hatte, ums Leben gekommen sei. Der Witwer könne diesen Verlust anscheinend nicht verwinden. Unterdessen spielte McCasslin verbissen weiter – und verlor das Match.

Als Angela an jenem Tag erschöpft und deprimiert im Bett lag, dachte sie darüber nach, weshalb dieser Tennisspieler sie eigentlich so sehr interessierte. Sie hatte ihn doch nur ein einziges Mal persönlich gesehen …

Mitten in der Nacht wachte sie plötzlich auf mit der absoluten Sicherheit, dass sie ihn in Wirklichkeit mehr als einmal gesehen hatte. Kerzengerade saß sie in ihrem Bett. Ihr Herz hämmerte, und in ihrem Kopf drehte sich alles. Sie konnte ihre Gedanken nicht einfangen.

Angela warf die Bettdecke zurück, stand auf und ging im Zimmer auf und ab. Nimm dich zusammen, befahl sie sich, konzentriere dich. Im Moment war ihr nur eines klar: Sie musste sich unter allen Umständen erinnern.

Nach und nach formte sich ein Bild. Sie hatte Schmerzen gehabt … Lichter gesehen, die sich über sie hinwegbewegten …

Das war es! Sie war auf einer fahrbaren Trage einen Korridor entlanggeschoben worden, und die sich scheinbar bewegenden Lichter waren die Deckenlampen über ihr gewesen. Man brachte sie in den Kreißsaal. Bald würde alles vorüber sein. Ja, sie musste nur noch entbinden, und dann würde sie frei sein, frei von Ronald.

Angela hatte das Ehepaar verschwommen wahrgenommen, während sie über den matt beleuchteten Flur gerollt wurde. Die goldblonden Haare der beiden waren ihr aufgefallen. Sie schaute zu dem Paar hinüber. Weder der Mann noch die Frau beachtete sie. Die beiden lächelten sich glücklich an und flüsterten einander zärtliche Worte zu. Trotzdem schien mit ihnen irgendetwas nicht zu stimmen. Irgendetwas an dem Bild war falsch, nur was?

„Erinnere dich, Angela“, sagte sie laut zu sich selbst. Sie ließ sich auf die Bettkante sinken und stützte den Kopf in die Hände. „Die beiden waren so glücklich wie jedes junge Ehepaar, dem ein Baby geschenkt wird. Sie …“

Alles schien zum Stillstand zu kommen – Angelas Atem, ihr Herzschlag, ihre wirbelnden Gedanken. Und dann traf sie die Erkenntnis wie ein Blitz. Die Frau war nicht schwanger gewesen! Sie hatte mit ihrem Mann im Flur gestanden und mit ihm geflüstert, wie Kinder es tun, wenn sie etwas Tolles aushecken.

Die McCasslins waren reiche, weltbekannte Leute. Der Mann sah gut aus – ein Prachtkerl laut Ronald. Das Paar hatte später das Krankenhaus mit einem Baby an dem Tag verlassen, an dem auch sie, Angela, es verließ.

Die beiden mussten die Klinik mit ihrem Kind verlassen haben!

Angela schlang die Arme um ihren Oberkörper und wiegte sich auf dem Bett hin und her. Sie wusste intuitiv, dass ihre Vermutung stimmte. Alle Teile des Puzzles passten zusammen.

Die Ernüchterung kam, als ihr wieder einfiel, was sie bei der Sportsendung gehört hatte. Mrs. McCasslin habe einen kleinen Sohn – wuchs ohne die liebende Hand einer Mutter und bei einem seelisch und körperlich angeschlagenen Vater auf.

Von da an war Angela von Daniel McCasslin wie besessen. Sie las alles über ihn, was sie auftreiben konnte. Stundenlang saß sie in der öffentlichen Bibliothek und studierte auf Mikrofilm aufgenommene Sportzeitschriften mit Artikeln über seinen Werdegang und seine Glanzzeiten. Sie kaufte sich aktuelle Magazine und erfuhr täglich Neues über seinen Abstieg.

So vergingen ein paar Monate. Eines Tages las sie, dass Daniel McCasslin beabsichtigte, sich vorläufig aus dem großen Tennisgeschehen zurückzuziehen. Den Worten seines Managers zufolge wollte er die Konsequenzen aus seinen Niederlagen ziehen und sich fürs Erste darauf konzentrieren, seine alte Form wiederherzustellen. Im Übrigen habe er vor, mehr Zeit mit seinem kleinen Sohn zu verbringen, mit dem er jetzt in seinem Haus auf der Insel Maui lebte.

An jenem Tag hatte Angela sich entschlossen, nach Hawaii zu fliegen und Daniel McCasslins Bekanntschaft zu machen.

So, nun hast du Daniel McCasslin getroffen – und jetzt? fragte Angela ihr Spiegelbild. Sie hatte nicht damit gerechnet, dass sein Charme und seine Ausstrahlung sie so sehr beeindrucken würden. „Vergiss nicht, wer du bist, Angela. Bleib sachlich!“, befahl sie sich. Die Frau im Spiegel wirkte aber nicht so, als läge ihr etwas daran, sachlich zu bleiben.

Das enge, schulterfreie Kleid aus jadegrüner Seide brachte Angelas gute Figur voll zur Geltung. Der breite, farblich passende Gürtel betonte ihre schmale Taille und lenkte die Aufmerksamkeit auf die Rundungen darüber und darunter. Das Jäckchen weckte die Neugier auf die verborgenen nackten Schultern. Statt Juwelen hatte sich Angela den Lei umgelegt. Die Blüten waren von der gleichen Farbe wie der Gürtel. Das Haar hatte sie im Nacken zusammengefasst und die Strenge der Frisur durch ein paar herausgezogene Strähnchen gemildert.

Die Frau im Spiegel sah eher so aus, als hätte sie sich für ein aufregendes Lebensabenteuer zurechtgemacht.

Angela drückte die kalten, zitternden Finger gegen die Schläfen. „Ich muss aufhören, in solchen Zusammenhängen an ihn zu denken. Ich verderbe mir noch alles. Und er darf mich nicht als … als Frau sehen.“

Wenn sie das wollte, musste sie ihn gründlich entmutigen. Daniel hatte seine Frau geliebt, vermutlich liebte er sie noch immer. Aber der Instinkt sagte Angela, dass er nicht für den Rest seines Lebens ohne Partnerin würde auskommen können.

Dass ein Funke zwischen ihm und ihr übergesprungen war, ließ sich nicht leugnen. Das machte die Durchführung ihres Plans schwierig. Sie hatte ihn kennenlernen und ihm versichern wollen, dass es nicht ihre Absicht sei, sich in die Beziehung zu seinem Sohn einzumischen. Wenn sie ihn davon überzeugt hatte, wollte sie ihn bitten, ihr zu gestatten, den kleinen Jungen hin und wieder zu besuchen.

„Vergiss das nicht!“, ermahnte sie sich. Genau in diesem Moment klopfte es. Angela schwor sich, keine anderen Gedanken, soweit sie Daniel McCasslin betrafen, zuzulassen.

Der Schwur war schon gebrochen, als sie Daniel vor sich stehen sah. Er sah einfach zu gut aus in seiner maßgeschneiderten dunkelblauen Hose, dem sandfarbenen Blazer und dem hellblauen Oberhemd, das fast dieselbe Farbe wie seine Augen hatte.

Und diese Augen blickten Angela bewundernd an. Daniel betrachtete sie ausgiebig vom Scheitel bis zur Sohle. Schließlich verweilte sein Blick auf dem Lei. Angela hatte den unbestimmten Eindruck, dass es nicht unbedingt die Blüten waren, die Daniel dort so interessierten, sondern vielmehr die Brüste, über denen sie lagen.

„So wirken die Blumen erst wahrhaft schön", bemerkte er und bestätigte damit Angelas Vermutung.

„Vielen Dank."

„Gern geschehen." Erst jetzt schaute er ihr in die Augen und lächelte. „Fertig?"

4. KAPITEL

Die diesem Tag folgenden drei Abende verbrachten Angela und Daniel ebenfalls zusammen. Das machte Angelas Vorhaben immer unmöglicher, sie brachte es jedoch nicht fertig, seine Einladungen abzulehnen. Daniel und sie kamen sich näher und näher, nur nicht so, wie sie es geplant hatte.

Am vierten Abend schließlich entschuldigte sich Angela mit der Ausrede, dass sie unbedingt den Artikel fertigstellen müsse. Es handelte sich um einen Bericht über die Aufzucht tropischer Pflanzen in nichttropischen Breiten, und der Artikel war längst geschrieben und abgeschickt.

„Gehe ich zu forsch vor? Nehme ich zu viel von Ihrer Zeit in Anspruch? Bin ich auf fremdes Territorium geraten?“, wollte Daniel wissen. Zwar stellte er die Fragen lachend, aber Angela merkte, dass er sie ernst meinte.

„Nichts von alldem. Ich deutete ja schon am ersten Tag an, dass ich niemandem Rechenschaft schuldig bin. Nein, Daniel, ich muss tatsächlich heute Abend arbeiten.“

Daniel schien nicht ganz überzeugt, doch er akzeptierte ihre Ablehnung.

Immer wenn Daniel nicht bei ihr war, schien ihr die Zeit endlos und leer. Er hatte sie nie geküsst, wenn man von dem traditionellen Kuss anlässlich der Übergabe des Lei einmal absah. Seine Berührungen waren nie über das gesellschaftliche Maß hinausgegangen. Trotzdem fühlte sich Angela in seiner Gegenwart jung und schön und sehr beschwingt – alles typische Anzeichen des Verliebtseins. Und das durfte nicht sein. Sie war nach Maui gekommen, um ihren Sohn zu sehen. Eine Romanze mit Daniel McCasslin kam nicht infrage. Dennoch …

Am nächsten Morgen wanderte Angela die Spazierwege

der Hotelanlage entlang und nahm sich vor, keinesfalls zu den Tennisplätzen zu gehen. Vielleicht spielte Daniel heute ja auch gar nicht.

Er trank gerade einen Schluck Mineralwasser, als er sie entdeckte. Rasch drückte er Gary die Flasche in die Hand und eilte Angela entgegen.

„Hallo! Ich hätte Sie nachher angerufen. Essen wir heute Abend wieder zusammen? Bitte!“

„Ja.“

Daniels hervorgesprudelte Einladung und Angelas prompte Antwort erheiterten beide.

„Ich hole Sie um halb acht ab.“

„Gut.“

„Schauen Sie zu, während ich spiele?“

„Ein bisschen. Dann muss ich wieder an die Arbeit gehen.“

„Und ich habe Richy versprochen, heute mit ihm am Strand zu spielen.“

Immer wenn Daniel den Namen seines Sohnes erwähnte, schlug Angelas Herz schneller. „Ich halte Sie doch nicht etwa zu oft davon ab, mit ihm zusammen zu sein?“

„Abends gehe ich nicht aus dem Haus, ehe er im Bett ist. Dann vermisst er mich nicht mehr. Morgens pflegt er sicherzustellen, dass ich als Zweiter im Haus aufwache.“

Angela lächelte. „Genau wie Joey früher. Er kam immer in mein Schlafzimmer und wollte mir die Augen aufklappen, um zu sehen, ob ich wach bin.“

„Und ich dachte, Richy sei der Einzige, der diesen Trick kennt.“ Wieder lachten sie zusammen. „Ich muss aufs Spielfeld zurück“, sagte Daniel dann. „Sonst verliere ich den Schwung. Bis heute Abend!“

„Spielen Sie gut!“

„Ich werde es versuchen.“

„Sie werden es tun“, erwiderte Angela.

Als Daniel am Abend an die Tür klopfte, war Angela noch nicht ganz fertig. Obwohl er ständig in ihrem Unterbewusstsein herumspukte, hatten Inspiration und Arbeitswut sie gepackt. Sie hatte so eifrig an einem Artikel geschrieben, dass ihr kaum Zeit für ein Bad und fürs Haarewaschen geblieben war.

Sie zerrte an dem Rückenreißverschluss ihres Kleides, während sie zur Tür lief. „Entschuldigen Sie", bat sie atemlos, weil sie Daniel gut eine Minute draußen hatte warten lassen.

Er lehnte ganz lässig am Türrahmen. Amüsiert betrachtete er Angelas gerötete Wangen und ihre unbeschuhten Füße. „Auf Sie warte ich gern."

„Kommen Sie herein. Ich brauche nur noch in meine Schuhe zu schlüpfen und ein bisschen Schmuck anzulegen, dann bin ich fertig. Haben Sie einen Tisch bestellt? Ich hoffe, wir kommen nicht zu spät ..."

„Angela", sagte er, schloss die Tür hinter sich und fasste sie bei den Schultern. „Machen Sie sich deswegen keine Sorgen. Wir haben viel Zeit."

„Gut." Angela atmete auf. „Dann brauche ich ja nicht zu hetzen."

„Gewiss nicht." Daniel lachte und ließ sie los. Er blickte sich kurz im Zimmer um, dann beobachtete er Angela, die sich gerade ihre hochhackigen Sandaletten anzog. Sie stützte sich mit einer Hand an der Wand ab und hob dann ihren schlanken Fuß, um das Riemchen zu befestigen. Ihre Bewegungen waren anmutig, sehr feminin und unbewusst aufreizend.

Daniel schaute an ihrem schlanken Bein hinauf und entdeckte ein kleines Stückchen der zarten Spitze, die ihren Unterrock säumte. Er musste über dieses so ausgesprochen weibliche Kleidungsstück lächeln. Als Angela sich nach vorn beugte, sah er, wie sich ihre Brüste gegen das schmale Oberteil ihres Kleides drückten. Im Geist presste er die Lippen auf die weichen Hügel, und die Vorstellung erregte ihn so, dass er rasch den Blick abwandte und sicherheitshalber etwas Harmloseres anschaute.

„So“, sagte Angela und ging zu dem Schreibtisch gegenüber dem großen Bett.

Daniel erlaubte sich nicht, sich vorzustellen, wie wohl Angelas unbekleideter Körper auf diesem Bett aussehen würde.

„Jetzt noch der Schmuck.“ Sie suchte in einer kleinen, mit Seide ausgeschlagenen Schatulle herum. Das ärmellose Kleid schmiegte sich eng an Angelas runde, aber keinesfalls zu breite Hüften.

Alles, was sie trägt, sieht an ihr ungeheuer schick aus, fand Daniel. Selbst in Jeans und T-Shirt würde sie vermutlich noch wie einem Haute-Couture-Salon entsprungen aussehen. Und unbekleidet wahrscheinlich noch viel, viel besser. Herrgott, jetzt dachte er ja doch an Dinge, an die er nicht hatte denken wollen!

Er beobachtete, wie sie goldene Clips an ihren Ohrläppchen befestigte, und wünschte, er könne sie dort jetzt mit der Zunge berühren. Sein Herz hämmerte, als sie ihre Halskette im Nacken schließen wollte und ihre Brüste sich dabei hoben.

„Kommen Sie“, sagte er. „Lassen Sie mich das machen.“ Er trat hinter sie. Einen Moment lang schauten sie sich im Spiegel in die Augen. Angela hatte die Arme noch erhoben, und ihre Brüste schienen sich aus dem tiefen Ausschnitt drängen zu wollen. In dieser Haltung wirkte sie sowohl aufreizend als auch wehrlos.

Langsam senkte sie die Arme, nachdem er ihr die Enden der Kette aus den Händen genommen hatte, und neigte den Kopf, damit Daniel besser mit dem Verschluss hantieren konnte. Als er fertig war, trat sie sofort zur Seite.

„Augenblick.“ Er hielt sie sanft fest. „In Ihrem Reißverschluss hat sich ein Stückchen Stoff verklemmt.“

„Oh …“ Sie hielt den Atem an.

Langsam zog Daniel den Reißverschluss hinunter, vorsichtig nestelte er an dem eingeklemmten Stoff. Angela fühlte einen kühlen Luftstrom an ihrem Rücken. Regungslos stand sie da, unfähig, den erotischen Bann zu brechen, der sie umgab.

Daniel strich nun leicht über ihre Wirbelsäule und stellte fest, dass Angela keinen Büstenhalter trug. „Angela …"

Wieder schauten sie einander im Spiegel an. In Daniels Augen brannte ein tiefblaues Feuer, das verriet, was er empfand, wie sehr er sie begehrte.

Angela riss sich zusammen. Sie wusste, was geschehen würde, wenn sie sich ein paar Millimeter weiter nach hinten gegen Daniels Körper lehnte. Zum Abendessen würden sie dann gewiss nicht gehen. Die Entscheidung lag ganz allein bei ihr.

Mit Daniel das Bett teilen … nein, das kam nicht in Frage. Das wäre in ihrem Fall der helle Wahnsinn. Oder fürchtete sie sich vielleicht nur davor, weil Ronald ihr Minderwertigkeitskomplexe eingeredet hatte?

Wie auch immer, das Klügste wäre wirklich, diese Beziehung auf freundschaftlicher Grundlage fortzusetzen. Es musste doch möglich sein, dass ein Mann und eine Frau nichts als gute Freunde blieben!

Angela blickte zu Boden und schüttelte fast unmerklich den Kopf.

Daniel verstand sofort und zog den Reißverschluss wieder hoch. „So, okay. Alles in Ordnung."

„Vielen Dank", sagte sie und wollte weggehen.

Aber so leicht sollte sie nicht davonkommen.

„Angela?"

Sie griff nach ihrer Handtasche. „Ja?"

„Es ist schon lange her, dass ich einer Frau, an der mir lag, beim Ankleiden zugesehen habe. Ich wusste bis heute nicht, wie sehr mir das Zusammenleben mit einer Frau fehlt."

Angela starrte zum Fenster hinaus und betrachtete die Palmen, die sich als schwarze Silhouetten gegen den dunkelblauen Himmel abhoben. „Wenn man als Frau allein lebt, hat das auch seine Nachteile."

Daniel kam näher. „Welche zum Beispiel?“, fragte er leise und drängend.

Nein, so durfte das nicht weitergehen! Sie musste dieses Gespräch beenden.

Angela drehte sich zu Daniel um, lächelte und zwang sich dazu, ihm möglichst spitzbübisch zuzublinzeln. „Zum Beispiel hat man niemanden zur Hand, wenn ein Reißverschluss klemmt.“

Dass Daniel über diese Antwort enttäuscht war, erkannte sie daran, wie er die Schultern sinken ließ. Er schickte sich aber in die Lage und brachte ebenfalls ein Lächeln zu Stande.

„Ich sag's ja – was würden nur all die emanzipierten Frauen ohne uns Männer machen?“

In fröhlicher Stimmung fuhren Daniel und Angela wenig später über die verhältnismäßig schmale Schnellstraße der Insel. Das Gebiet um den Kaanapali Beach herum war eine der wenigen für den Tourismus entwickelten Gegenden Mauis. Hier gab es viele elegante Hotels, Restaurants und Clubs. Daniel parkte vor einem Luxus-Hotel.

„Waren Sie schon mal hier?“, erkundigte er sich, nachdem sie ausgestiegen waren.

„Nein, aber ich wollte es vor meiner Heimreise noch kennenlernen.“

„Machen Sie sich auf etwas Überwältigendes gefasst. Dieses Hotel ist einmalig.“

Davon konnte sich Angela umgehend überzeugen. Die Hotelhalle wurde von einer Glaskuppel gekrönt. Man sah den Sternenhimmel. Im Übrigen war sie so dekoriert, dass man den Eindruck hatte, sich in einem Regenwald mit tropischen Bäumen und blühenden Pflanzen zu befinden.

Daniel und Angela durchquerten die riesige Halle. Angela blieb viel zu wenig Zeit, in die eleganten Boutiquen und Galerien zu schauen, denn Daniel führte sie sofort die geschwungene Treppe hinunter zum Schwanenhof.

„Ich komme mir vor wie eine Landpomeranze auf ihrem ersten Ausflug in die Stadt. Steht eigentlich mein Mund offen?"

„Ich mag Landpomeranzen", sagte Daniel und gab ihr einen freundlichen kleinen Rippenstoß. „Und Ihr Mund sieht heute Abend ganz besonders entzückend aus. Genau wie alles andere an Ihnen."

Angela war froh, dass in diesem Moment der Empfangschef auf sie zukam und sie zu einem von einer Kerze beleuchteten Tisch an dem Teich führte, auf dem Schwäne majestätisch dahinglitten. Auch das Restaurant befand sich unter freiem Himmel. Es bot den Ausblick auf einen See samt Lavafelsen und Wasserfall.

Die Gäste trugen Abendgarderobe, und Angela beglückwünschte sich, dass sie ihr schickes Kleid angezogen hatte.

Daniel schien ihre Gedanken zu erraten. „Lassen Sie sich nicht allzu sehr beeindrucken", sagte er leise. „Morgens schwirren die Leute hier in Badeanzügen und Strandsandalen herum und drängeln sich am Frühstücksbuffet." Er winkte den Kellner heran. „Wein zum Essen, Angela?"

Sie hielt Daniels herausforderndem Blick stand. „Ja, gern."

Er bestellte eine Flasche teuren Weißweins. Angela zeigte ihr Erstaunen nicht. Sooft sie bisher zusammen gewesen waren, hatte er nie Alkoholisches getrunken.

„Gelegentlich genehmige ich mir ein Glas Wein zum Abendessen", erläuterte er.

„Ich habe Sie nicht gefragt."

„Nein, aber Sie haben sich gefragt, ob ich mir das leisten darf."

„Ich sage Ihnen noch einmal, dass Sie meine Gedanken mir selbst überlassen sollten. Im Übrigen sind Sie erwachsen und werden wissen, wo Ihre Grenzen liegen."

„Sie befürchten nicht, dass ich mich betrinke und dann aus der Rolle falle?“

Angela beugte sich zu ihm hinüber. „Vielleicht möchte ich ja, dass Sie ein bisschen aus der Rolle fallen.“ Dass es die Motten auch immer zum Licht zog, wo sie sich dann doch nur die Flügel verbrannten!

Daniel schloss die Augen halb. „Dazu brauchte ich keinen einzigen Tropfen.“

Angela machte einen Rückzieher. Nein, sie wollte sich die Flügel nicht verbrennen. „Aber ich vertraue darauf, dass Sie es nicht tun.“

Daniel gestattete Angela den Rückzug. Als er wieder sprach, deutete seine Tonlage das an.

„Eigentlich hätten Sie allen Grund, besorgt zu sein. Im vergangenen Jahr war ich mehr betrunken als nüchtern und fiel pausenlos aus der Rolle. Ich weiß nicht, ob ich je darüber hinwegkommen werde.“ Er biss die Zähne zusammen und ballte eine Hand zur Faust. „Ich gäbe viel darum, einiges von dem, was ich angestellt habe, ungeschehen machen zu können.“

Angela vermochte ihm die Selbstvorwürfe nachzufühlen. „Wir machen alle Fehler, die wir später am liebsten nicht mehr wahrhaben wollen, Daniel. Dennoch müssen wir mit dem leben, was wir getan haben.“ Ihre Stimme klang gequält, als sie leise hinzusetzte: „Und manchmal bis zum Ende unserer Tage.“

Daniel musterte sie nachdenklich. „Das klingt hoffnungslos. Meinen Sie nicht, dass wir manchmal eine Chance bekommen, einiges wieder in Ordnung zu bringen?“

„Doch, ja. Gott sei Dank. Ich glaube allerdings, für diese Chance haben wir selber zu sorgen. Entweder wir versuchen, unsere Fehler wiedergutzumachen, oder wir sollten uns mit ihnen abfinden.“

„Sich damit abfinden würde nur ein Verlierer.“

„Und Sie sind ein Gewinner.“

„Ich konnte nicht in den Trümmern meines Lebens wohnen. Ich musste etwas tun, um es wieder aufzubauen."

„Wie bitte?"

War jetzt der richtige Augenblick gekommen, ihm die Wahrheit zu sagen? Gerade hatte er zum Ausdruck gebracht, dass man etwas gegen seine Fehler unternehmen müsse. Würde er da nicht verstehen, dass sie genau das versuchte? Nur ... was, wenn er sie nicht verstand? Wenn er ihr auf der Stelle den Rücken kehrte?

Dann würde sie Richy nie zu Gesicht bekommen.

Nein, sie wollte lieber warten, bis sie ihren Sohn wenigstens einmal gesehen hatte. Danach würde sie Daniel erzählen, wer die Mutter seines Sohnes war. Danach, nicht früher.

Angela setzte sich gerade auf und schenkte Daniel ein strahlendes Lächeln. „Warum unterhalten wir uns eigentlich über so etwas Trübsinniges? Da kommt der Wein. Lassen Sie uns für heute die Fehler unserer Vergangenheit vergessen."

Das Essen schmeckte köstlich, und als Angela und Daniel es nach immerhin zwei Stunden beendeten, war die Weinflasche noch halb voll. Angela war angenehm satt, fühlte sich aber dennoch leicht wie eine Feder. Sie schien die Treppe geradezu hinaufzuschweben. Nicht das bisschen Wein hatte sie trunken gemacht, es lag an der romantischen Atmosphäre und der Ausstrahlung des Mannes an ihrer Seite.

In der Cocktail-Bar spielte ein Pianist Liebeslieder auf einem weißen Flügel. Der leichte Seewind wehte durch die Halle, bewegte die Blätter an den Bäumen und trug den süßen Duft tropischer Blumen mit sich.

Unter einer gedämpft leuchtenden Lampe blieben sie stehen. Daniel nahm Angelas Hände in seine. „Hat es Ihnen im Schwanenhof gefallen?"

„Ja, sehr." Sie betrachtete sein Haar. Wie mochte es sich wohl anfühlen, wenn sie mit der Hand hindurchstreichen oder in leidenschaftlicher Ekstase ihre Finger darin vergraben würde? Dann blickte sie auf Daniels Mund. Die erotischste Szene, die sie jemals in einem Film gesehen hatte, war die Großaufnahme des Mundes eines Mannes an einer weiblichen Brust. Die Zunge strich über die dunkle Knospe, bis die Lippen sie ganz umschlossen. An diese Liebkosung musste Angela jetzt denken, und ihre Fantasie ließ ihr Herz heftiger schlagen.

Ronald hatte sich nie die Zeit für ein solches Vorspiel genommen. Nie hatte er gefragt, was ihr gefiel. Vermutlich hätte sie dergleichen zusammen mit Ronald auch gar nicht gemocht. Doch bei Daniel würde es ihr sicher gefallen.

„Was?"

„Wie bitte?"

„Sagten Sie etwas?", fragte Daniel. Er sah Angela freundlich, aber prüfend an.

„Nein", antwortete sie leise. „Ich habe nichts gesagt."

„Oh, ich dachte." Jetzt schaute er ihr auf den Mund. Hatte ihr Herz bei ihren eigenen Fantastereien schneller geschlagen, so wäre sie jetzt vor Verlegenheit im Boden versunken, hätte sie gewusst, wo Daniel sich gerade ihren Mund vorstellte. Schnell zog er im Geist einen Vorhang vor dieses erotische Bild, ehe ihm noch das klare Denken abhanden kam. „Was möchten Sie jetzt tun?", erkundigte er sich.

„Tun? Ich weiß nicht. Und Sie?"

Himmel, frag mich das lieber nicht! „Wie wäre es mit Tanzen?"

Irgendetwas mussten sie unternehmen. Wenn sie noch länger hier standen, würden sie wohl buchstäblich ineinander versinken.

„Unten ist ein Club. Ich war noch nicht dort. Wir können ihn uns ja mal anschauen."

„Gut."

Daniel führte Angela eine andere Treppe hinunter, die ein Messinggeländer im Stil der Jahrhundertwende besaß. Er stieß eine ledergepolsterte Tür auf. Grelle Diskomusik, lautes Stimmengewirr, Gelächter und Tabakwolken überfielen sie.

Daniel drehte sich zu Angela um und sah sie fragend an. In ihren Augen las er die gleiche Frage. Beide machten im selben Augenblick kehrt und stiegen die Treppe hoch. Wieder in der Halle, lachten sie los.

„Ich glaube, wir werden alt“, meinte Daniel. „Die Musik des einsamen Pianisten gefiel mir besser.“

„Mir auch.“

„Ich schreie auch nicht gern, wenn ich mich unterhalten will.“ Er beugte sich zu Angela hinunter und flüsterte: „Vielleicht möchte ich manchmal etwas sagen, was nicht für fremde Ohren bestimmt ist.“

Als er sich wieder aufrichtete, sah Angela in seinen Augen, was er damit meinte. Ein leichtes Zittern durchlief sie.

„Möchten Sie denn noch etwas trinken?“, erkundigte sich Daniel.

Angela schüttelte den Kopf. „Machen wir doch einen Spaziergang zum See“, schlug sie vor.

„Gut.“ Daniel griff nach ihrer Hand und verflocht seine Finger mit ihren.

Hand in Hand wanderten Angela und Daniel die Pfade entlang, die durch einen wahrhaften Garten Eden führten. In größeren Abständen aufgestellte Fackeln, deren Flammen im Wind flackerten, erleuchteten die Wege. Die Swimmingpools, die terrassenförmig in eine Grotte aus Lavagestein hineingebaut waren, stellten ein architektonisches Meisterwerk dar.

Angela äußerte sich zwar anerkennend zu allem, was Daniel ihr zeigte, aber eigentlich war es ihr gleichgültig, was er sagte und was sie sah. Es war so wunderbar, seine Stimme zu hören und seinen starken Körper neben sich zu fühlen, wenn er sie sanft in diese oder jene Richtung lenkte. Ihr Herzschlag schien das Geräusch der nahen Brandung zu übertönen.

Liebespärchen versteckten sich in den Schatten. Hin und wieder hörte man zärtliches Flüstern. Niemand jedoch würde den anderen stören, denn jeder wusste, dass alle, die zu dieser nächtlichen Stunde durch diesen Garten gingen, für sich bleiben wollten. Daniel zog Angela hinter einen kleinen, von Kletterpflanzen bedeckten Felsvorsprung, und sie wehrte sich nicht.

„Darf ich Sie um diesen Tanz bitten?“, fragte er gespielt förmlich.

Angela spielte mit. „Sie dürfen“, erwiderte sie ernsthaft. Sie trat dicht an ihn heran und erfuhr dann zum ersten Mal, wie es war, von Daniel umarmt zu werden.

Sie konnten sich nicht viel bewegen, ohne ihr Versteck zu verlassen, aber beide wussten ohnehin, dass die Aufforderung zum Tanz nichts als ein Vorwand dafür gewesen war, einander umschlungen zu halten. Also wiegten sie sich nur leicht im Takt der leisen Klaviermusik hin und her, die aus der Bar zu ihnen herüberklang.

Die Minuten vergingen, ein Lied löste das andere ab. Während der ganzen Zeit verharrten sie in der Pose und schauten sich in die Augen. Ihre äußerlich fast unbewegten Körper bebten und sehnten sich nach innigeren Berührungen. Irgendwann waren sie sich so nah, dass Angelas Brüste Daniels Oberkörper berührten.

Daniel seufzte leise und schloss einen Moment die Augen. Als er sie wieder öffnete, sah er, dass auch Angela die Lider geschlossen hatte. Wie gern hätte er sie jetzt geküsst! Er ließ seine Rechte von ihrer Taille zu ihrem Rücken hinaufgleiten und verstärkte den Druck, bis er Angelas Brüste ganz deutlich spürte.

„Daniel …“

Spontan schlang sie den linken Arm um seinen Nacken und grub ihre Finger in das blonde Haar, das Daniel bis über den Kragen reichte. Er gab ihre Hand frei, griff aber sofort wieder danach und führte sie an seine Lippen. Zärtlich liebkoste er die schmalen Knöchel. Dann legte er ihren rechten Arm ebenfalls um seinen Nacken und zog Angela fester an sich.

„Weißt du, wie schwer es mir gefallen ist, die Hände von dir zu lassen?"

„Ja", antwortete sie mit sanfter Stimme und schmiegte sich an ihn.

„Ich habe mich so sehr nach einer Umarmung gesehnt, Angela."

„Ich auch", flüsterte sie.

„Du hättest es nur zu sagen brauchen." Daniel barg das Gesicht in ihrem Haar. „Du duftest so gut, und du fühlst dich wundervoll an. Deine Haut ist so schön. Wie oft habe ich mir das alles schon ausgemalt! Ich wollte dich berühren, schmecken."

Angela seufzte tief auf und legte den Kopf an seine Schulter. Daniel umfasste ihre Hüften, schob dabei sein Knie zwischen ihre Schenkel und rieb sich dann gegen ihren Körper. Überdeutlich spürte Angela jetzt seine Erregung, und ihr entrang sich ein kleiner Aufschrei.

„Sei nicht böse, Angela. Ich will nicht grob sein, aber es ist so gut ..."

„Daniel ..."

„Soll ich aufhören?"

„Daniel!" Sie legte den Kopf in den Nacken und schaute ihm in die Augen. „Nein." Sie zitterte. „Nein." Ihre Stimme klang ein wenig hysterisch. Und dann bat sie ihn so drängend, dass es fast schon verzweifelt klang: „Küss mich!"

Im nächsten Augenblick legte Daniel seine Lippen auf ihren Mund. Es wurde ein recht unsanfter, heftiger Kuss. Alle aufgestauten Sehnsüchte und Gefühle lagen darin, und plötzlich fühlte sich Angela wie ein märchenhafter Schmetterling, der aus seiner engen, dunklen Puppe schlüpft und zum ersten Mal das Licht des Lebens sieht.

Daniel hob den Kopf. Sein Atem kam in rauen, unregelmäßigen Zügen. Angela ging es nicht anders. Sie presste ihre Hüften an seine, und was sie durch den Stoff hindurch spürte, erhitzte ihr Blut noch mehr.

Mit großer Mühe beherrschte Daniel sein heißes Verlangen. Sanft legte er die Hand unter Angelas Kinn und streichelte mit dem Daumen ihre angeschwollene Unterlippe. Sein Blick bat um Verzeihung. Angela lächelte.

Als er sie wieder küsste, berührte sein Mund ihren nur leicht. Behutsam strichen seine Lippen über ihre, und diese sanfte Liebkosung bedeutete für Angela eine süße Qual.

„Daniel …“ Sie sprach seinen Namen wie eine flehentliche Bitte aus.

„Ich habe dir vorhin wehgetan. Das wollte ich nicht.“

„Ich weiß.“

„Du machst mich ganz verrückt vor Verlangen nach dir.“

„Nimm dir alles, was du willst.“

Daniel stöhnte auf. Er neigte den Kopf. Seine Zunge glitt zärtlich über Angelas heiße Lippen, und dann lag sein Mund erneut auf ihrem. Einen Moment lang verharrten sie so regungslos, erwartungsvoll. Dann drang seine Zunge tief ein, zog sich zurück … Wieder und wieder wiederholte Daniel das Spiel, bis Angela es nicht länger zu ertragen glaubte. Sie fühlte, dass ihr Körper zur Liebe bereit war, und sie wusste nicht, ob sie noch länger zu warten vermochte.

Daniel lockte, liebkoste und tastete mit einer solchen Hingabe, dass Angela sich schließlich nur hilflos an Daniel klammern konnte. Mit den Händen strich er über ihren Rücken und berührte dann die Seiten ihrer Brüste. Mit sanftem Druck presste er sie zusammen, bis sie fast aus dem tiefen Ausschnitt ihres Kleides quollen, und drückte heiße Küsse auf die duftende Haut. Mit der Zunge erforschte er das Tal zwischen den Hügeln.

Nach solchen Liebkosungen hatte sich Angela gesehnt, seit sie eine erwachsene Frau war. Sie hatte sich einen Mann gewünscht, der ihr zeigte, dass sie begehrt und geliebt wurde. Ehe sie Daniel kennenlernte, hatte sie sich nie für attraktiv gehalten, aber von Anfang an hatte er ihr mit jedem Blick und jeder Geste unverhohlen gezeigt, dass er sie außerordentlich anziehend und begehrenswert fand. Daniel war immer aufrichtig gewesen ...

Doch sie nicht: Wenn sie ihm erst einmal gestanden hatte, dass sie Richys Mutter war, würde er ihr dann noch abnehmen, dass ihre Gefühle für ihn aufrichtig waren? Würde er ihr nicht vorwerfen, sie hätte ihre Weiblichkeit als Mittel zum Zweck eingesetzt?

Dieser Gedanke erschien ihr unerträglich. Sie musste rückgängig machen, was bisher zwischen ihnen geschehen war, oder sie würde sich unweigerlich seinem ewigen Hass gegenübersehen ...

„Daniel!“, flüsterte Angela an seinem Mund, der wieder über ihre Lippen strich.

„Hm?“ Daniel war in das Liebesspiel versunken.

„Daniel!“, wiederholte sie eindringlicher und bog den Oberkörper zurück. „Nicht!“

Er wollte gerade die Träger ihres Kleides herunterstreifen. Die Furcht packte Angela. Wenn sie ihm jetzt nicht Einhalt gebot, würde sie es nie mehr können. Ihr blieb nichts übrig, als ihn böse zu machen. Vernünftigen Worten war er nicht mehr zugänglich.

„Hör auf!“ Sie schlug seine Hand zur Seite und befreite sich aus seiner Umarmung.

Verwirrung spiegelte sich auf Daniels Gesicht wider. Er musste ein paar Mal blinzeln, ehe er wieder klar sehen konnte. Angela spürte, wie seine anfängliche Verblüffung in Ärger umschlug.

„Schon gut", sagte er, „du musst mich nicht gleich wie ein unartiges Kind behandeln. Ich hatte allen Grund zur Annahme, dass dir meine Küsse gefallen haben."

Angela wich seinem Blick aus. „Die Küsse, ja. Aber ich bin nicht eins von deinen Groupies, die du ..."

„Ist es das, was du denkst?" Daniel fuhr sich mit den Fingern durchs Haar und zog dann seine Krawatte gerade. „Antworte!"

Angela hatte ihn zwar verärgern wollen, aber seine Reaktion machte sie unsicher. „Ich ... ich ..."

„Ganz wie du meinst. Was unterscheidet dich schließlich von den anderen? Du warst mehr als willig und hast keine Bedingungen gestellt. Was sonst sollte ich also von dir denken? Hältst du dich für etwas Besonderes, weil du nicht bis zum Letzten gehen willst? Kein Sex, sondern nur Streicheleinheiten für meine ach so verlorene Seele?" Jetzt war er ernstlich wütend. „Hast du dich nur aus reiner Nächstenliebe meines Falles angenommen?"

Angela hatte Mühe, sich zu beherrschen. „Ich habe dich schon einmal darauf aufmerksam gemacht, dass du mich angesprochen hast und nicht umgekehrt. Und was deinen so genannten Fall angeht, so ist mir völlig egal, ob du zum Teufel gehst, dich zu Tode trinkst oder bei jedem Tennisspiel über deine eigenen Beine stolperst und lang hinschlägst. Ich glaube nämlich, dass du es gar nicht wert bist, dass man seine Nächstenliebe an dich verschwendet."

Daniel hörte ihr anscheinend überhaupt nicht zu. Er legte den Kopf schief und betrachtete sie, als sehe er sie in einem völlig neuen Licht. „Vielleicht bist du wirklich nicht anders als die anderen. Groupies wollen mit ihren Stars schlafen, um ihr eigenes Selbstwertgefühl zu erhöhen. Wolltest auch du mit mir schlafen, damit du dein Selbstvertrauen zurückerhältst, das dir in deiner gescheiterten Ehe abhanden gekommen ist?" Er beugte sich zu ihr vor. „Und nun? Hast du's mit der Angst gekriegt?"

Jetzt sah Angela rot. „Du eingebildetes Ekel, du! Ich bin keine frustrierte Geschiedene. Dazu war ich viel zu froh, meinen Mann loszuwerden. Ob ich je einen zweiten haben will, muss ich mir noch reiflich überlegen. Und wenn mir mein Selbstvertrauen abhanden gekommen wäre, was nicht der Fall ist, dann würde ich es bestimmt nicht wiedergewinnen, indem ich mit irgendeinem heruntergekommenen Tennisspieler schlafe. Ich bin einunddreißig Jahre lang ohne einen gewissen Daniel McCasslin ausgekommen, ich werde es mindestens noch weitere einunddreißig Jahre ohne ihn aushalten."

Angela machte auf dem Absatz kehrt und stolperte den dunklen Pfad entlang. Daniel holte sie ein und packte sie am Arm.

„Du gehst in die falsche Richtung", knurrte er.

Angela wollte ihm ihren Arm entziehen, aber er hielt ihn fest. Da sie kein öffentliches Tauziehen mit Daniel veranstalten mochte, ließ sie sich von ihm zum Hotel zurückführen. Feindselig schweigend warteten sie, bis Daniels Wagen vorgefahren wurde. Auf der Fahrt zur Ferienanlage, in der Angela wohnte, fiel ebenfalls kein Wort.

Dort angekommen, öffnete sie die Autotür, sobald der Wagen stand. „Ich finde meinen Weg allein", erklärte sie und eilte davon, ohne sich noch einmal umzuschauen.

Erst nachdem sie in ihrem Zimmer durch Türenschlagen, Schubladenzuwerfen und Schimpfen etwas Dampf abgelassen hatte, erkannte sie, was sie getan hatte.

Richy!

Sie hatte sich jede Chance verdorben, ihn zu sehen. Tränen strömten ihr über die Wangen, und sie musste sich immer wieder klarmachen, dass sie nicht etwa weinte, weil sie Daniel verloren hatte, sondern ausschließlich wegen ihres Sohnes.

5. KAPITEL

Angelas Augen brannten und waren verquollen, als sie sie am nächsten Morgen öffnete. Sie drehte sich im Bett herum und vergrub das Gesicht im Kopfkissen. Es klopfte zum zweiten Mal an die Tür.

„Jetzt nicht!“, rief sie.

Ein drittes Klopfen, diesmal sehr laut und ungeduldig. So ein hartnäckiges Zimmermädchen!

Langsam rappelte sie sich auf und tappte zur Tür. Als sie durch das Guckloch schaute und Daniel draußen stehen sah, zuckte sie zusammen.

Er klopfte noch einmal.

„Angela, mach die Tür auf!“

„Kommt nicht in Frage.“

„Wach bist du also wenigstens.“

Seinen unbekümmerten Ton konnte sie im Moment nicht recht vertragen. „Ich will dich nicht sehen, Daniel.“

„Aber ich dich. Ich möchte mich entschuldigen. Nun mach schon auf, oder sollen alle Zimmergäste auf diesem Flur eine Rede hören, die sie schneller munter macht als eine Tasse starker Kaffee?“

Angela biss sich auf die Unterlippe. Gestern Abend war Daniel wirklich beleidigend geworden, und sie konnte ihm noch nicht vergeben. Außerdem – mit ihren verweinten Augen und dem zerzausten Haar mochte sie sich ihm nicht zeigen. Wenn sie ihm gegenübertrat, wollte sie ein beeindruckendes Bild bieten.

Andererseits hatte sie ihn schließlich absichtlich verärgert. Kein Mann hätte so etwas gleichmütig hingenommen. An Richy musste sie auch denken …

Sie öffnete die Tür einen Spalt. „Ich bin nicht angezogen.“

„Das bist du doch“, meinte er mit Blick auf den Kragen und

einen Ärmel ihres blauweiß gestreiften Nachthemdes.

„Nein, nicht richtig. Treffen wir uns in einer halben Stunde in der Halle. Ich brauche …“

„So lange kann ich nicht warten.“

Widerstrebend gab sie den Weg frei und ging ihm voran ins Zimmer zurück. Sie hörte, wie Daniel leise die Tür schloss, und wusste, dass er jetzt ihren Aufzug musterte. Das Nachthemd war wie ein Herrenoberhemd geschnitten und hatte nichts Aufreizendes an sich, aber Angela wünschte, es reichte ihr wenigstens bis an die Knie.

„Du hast recht. Ich bin ein eingebildetes Ekel.“ Daniel schritt an Angela vorbei zum Fenster, öffnete, ohne zu fragen, die Vorhänge und schaute hinaus. Das strahlende Sonnenlicht blendete Angela. „Ich habe mich wie ein verliebter Teenager benommen, der im Dunkeln an seinem Mädchen rumfummelt. Na ja!“, seufzte er und rieb sich den Nacken, „da musstest du ja denken, ich sähe in dir nichts als eins von diesen Groupies. Und nachdem du mich dann abgewiesen hast, sind mir leider ein paar Worte herausgerutscht, die ich überhaupt nicht hatte sagen wollen. Sie stimmten auch gar nicht.“

Er blickte über die Schulter und stellte fest, dass Angela ihre Haltung nicht verändert hatte. „Das Einzige, was ich zu meiner Entschuldigung anführen kann“, fuhr er fort, „ist die Tatsache, dass ich sofort nach Ellies Tod von Frauen umgeben war, die glaubten, sie könnten mich von meinem Kummer erlösen. Offenbar hielten sie es für angebracht, mich mit Sex zu kurieren, und wollten einen weiteren Strich auf ihre Abschussliste setzen.“

Angela ließ die Arme etwas sinken und stand jetzt nicht mehr so stocksteif da. Was Daniel eben geschildert hatte, war ihr nach ihrer Scheidung widerfahren. Bekannte von Ronald, selbst verheiratete Männer, stellten ihr nach und boten ihr ihre „Hilfe“ an. Angela hatte so lange abgelehnt, bis die Belästigungen aufhörten.

„Jedenfalls musste ich dich heute Morgen sofort sprechen", redete Daniel weiter. „Schon als ich gestern Abend von hier losfuhr, war mir klar, dass ich mich wie ein Narr benommen hatte. Du hättest mir einen Tritt verpassen sollen."

„Ich war drauf und dran."

Daniel lachte. „Das hätte vielleicht nicht sofort meine Ansicht geändert, es hätte dir jedoch meine Aufmerksamkeit verschafft."

Jetzt musste Angela auch lachen.

„Nachdem wir uns nun vertragen haben", sagte Daniel und drehte sich zu Angela um, „könntest du mit mir ja für ein paar Tage auf die Insel Oahu nach Honolulu fliegen."

„Aber ..."

„Moment, Moment!" Daniel hob die Hände, um ihren Einwand abzublocken. „Das verpflichtet dich zu nichts. Ich habe schon eine ganze Suite reserviert. Vielleicht kommt dir auf der Insel eine Idee zu einem neuen Artikel." Das war natürlich ein schwaches Argument, er wollte ihr die Sache jedoch so schmackhaft wie möglich machen.

„Ich kann nicht einfach hier mein Zimmer aufgeben."

„Sollst du ja gar nicht. Du packst nur ein, was du für die paar Tage brauchst, und wir sagen hier Bescheid, dass du das Zimmer behältst." Daniel trat auf Angela zu und nahm ihre Hände in seine. „Du siehst entzückend aus in diesem Nachthemd, mit deinen zerzausten Haaren und deinen roten Wangen, und du hast den süßesten Mund, den ich je geküsst habe. Ich verstehe nicht, wie ich gestern Abend so dumm sein konnte, etwas zu verderben, das so gut angefangen hatte."

„Du bist und bleibst ein unverschämter Kerl! Nach allem, was du mir gestern an den Kopf geworfen hast, besitzt du den Nerv, herzukommen und mir Komplimente zu machen, wo ich doch genau weiß, wie schrecklich ich jetzt aussehe."

Daniel lächelte über diesen Ausbruch, und das brachte sie

noch mehr auf.

„Kriegst du eigentlich immer deinen Willen, Daniel McCasslin?“, fuhr sie ihn an.

„Ich bin ein Kämpfer, Angela, und ich möchte siegen.“ Sein entschlossener Blick sagte ihr, dass sie sein nächstes Ziel war. Während sie etwas benommen dastand, sprach Daniel weiter. „Komm mit mir nach Honolulu. Dann werden wir Gelegenheit haben, uns besser kennenzulernen.“

Nichts wollte Angela lieber, aber sie wusste, dass das nur neue Probleme bringen würde. Sie holte tief Luft und schüttelte den Kopf. „Daniel, ich glaube nicht, dass …“

„Bitte! Außerdem kannst du dann auch Richy kennenlernen.“

Etliche Sekunden verstrichen. Angela schaute Daniel sprachlos an. Alle Argumente, die sie sich zurechtgelegt hatte, brachen zusammen.

Schließlich stammelte sie: „Richy … Richy kommt mit?“

„Ja, er ist der eigentliche Grund für die kleine Reise. Er muss zur Routineuntersuchung zu seinem Kinderarzt und braucht außerdem eine Nachimpfung. Und Mrs. Laani hat sich neulich darüber beschwert, dass er zu schnell wächst und nichts Gescheites mehr zum Anziehen hat. Sie plant einen ausgedehnten Einkaufsbummel.“

In Angelas Kopf drehte sich alles. Es sollte wahr werden! Sie würde ihren Sohn sehen und sogar ein paar Tage mit ihm verbringen können. Wie lange hatte sie auf diesen Moment gewartet! Und jetzt, da er gekommen war, packte sie die kalte Angst davor.

Sie versuchte, sich herauszureden. „Das ist doch eine Familienreise. Dabei möchte ich nicht stören. Er … Richy mag mich vielleicht nicht. Und Mrs. Laani nimmt es dir vielleicht übel, wenn du eine … wenn du mich mitnimmst.“

„Ja, es ist eine Familienreise, aber zufällig bin ich das Oberhaupt dieser Familie. Mrs. Laani hält mir Vorträge über alles Mögliche einschließlich des Fehlens einer netten – ich betone: einer netten – Dame in meinem Leben. Sie ist sehr neugierig auf dich. Und Richy ist noch keine zwei Jahre alt. Er liebt jeden, der mit ihm spielt und ihm etwas zu essen gibt."

„Daniel, ich ..." Sie verstummte.

Er nahm ihr Gesicht zwischen die Hände. „Komm mit, Angela. Wenn ich das nicht für eine gute Idee hielte, würde ich dich nicht darum bitten." Seine Stimme klang jetzt viel dunkler als vorher. „Ich möchte dich nicht missen, nicht mal für diese paar Tage."

Warum machte sie jetzt keinen Luftsprung vor Freude? Waren ihre Schuldgefühle so übermächtig, dass es für andere Empfindungen keinen Platz mehr gab? Daniel sah in ihr nur die Frau, in die er sich verliebt hatte. Wie lange konnte sie ihm noch vorenthalten, wer sie war?

„Daniel, ich halte das nicht für eine so gute Idee."

„Bist du mir noch gram wegen gestern?"

„Das nicht. Nur ..."

„Ich würde es dir nicht verdenken." Er streichelte ihre Wange. „Du hast mich völlig zu Recht ein eingebildetes Ekel und einen heruntergekommenen Tennisspieler genannt."

„Das bist du ja gar nicht. Ich habe das bloß gesagt, um dich böse zu machen. Aus keinem anderen Grund."

Daniel seufzte. „Ob ich das nun bin oder nicht, eines bin ich ganz bestimmt: ein Mann, der sich in einer Weise zu einer Frau hingezogen fühlt, wie er es nicht mehr für möglich gehalten hätte. Mach es mir nicht so schwer, Angela. Ich bemühe mich ja, mich wieder wie ein normaler Mensch und nicht mehr wie ein verwundetes Tier zu benehmen. Gestern Abend, das war ein kleiner Rückfall."

„Daniel, ich ziere mich nicht, weil ich mich bitten lassen

will. Gestern Abend war es auch nicht so."

Er küsste sie zart. „Das weiß ich."

„Es gibt einen Grund, aus dem ich nicht mitkommen sollte."

„Bis jetzt hast du ihn mir nicht genannt. Es wird auch keinen geben, jedenfalls keinen, der zählt. Komm mit. Die Maschine fliegt in einer Stunde."

„Was?" Angela warf einen Blick auf die Uhr auf ihrem Nachttisch. „In einer Stunde! Daniel … ich kann nicht … warum hast du nicht gesagt, dass … das schaffe ich nie …" Sie unterbrach sich, weil sie merkte, dass sie eben praktisch zugestimmt hatte.

Als Angela aus dem Badezimmer trat, spähte sie nervös zu Daniel hinüber, der es sich in dem Sessel neben der Balkontür bequem gemacht hatte und die Morgenzeitung las.

Er trug eine Khakihose und dazu einen leichten weißen Baumwollpullover mit bis zu den Ellbogen hochgeschobenen weiten Ärmeln.

Jetzt bog er eine Ecke der Zeitung herunter und schaute Angela darüber hinweg an. Er stieß einen anerkennenden Pfiff aus. „Wie hast du denn das so schnell geschafft? Pack ein wenig Freizeitkleidung, Shorts, einen Badeanzug und etwas zum Ausgehen ein, nichts besonders Elegantes."

Angela stopfte alles samt passenden Accessoires und Schuhen in ihre Reisetasche. Als sie ihre Unterwäsche dazulegte, bebten ihre Hände. Daniel hielt die Zeitung zwar weiterhin in den Händen, aber Angela wusste genau, dass er nicht las, sondern jede ihrer Bewegungen beobachtete, während sie ihre winzigen Slips und die halb durchsichtigen Büstenhalter einpackte.

Sie warf Daniel einen anklagenden Blick zu, woraufhin er sie strahlend und völlig unschuldig anlächelte.

„Fertig!", verkündete sie und zog den Reißverschluss der Tasche zu.

„Erstaunlich", lobte er mit einem Blick auf seine Uhr. „Genau rechtzeitig. Wir treffen uns mit Mrs. Laani und Richy am Flugplatz. Maurice, der mein Grundstück in Ordnung hält, fährt sie dorthin. Wir werden uns mit dem Wagen des Hotels hinbringen lassen, wenn es dir recht ist. Ich möchte mein Auto nicht für mehrere Tage am Flugplatz parken."

„Selbstverständlich." Angela setzte sich einen schicken, breitkrempigen Strohhut und ihre große Sonnenbrille auf. „Vergiss nicht, bei meinem schmalen Portemonnaie bin ich weit weniger komfortables Reisen gewohnt."

„So siehst du aber nicht aus", meinte Daniel und trug ihre Tasche zum Fahrstuhl. Während sie auf den Lift warteten, betrachtete er sie eingehend von Kopf bis Fuß. „Kompliment", sagte er leise.

„Danke."

„Ich habe etwas vergessen", fiel ihm plötzlich in der Fahrstuhlkabine ein.

„In meinem Zimmer?"

„Nein. Dies hier." Er knickte ein bisschen in den Knien ein, um sich kleiner zu machen, und drückte seinen Mund auf ihren.

Seine Lippen bewegten sich kaum, doch sie spürte diesen Kuss bis in die Zehenspitzen. Seine Zunge tupfte nur ganz zart gegen ihre, aber Angela war es, als liebkoste Daniel jede Stelle ihres Körpers.

Ihr wurde plötzlich sehr heiß. „Deinetwegen ist jetzt meine Sonnenbrille beschlagen", beklagte sie sich kaum hörbar, als Daniel sich aufrichtete.

„Wie bitte?"

Angela schüttelte den Kopf. Daniel wollte sie gerade zum zweiten Mal küssen, da öffnete sich die Lifttür. „Ich muss noch die Reservierung meines Zimmers regeln", sagte sie etwas verlegen.

„Gut, und ich kümmere mich inzwischen um den Wagen."

Angela drängte sich zur Rezeption durch. Um diese Tageszeit herrschte wegen der abreisenden und eintreffenden Gäste immer Hochbetrieb. Rasch erklärte sie dem Angestellten, dass sie verreisen, ihr Zimmer aber auf jeden Fall behalten wolle. In drei Tagen kehre sie zurück. Sie wiederholte ihre Worte ein paarmal, ehe sie relativ sicher war, dass der völlig überlastete Mann sie bei all dem Lärm gehört hatte. Er steckte ihre Kreditkarte in den Computer, buchte die bisherige Rechnungssumme ab, lächelte Angela an, bedankte sich und wünschte ihr eine gute Reise. Dann wandte er sich dem nächsten Kunden zu. Im selben Moment rief Daniel nach ihr.

„Angela, der Wagen wartet!"

„Ich komme!" Schnell schlängelte sie sich durch die vielen Leute.

„Alles in Ordnung?"

„Ja."

„Fein. Wir schaffen es gerade noch."

Erst als sie neben Daniel in dem großen Wagen saß und sich auf dem Weg zum Flugplatz befand, fiel Angela wieder ein, dass sie in wenigen Minuten ihren Sohn sehen würde. Ihr Herz pochte heftig, und sie atmete schwer.

„Du hast doch nicht etwa Angst vorm Fliegen?", erkundigte sich Daniel, der ihre Erregung missverstand.

„Nein, nein, obwohl ich mich natürlich in den großen Jets sicherer fühle als in diesen kleinen Inselflugzeugen."

„Und ich mag die kleinen Maschinen lieber, weil ich da mehr sehen kann. Außerdem starten sie von einem Flugfeld in der Nähe meines Hauses. Wir fliegen mit einer guten Inselfluggesellschaft. Ich kenne inzwischen sämtliche Mitarbeiter und Piloten persönlich."

Der Flugplatz von Kaanapali an der Nordwestküste war winzig gegen den Hauptflughafen auf der anderen Seite der Insel. Das Abfertigungsgebäude hatte etwa die Größe einer mittleren Tankstelle, aber es herrschte viel Betrieb hier. Wenn eines der kleinen Flugzeuge landete und seine neun Passagiere ausstiegen, startete sofort ein anderes.

Der Wagen des Hotels hielt an. Daniel hängte sich die Reisetasche über die Schulter und half Angela beim Aussteigen.

„Eigentlich müssten sie schon hier sein … ach, da sind sie ja.“ Mit einer Kopfbewegung deutete er an, Angela möge hinter sich schauen. Sie holte erst tief Luft, schloss die Augen für eine Sekunde und drehte sich dann um. Sie zitterte, aber Daniel merkte es nicht. Er lief schon voraus.

„Richy!“, rief er.

Und dann sah Angela ihn. Ihr Herz setzte einen Schlag aus.

Er trug ein weißes Hemdchen und knallrote Shorts mit einem kleinen Latz und über dem Rücken gekreuzten Trägern. Seine stämmigen Beinchen steckten in weißen Kniestrümpfen und weißen Turnschuhen. Er war auf der Stelle herumgehopst, aber als er Daniels Stimme hörte, blieb er sofort stehen und rannte dann mit einem Freudenschrei auf seinen Vater zu. Eine sehr korpulente ältere Frau in weißer Schwesterntracht folgte ihm.

Angela hatte nur Augen für den kleinen blonden Jungen, der vor Aufregung stolperte und beinahe hingefallen wäre. Aber schon hatte ihn sein Vater auf die Arme und hoch über seinen Kopf gehoben.

„He, du kleiner Wirbelwind! Renn nicht so, oder du schlägst dir wieder die Knie auf“, schalt Daniel lachend und schüttelte ihn ein bisschen. Der Kleine quietschte vor Vergnügen.

„Hoch, hoch!“, schrie er, nachdem Daniel ihn auf seiner Armbeuge platziert hatte.

„Gleich“, sagte Daniel. „Erst mal sollst du diese Dame hier kennenlernen. Das ist Angela.“ Er wandte sich zu der blassen, wie angewurzelt dastehenden Frau um. „Und das ist Richy.“

Angela verschlang den kleinen Jungen mit Blicken. Sie suchte nach irgendwelchen Ähnlichkeiten, fand aber kaum etwas. Richy hatte das blonde Haar und die blauen Augen seines Vaters geerbt. Nur sein Kinn erinnerte sie ein wenig an ihren eigenen Vater. Von sich selbst konnte Angela an Richy nichts erkennen, dennoch wusste sie mit absoluter Gewissheit, dass dieser kleine Junge ihr eigen Fleisch und Blut war. Wie gern hätte sie das Kind jetzt an sich gedrückt!

„Guten Tag, Richy“, brachte sie mühsam heraus.

Der Kleine schaute sie neugierig an. „Sag ‚Aloha‘, Richy“, forderte Daniel ihn auf und stupste ihn liebevoll an.

„Oha“, sagte Richy schüchtern, drehte sich dann um und versteckte sein Gesichtchen am Hals seines Vaters.

Daniel nahm seinen Sohn fest in den Arm und streichelte seinen Rücken. Über den blonden Lockenkopf hinweg sah er Angela an. „Die Benimm-Regeln beherrscht er noch nicht so ganz“, meinte er lächelnd.

„Mr. McCasslin, ich habe den Kleinen ein bisschen rumtoben lassen, damit er vor dem Flug seine Kräfte loswerden konnte“, keuchte Mrs. Laani, die inzwischen herangekommen war.

„Das war richtig, Mrs. Laani. Darf ich Ihnen Mrs. Gentry vorstellen? Sie ist in den nächsten Tagen unser Gast.“

„Aloha, Mrs. Laani“, grüßte Angela. Sie vermochte den Blick kaum von ihrem Sohn abzuwenden.

Die Polynesierin musterte sie mit unverhohlener Neugier. Anscheinend war sie mit Angelas Äußerem einverstanden, denn langsam breitete sich ein herzliches Lächeln auf ihrem runden, faltenlosen Gesicht aus.

„Aloha, Mrs. Gentry. Ich freue mich, dass Sie uns begleiten. Manchmal werden mir zwei Männer auf einmal ein bisschen zu viel.“

„Na fein“, erklärte Daniel. „Sie übernehmen Richy, und Angela wird mich übernehmen.“

Angela errötete, und Mrs. Laani lachte fröhlich. Angela mochte sie auf Anhieb gut leiden. Trotz ihres Körperumfangs sah die Frau tadellos und sehr gepflegt aus. Ihre weiße Schwesternuniform war sorgfältig gestärkt, und ihr von Silberfäden durchzogenes schwarzes Haar trug sie kurz geschnitten und dauergewellt.

Ein Angestellter der Inselfluggesellschaft trat zu der kleinen Gruppe. „Mr. McCasslin, Ihre Maschine ist abflugbereit."

„Haben Sie das Gepäck schon an Bord gebracht?", erkundigte sich Daniel.

„Natürlich, Sir."

„Dann fügen Sie dies hier noch dazu." Er übergab dem Mann Angelas Tasche.

„Die kann ich doch mit in die Kabine nehmen", meinte Angela.

„Leider nein", erklärte der Angestellte höflich. „Dazu sind die Sitze zu schmal. Das gesamte Gepäck muss im Laderaum verstaut werden."

Ein Mann in Hemdsärmeln, den Angela für den Piloten hielt, klopfte Daniel auf den Rücken. „Wann genehmigst du mir ein Match? Ich habe mich endlich von dem letzten erholt."

Plaudernd gingen die beiden über die Rollbahn zum wartenden Flugzeug. Richy ritt auf Daniels Schultern. Angela beobachtete ihn unentwegt. Glücklicherweise bemerkte das bei dem Durcheinander vor dem Start niemand.

Mrs. Laani hatte Mühe, ihre Körpermassen durch den engen Einstieg in die Maschine zu zwängen. Sie ließ sich auf den nächsten Sitz fallen, damit sie sich nicht auch noch durch den kleinen Gang drücken musste.

„Hast du etwas dagegen, auf dem Co-Pilotensessel zu reisen?", fragte der Pilot Daniel.

„Du weißt genau, dass das mein Lieblingsplatz ist!" Daniel

wandte sich an Angela. „Macht es dir etwas aus, neben Richy zu sitzen?“

Angela schüttelte den Kopf. Zu sprechen wagte sie nicht. Sie nahm den Platz hinter dem Piloten ein, damit Richy am Gang hinter seinem Vater sitzen konnte.

Daniel schnallte seinen Sohn an. „Los geht’s, großer Held. Du kannst uns sagen, wo wir langfliegen sollen. Okay?“

Richy lachte und zeigte dabei seine acht Zähnchen. Als der Pilot die geräuschvollen Motoren anließ, richtete sich der Kleine steil auf, seine Augen wurden immer größer, und seine Unterlippe begann zu zittern. Angela legte die Hand auf seine Knie, und als er ängstlich zu ihr aufschaute, lächelte sie ihn an. Daniel drehte sich zu ihm um, blinzelte ihm zu und streichelte ihm über den Kopf. Richy verharrte regungslos, bis die Maschine an Höhe gewonnen hatte und er der Überzeugung war, dass ihm keine unmittelbare Gefahr drohte.

Mit ihnen zusammen befand sich nur noch ein fremder Passagier an Bord. Er und Mrs. Laani schliefen ein. Richy wurde unruhig und zerrte an seinem Sicherheitsgurt. Nach kurzer Rücksprache mit dem Piloten und Daniel schnallte Angela ihn los.

„Lass ihn nur nicht zu viel hier herumkrabbeln“, bat Daniel. „Wenn er zu quirlig wird, gib ihn mir nach vorn.“

„Wir werden schon miteinander auskommen.“

Daniel unterhielt sich weiter mit dem Piloten, und Angela widmete Richy ihre ganze Aufmerksamkeit. Wie alle kleinen Kinder konnte er einfach nicht stillsitzen. Er turnte auf seinem Sessel herum, versuchte aufzustehen und plumpste prompt zurück auf die Sitzfläche. Alles musste er untersuchen, was sich in seiner Reichweite befand.

Angela beobachtete glücklich jede seiner Bewegungen. Sie würde sich an alles ganz genau erinnern können, wenn sie den Kleinen verlassen musste. Der Tag würde mit Sicherheit kommen, denn sie durfte nicht in Richys Leben eingreifen. Das durfte sie seinem Vater nicht antun, und es wäre auch nicht gut für den Jungen.

Als sie auf ihren Schoß klopfte, zögerte Richy nur einen Moment, dann kletterte er zu ihr. Er schaute ihr ernst ins Gesicht und betastete dann mit seinen feuchten Fingerchen ihre Brillengläser.

„Vielen Dank!“ Angela lachte und nahm die Sonnenbrille ab, um die beschmierten Gläser zu putzen. „Wenn ich mit dir und deinem Papi zusammen bin, sollte ich die Brille vielleicht gar nicht erst aufsetzen.“

Richy grinste und zeigte auf Daniels Hinterkopf: „Daddy.“

„Richtig“, bestätigte Angela und streichelte zärtlich sein rundes Bäckchen. Wie weich seine Haut war! Ebenso weich wie sein Haar, das sich um ihre Finger ringelte. Noch war es weißblond, aber mit den Jahren würde es sicher nachdunkeln und dann so goldblond wie Daniels werden.

Liebevoll strich sie über Richys mollige Ärmchen. Er umklammerte ihren Zeigefinger. Angela kitzelte seine Handinnenfläche, bis er kicherte, und sagte dabei einen alten, unsinnigen Kinderreim auf: „Hier hast ’nen Taler, kauf dir ’ne Kuh, Kälbchen dazu, Kälbchen hat ein Schwänzchen, killekille, Gänschen.“

Richy wollte, dass sie damit weitermachte, aber als Angela ihn in die Arme schloss, protestierte er nicht. Sie drückte ihn so fest an sich, wie er es erlaubte. Er duftete nach Babyseife und Sonnenschein. Mrs. Laani sorgte offensichtlich sehr gut für ihn.

Angela fand es herrlich, dass er ein so stämmiger kleiner Kerl war. Sie dachte an Joeys Zerbrechlichkeit. Wenn sie Richy verlassen musste, wusste sie wenigstens, dass er ein gesundes, normales Kind war.

Und wie jeder gesunde, normale kleine Junge wehrte er sich jetzt doch gegen zu viel Zärtlichkeit. Er entwand sich Angelas Armen und riss ihr dabei den Hut herunter. Sie stülpte ihn aus Spaß auf Richys Kopf. Der kleine Bursche verschwand fast ganz darunter.

Eine Weile spielten sie Versteck miteinander, indem Angela die breite Krempe des Huts herunterklappte und fragte: „Wo ist denn nur der Richy?“, worauf er die Krempe wieder hochklappte und stolz: „Hier!“, rief.

Schließlich setzte sie ihm auch noch ihre Sonnenbrille auf die Nase. Richy musste seinen Kopf stillhalten, damit sie nicht hinunterrutschte. Angela holte ihre Puderdose aus der Handtasche und hielt ihm den Spiegel hin. Richy schaute hinein und jauchzte entzückt.

„Daddy, Daddy!“, schrie er, stellte sich in Angelas Schoß auf die Füße und patschte Daniel auf die Schulter. Dass dabei Hut und Brille verrutschten, merkte er nicht.

Daniel drehte sich um und brach bei dem komischen Anblick in schallendes Gelächter aus. „Du siehst ja ulkiger aus als E. T. im Hochzeitskleid!“

Richy hopste begeistert auf und nieder, bis er ein wenig zu wild wurde und beruhigt werden musste. Hut und Brille wurden ihm dann auch bald langweilig. Angela nahm ihm beides ab und drückte ihn wieder auf ihren Schoß.

Das monotone Brummen der Motoren und Angelas sanftes Streicheln machten ihn schläfrig, und bald ruhte sein Köpfchen still an ihrer Brust. Einen so wunderbaren Augenblick hätte sie sich nie zu erhoffen gewagt. Ihr Sohn mochte sie und vertraute ihr so sehr, dass er in ihren Armen einschlief. Ein ungeahntes Glücksgefühl durchströmte sie.

Daniel blickte sich zufällig um und musste zweimal hinschauen, als er sah, mit welcher Hingabe sich Angela seinem Sohn widmete. Sie hielt Richys Händchen und streichelte sanft mit einem Finger über die winzigen Knöchel. Plötzlich fühlte sie, dass sie beobachtet wurde, und hob den Kopf. Daniel stellte zu seiner weiteren Verblüffung fest, dass sie Tränen in den Augen hatte. Sie lächelte ihn unsicher an und senkte dann gleich wieder den Blick zu dem schlafenden Kind.

Der Pilot vollführte eine erstklassige Landung und ließ die Maschine vor dem Flugplatzgebäude ausrollen. Sobald sie stand, kletterte er hinaus und half Mrs. Laani beim Aussteigen. Der andere Passagier suchte unter dem Sitz nach seiner Aktentasche und verließ dann ebenfalls die Maschine.

Daniel hockte sich auf die Kante des Sessels neben Angela. Er schaute sie eine Weile nachdenklich an, ehe er sprach. „Ich sehe, ihr beide mögt euch."

„Ich hoffe es. Er ist so lieb, Daniel. Wirklich lieb. Ein wundervoller kleiner Junge."

„Das finde ich auch."

Angela strich leicht über die blonden Locken. „Wie war er denn als Baby?"

„Ellie und ich hatten keine Vergleichsmöglichkeiten, aber er hat uns keinen Kummer gemacht. Es war nicht einfach, ihn zu bekommen. Wir hätten uns auch nicht beklagt, wenn er die ganze Zeit geschrien hätte."

Als Angela sich zu ihrer nächsten Frage entschloss, hatte sie den Eindruck, mitten ins Feuer zu springen. „Hatte Ellie eine komplizierte Schwangerschaft?"

Bezeichnenderweise antwortete Daniel nicht gleich. Angela blickte mit angehaltenem Atem auf das schlafende Kind hinunter und betrachtete seine dunklen Wimpern, die auf den rosigen Wangen lagen.

„Das nicht", antwortete Daniel schließlich langsam. „Sie hatte nur Schwierigkeiten, ihn zu empfangen."

Irgendwie erleichterte es Angela, dass Daniel es vorzog zu lügen. Wie weit konnte sie noch gehen, ehe er Verdacht schöpfte? „Sieht er seiner Mutter ähnlich?"

„Ellie war auch blond", lautete seine nichtssagende Antwort. „Ich glaube, er kommt mehr nach mir."

Jetzt schaute Angela zu ihm hoch und lächelte. „Als stolzer Vater bist du voreingenommen."

„Sicherlich", erwiderte er in einer Tonlage, als mache er sich über sich selbst lustig. „Aber ich kann wirklich nicht sagen, wie weit er seiner ... seiner Mutter ähnlich sieht."

Angela blickte schnell zur Seite, damit er nicht ihr unglückliches Gesicht sah, dennoch bemerkte er die Träne, die über ihre Wange rollte. Zart wischte er sie mit der Fingerspitze fort.

„Ist es wegen deines Sohnes, den du verloren hast?", fragte er so liebevoll und mitfühlend, dass es neue Emotionen in ihr weckte, die sie fast ängstigten.

Jetzt!, sagte sie zu sich selbst. Dies war eine Gelegenheit, Daniel zu gestehen, dass sie dieses Kind, das Daniel so liebte, geboren hatte.

Aber die Worte kamen ihr nicht über die Lippen. Daniel könnte ihr Richy auf Nimmerwiedersehen entreißen und ihr vorwerfen, ihn getäuscht und ausgenutzt zu haben, um an den Jungen heranzukommen.

Und hatte sie das nicht auch getan?

Nein, nein! Inzwischen lag ihr an dem Vater genauso viel wie an dem Kind. Sie wollte Daniel nicht wehtun, schon gar nicht jetzt, da er auf dem besten Weg war, sein Leben wieder in geordnete Bahnen zu lenken. Irgendwann später würde sie es ihm sagen, wenn der richtige Zeitpunkt dafür gekommen war.

„Ja", antwortete sie, „es ist wegen des Sohns, den ich verloren habe."

Daniel nickte verständnisvoll. Richy atmete durch seine halb geöffneten Lippen, und ein bisschen Speichel tropfte heraus.

„Er macht deine Bluse ganz nass", flüsterte Daniel. In diesem Moment wusste er nicht, was ihm besser gefiel, das süße Gesichtchen seines Sohnes oder der Platz, an dem es ruhte. Daniel sehnte sich danach, sie zu berühren und zu streicheln.

„Das macht nichts." Und wenn Richy jedes einzelne ihrer Kleidungsstücke restlos verderben würde, wäre das Angela egal gewesen, solange sie ihn nur im Arm halten durfte.

Angela sah, wie Daniels Zeigefinger sanft über Richys Wange und dann zu seinem offenen Mündchen glitt, wo er die Speicheltropfen aufnahm. Dann wanderte der Finger weiter zu dem nassen Fleck auf Angelas Brust. Daniel berührte sie, aber hätte Angela es nicht gesehen, hätte sie es nicht gemerkt, so leicht war diese Berührung. Jetzt schob Daniels Hand sich hinter Richys Kopf und lag dann mit der Rückseite an Angelas Brust.

Ein leichtes Zittern durchlief Angela. Sie schluchzte leise auf. Ihre Augen waren tränenblind. Daniel hob den Blick.

„Angela, nicht mehr weinen, nein?" Ohne seine Haltung zu verändern, wandte er ihr den Kopf zu und küsste sie. Dies war kein so flüchtiger Kuss wie am Morgen im Fahrstuhl. In diesem Kuss lagen Gefühle, die unter anderen Umständen alle Schranken durchbrochen hätten.

Angela legte einen Arm um Daniels Nacken. Jetzt hielt sie beide umschlungen, den Vater und den Sohn. Ein Traum war wahr geworden.

Daniel stöhnte. Mit der Zunge liebkoste er Angelas Mund, und mit dem Finger streichelte er dabei über Richys Kopf und dann über Angelas Brust.

Seine Leidenschaft übertrug sich auf sie und setzte ihren Körper in Brand. Jetzt konnte sie sich vorstellen, wie es gewesen wäre, wenn sie Richy auf natürliche Weise empfangen hätte. Dass sie dieses Wunder nicht wirklich erlebt hatte, gab ihr das Gefühl, um das Schönste auf der Welt betrogen worden zu sein.

„Angela", seufzte Daniel, nachdem er sich aufgerichtet und ihr den noch immer schlafenden Richy abgenommen hatte.

„Wenn du mich weiter so küsst, fange ich auch noch zu weinen an. Aber aus einem völlig anderen Grund.“

Sie stiegen aus. Zusammen traten sie in den warmen Sonnenschein hinaus. Daniel drückte den schlafenden Jungen mit einer Hand fest an sich, mit der anderen umfasste er Angelas Hand, und so gingen sie zum Flughafengebäude.

6. KAPITEL

Die Hotelsuite in Honolulu am Strand von Waikiki war sehr geräumig und bot einen herrlichen Blick auf den Ozean und auf den etwas weiter östlich an der Küste gelegenen Diamond-Head, einen längst nicht mehr tätigen Vulkan. Zwischen Daniels Zimmer, das sich Mrs. Laani und Richy teilten, befand sich ein Wohnraum. Angelas Zimmer lag gegenüber auf der anderen Seite des Korridors.

„Hier ist ein Schlüssel zu unserer Suite", sagte Daniel, während sie mit dem Lift nach oben fuhren. „Du kannst es dir jederzeit darin bequem machen." Er drückte Angela den Schlüssel in die Hand. Was er meinte, war ganz offensichtlich. Angela warf einen schnellen Blick zu Mrs. Laani hinüber. Die ältere Frau strahlte über das ganze Gesicht. Wenn Mrs. Laani und Daniel dachten, sie würde den Schlüssel benutzen, täuschten sie sich gewaltig!

Das Wichtigste wurde zuerst erledigt. Nach dem Essen und Richys abschließendem Mittagsschlaf machten sich Mrs. Laani und Daniel mit ihm auf den Weg zum Kinderarzt. Bevor sie in den Wagen stiegen, den Daniel am Flughafen gemietet hatte, drückte er schnell Angelas Hand.

„Wir sind in etwa einer Stunde zurück. Du wirst dir doch solange die Zeit allein vertreiben können?"

„Natürlich, aber ich könnte ja auch mit euch fahren."

Nichts wäre ihr lieber gewesen, als Richy zum Arzt zu begleiten, sie wollte jedoch nicht darauf drängen.

„Bleib lieber hier. Dieses Erlebnis möchte ich niemandem zumuten." Daniel lachte. „Richy ist nicht gerade der geduldigste Patient. Geh ein bisschen einkaufen, schau dir die Umgebung an, und um fünf Uhr treffen wir uns wieder im Hotel."

„Na gut", stimmte Angela mit heimlichem Bedauern zu.

Daniel nickte ihr zu, und dann fuhren die drei los.

Nach ihrer Rückkehr war Richy anscheinend auf Mrs. Laani und seinen Vater nicht gut zu sprechen. Er behandelte sie wie böse Feinde, die ihm Schreckliches angetan hatten. Beim frühen Abendessen in einem der Restaurants der Hotelanlage wollte er mit ihnen absolut nichts zu tun haben. Nur Angela durfte sich um ihn kümmern.

„Du machst es nur noch schlimmer", schalt Daniel, als Angela den kleinen Jungen zum Nachtisch mit Eiscreme fütterte. „Der denkt noch, du bist seine gute Fee oder so was."

Angela hätte fast den Löffel fallen lassen. Sie fasste sich aber rasch und schaute Mrs. Laani und Daniel bittend an. „Ich möchte ihn so gern ein bisschen verwöhnen. Er hatte doch einen schweren Tag heute."

Nach einer Weile wurde Richy quengelig. Daniel bestand darauf, dass er zu Bett gebracht wurde.

„Wenn er eingeschlafen ist, würde ich gern noch einmal ausgehen", sagte Mrs. Laani. „Meine Schwester hat mich eingeladen. Ich soll mir den Verlobten ihrer Nichte ansehen. Wenn Sie also nichts dagegen haben ..."

„Natürlich nicht, Mrs. Laani", erwiderte Daniel.

„Sie könnten jetzt gleich schon gehen", meinte Angela. „Es macht mir nichts aus, Richy ins Bett zu bringen."

„Weißt du, worauf du dich da einlässt?", fragte Daniel skeptisch.

„Ja." Angela wandte sich wieder an Mrs. Laani. „Gehen Sie nur. Richy und ich werden bestimmt miteinander auskommen."

Also verließ Mrs. Laani kurz darauf das Hotel. Gemeinsam schafften Daniel und Angela es, den übel gelaunten kleinen Burschen zu baden und in seinen Pyjama zu stecken. Angela bedauerte ein bisschen, dass Richy so nörgelig und müde war. Zu gern hätte sie noch ein wenig mit ihm gespielt. So aber legte sie ihn in das Kinderbett, das das Hotel zur Verfügung gestellt hatte, und streichelte ihn so lange, bis er einschlief.

Daniel hatte sich ins Wohnzimmer zurückgezogen. Angela blieb bei Richy, bis Daniel sie rief.

Daniel saß mit weit ausgestreckten Beinen lässig auf dem Sofa. Er trug jetzt Shorts und ein T-Shirt und war barfuß. Angela bewunderte insgeheim seine muskulösen Arme und Beine und die breiten Schultern.

„Komm her und setz dich." Er streckte ihr die Hand entgegen. „Ich würde ja höflichkeitshalber aufstehen, aber ich bin völlig erledigt."

Angela lachte und ließ sich neben ihm auf dem Sofa nieder. „Sag bloß, dich großen, starken Mann hat ein kleiner Junge geschafft, der noch nicht mal zwei Jahre alt ist!"

„Der Bursche erschöpft mich mehr als ein ganzes Tennismatch. Ach, dabei fällt mir ein, ich muss auch trainieren, während ich hier bin. Schaust du morgen zu?"

„Natürlich."

„Wir werden uns verdrücken, ehe Richy etwas merkt. Mrs. Laani kann mit ihm in den Park gehen oder so etwas. Im Moment bin ich eifersüchtig auf meinen Sohn, weil er deine ganze Aufmerksamkeit in Anspruch nimmt."

„Dazu besteht kein Grund", erklärte sie. „Er ist ein entzückender kleiner Bursche – eben dein Sohn, ein Teil von dir. Auch deshalb mag ich ihn."

Daniels Augen strahlten. „Ehrlich?"

„Ehrlich." Es stimmte. Angela liebte Richy, weil er ihr Sohn und weil Daniel sein Vater war, den sie ebenfalls liebte.

„Mein Herr Sohn hat dich heute zum zweiten Mal nass gemacht", stellte Daniel fest und strich mit dem Finger über die feuchten Flecken, die Richys vom Baden nasser Körper auf ihrer Bluse hinterlassen hatte.

Angela lächelte daraufhin nur.

Daniel ließ die Hand oberhalb ihrer Brüste liegen und schaute ihr in die Augen. „Ich habe dich von Anfang an nicht als leichte Beute betrachtet. Sag mir, dass du das weißt."

Sie senkte einen Moment lang die Lider. „Ja, das weiß ich." Ihr schlechtes Gewissen meldete sich, aber sie hörte nicht darauf. Dazu begehrte sie Daniel zu sehr. „Gestern Abend, da hatte ich Angst."

„Vor mir?"

„Vor … vor allem."

„Und jetzt?"

Sie schüttelte lediglich den Kopf. Daniels Gefühle spiegelten sich deutlich auf seinem Gesicht wider. Er umfasste eine ihrer Brüste und liebkoste sie. Angela fand die Freude, die aus Daniels Augen leuchtete, ebenso beglückend wie die Berührung.

Angela schlang die Arme um seinen Nacken und öffnete die Lippen. Seine Zunge drang tief ein und begann mit einem Spiel, das eine noch intimere Bewegung imitierte.

Irgendwann hielt er inne. „Du bist so begehrenswert", sagte er heiser, biss zärtlich in die weiße Haut ihres Halses und koste sie mit der Zungenspitze. Mit dem Daumen strich er über ihre Brustwarze, die sich inzwischen verhärtet hatte. Dann legte er den Mund darüber, und durch den Stoff hindurch spürte Angela seine Lippen so deutlich, dass ihre Sehnsucht nach ihm beinahe übermächtig wurde.

Sie schob die Hände unter sein T-Shirt, um es ihm abzustreifen, und gleichzeitig knöpfte er ihre Bluse auf.

„Ich möchte dich lieben. Jetzt, Ellie, jetzt."

Angela erstarrte.

Daniel setzte sich mit einem Ruck auf. Was hatte er eben gesagt?

Angelas Gesichtsausdruck gab ihm die vernichtende Antwort. Jäh erhob er sich, schlug die Hände vors Gesicht und wandte sich ab.

Der Schock hatte Angela und Daniel versteinert. Regungslos, schweigend, fast ohne zu atmen, verharrten sie in der beinahe unnatürlichen Stille des Zimmers. Als Daniel endlich sprach, klang seine Stimme sehr müde.

„Es tut mir leid, Angela." Hilflos zuckte er die Schultern. „Was soll ich sonst sagen? Es tut mir entsetzlich leid."

Angela erhob sich wie eine Schlafwandlerin. Sie schwankte leicht, zog sich unbewusst ihre Bluse glatt und ging langsam auf die Tür zu.

„Angela …" Daniel sprach ihren Namen leise und flehentlich aus, aber sie reagierte nicht. „Angela!", wiederholte er mit mehr Nachdruck.

Sie blieb nicht stehen.

„Du!" Daniel folgte ihr schnell, holte sie mit ein paar langen Schritten ein, packte sie am Arm und drehte sie zu sich herum. „Angela, hör mir zu!"

„Ich will gehen, Daniel." Sie schaute ihn nicht an. Ihre Stimme klang kalt.

„Erst musst du mich erklären lassen, warum …"

Angela lachte bitter. „Ich glaube, die Szene eben war Erklärung genug." Sie versuchte, ihm ihren Arm zu entziehen. „Lass mich gefälligst los!", rief sie. „Ich gehöre nicht hier hin. Ich weiß nicht, warum ich überhaupt hier bin. Lass mich los!" Sie wusste, dass sie gleich hysterisch werden würde.

„Du bist hier, weil ich dich darum gebeten habe. Ich möchte, dass du hier bist, bei mir und Richy."

„Du willst Ellie, nicht mich!", schrie sie.

Daniels Züge, auf denen sich die Wut auf sich selbst und die Enttäuschung über Angelas Verständnislosigkeit abwechselnd widergespiegelt hatten, wirkten plötzlich maskenstarr. Angelas Worte hatten seinem Gesicht jeden Ausdruck genommen. Er löste seinen Griff um ihren Arm; seine Hand sank kraftlos herab.

„Ellie ist hier“, flüsterte er. „Das ist ja das Problem.“

Mit schleppenden Schritten kehrte Daniel zum Sofa zurück, ließ sich darauf fallen, lehnte den Kopf an die Rückenlehne und schloss die Augen.

Was hätte Angela nun darum gegeben, ihre Behauptung rückgängig machen zu können! Daniel tat ihr mit einem Mal schrecklich leid. Am liebsten wäre sie jetzt zu ihm gegangen, um ihn zu trösten. Aber intuitiv wusste sie, dass er ihr Mitleid jetzt wohl am wenigsten ertragen hätte. Sie räusperte sich.

„Daniel?“

„Hm?“

„Ich habe etwas Unverzeihliches gesagt …“

Er lachte ebenso bitter wie sie ein paar Minuten zuvor. „Irrtum! Was ich gesagt habe, war unverzeihlich. Ich weiß, dass du dich beleidigt fühlst. Das ist aber falsch.“ Er öffnete die Augen und sah sie an. „Bitte, lass mich erklären.“

„Das brauchst du nicht.“

„Ich möchte es aber“, beharrte er.

Angela nickte. „Na gut.“

Daniel stand auf, ging zu der breiten Glastür und öffnete sie. Das Geräusch und der Geruch des Ozeans füllten das plötzlich stickig gewordene Zimmer. „Hier in Honolulu lernten Ellie und ich uns kennen. Hier lebten wir, nachdem wir geheiratet hatten. Wenn ich hierher zurückkomme, kann ich nicht vermeiden, dass mich tausend Dinge an sie erinnern.“

„Das kenne ich. Nachdem Joey tot war, wurde manchmal die Erinnerung an ihn so übermächtig, dass ich glaubte, seine Stimme zu hören.“

Daniel ließ die Schultern hängen. „Seit unserer Ankunft hier muss ich an sie denken. Wir haben immer zusammen mit Richy den Kinderarzt aufgesucht, weißt du. Und morgen werde ich mit ihm zu ihren Eltern fahren.“

Angela ließ sich nicht anmerken, welchen Stich ihr das versetzte.

„Heute hatte ich während des ganzen Tages das Gefühl, als ob –“, er stockte kurz „– als ob ich Ellie untreu geworden wäre.“

„Meinetwegen?“

„Ja.“

Angela bedauerte ihre Äußerung von vorhin zwar noch immer, aber sie fühlte sich aufs Neue gekränkt. „Soll mich diese Erklärung etwa besänftigen?“, fragte sie spöttisch. Daniel drehte sich zu ihr um, und sie sah die Ungeduld in seinen Augen. Das war ihr fast lieber als sein leerer Blick vor ein paar Minuten.

„Ich hoffe, du gestattest mir, dir noch ein paar Dinge zu erzählen, ehe du Schlüsse ziehst.“

„Nachdem du mir das Gefühl gegeben hast, eine skrupellose Ehebrecherin zu sein?“

„Verdammt noch mal, hörst du nun endlich zu?“ Daniel fuhr sich mit beiden Händen durchs Haar. „Es gab andere Frauen, Angela. Nach Ellie und vor dir.“

„Ich fühle mich immer besser.“

Daniel quittierte Angelas bissige Bemerkung mit einem ärgerlichen Schnauben, ehe er weitersprach. „Zu viele Frauen. Eintagsfliegen. Gesichtslose, namenlose Frauen. Hinterher war ich froh, mich nicht mehr an sie erinnern zu können.“ Er trat näher an Angela heran. „Sie bedeuteten mir nichts. Gar nichts. Sie haben mein körperliches Verlangen befriedigt, sonst nichts. Danach hatte ich nie das Gefühl, Ellie betrogen zu haben, denn ich war niemals emotionell daran beteiligt. Nur körperlich.“ Er holte tief Luft. „Du bist die erste Frau, deretwegen ich mich schuldig fühle.“

„Warum?“ Ihr Zorn war ein wenig abgeebbt.

„Weil ich an unserer Beziehung emotionell beteiligt bin. Mit dir wäre es mehr als nur eine … eine Bettgeschichte.“ Daniel legte die Hände auf Angelas Schultern und zog sie näher zu sich heran. „Es wäre Liebe. Ja, ich liebe dich wirklich, Angela. Es überrascht mich selbst. Nein, es erschreckt mich sogar. Ich weiß noch nicht so recht, wie ich damit fertig werden soll."

Angela musste schlucken. „Du liebst Ellie noch immer."

„Ich werde sie immer lieben. Sie war ein Teil meines Lebens. Aber ich schwöre dir, dass ich sie nicht durch dich ersetzen will. Dazu seid ihr beide viel zu verschieden. Ihr ähnelt euch in nichts. Du darfst nicht meinen, ich sähe sie vor mir, wenn ich dich im Arm halte. Als ich vorhin ihren Namen ausgesprochen habe, habe ich nicht an sie gedacht. Ich war ganz und gar bei dir."

„Aber …"

Daniel nahm Angelas Gesicht zärtlich zwischen die Hände. „Versteh doch, zum ersten Mal nach ihrem Tod geht es nicht einfach um Sex, mein Herz ist wieder dabei. Dass ich vorhin Ellies Namen nannte, war nichts als ein Reflex. Deute bitte nichts anderes hinein."

„Und meine Reaktion darauf war auch nichts weiter als ein Reflex. Mein Stolz war zutiefst getroffen. Jede andere Frau hätte ebenso empfunden."

„Angela, ich will meinen Fehler nicht abschwächen. Du sollst nur wissen, warum ich ihn gemacht habe. Sag mir, dass du mich verstehst."

So dicht bei Daniel konnte Angela nicht klar denken. Sie entfernte sich ein paar Schritte von ihm und blickte durch die offene Glastür nach draußen. Hätte er ihr das alles erzählt, wenn er wüsste, wer sie war? Würde er sie dann noch wollen? Würde sie ihn nicht verletzen und verlieren, wenn sie ihm die Wahrheit gestand?

„Ich verstehe dich, Daniel. Du und Ellie habt eine ungewöhnlich gute Ehe geführt." Sie hätte hinzufügen können: Sie liebte dich genug, um dein Kind von einer fremden Frau austragen zu lassen.

„Das stimmt. Und ich war Ellie immer treu." Er lachte leise. „Auf den Turnieren war das nicht immer einfach. Gelegenheiten gab es jeden Tag."

Daniel kam näher und lehnte sich an den Türrahmen. „Ellie hat mich auf meinen Reisen begleitet, wenn sie konnte, aber es ging eben nicht immer. Manchmal sehnte ich mich nach einer Frau, und zwar sehr. Mir stand eine reiche Auswahl zur Verfügung. Ich wusste jedoch, wie miserabel ich mich hinterher fühlen würde. Nachdem ich erfahren hatte, wie schön körperliche Liebe ist, wenn Herz und Seele dabei sind, wollte ich nichts anderes mehr. Ich wollte Liebe nicht zu einer bloßen körperlichen Übung herabwürdigen."

Er warf ihr einen schnellen Blick zu. „Ich bin kein Heiliger. Zuweilen war die Versuchung groß, besonders nach einem gut gespielten und gewonnenen Match. Dann hätte ich meinen Sieg am liebsten mit einer Frau gefeiert."

Angela schaute auf die nie ruhende Brandung hinaus. „Ich kann mir gut vorstellen, dass die körperliche Anstrengung Energien freisetzt, die du dann ..."

Daniel lachte, legte die Hand unter Angelas Kinn und drehte ihr Gesicht zu sich herum. „Ich weiß, was du jetzt denkst, Verehrteste."

„Ich denke überhaupt nichts."

„Du denkst, weil ich an dem ersten Tag unserer Bekanntschaft gerade so gut gespielt hatte, wollte ich ganz automatisch mit der verteufelt attraktiven Frau, die da allein auf der Terrasse saß, ins Bett hüpfen, um meine überschüssigen Energien loszuwerden."

Angela errötete. Dass sie so leicht zu durchschauen war!

Daniel lächelte, als er merkte, dass er richtig geraten hatte. „Ich muss zugeben, dass du mich vom ersten Moment an erregt hast. Ich habe mir vorgestellt, wie es wäre, dich zu lieben.

Besonders nach unserem ersten gemeinsamen Mittagessen habe ich mir das immer wieder ausgemalt. An dem Tag wirktest du so elegant und unnahbar, und trotzdem hast du mich ganz verrückt gemacht mit deinem engen schwarzen Oberteil, das sich wie eine zweite Haut um deine Brüste spannte."

Er übersah Angelas überraschten Gesichtsausdruck und sprach gleich weiter. „Angela, mein Körper hat vom ersten Augenblick auf dich reagiert, und mein Verstand wusste, dass es für mich Zeit wurde, wieder zu lieben. Aber mein Herz hat mit sich selbst im Konflikt gelegen."

„Das geht dir nicht allein so", erwiderte Angela und trat von der Glastür fort. „Ist dir nie in den Sinn gekommen, dass ich mich auch in einer Konfliktsituation befinden könnte?" Sie drehte sich zu Daniel um. „Ich bin nicht daran gewöhnt, fremden Männern auf einem Drei-Tage-Trip Gesellschaft zu leisten." Sie senkte die Lider und fuhr leise fort: „Der einzige Mann, mit dem ich jemals geschlafen habe, war mein Ehemann. Das gilt für die Zeit vor, während und nach der Ehe. Und diese Ehe war ein Albtraum. In jeder Beziehung."

Angela merkte, dass Daniel aufmerksam zuhörte. „Er und ich haben uns nicht so geliebt wie du und Ellie", erklärte sie. „Nach der Scheidung gehörte meine ganze Liebe Joey. Als ich ihn verlor, fühlte ich mich leer und hohl wie ein Körper ohne Seele, ohne Gefühle. Bis ich …" Sie biss sich auf die Unterlippe. Zu viel durfte sie nicht verraten. „Wie dem auch sei, ich setze mein Herz nicht leichtfertig aufs Spiel", sprach sie weiter. „Ich habe meine Eltern, meinen Ehemann und meinen Sohn verloren. Ich weiß nicht, ob ich das Risiko eingehen kann, wieder jemanden zu lieben."

„Die Aussichten für dich wären nicht sehr gut, wenn du dieses Risiko mit einem heruntergekommenen Tennisspieler und seinem mutterlosen Sohn eingingest."

„Rede nicht so!“, rief sie impulsiv. „Du bist nicht heruntergekommen. Und Richy ist …“ Sie brach ab.

Daniel schmunzelte. „Jetzt hast du dich verraten, Angela. Dir liegt mehr an uns, als du zugeben möchtest.“

Angela schaute zu Boden. Als sie den Blick wieder hob, standen Tränen in ihren Augen. „Ich fürchte, da hast du recht, Daniel.“

Mit einem Schritt war er bei ihr und schlang die Arme um sie. Dann drückte er sie fest an seine Brust. „Wovor hast du Angst?“

Davor, dass du erfährst, wer ich bin, antwortete Angela insgeheim, und davor, dass du mir nicht glaubst, wie sehr ich dich inzwischen liebe. Zuerst ging es mir nur um meinen Sohn; jetzt bist du mir fast wichtiger. Und das darf nicht sein. Oder doch? Ich weiß es nicht. Wirklich nicht.

Laut sagte sie nur: „Ich fürchte mich davor, wieder zu lieben.“

Daniel schob die Hand zwischen ihre Körper und ließ sie auf Angelas Herz ruhen. „Du hast viel Liebe zu verschenken. Hier hast du sie eingesperrt, aber sie will heraus. Merkst du das nicht?“ Er küsste sie sanft auf die Stirn. „Mein Gott, Angela, es wäre für uns beide doch so leicht und so richtig, einander zu lieben.“

Leicht wäre es bestimmt. Angela konnte ja spüren, wie ihr Körper ihm entgegenfieberte. Nur … wäre es auch richtig?

Daniels Mund näherte sich ihrem. „Nein, Daniel“, sagte sie hastig. Jetzt nicht. Wenn es jemals so weit kommen sollte, dass wir uns lieben, dann …“

Daniels Lippen brachten sie zum Schweigen. Der Kuss verhieß ihr, dass ihre Liebe alles übertreffen würde, was sie sich jemals erträumt hatte.

Dennoch sprach sie unbeirrt weiter, nachdem Daniel ihren Mund freigegeben hatte: „… dann muss jeder von uns erst mit sich selbst ins Reine gekommen sein. Ich möchte nämlich nicht, dass du mich noch einmal für deine Schuldgefühle Ellie gegenüber verantwortlich machst."

„Das tue ich doch gar nicht", flüsterte er in ihr Haar. „Ich mache mich selbst dafür verantwortlich."

„Können wir nicht fürs Erste nur gute Freunde sein? Bitte!"

Daniel seufzte. „Das wird mir nicht leichtfallen. Wie ich schon sagte, ein Heiliger bin ich nicht."

„Dann will ich lieber verschwinden, solange du dich noch beherrschen kannst. Wann findet dein Trainingsspiel morgen statt?"

Sie beschlossen, sich zum Frühstück zu treffen und dann zusammen zu den Tennisplätzen zu fahren.

Am nächsten Morgen verhielten sich Daniel und Angela wirklich wie gute Freunde. Die Spannung des vergangenen Abends hatte sich gelöst. Daniel drückte Angela zur Begrüßung einen Kuss auf die Wange.

Auf den Tennisplätzen machte er sie mit seinem Trainingspartner bekannt. Bert Samson war ein ehemaliger Profi und fünfzehn Jahre älter als Daniel, aber seine Leistungen konnten sich noch immer sehen lassen.

Sie spielten auf dem öffentlichen Tennisplatz, was Angela wunderte. Sie stellte jedoch keine Fragen, sondern nahm auf einer der etwas verwitterten Zuschauerbänke Platz und schaute dem Match zu.

„Vielen Dank für deine Mühe, Bert", sagte Daniel zu seinem Partner, als das Trainingsspiel beendet war und sie zu dritt zum Parkplatz schlenderten.

Bert Samson wischte sich den Schweiß von der Stirn. „Ich habe dir zu danken. Du hast mich in Grund und Boden gespielt, es war jedoch herrliches Tennis." Er warf Angela einen Blick zu, ehe er weitersprach. „Sollten wir uns nicht morgen lieber in Waialee treffen?" Er deutete auf die nicht übermäßig gepflegte öffentliche Anlage. „Das hier ist nicht gerade ein Platz für jemanden deines Kalibers. Und im Country Club würden sich alle freuen, dich wiederzusehen, Daniel."

„Danke, Bert, nein. Noch nicht." Er nahm Angelas Hand. „Ich habe aber volles Verständnis dafür, wenn du hier nicht mit mir spielen willst", schloss er.

„Diese Bemerkung habe ich nicht verdient", erwiderte Bert ruhig. „Also dann bis morgen um acht. Hier." Er nickte Angela zu, stieg in seinen Wagen und fuhr davon.

Sie waren schon fast wieder beim Hotel, als Angela Daniel fragte: „Du und Ellie wart Mitglieder des Waialee Country Clubs, nicht wahr?"

„Ja. Weshalb?" Er schaute sie kurz an, konzentrierte sich dann wieder auf den starken Straßenverkehr.

„Oh, nichts weiter. Es war nur so eine Frage."

Bei der nächsten roten Ampel wandte Daniel sich ihr zu. „Dass ich da nicht spielen will, hat weder etwas mit Ellie noch mit dir, noch mit meinen Freunden zu tun, die uns beide zusammen sehen könnten. Ich bin sicher, sie wären von dir begeistert. Ich will dort nicht auftreten, weil ich mich beim letzten Mal unsterblich blamiert habe. Ich brauche noch etwas Zeit, ehe ich den hohen Herrschaften dort wieder gegenübertreten kann. Klar?"

„Nichts ist klar. Du solltest hingehen und hoch erhobenen Hauptes dort spielen. Rede mit deinen alten Freunden. Du hast keinen Grund, dich zu schämen, Daniel."

Er blickte sie nachdenklich an und staunte über das Vertrauen, das sie in ihn setzte.

Als Daniel und Angela im Hotel die Tür zur Suite öffneten, merkten sie sofort, dass etwas nicht stimmte. Richy kam mit tränenüberströmtem Gesicht auf seinen Vater zugelaufen.

Daniel hob ihn auf den Arm. „Was ist denn ..."

„Mrs. Laani!“, rief Angela und sah erst dann die Frau, die auf dem Sofa lag und beide Arme um ihren Leib geschlungen hatte. Sie stöhnte herzzerreißend. „Mrs. Laani“, wiederholte Angela, kniete sich neben das Sofa und berührte die Hand der Polynesierin. „Sind Sie krank?“

„Und wie!“, jammerte Mrs. Laani. „Und der Kleine ist hungrig und ... aber ... es tut mir so leid, Mr. McCasslin“, sagte sie, als Daniel mit Richy hinzutrat. „Ich konnte beim besten Willen nicht aufstehen. Mein Bauch ...“ Sie schloss gequält die Augen.

„Brauchen Sie einen Arzt? Ist es vielleicht eine Blinddarmentzündung?“, fragte Daniel besorgt. Richy hatte inzwischen aufgehört zu weinen. Er hatte jetzt einen Schluckauf und schmiegte sich gegen die Schulter seines Vaters.

„Nein, mein Blinddarm ist längst raus. Es ist ... bei meiner Schwester ... da haben sie alle diesen Virus. Ich glaube, ich habe mich angesteckt. Wenn bloß Richy nicht auch ...“

Mrs. Laanis Sorge um das Kind rührte Angela. „Beruhigen Sie sich, Mrs. Laani. Ihm wird schon nichts geschehen. Wir müssen jetzt etwas für Sie tun. Wie kann ich Ihnen am besten helfen?“

„Sie sind wirklich sehr nett.“ Mrs. Laani drückte Angela die Hand. „Vielen Dank. Ich möchte bloß hier raus, damit Sie nicht noch alle das Gleiche kriegen. Mr. McCasslin, ich habe meine Schwester angerufen. Ich kann bei ihr bleiben, bis es mir wieder besser geht. Mein Schwager holt mich ab, ich lasse Sie wirklich nicht gern im Stich, aber ...“

„Schon gut“, fiel Angela ihr ins Wort. „Ich werde mich um Richy kümmern. Wann wollte Ihr Schwager Sie abholen?“

„Er ist wahrscheinlich schon unten.“

„Daniel, gib mir Richy. Ich mache ihm das Frühstück. Du bringst Mrs. Laani nach unten. Ist das Ihre Tasche? Hier, trag sie.“

„Jawohl, Gnädigste.“ Trotz der Besorgnis um seine unschätzbare Haushälterin, die er noch niemals krank gesehen hatte, amüsierte sich Daniel insgeheim darüber, wie Angela jetzt das Kommando übernahm.

Nachdem er etwas später Mrs. Laani in der Hotelhalle ihrem Schwager übergeben hatte und in die Suite zurückgekehrt war, beobachtete er Angela, die Richy mit dessen Frühstücksbrei fütterte. In der Suite gab es einen kleinen Kühlschrank, den Mrs. Laani mit Getränken, Obst und ein paar weiteren Lebensmitteln gefüllt hatte, damit Richy nicht für jede Mahlzeit ins Restaurant gebracht werden musste. Das notwendige Geschirr und Besteck war vom Hotel zur Verfügung gestellt worden.

„Wie geht es ihr?", erkundigte sich Angela.

„Miserabel. Aber sie ist froh, dass sie nicht mehr in Richys Nähe ist. Er war ihre Hauptsorge. Sie meint, wenn sie die nächsten vierundzwanzig Stunden übersteht, wird sie es überleben."

„Der Meinung bin ich auch."

„Und inzwischen ..."

„Kümmere ich mich um Richy."

„Das kann ich nicht zulassen."

„Wieso nicht? Willst du ihn mir nicht anvertrauen?"

Daniel stemmte die Hände in die Hüften und schüttelte den Kopf. „Natürlich vertraue ich ihn dir an. Ich habe dich nur nicht hierher mitgenommen, damit du Kinderschwester spielst."

Angela war im Augenblick rundum glücklich. Ihr Sohn saß auf ihrem Schoß, und sein Vater stand vor ihr und sah trotz der verschwitzten Tenniskleidung einfach hinreißend aus. Sie legte den Kopf schief und schaute Daniel spitzbübisch an. „Und wofür hast du mich hierher gebracht?"

„Um dich ins Bett zu locken."

Sie lachte. „Ehe du damit anfängst, nimm doch bitte erst einmal ein Duschbad, ja?"

Daniel blickte an sich hinunter, grinste unverschämt und meinte dann: „Gar keine schlechte Idee."

Als er mit dem Duschen fertig war, hatte Angela Richy gebadet und angezogen.

„In ein paar Minuten bin ich auch fertig", sagte sie und erklärte, dass sie für Richy ein paar Dinge benötige.

So beschlossen sie, einen Einkaufsbummel zu unternehmen.

„Ich gehe schnell in mein Zimmer und bin im Nu wieder hier."

„Darüber wollte ich gerade mit dir reden."

„Worüber?", fragte Angela im Hinausgehen.

„Über dein Zimmer. Wäre es nicht bequemer, wenn du hierher umziehen würdest?"

Angela warf einen Blick zurück. „Bequemer für wen?"

Daniels Lächeln war der reinste Sonnenschein. „Für dich. Und für Richy natürlich."

„Oh, natürlich."

„Kannst dir's ja mal überlegen", meinte er und tat dabei, als sei das so wichtig nun auch wieder nicht.

„Das habe ich schon. Die Antwort lautet nein."

Zehn Minuten später trafen sie sich wieder. Angela sah erstaunlich schick aus, obwohl sie nur wenig Zeit gehabt hatte, sich zurechtzumachen.

„Ich mag diese raffinierten engen Oberteile, die du immer trägst", flüsterte Daniel ihr ins Ohr und legte den Arm um ihre Schultern. Richy tapste stolz und selbstständig vor ihnen her.

„Dies ist ein ganz normales Strandkleid."

„Schön, aber sein Oberteil ähnelt dem, das du neulich zum Mittagessen getragen hast, und ich mag es, weil …"

„Ich weiß schon. Du sagtest es bereits."

„Weil …"

„Weil es hochmodern ist."

„Weil sich deine Brustspitzen so schön darunter abzeichnen."

„Jetzt hör auf!" Angela versuchte, empört zu wirken. Es gelang ihr nicht ganz.

„Na gut. Aber ich höre nur auf, weil dich die beiden Matrosen dort auf eine Art und Weise beäugen, dass ich streitsüchtig werden könnte. Die brauchen nicht auch noch deinen unverkennbaren Schlafzimmerblick zu sehen, mit dem du meine losen Worte quittiert hast." Daniel starrte den beiden armen Seeleuten böse nach. „Und schöne Beine hast du auch."

Angela musste lachen.

Zu seinem Ärger stellte Daniel etwas später fest, dass sich auch Papierwindeln auf der Einkaufsliste befanden. „Ich will Richy ans Töpfchen gewöhnen", erklärte er. „Mrs. Laani meint allerdings, so weit sei er noch nicht."

„Und damit hat sie recht. Man schadet einem Kind nur, wenn man es zu früh dazu zwingt."

„Weiß ich ja", brummte Daniel und schob die Hände in die Taschen seiner dunkelblauen Shorts. „Aber er ist erst ganz richtig mein Sohn, wenn ich mit ihm zusammen ‚für Herren' gehen kann."

Angela verdrehte die Augen. „Das ist wieder mal typisch männlich! Nicht zu fassen! Ich habe Richy inzwischen ein paarmal gebadet und umgezogen, und ich kann dir versichern, er ist ganz richtig dein Sohn."

Daniel hob die Augenbrauen. „Meinst du, er hat etwas von mir geerbt?"

Angela wurde rot. Daniel lachte laut. Sie übertönte ihn mit ihrer Ansprache. „Er wird vielleicht schneller trocken, wenn du ihn hin und wieder ins Badezimmer mitnimmst. Vielleicht bekommt er dann den Trick eher mit."

„Du weichst vom Thema ab."

„Stimmt."

Daniel küsste Angela schnell und kräftig. „Ich werde mir deinen Vorschlag zu Herzen nehmen. Darauf hätte ich auch selbst kommen können."

Nach ihrer Rückkehr ins Hotel war es Zeit, Richy für den Besuch bei Ellies Eltern umzuziehen. Angela stellte fest, dass fast alle ihre Habseligkeiten in das Zimmer gebracht worden waren, das Richy bisher mit Mrs. Laani bewohnt hatte.

„Daniel!", rief sie. „Ich übernachte nicht bei dir."

„Nicht bei mir, sondern bei Richy. Ihm ist diese Umgebung fremd. Er fühlt sich sicherer, wenn jemand bei ihm schläft."

„Dann tu du das."

Daniel seufzte. „Bitte! Ich verspreche dir, dass nichts geschehen wird, das du nicht auch willst."

Angela gab nach. Die Nacht mit ihrem Sohn zusammen in einem Zimmer verbringen zu können, erschien ihr im Grunde ja wie ein Geschenk.

„Du kannst wirklich gern mitkommen", wiederholte Daniel zum dritten Mal, als er und Richy ausgehfertig waren.

Angela schüttelte den Kopf. „Nein, Daniel, das kann ich nicht."

„Mir würde es nichts ausmachen. Im Gegenteil, ich würde dich Ellies Eltern gern vorstellen."

Sie spürte, wie wichtig es für Daniel war, dass sie ihm glaubte. „Vielen Dank, aber ich möchte dort nicht so unvorbereitet auftauchen und ihnen den Familienbesuch verderben, auf den sie sich bestimmt schon freuen."

„Das tun sie tatsächlich. Richy ist ihr einziges Enkelkind."

Dann haben sie in Wirklichkeit gar keines, dachte Angela. „War Ellie ein Einzelkind?"

„Ja. Sie ist damals aufs Festland gezogen und hat dort gewohnt, bis Richy geboren wurde. Ihre Eltern wollten, dass das Kind hier auf die Welt käme, Ellie wollte es jedoch in Los Angeles bekommen. Als wir mit Richy heimkehrten, waren sie außer sich vor Freude. Der Bursche wird sich heute schrecklich aufführen. Sie verwöhnen ihn nach Strich und Faden."

Also hatte Ellie ihren Eltern die Schwangerschaft vorgespielt.

„Womit vertreibst du dir die Zeit, während wir fort sind?", erkundigte sich Daniel.

„Ich schreibe an einem Artikel. Das Hotelbüro hat mir versprochen, mir eine Schreibmaschine zu leihen. Vielleicht gehe ich aber auch ans Wasser und tue etwas für meine Urlaubsbräune."

„Dann zieh dir etwas Züchtiges an. Ich möchte nicht, dass irgendein Mann mit unlauteren Absichten dich sieht und auf die abwegige Idee kommt, du seist zu haben."

Angela hob die Augenbrauen. „Genau auf die Weise haben wir beide uns kennengelernt!"

„Das ist es ja, was mir Sorgen bereitet."

7. KAPITEL

Angela lag in der heißen Sonne auf ihrem Badelaken und träumte vor sich hin. Der Wind von der See her brachte angenehme Kühlung. Angela hörte nicht auf das Lachen der Touristen, den Lärm der spielenden Kinder und der herumtobenden Teenager, sondern nur auf das Rauschen des Ozeans. Die Brandungswellen rollten in einem so gleichmäßigen Rhythmus heran, dass Angela schließlich das Gefühl hatte, ihr Körper passe sich wie hypnotisiert dieser Bewegung an.

War es die Brandung, deren Ruhelosigkeit sich auf sie übertrug, oder war es der Gedanke an Daniels Küsse, seine liebkosenden Hände, seine tastende, kosende Zunge? Er hatte Angela in eine ihr vorher unbekannte Welt der Sinne geführt. Diese Welt existierte offenbar nur dann, wenn man sie zusammen mit dem richtigen Partner teilte. Allein entdeckte man sie nie.

Angela war überglücklich und traurig zugleich. Glücklich, weil sie Daniel und Richy gefunden hatte und liebte. Traurig, weil sie wusste, dass sie sie wieder verlieren würde. Der Tag des Abschieds musste kommen. Aber heute konnte sie sich noch an ihrer Gegenwart freuen …

„Huch!", schrie sie plötzlich auf und fuhr in die Höhe, wobei sie Richy fast umriss.

„Kalt!", kreischte er, wollte sich totlachen und warf einen zweiten Eiswürfel auf Angelas nackten Bauch.

Sie zuckte wieder zusammen, zog den Bauch ein und langte nach dem Becher mit den Eiswürfeln, den Richy in der Hand hielt. „Und wie kalt das ist! Hoffentlich hast du nicht noch mehr solche üblen Tricks auf Lager."

Sie drehte sich um. Hinter ihr hockte Daniel am Boden und freute sich diebisch. Er trug eine knappe hellblaue Badehose, und sein Anblick raubte Angela den Atem fast ebenso, wie es das Eis auf ihrer heißen Haut getan hatte. Der Wind zerzauste sein blondes Haar, was ihm etwas Verwegenes gab.

„Der Angeklagte erklärt sich für schuldig." Er lächelte fröhlich.

„Das wollte ich meinen."

„Aber Richy fand die Idee hervorragend."

„Der Apfel fällt nicht weit vom Stamm."

Daniel setzte sich zu Angela aufs Badelaken. Richy lief zum Wasser und machte ein paar vorsichtige Schritte in die Wellen.

„Ich habe dir doch gesagt, Angela, du sollst etwas Züchtiges anziehen. Wenn du das da als züchtig bezeichnest, musst du mal deinen Wortschatz überprüfen."

Aus reinem Widerspruchsgeist hatte Angela ihren aufreizendsten Bikini gewählt. Er war aus schwarzem Baumwollgarn gehäkelt und mit fleischfarbenem Stoff unterlegt. Das Oberteil bestand nur aus zwei kleinen Dreiecken, die von einer schmalen Kordel zusammengehalten wurden, und das Höschen war ebenso knapp.

„Ich lasse mir nichts vorschreiben. Außerdem hat mich niemand belästigt. Bis jetzt", fügte sie mit Nachdruck hinzu.

„Ich belästige dich?" Daniels verführerischer Tonfall und die Art, wie er den Blick über ihren Körper schweifen ließ, weckten unangebrachte Empfindungen in ihr. Ehe sie eine passende Entgegnung fand, hörte sie jemanden rufen.

„Daniel! Daniel, bist du das?"

Der Ruf kam von der niedrigen Ziegelmauer, die die Swimmingpoolanlage des Hotels vom Strand trennte. Als Daniel den Mann erkannte, machte er ein teils ärgerliches, teils misstrauisches Gesicht. Ohne Begeisterung hob er eine Hand und winkte. „Ich bin gleich wieder hier, Angela. Passt du bitte auf Richy auf?"

„Selbstverständlich." Im Moment machte Angela Daniels plötzlicher Stimmungswechsel wesentlich mehr Sorgen als der tatendurstige kleine Junge.

Daniel ging an den unzähligen Sonnenanbetern vorbei zu der Mauer und stieg die Stufen zur Terrasse hinauf. Im Stillen fluchte er. Ausgerechnet Jerry Arnold, der Tennismanager des Waialee Country Clubs, musste ihn hier entdecken.

„Guten Tag, Jerry."

„Daniel! Mann, wie ich mich freue, dich zu sehen." Jerry schüttelte Daniel die Hand. „Du siehst viel besser aus als damals, als ich dich zum letzten Mal gesehen habe."

Daniel verzog das Gesicht. „Das heißt nicht allzu viel, was? Beim letzten Mal hast du mich beim Kragen gepackt und mich aus den Ankleideräumen geschleppt, mit der unmissverständlichen Anweisung, mich dort nicht wieder blicken zu lassen. Obwohl ich betrunken war, erinnere ich mich noch genau daran."

Jerry Arnold war einen Kopf kleiner als Daniel und stämmiger gebaut. Er hatte sich auch einmal am Profi-Tennis beteiligt, aber noch vor den Trainern gemerkt, dass er dazu nicht geschaffen war. Also hatte er seine Träume begraben und sich fortan um die Männer gekümmert, die zu solchen Träumen berechtigten.

„Tut mir leid, Daniel, mir blieb damals nichts anderes übrig."

„Ich nehme es dir nicht übel, Jerry. Ich habe mich ja wirklich wie der letzte Rabauke benommen."

Jerry schaute Daniel forschend an. „Und jetzt? Mir ist da einiges zu Ohren gekommen …"

„So? Was denn?"

„Dass du dein Comeback vorbereitest."

„Das stimmt."

„Beweise es."

Daniel hatte zu Angela und Richy hinübergesehen. Die beiden balgten sich im Sand. Angela hatte schöne schlanke Oberschenkel und einen entzückenden runden Po. Es bedurfte schon

Jerrys herausfordernder Worte, um Daniel von dem Bild abzulenken.

„Was sagtest du eben, Jerry?"

„Du sollst beweisen, dass wieder mit dir zu rechnen ist."

„Und wie? Indem ich zum Club komme? Das hat mir Bert Samson heute Morgen schon vorgeschlagen. Ich habe abgelehnt."

„Indem du zum Club zurückkommst ... und dich an einem Schaukampf beteiligst. Morgen."

Daniels Mund fühlte sich plötzlich ganz trocken an. Er ballte unwillkürlich die Hände. „Das kann ich nicht", sagte er kaum hörbar.

„Daniel, ich brauche dich. Eigentlich wollte McEnroe hier für wohltätige Zwecke spielen. Fünfzig Dollar pro Eintrittskarte. Aber er hat sich leider den Daumen verstaucht, als er ..."

„Ich habe es gelesen."

„Sein Trainer hat ihm das Spielen verboten. Nicht mal ein Schaukampf. Ich brauche dich, alter Junge. Und du brauchst dieses Match."

„Nicht im Geringsten!"

„Und ob! Irgendwann musst du ja mal wieder anfangen, Daniel. Zeige all denen, die das Vertrauen in dich verloren haben, dass du es wieder bis ganz an die Spitze schaffst."

„Dieses Jahr noch nicht. Vielleicht nächstes." Daniel spürte, wie sich sein Magen verkrampfte. Seine Hände wurden schweißfeucht.

„Ich habe mit Bert gesprochen. Er sagt, du hättest ihn heute Morgen in Grund und Boden gespielt. Nicht mal die Hälfte deiner Aufschläge habe er bekommen können."

„Sag mal, was soll diese Schmeichelei? Willst du mit allen Mitteln deine Wohltätigkeitsveranstaltung retten, oder bist du wirklich an meiner Karriere und an meinem noch gar nicht so sicheren Comeback interessiert?"

„Beides.“ Jerry sah Daniel ins Gesicht, ohne mit der Wimper zu zucken. Ehrlich war er wenigstens, das musste Daniel zugeben.

Er blickte als Erster zur Seite. „Ich weiß nicht, Jerry.“

„Daniel, wenn ich der Meinung wäre, du fällst dabei fürchterlich auf die Nase, würde ich dich nicht darum bitten. Damit würde ich mich selbst blamieren. Aber du gehst jetzt wieder aufrecht. Und eine neue Gespielin hast du auch, wie ich sehe. Also …“

„Sie ist keine Gespielin!“, knurrte Daniel böse.

Diese schroffe Richtigstellung überraschte Jerry. Er warf einen Blick zu der Frau am Strand hinüber. Sie tollte mit McCasslins Jungen umher. „Entschuldigung. Ich wollte niemanden beleidigen.“ Jerrys Gesicht war sehr ernst geworden. „Daniel, mir ist es völlig gleichgültig, was du privat tust. Mir ist es egal, wer oder was dich wieder dahin bringt, wo du hingehörst: an die Spitze.“

Daniel entspannte sich ein wenig. Es wunderte ihn selbst, wie sehr Jerrys Bemerkung ihn aufgebracht und wie spontan er Angela verteidigt hatte. Er erkannte, dass seine Gefühle für sie noch weit stärker waren, als ihm bisher bewusst gewesen war, und diese Erkenntnis erfüllte ihn mit Hoffnung und Vertrauen.

„Wer spielt?“

„Teddy Gonzales.“

Daniel stieß einen kurzen Pfiff aus und seufzte dann tief. „Danke, Jerry.“ Sein Optimismus war schon wieder verflogen.

„Ja, ich weiß. Der ist dein Erzrivale.“

„Sieben Jahre jünger dazu und mit einem entsprechenden Schwung.“

„Aber mit sieben Jahren weniger Erfahrung. Er ist ein Hitzkopf, Daniel, und ungeheuer von sich eingenommen. Spiel mit einer klugen Strategie. Schlage ihn mit seinen eigenen Emotionen." Er musterte Daniel prüfend. „Fürchtest du dich etwa?"

Daniel erläuterte in höchst unfeinen Worten, wie sehr er sich fürchtete, und Jerry musste darüber laut lachen.

„Großartig! Umso besser wirst du spielen. Ich verlasse mich auf dich."

Einen Moment lang schauten sich die beiden Männer wieder in die Augen. Dann blickte Daniel zu Angela hinüber. In diesem Moment drehte sie sich zu ihm um. Sie lächelte. Richy plumpste in den Sand. Sofort hob sie ihn auf.

„Lässt du mir bis heute Abend Zeit, Jerry?"

„Klar. Gegen acht rufe ich dich an." Jerry schlug Daniel auf die Schulter. „Ich hoffe, du sagst Ja. Und, Daniel ..." Er war schon ein paar Schritte gegangen und blieb jetzt noch einmal stehen. „Die Dame ist sehr hübsch."

Daniel kehrte zu Angela und Richy zurück und ließ sich auf das Badelaken fallen. Er fuhr Richy durchs Haar und drückte ihn kurz an sich, ehe der Kleine wieder zum Wasser stapfte. Daniel wandte sich Angela zu. Er brauchte sie nur zu betrachten, und schon nahm seine Angst ab. Ob sie wohl ganz verschwand, wenn er Angela nur lange genug ansah?

„Ein Freund?", erkundigte sie sich leise.

„Das weiß ich noch nicht so genau."

Angela schwieg, aber er las die Frage in ihren grünen Augen.

„Er möchte, dass ich morgen in Waialee bei einer Wohltätigkeitsveranstaltung spiele. Gegen Teddy Gonzales."

„Spielst du?"

„Meinst du, ich soll?"

„Warum solltest du nicht?"

Er will überredet werden, dachte Angela und beobachtete Daniel aus den Augenwinkeln. Seit sie vom Strand in ihre Suite zurückgekehrt waren, ging er nervös und ruhelos auf und ab. Keine Sekunde lang konnte er still stehen. Während sich Richy den Strandsand abduschte, lief Daniel im Badezimmer umher.

„Ich weiß nicht, ob ich schon so weit bin."

„Vielleicht bist du's nicht." Angela wollte ihm absichtlich nicht gut zureden, weil sie annahm, umso mehr würde er widersprechen und ihre positiven Argumente widerlegen. Stimmte er dann doch zu und verlor das Match, würde er ihr den Vorwurf machen, ihn zu etwas Unmöglichem verleitet zu haben.

„Andererseits", überlegte Daniel laut, „erfahre ich nicht, ob ich schon so weit bin, wenn ich's nicht ausprobiere."

„Stimmt."

„Aber lieber Himmel – morgen schon! Können sie das nicht nächste Woche machen?"

„Ja, dann hättest du noch eine ganze Woche Zeit, darüber nachzugrübeln."

Daniel hörte Angela nicht richtig zu, denn sonst wäre ihm ihr spöttischer Unterton nicht entgangen. Er marschierte hin und her und runzelte die Stirn. „Aber wenn mir noch eine Woche bliebe, würde ich mir die Sache wahrscheinlich ausreden."

„Wahrscheinlich." Angela unterdrückte ein Lächeln.

„Vielleicht ist es ganz gut, dass ich mich Hals über Kopf entscheiden muss."

„Ja, vielleicht."

Er folgte ihr, als sie Richy ins Schlafzimmer trug, um ihn anzuziehen. „Ich werde Hank anrufen. Der erklärt mir zwar schon seit Wochen, ich soll wieder beginnen, selbst wenn es nur in irgendwelchen Vorrundenspielen wäre. Aber vielleicht hält er so eine Schau-Veranstaltung nicht gut für den Anfang."

„Möglich."

Daniel ging zum Telefon.

Der Manager war dann hellauf begeistert und wollte sich sofort um einen Flug von Los Angeles nach Honolulu bemühen, um am nächsten Tag rechtzeitig zum Match zur Stelle sein zu können.

Beim Abendessen im Restaurant brütete Daniel dumpf vor

sich hin. Sein bestelltes Filetsteak rührte er kaum an.

„Dass es ausgerechnet Gonzales sein muss“, brummte er schließlich. „Als ich das letzte Mal gegen ihn antrat, hat er mich ausgelacht. Der Mistkerl hat sich doch tatsächlich zum Publikum umgedreht und die Arme ausgebreitet, als bedauere er mich. Danach hat er gelacht, stell dir das vor!“

Wenn Daniel bemitleidet werden wollte, war er bei Angela an der falschen Adresse. „Zu dumm, dass du keinen weniger überlegenen Gegner bekommst“, meinte sie. „Dann könnten die Sportjournalisten sagen, du hättest gut und sicher gespielt und dir keinen größeren Brocken vorgenommen, als du zu verdauen vermagst.“

„Sie würden sagen, ich sei ein Feigling“, entgegnete er. „Nein, es ist wohl ganz gut, dass ich Gonzales bekomme. Jedenfalls kann mir dann niemand vorwerfen, ich hätte Angst, gegen Tennis-Asse zu spielen.“

Daniels Augen funkelten geradezu kampfeslüstern. Dann bemerkte er Angelas weises Lächeln, und sein Gesichtsausdruck wurde etwas weicher.

„Wann wollte dein Freund heute Abend anrufen?“, erkundigte sich Angela.

„Gegen acht.“

„Dann sollten wir jetzt in die Suite zurückkehren.“ Sie wischte Richy den Kartoffelbrei aus dem Gesicht.

Richys Schlafenszeit war schon längst überschritten. Der ereignisreiche Tag forderte seinen Tribut von ihm. Der Kleine war mehr als bettreif. Daniel half Angela dabei, ihn für die Nacht fertig zu machen, aber seine Gedanken drehten sich dabei ausschließlich um sein Problem. Gerade hatten sie das Licht im Schlafzimmer ausgeschaltet, da läutete das Telefon.

Daniel starrte den Apparat ein paar Sekunden regungslos an und nahm dann entschlossen den Hörer ab. „Hallo!“, rief er lauter als nötig. „ Oh, Mrs. Laani ...“

Angela bemerkte, dass er erleichtert aufatmete.

„Das freut mich, Mrs. Laani. Wir vermissen Sie sehr. Gott sei Dank besitzt Angela jedoch ein erstaunliches Talent, Richy zu zügeln.“ Daniel blinzelte ihr über die Schulter hinweg zu. „Ja, wenn Sie sich wieder wohl fühlen ... Unseretwegen müssen Sie sich nicht so sehr beeilen ... Nein, das reicht völlig. Wissen Sie, ich habe morgen vielleicht ein Match, und da wäre es natürlich schön, wenn Sie Richy ... Okay. Dann also bis morgen.“

Daniel legte auf. „Sie sagte, sie käme morgen wieder. Vormittags geht sie dann mit Richy einkaufen. Ihre Schwester fährt sie.“

Angela war ein bisschen enttäuscht. Sie wäre so gern beim Einkaufen dabei gewesen. Es hätte ihr Freude bereitet, zum ersten Mal Kleidung für ihren Sohn auszusuchen. Leider gab es keine Möglichkeit, das einzurichten. Außerdem – falls Daniel spielte, wollte sie natürlich zuschauen.

„Ich möchte dir jetzt gute Nacht sagen, Daniel.“

Er blickte sie erstaunt an. „Jetzt schon? Es ist noch nicht einmal ...“

„Ich weiß, aber du brauchst jetzt Ruhe. Zum Nachdenken.“

Daniel trat auf Angela zu und legte die Arme um ihre Taille. „Seit meinem Gespräch mit Jerry habe ich mich nicht besonders gut benommen, was? Ich war dir gegenüber nicht gerade aufmerksam. Du bist doch nicht ärgerlich, oder?“

„Selbstverständlich nicht. So weit solltest du mich inzwischen kennen. Du stehst vor einer wichtigen Entscheidung, und das lenkt dich natürlich ab.“

„Ach, Angela ...“ Er küsste sie leicht auf den Mund. „Ich brauche deinen Rat und deine Unterstützung. Bleib bei mir.“

„Nein. Bei dieser Entscheidung kann dir niemand helfen.“

Angela wusste genau, wie man sich fühlte, wenn man sich schnell zu folgenschweren Entscheidungen durchringen sollte. Zu gut erinnerte sie sich an jene Nacht, in der sie bis zur Morgendämmerung in ihrem Schlafzimmer auf und ab gegangen war und versucht hatte, zu einer Entscheidung darüber zu kommen, ob sie Ronalds Plan folgen sollte oder nicht. Das war die schrecklichste und einsamste Nacht ihres Lebens gewesen. Die Verantwortung für ihren Entschluss lag ausschließlich bei ihr.

Genauso war es jetzt bei Daniel. Er musste seine Entscheidung selbst treffen, oder er würde das Vertrauen in sich endgültig verlieren.

„Was soll ich tun, Angela?“, fragte er und barg sein Gesicht in ihrem Haar.

Sie schob ihn sanft fort. „Möchtest du wieder Profi-Tennis spielen?“

„Ja, und ich möchte mich erst zurückziehen, wenn ich es wieder bis nach oben geschafft habe. Die Profi-Laufbahn ist nicht sehr lang, weil immer jüngere und bessere Spieler nachrücken. Damit habe ich mich abgefunden. Wenn ich mal ganz aufhöre, will ich unter den Besten sein und nicht irgendwo unter denen, die sich nur noch lächerlich machen.“

„Dann, glaube ich, wirst du wissen, was du tun musst.“

„Ich muss spielen.“ Ein Lächeln breitete sich auf seinem Gesicht aus. „Und ich werde spielen.“

Wieder läutete das Telefon, und diesmal bestand kein Zweifel, wer der Anrufer war.

„Gute Nacht.“ Angela ging ins Schlafzimmer und schloss die Tür hinter sich. Sie konnte nicht verstehen, was Daniel am Telefon sagte, aber seine Stimme klang sicher und entschlossen.

Als Angela erwachte, war Richys Kinderbett leer. Sofort schlug sie die Bettdecke zurück, stand auf und schaute erst einmal durch einen Spalt in den Vorhängen aus dem Fenster. Die Sonne war noch nicht aufgegangen. Der ruhige Ozean spiegelte das Rosa und Violett des Himmels wider.

Die Schlafzimmertür stand offen. Angela huschte auf Zehenspitzen durchs Wohnzimmer und sah, dass auch die Tür zu Daniels Zimmer nicht geschlossen war. Sie lugte hinein. Im Raum herrschte das graurosa Licht der Morgendämmerung. In dem breiten Bett entdeckte sie Richy, der sich an seinen Vater gekuschelt hatte. Beide schliefen fest.

Wider alle Vernunft und Schicklichkeit schlüpfte Angela ins Zimmer hinein und trat neben das Bett. Richys Kopf ruhte an Daniels Brust. Der Kleine schnarchte ganz leise.

Daniels Arm lag über dem Körper seines Sohnes. Selbst in diesem Zustand absoluter Entspannung war diesem Arm anzusehen, welche Kraft ihm innewohnte. Daniel lag mit abgewandtem Gesicht da, und Angelas Blick glitt bewundernd über seinen Rücken. Wie gern hätte sie die glatte braune Haut berührt, unter der sich die kräftigen Muskeln abzeichneten!

Er hatte die Bettdecke bis eine Handbreit unterhalb seiner Taille heraufgezogen. Angela sah, dass die Haut dort nur unwesentlich heller als auf dem übrigen Rücken war. Wahrscheinlich hatte er öfter unbekleidet gesonnt. Diese Vorstellung versetzte sie in eine seltsame Erregung.

Angela schlich um das Bett herum, um Daniel ins Gesicht schauen zu können. Sie betrachtete seine gerade Nase, die schön geschwungenen Lippen, die dichten Wimpern. Kein Wunder, dass sich die Frauen nach ihm umdrehten, ob sie ihn nun kannten oder nicht!

Jedes Mal, wenn sie zusammen ausgingen, war sich Angela der Blicke anderer Frauen bewusst. Mit unverhohlenem Interesse musterten sie den Mann, die Frau an seiner Seite und das Kind. Die meisten nahmen wohl an, sie hätten eine Familie vor sich. Biologisch gesehen stimmte das ja auch …

Dieser Gedankengang erinnerte Angela daran, dass sie hier ein Eindringling war. Sie wandte sich ab und hatte sich gerade einen Schritt vom Bett entfernt, als sie durch ein Zupfen an ihrem Nachthemd aufgehalten wurde. Erschreckt drehte sie sich um und stellte fest, dass Daniel wach war. Er hatte Richy zur anderen Seite gerollt und hielt jetzt den Saum ihres Negligés in der Hand.

Sein Blick und seine Bewegungen waren noch verschlafen und träge. Langsam wickelte er den Stoff um seine Faust und zog Angela auf diese Weise dicht ans Bett. Sie war die Gefangene seines Griffs, aber mehr noch seines Blicks. Bewegungslos verharrte sie, während Daniel vorsichtig die Bettdecke zurückschlug.

Angela konnte kaum noch atmen und glaubte, ihr Herzschlag hallte im Zimmer wider. Ihre Glieder schienen bleischwer zu sein, dennoch fühlte sie sich energiegeladen.

Mit einer geschmeidigen Bewegung setzte sich Daniel an der Bettkante auf. Dass er völlig unbekleidet war, kümmerte ihn nicht. Unentwegt schaute er Angela an.

Schließlich zog er sie zwischen seine Knie. Seine warmen, muskulösen Schenkel pressten sich an die Außenseite ihrer Beine. Seit Angela ihm zum ersten Mal begegnet war, hatte sie sich gewünscht, ihm durchs Haar zu streichen. Jetzt tat sie es. Daniel ließ sie eine Weile gewähren, dann nahm er ihre Hand und führte sie an seinen Mund.

Zuerst streiften seine Lippen nur ganz sanft ihre Handinnenfläche. Dann kitzelte seine Zunge die empfindsame Haut, und das löste eine Kettenreaktion der Gefühle in Angela aus. Daniel küsste jede einzelne Fingerspitze und die Innenseite ihrer Handgelenke. An diesen Stellen schien sich ihr Blut zu erhitzen, und seine Wärme strömte die Arme hinauf bis zu ihren Brüsten, die sich unter dem spitzendurchbrochenen Oberteil des Nachthemdes deutlich abzeichneten.

Daniel strich behutsam darüber. Das Feuer des Verlangens erfasste Angelas ganzen Körper. Ihre Brustspitzen richteten sich auf. Daniel küsste sie durch den zarten Stoff hindurch. Dann schmiegte er den Kopf an die weichen Hügel und atmete ihren warmen Duft ein.

Nach einer Weile raffte er den Stoff des Negligés im Rücken fest zusammen, sodass er Angelas Körper wie eine feste Hülle umschloss. Sie kam sich nackter vor, als wenn sie unbekleidet gewesen wäre, und meinte, Daniels Blicke direkt auf ihrer Haut zu spüren. Gerade hatte er die kleine Vertiefung ihres Bauchnabels entdeckt. Er berührte sie mit der Zunge. Angela vergrub die Finger in Daniels Haar.

Daniel zeichnete mit dem Zeigefinger erst die Rundungen ihrer Hüften nach und dann das Dreieck, das wie ein dunkler Schatten durch den zarten Stoff zu erkennen war. Danach beugte er sich tief hinab und küsste diese Stelle. Angela verging fast vor Verlangen. Leise stöhnte sie auf.

Sie fühlte, dass die Hand in ihrem Rücken den Stoff des Nachtkleides losließ. Daniel stand auf. Ehe Angela recht wusste, wie ihr geschah, hob er sie auf die Arme und trug sie durch den Wohnraum zu ihrem Schlafzimmer. Sehnsüchtig schmiegte sie sich an ihn. Sie wusste, dass ihr Liebesspiel alle Träume übertreffen würde, aber ihr war auch klar, dass sie es nicht zulassen durfte.

Mit jeder Faser ihres Körpers begehrte sie diesen Mann. Nur er vermochte sie von dem Fieber zu erlösen, das sie befallen hatte und das bei jeder seiner Berührungen heißer brannte. Doch jetzt war nicht der richtige Zeitpunkt dafür. Wenn sie jetzt ihrem Verlangen nachgaben, könnte es für sie beide eine Katastrophe auslösen.

Daniel ahnte nichts von Angelas Gedanken. Neben ihrem Bett stellte er sie auf die Füße und liebkoste sie aufs Neue. Er umfasste ihre Hüften und zog Angela dicht zu sich heran. Instinktiv wollte sie sich gegen ihn reiben, aber sie widerstand.

Es durfte nicht geschehen. Würde es sich auf das Match heute Nachmittag auswirken, wenn sie sich jetzt liebten? Und wenn der Akt selbst Daniel wieder an seine Frau erinnerte? Wenn sie, Angela, ihn nicht so glücklich machen konnte, wie

Ellie es immer getan hatte, empfand er hinterher sicherlich nur Abscheu. Und falls ihr Liebesspiel beglückender wäre, würde er sich bestimmt schuldig fühlen. Wie auch immer, auf jeden Fall würde er darüber nachdenken und sich nicht auf sein Spiel konzentrieren.

Sage ich ihm dann später, wer ich bin, wird er unweigerlich glauben, ich hätte meinen Körper nur als Köder eingesetzt, um so an Richy heranzukommen, grübelte Angela weiter. Nein, sie durfte erst mit Daniel bis zum Letzten gehen, wenn er alles über sie wusste. Aber wenn es dann gar nicht mehr dazu kam? Wenn Daniel sie nach ihrem Geständnis nicht mehr sehen wollte?

„Du bist so schön“, flüsterte er an ihrem Ohr und schob dabei die Träger des Nachthemds von ihren Schultern. „Ich habe von dir geträumt und bin mit dem Verlangen nach dir aufgewacht. Und dann zu sehen, dass du an meinem Bett stehst, dich über mich beugst und mich betrachtest … oh Angela …“

„Daniel … nein … ach …“ Seine Zunge glitt über ihre Brüste. „Bitte nicht!“ Angela stemmte die Hände gegen seine Schultern. Daniel schien es nicht zu merken.

„So hübsch“, murmelte er. Er legte eine Hand unter ihre Brust, hob sie leicht an und schloss die Lippen um die harte Knospe. „Ich weiß, dass du schön bist. Ich will dich ganz sehen.“ Er versuchte, das Negligé ganz herunterzustreifen.

„Nein!“ Angela riss sich los und schob die Träger wieder hoch. „Nein“, wiederholte sie etwas leiser und schaute Daniel ins Gesicht. Sein Blick war verschleiert, seine Haltung ein wenig unsicher. Offenbar hatte er ihre Ablehnung noch nicht ganz begriffen.

„Nein? Wieso nein?“

Angela kreuzte die Arme vor der Brust. Sie hatte ihn schon einmal abgewiesen, und die Folgen waren nicht angenehm gewesen. „Ich glaube, wir … du solltest nicht … vor so einem Match.

Ich habe mal gehört, es sei nicht gut für einen Sportler, wenn er vorher … na, du weißt schon."

Daniel lachte laut auf und trat wieder dicht an Angela heran. Er strich mit einem Finger an ihrem Hals entlang. „Wenn das stimmte, gäbe es eine ganze Menge Spitzensportler weniger! Angela …"

„Nein, Daniel. Bitte nicht." Sie wich zurück.

„Was ist denn los mit dir?" Seine Stimme klang ungeduldig. „Erzähl mir nicht, du seist nicht in Stimmung. Das weiß ich besser." Natürlich hatte er recht. Angela errötete tief. „Weshalb kommst du in mein Schlafzimmer geschlichen, wenn du nicht mit mir ins Bett gehen willst?"

Angela fand seinen anmaßenden Ton unerhört. „Ich wollte nach Richy sehen. Als ich aufwachte und ihn nicht in seinem Bett fand, habe ich mir Sorgen gemacht."

„Du weißt, dass er aus dem Bett klettern kann. Außerdem hättest du nur einen kurzen Blick in mein Zimmer zu werfen brauchen, um festzustellen, dass er bei mir war. Dazu hättest du nicht fünf Minuten lang schwer atmend neben meinem Bett zu stehen brauchen."

„Schwer atmend!", rief Angela empört. „Du, ich …" Weiter kam sie nicht.

„Jawohl. Gib es zu. Wenn ich dich nackt im Bett gesehen hätte, hätte ich auch schwer geatmet. Wir haben bisher kein Geheimnis daraus gemacht, dass wir uns körperlich attraktiv finden. Wo also liegt jetzt das Problem?"

„Das habe ich dir doch gesagt. Ich halte es nicht für gut vor diesem wichtigen Match."

„Vergibst du dir etwas, wenn du mit jemandem schläfst, ehe du weißt, ob er ein Gewinner oder ein Verlierer ist?"

Angela sah rot. Sie holte aus und schlug Daniel mit der flachen Hand ins Gesicht. Das Klatschen schien in der Stille des

Zimmers widerzuhallen. Endlich gewann Angela ihre Beherrschung so weit wieder, dass sie sprechen konnte. „Das war sehr ungerecht mir gegenüber, Daniel. Grausam, egoistisch und unfair."

„Du spielst auch nicht eben fair", knurrte er. „In der einen Minute gibst du dich geradezu mannstoll, in der nächsten mimst du die unantastbare Jungfrau. Und das schon zum zweiten Mal. Hältst du das für ein faires Spiel?"

Daniel war so dicht an der Wahrheit, dass Angela es mit der Angst bekam. Furchtsam sah sie ihn an. Was, wenn er ihr Geheimnis entdeckte? Es dauerte eine Weile, bis sie merkte, dass das laute Klopfen nicht ihr heftiger Herzschlag war, sondern von der Tür kam.

Daniel hatte sich abgewandt und sich ein Handtuch aus dem Bad geholt. Er schlang es sich um die Hüften und öffnete die Tür. Mrs. Laani trat ein. Angela huschte ins Badezimmer, ehe die Haushälterin sie entdeckte. Innerhalb von fünf Minuten sammelte sie dann in Richys Zimmer ihre Sachen zusammen.

Mrs. Laani saß jetzt allein im Wohnzimmer und sah fern. Richy schlief noch. In Daniels Badezimmer lief die Dusche.

„Ich bin froh, dass es Ihnen wieder besser geht." Angela zwang sich zu einem freundlichen Lächeln und ging zur Tür. Mrs. Laani war eine lebhafte und liebenswürdige Person, doch heute Morgen wollte Angela lieber auf ihre Gesprächigkeit verzichten. „Sagen Sie Daniel, ich wünsche ihm alles Gute für sein Match."

„Aber Mrs. Gentry, er …"

„Bis später."

Angela flüchtete in ihr Zimmer, duschte und zog sich ein Strandkleid an. Danach setzte sie sich ihren Strohhut und die Sonnenbrille auf und verließ das Hotel. Den ganzen Morgen über arbeitete sie für ihren Artikel über die hawaiische Küche. Sie interviewte die Küchenchefs diverser bekannter Restaurants.

Und währenddessen schaute sie immer wieder auf die Uhr.

Daniel war im Recht. Sie hatte heute Morgen nicht fair gespielt. Vor seinem Match hätte sie ihn nicht so aufregen dürfen. Was er nicht wusste, war, dass sie von Anfang an nicht fair gespielt hatte. Sie hatte sich in sein Leben geschmuggelt, und da gehörte sie nicht hinein.

Aber sie liebte ihn doch so sehr! Wie hätte sie das vorher ahnen sollen? Was kann ich jetzt nur tun?, fragte sie sich.

Gegen Mittag bestellte sie sich in einem Schnellimbiss ein Sandwich mit Eistee. Sie rührte beides nicht an.

Es gab nur eine einzige Lösung: Sie musste abreisen, Daniel verlassen, ihren Sohn verlassen.

Die beiden brauchten sie nicht. Richy war ein ausgeglichenes, gesundes Kind, gut aufgehoben bei Mrs. Laani. Daniel kehrte aus seinem selbst gewählten Exil in die Welt des Profi-Tennis zurück. Er war seinem Sohn ein guter Vater. Sie, Angela, würde nur Verwirrung in ihrem geordneten Leben stiften. Im Übrigen hatte sie ja erreicht, was sie wollte. Sie wusste, wer und wo ihr Sohn war.

Wenn sie heute noch abreiste, würde Daniel denken, sie täte es wegen des Streits am Morgen. Umso besser. Versteh mich nicht falsch, Daniel, aber so etwas passiert nun mal. Ich möchte trotzdem deine gute Bekannte bleiben … und so weiter. Ja, sie musste verschwinden, ehe er die Wahrheit entdeckte.

Als Angela auf die Straße trat, stand ihr Entschluss fest. Sie wollte nach Maui zurückfliegen, ihren Artikel zu Ende schreiben und eine Woche später nach Kalifornien heimkehren. Sie schaute auf die Uhr und winkte einem Taxi. Eines musste sie zuvor noch tun.

„Zum Waialee Country Club“, sagte sie und stieg ein.

8. KAPITEL

Die Zuschauer verhielten sich still. Sie schienen den Atem anzuhalten. Spannung und Erregung waren fast greifbar. Die Sonne brannte heiß, aber offenbar merkte das niemand. Aller Augen waren auf den Tennisplatz gerichtet.

Die beiden Spieler schienen die Hitze ebenso wenig zu spüren wie die Zuschauer. Sie konzentrierten sich ausschließlich auf ihre Aufgabe. Beide hatten je einen Satz gewonnen. Dies hier war der dritte, und Gonzales führte fünf zu vier in diesen Spielen. Er hatte jetzt den Aufschlag. Gewann er noch ein Spiel, war er Matchsieger.

Zu Anfang hatte er Starallüren an den Tag gelegt. Lächelnd war er auf den Platz gekommen und hatte sein jubelndes Publikum begrüßt. Als er seinem Gegner am Netz die Hand schüttelte, tat er das ziemlich herablassend. Seine Haltung änderte sich jedoch, nachdem er den zweiten Satz sieben zu fünf verloren hatte. Jetzt kam es ihm nicht mehr darauf an, die Zuschauer zu erfreuen und für die Sportfotografen zu posieren. Er wollte nur noch das Match gewinnen, und dazu bedurfte es seines ganzen Einsatzes.

Gonzales reckte sich auf die Zehenspitzen und machte seinen Aufschlag. Der Ball kam zurückgesaust. Gonzales nahm ihn an, schlug ihn diagonal in die hintere Ecke des gegnerischen Feldes und erhielt einen Punkt.

„Gonzales – fünfzehn", verkündete der Schiedsrichter.

Angela schluckte und wischte sich die schweißfeuchten Hände an dem weiten Rock ihres Strandkleides ab, das sich ohnehin schon ganz durchfeuchtet anfühlte.

Als sie aus dem Taxi gestiegen war, hatte Jerry Arnold sie begrüßt. Er war von Daniel beauftragt worden, für Angela einen Platz zu reservieren.

„Sein Manager ist bei ihm“, hatte Jerry ihr erzählt. „Es ist wie in alten Zeiten, Daniel ist ruhig, aber wütend, wissen Sie. Das ist gut. Wenn Sie etwas brauchen, lassen Sie mich rufen.“ Angela hatte sich bedankt. Sie war etwas verblüfft. Erwartete Daniel sie nach diesem Streit heute Morgen tatsächlich? Und auf wen war er wütend? Auf sie?

Er sah blendend aus. Auf der Brusttasche seines weißen Shirts und am Saum der Shorts prangte der bekannte Werbeschriftzug. Er trug das übliche Stirnband, sein Markenzeichen. Das blonde Haar fiel darüber.

Die Zuschauer waren bei seinem Erscheinen nicht sonderlich beeindruckt gewesen, spendeten nur höflichen Applaus und hielten sich mit ihrem Urteil zurück. Schließlich hatten sie fünfzig Dollar Eintritt gezahlt, um McEnroe gegen Gonzales spielen zu sehen, und waren natürlich enttäuscht. Vermutlich würden sie heute wieder einmal erleben müssen, wie Daniel McCasslin auseinandergenommen wurde.

Die mangelnde Begeisterung hatte Daniel offenbar nichts ausgemacht. Er hatte nur unbewegt ins Publikum geschaut und kühl genickt, als er Angela entdeckte.

Den nächsten Punkt errang Daniel. Angela schloss die Augen. Noch zwei, Daniel! Nur noch zwei, dann hast du ihn! Aber Gonzales packte ihn mit seinem nächsten Aufschlag.

„Dreißig fünfzehn.“

Gonzales wurde leichtsinnig. Beim nächsten Ball rechnete er nicht mit Daniels hervorragender Rückhand. Er sprang in die verkehrte Ecke.

„Dreißig beide.“

Die Zuschauer wurden unruhig und applaudierten. Angela hörte ein paar an Daniel gerichtete Zurufe, und ihr Herz schwoll vor Stolz. Er schlug sich fantastisch. Selbst wenn er das Match verlieren sollte, hatte er exzellentes Tennis geboten.

Der nächste Punkt ging an Gonzales.

„Vierzig dreißig. Matchball."

Ein für Gonzales unerreichbarer Volleyschlag brachte Daniel wieder einen Punkt.

„Einstand."

Gonzales fluchte laut auf Spanisch. Angela ballte die Hände und biss sich auf die Unterlippe. Gonzales' Aufschlag war kaum mit den Blicken zu verfolgen. Daniel erwischte ihn zwar voll, aber sein Ball kam hinter der gegnerischen Grundlinie auf.

„Vorteil Gonzales. Matchball."

Daniel beugte sich vornüber und stützte die Hände auf die Knie. Er atmete tief durch. Danach ging er wieder in Stellung für den nächsten Aufschlag seines Gegners. Gonzales legte alles hinein, was er hatte. Daniels Rückgabe erfolgte mit unglaublicher Präzision. Der Ball flog so lange hin und her, bis die Leute auf den Bänken vom Zuschauen ganz benommen waren. Keiner der beiden Spieler machte einen Fehler. Dann erwischte Gonzales einen Ball in der Ecke seines Feldes. Mit perfekter Vorhand schmetterte er ihn in die gegenüberliegende Ecke.

Daniel reagierte sofort. Er raste dem Ball entgegen, und als er merkte, dass er ihn vermutlich nicht erreichen würde, sprang er wie ein Panter fast waagerecht durch die Luft. Der Sportfotograf, der im richtigen Moment auf den Auslöser gedrückt hatte, würde später ein Meisterfoto vorlegen können.

Daniels Schläger berührte den Ball, wenn auch ohne die notwendige Wucht. Immerhin erreichte der Ball das Netz, berührte es aber und fiel in Daniels Feld zurück. Zur selben Zeit landete Daniel auf dem Boden und rutschte über den Platz, wobei er sich den Ellbogen und den Unterarm blutig schrammte.

Niemand bewegte sich. Es war totenstill. Bemerkenswert gefasst erhob sich Daniel und holte tief Luft. Dann schritt er langsam und würdevoll zum Netz und streckte seinem Gegner die Hand zur Gratulation hin.

Jetzt wurde es turbulent auf den Sitzplätzen. Begeisterte Zurufe, Applaus – nicht für den Sieger, sondern für den Besiegten. Fotografen und Tennisenthusiasten aller Altersklassen strömten auf den Platz und umringten Daniel.

Angela stiegen Tränen in die Augen, als sie sah, wie Hunderte von Leuten Daniel hochleben ließen. Er war wieder ganz oben. Seine letzte verzweifelte Aktion hatte gezeigt, dass er alles geben würde, um wieder ein Champion zu werden.

Jetzt konnte Angela ihn verlassen. Es würde ihm nicht schaden.

Angela drängte sich durch die Menge, nahm sich ein Taxi, ließ es vor dem Hotel so lange warten, bis sie ihre Reisetasche gepackt hatte, und fuhr dann zum Flugplatz. Zufällig bekam sie eine Maschine derselben Inselfluggesellschaft, mit der sie alle zusammen hergeflogen waren.

Als sie daran dachte, wie Richy auf ihrem Schoß eingeschlafen war und wie Daniels Kuss sie berauscht hatte, liefen ihr Tränen über die Wangen. Nie würde sie den Moment vergessen, da sie Vater und Sohn für sich gehabt hatte.

An der Rezeption ihres Hotels auf Maui war es zu dieser Abendstunde ziemlich ruhig. Eine junge Frau begrüßte Angela freundlich. „Guten Abend. Womit kann ich dienen?“

„Mein Name ist Gentry. Ich habe ein Zimmer bei Ihnen. Geben Sie mir bitte den Schlüssel für Zimmer 317.“

Die junge Dame tippte etwas in ihren Computer. „Zimmer 317?“, vergewisserte sie sich.

„Ja“, bestätigte Angela müde. Die Ereignisse des Tages hatten sie sehr mitgenommen.

„Einen Moment bitte.“

Die Angestellte sprach im Flüsterton mit ihrem Vorgesetzten. Immer wieder warfen die beiden Blicke auf Angela, die mit jeder Sekunde nervöser wurde.

„Mrs. Gentry?“ Der Mann trat zu ihr. Es tue ihm leid, sagte er, aber hier liege ein Missverständnis vor. Man habe angenommen, sie sei etwas überstürzt abgereist, und sie habe ja auch alles bezahlt. Die Sachen, die sie im Zimmer zurückgelassen habe, seien sorgfältig eingepackt und für sie aufbewahrt worden.

„Aber ich habe mich doch nicht abgemeldet!“, erklärte Angela. „Ich teilte Ihrem Kollegen mit, dass ich zurückkäme. Mein Zimmer habe ich nur deshalb bezahlt, damit niemand annehmen sollte, ich hätte mich heimlich hinausgeschlichen.“

Der Fehler lag natürlich beim Hotel. Das Zimmer hatte man inzwischen einem Zwei-Wochen-Gast überlassen.

„Dann geben Sie mir ein anderes. Ich bin sehr müde.“

Unglücklicherweise war das Hotel ausgebucht.

„Heißt das, Sie können mir kein Zimmer geben, nachdem Sie mich aus meinem hinausgeworfen haben?“

Man bedauerte aufrichtig, aber so sei es. Man werde natürlich herumtelefonieren und versuchen, in einem anderen Hotel ein Zimmer für sie aufzutreiben. Selbstverständlich würde man sie dann dorthin fahren.

„Danke“, sagte Angela kurz. „Ich warte da drüben.“ Sie deutete auf eine Sitzgruppe, die man von der Rezeption aus sehen konnte. So würde man sie wenigstens nicht vergessen.

Eine halbe Stunde verging. Die Zwischenmeldungen von der Rezeption wurden immer entmutigender. Alle Hotels in der Umgebung waren voll, man bemühte sich jedoch weiter.

Angela lehnte den Kopf an die weiche Rückenlehne ihres Sessels und überlegte, was sie tun sollte, wenn man kein Zimmer für sie fand. Plötzlich richtete sie sich mit einem Ruck auf.

Daniel war zur Tür hereingekommen. Er wirkte grimmig und entschlossen. Wie üblich trug er Shorts und dazu eine Windjacke, deren Reißverschluss, ebenfalls wie üblich, nur zur Hälfte geschlossen war.

Offensichtlich hatte er sein Haar nach dem anstrengenden Match gewaschen, es fiel ihm locker in die Stirn. Unter dem hochgeschobenen Ärmel seiner Jacke sah man eine scheußliche breite Schramme.

Als er Angela entdeckte, blieb er einen Moment stehen, stürmte dann auf sie zu, stemmte die Hände in die Hüften und blickte böse auf sie hinunter. „Ich habe dich auf zwei Inseln gesucht. Wohin bist du nach dem Match verschwunden?"

„Das siehst du doch."

„Nicht in diesem Ton, bitte! Warum bist du fortgelaufen?"

„Warum? Weil wir heute Morgen einen Streit hatten." Angela stand auf und bemühte sich, ebenso viel Zorn in ihren Blick zu legen wie er. „Ich hatte genug von deinem tyrannischen Benehmen und deinen wechselnden Stimmungen."

Mit einem Mal lächelte Daniel. „Du solltest öfter so wütend werden. Deine Augen sehen dann besonders schön aus."

Gerade wollte sie ihm darauf eine passende Antwort geben, da kam der Mann von der Rezeption herübergelaufen. Er schwenkte ein Stück Papier in der Hand. „Mrs. Gentry, wir haben ein Zimmer für Sie gefunden!"

„Behalten Sie es", fuhr Daniel den Mann an, der ihn daraufhin völlig verdattert anschaute.

„Aber Mrs. Gentry sagte doch, sie brauche ein Zimmer, und …"

„Und ich sage, sie braucht keins." Daniel wandte sich Angela zu. „Du kommst mit mir nach Hause."

Ehe Angela wusste, wie ihr geschah, hatte Daniel schon angeordnet, dass man ihre eingelagerten Sachen in seinen vor dem Eingang geparkten Wagen laden sollte, und sich ihre Reisetasche über die Schulter gehängt. Dann nahm er Angela beim Arm und führte sie zu seinem Auto. Unterdessen bemühten sich die Hotelangestellten, seinem Wunsch nachzukommen.

Bis das Gebiet der Ferienanlage hinter ihnen lag, saß Angela schweigend, steif und würdevoll neben Daniel. Erst als sie über die dunkle Schnellstraße fuhren, sprach sie.

„Daniel, ich wollte mich nicht vor den Leuten mit dir streiten und jetzt auch nicht, aber ich fahre nicht mit dir nach Hause. Bring mich bitte zu einem Taxistand. Ich werde mir ein Zimmer suchen."

„Ich will ebenfalls nicht mit dir streiten, es ist jedoch reichlich albern, die Nacht mit der Suche nach einer Hotelunterkunft zu verbringen, wenn ich daheim drei leere Gästezimmer habe. Außerdem kostet dich das bei mir nichts."

„Nein?", fragte sie gedehnt und ließ keinen Zweifel daran, was sie meinte.

Daniel fuhr an den Straßenrand und bremste kräftig. Angela wurde nach vorn geschleudert und dann zurück gegen seinen hinter ihr ausgestreckten Arm.

„Doch. Es kostet dich doch etwas." Er legte die Hand um ihr Kinn und drehte ihren Kopf, bis er ihr in die Augen sehen konnte. Sie erwartete, dass er sie jetzt heftig und sehr unsanft küssen würde. Stattdessen berührte er ihren Mund sehr, sehr zärtlich. Seine Zunge tastete sich ganz behutsam durch ihren Mund und liebkoste sie dann mit kleinen rhythmischen Stößen, die Angelas Verlangen entzündeten. Sie schmiegte sich fast gegen ihren Willen an Daniel, und ihr Entschluss, ihn zu verlassen, löste sich auf.

Daniel hob den Kopf und strich ihr sanft ein paar Haarsträhnen von der Wange: „Betrachte die Miete als bezahlt, wie lange du auch bleiben magst."

„Und sonstige … Nebenkosten entstehen nicht?"

Daniels Blick glitt über ihr Gesicht, an ihrem Hals hinab und dann wieder zu ihrem Mund hinauf. „Nein. Ich würde aber ein Geschenk annehmen, eines, nach dem ich mich sehr sehne. Fordern oder erzwingen würde ich nichts."

Angela strich mit dem Finger über seine Augenbrauen. „Das

Match war ...“ Ihre Stimme versagte, als sie Daniels letzten heldenhaften Versuch im Geiste vor sich sah. „Du hast hinreißend gespielt. Ich war sehr stolz auf dich.“

„Warum bist du dann danach einfach davongelaufen, Angela? Wusstest du denn nicht, dass ich dich nach dem Kampf bei mir haben wollte?“

„Nein, das wusste ich wirklich nicht. Du warst so böse, nachdem ...“ Sie senkte die Lider. „Nach dem, was heute Morgen passiert ist, nahm ich an, mit unserer freundschaftlichen Beziehung sei es vorbei. Das Match musste ich unbedingt miterleben, doch ich dachte nicht, dass du mich wiedersehen wolltest.“

Daniel hob ihre Hand an seinen Mund und sprach durch ihre Finger. „Ich war wütend wie nie zuvor. Na ja, wenn ein Mann so ... so bereit für die Liebe ist, wie ich es war, und dann zurückgepfiffen wird, kann man von ihm nicht die allerbeste Laune erwarten. Das wirst du doch zugeben.“ Er sah mit Entzücken ihr kleines, schüchternes Lächeln. „Außerdem war ich sowieso nicht gerade bester Dinge. Ehrlich gesagt, ich hatte Angst, richtige Todesangst, gegen diesen Gonzales anzutreten.“

„Am Ende hatte Gonzales Angst vor dir.“

Daniel lächelte strahlend. „Danke, aber das gehört nicht zum Thema. Ich bin jedenfalls heute Morgen entschieden zu forsch vorgegangen, und du hattest alles Recht, mich abzuweisen.“

„Ich hätte es gar nicht erst so weit kommen lassen dürfen.“

„Merk es dir für die Zukunft“, sagte er mit einem vieldeutigen Blick. „Wenn Mrs. Laani nicht geklopft hätte – ich weiß nicht, was dann passiert wäre.“

„Was wird sie denken, wenn sie einen Logiergast bekommt? Übrigens bleibe ich nur eine Nacht. Morgen suche ich mir ein Hotelzimmer.“

„Mir bleiben also zwölf bis vierzehn Stunden, dich umzustimmen", meinte Daniel gelassen, rutschte wieder hinter das Steuer und fuhr los. „Und was Mrs. Laani angeht, die wird sich freuen. Den ganzen Tag hat sie nicht mit mir gesprochen, sondern immer nur herumgeknurrt und mir böse Blicke zugeworfen. Keine Möglichkeit hat sie ausgelassen, mir ihre Missbilligung zu zeigen, weil ich dich verjagt habe."

„Haben sie und Richy schön eingekauft?"

„Dem Haufen Pakete nach zu urteilen, die sie angeschleppt haben, würde ich das bejahen." Daniel lachte. „Dabei fällt mir ein – heute Morgen hat Richy im Hotel etliche Male an die Schlafzimmertür gehämmert und ‚Gela, Gela' gerufen. Schließlich hat er aufgegeben und genau wie Mrs. Laani für mich nur noch Verachtung übrig gehabt."

Hatte Angela noch irgendwelche Zweifel gehegt, so verschwanden sie, als sie hörte, dass ihr Sohn sie vermisste. Sie musste die Gelegenheit einfach wahrnehmen, noch eine Weile mit ihm zusammen sein zu dürfen!

Konnte man ihr das später verübeln? Nein. Schließlich hatte sie Daniel nicht zu der Einladung veranlasst. Daniel ... sie liebte ihn mit ihrem Herzen, ihrem Verstand und ihrem Körper. Gewiss, es war eine Liebe ohne Hoffnung auf eine Zukunft, aber sie brannte deswegen nicht weniger heiß. Von den kommenden wenigen Tagen – Angela wusste jetzt schon, dass sie das Haus morgen noch nicht verlassen würde – musste sie ihr Leben lang zehren ...

Daniels Grundstück lag an der Westküste von Maui direkt am Pazifik. Durch ein eisernes Tor, das durch Fernbedienung geöffnet wurde und sich dann wieder selbsttätig schloss, erreichte man die Zufahrt, die ungefähr hundertfünfzig Meter hinab in Richtung auf den Strand führte.

Trotz der Dunkelheit sah Angela die riesigen Banyan-Bäume, eine Feigenart mit ausladendem, schirmförmigem Geäst und weit reichenden Luftwurzeln. Plumerien mit gelben, rosa oder weißen Blüten parfümierten die Luft. Ti-Pflanzen, Hibiskus- und andere Blütensträucher rahmten ausgedehnte Blumenbeete ein. Eine hohe Oleanderhecke umgab das ganze Anwesen und verbarg es vor neugierigen Blicken.

Das Haus selbst, soweit man es hinter dem Blütenvorhang der Rankpflanzen erkennen konnte, bestand aus Ziegel- und Glaswänden. Breite Veranden befanden sich vor den Zimmern, deren Türen offen standen und die kühlende Seeluft hineinließen.

„Einfach himmlisch!" Angela wartete nicht, bis Daniel ihr die Autotür öffnete, sondern stieg sofort aus dem Wagen. Der Wind fuhr in ihr Haar, und sie genoss den Duft der See und der unzähligen Blüten.

„Als ich es sah, habe ich es sofort gekauft. Komm. Maurice wird dein Gepäck hineinbringen." Daniel führte Angela um das Haus herum zu einem zum Meer hin gelegenen Eingang, durch den man direkt ins Wohnzimmer gelangte. Angela sah die jetzt zurückgeklappten hohen hölzernen Läden, die im Bedarfsfall vor die breite Glaswand neben dem Eingang gezogen werden konnten. Der geflieste Fußboden im Wohnzimmer war spiegelblank poliert und hier und da mit Orientteppichen dekoriert.

Das Mobiliar wirkte anheimelnd. Auf den mit hellem Stoff bezogenen Polstermöbeln lagen bunt gemusterte Kissen als Farbtupfer. Vasen mit frischen Blumen schmückten den Raum. In einer Ecke stand ein schwarzer Flügel; an der gegenüberliegenden Wand befand sich ein gemauerter Kamin. Die Tische besaßen in Messing gefasste Glas- und Holzplatten. Dieses Wohnzimmer war einer der großartigsten Räume, die Angela je gesehen hatte.

„Formelles Esszimmer, Frühstückszimmer und Küche sind dort drüben", sagte Daniel und deutete in die entsprechende

Richtung. „Mein Arbeitszimmer liegt auf der anderen Seite. Waschräume findest du hinter der Treppe.“

Die Stufen und das messingbeschlagene Geländer der Treppe bestanden aus massivem Eichenholz. Daniel und Angela stiegen in das obere Stockwerk hinauf.

„Da ich dich zurückbringe, wird mir jetzt ja wohl wieder Mrs. Laanis und Richys Gunst zuteilwerden“, meinte Daniel schmunzelnd.

Sie gingen nun einen breiten Flur entlang. Daniel öffnete eine Tür. Mrs. Laani hatte ihre Leibesfülle in einen Schaukelstuhl gezwängt, wiegte sich hin und her und sang dem schläfrigen Richy auf ihrem Schoß leise etwas vor.

Als Angela und Daniel den Raum betraten, rutschte Richy sofort von Mrs. Laanis Schoß. Freudig jauchzend lief er auf Angela zu. Er schlang seine Ärmchen so begeistert um ihre Beine, dass sie ins Schwanken geriet. Daniel stützte sie.

„Danke. Schon gut.“ Sie hockte sich nieder und umarmte den Kleinen. „Hallo, Richy!“ Mit den Fingern fuhr sie durch seine blonden Locken. „Na, war der Tag heute schön?“ Sie drückte ihn an sich, und als sie merkte, dass er sich fest an sie schmiegte, musste sie mit den Tränen kämpfen. Gleich darauf befreite er sich, wich zurück und beschränkte sich darauf, sie glücklich und strahlend anzulächeln.

„Er hat mir den Tag zur Hölle gemacht“, berichtete Mrs. Laani. „Also seien Sie bloß nicht zu nett zu ihm. Ihm Kleidung anzuprobieren, ist genauso anstrengend wie … na ja, wie einen Tintenfisch anzuziehen.“ Sie bemühte sich zwar, Autorität auszustrahlen, aber ihre Augen glänzten viel zu glücklich, wenn sie Daniel und Angela anschaute. „Sie werden beide hungrig sein. Mrs. Gentry, Mr. McCasslin hat sich auf Oahu nicht einmal Zeit zum Essen gelassen. Er wollte unbedingt noch die letzte Maschine nach Maui bekommen. Noch nie habe ich ihn so in Eile gesehen.“

Daniel warf Mrs. Laani einen missbilligenden Blick zu und räusperte sich bedeutungsvoll, woraufhin sie ihn lediglich unschuldsvoll anlächelte. Ihre schwarzen Augen funkelten vergnügt.

„Haben Sie nicht irgendwas zu tun?“, fragte er brummig.

„Ich wollte gerade vorschlagen, dass Sie beide Richy ins Bett bringen; er wird sich darüber freuen. Und ich mache Ihnen inzwischen etwas zu essen.“ Mrs. Laani wuchtete sich aus dem Schaukelstuhl, verschränkte die Arme über ihrem umfangreichen Busen und sah Daniel streng an. „Ich hoffe doch sehr, dass Sie die junge Dame zum Abendessen eingeladen haben.“

Daniel nahm die kaum verhohlene Schelte hin. „Angela wird unser Gast sein, bis … solange ich sie zum Bleiben überreden kann. Würden Sie Maurice bitte sagen, er möchte ihre Sachen aus dem Wagen holen?“

„Und in welches Zimmer soll er sie bringen?“, erkundigte sich Mrs. Laani in einer etwas zu gleichgültigen Tonlage, als dass sie echt geklungen hätte.

„In dasjenige der Gästezimmer, das Sie für angebracht halten“, lautete Daniels Antwort.

Angela überspielte ihre Verlegenheit, indem sie Richy auf den Arm nahm, sich mit ihm in den Schaukelstuhl setzte und den Kleinen so wiegte wie zuvor Mrs. Laani.

Nachdem die Haushälterin das Zimmer verlassen hatte, hockte sich Daniel vor den Stuhl und legte die Hände auf Angelas Knie. Ihre Blicke trafen sich.

„Ich glaube, Mrs. Laani weiß ganz genau, dass ich ganz heiß auf dich bin.“

„Daniel!“, rief Angela strafend.

„Und ich glaube, sie weiß auch, dass du heiß auf mich bist.“

„Heiß“, sagte Richy, zog die Stirn und das Näschen kraus und pustete auf seine Händchen. Die beiden Erwachsenen mussten lachen.

„Ein Glück, dass er noch nicht begreift, in welchem Sinn du das Wort missbrauchst", meint Angela vorwurfsvoll.

„Aber du, nicht?"

„Ich ... was?" Angela tat, als interessiere sie sich ungeheuer für das Muster auf Richys Pyjama.

„Lass nur. Wir setzen die Unterhaltung nachher fort", erwiderte Daniel. Er gab seinem Sohn einen liebevollen Klaps. „Na, junger Mann, freust du dich, dass du deine Lieblingsfrau wiederhast?"

Richy kicherte, gähnte und lehnte den Kopf sanft an Angelas Brust. Unbewusst beantwortete er damit seines Vaters Frage.

„Er hatte einen anstrengenden Tag", sagte Angela und strich ihm sanft über die Wange.

„Nun verschwende mal nicht dein ganzes Mitgefühl für ihn. Ich hatte auch einen schweren Tag."

Angela schenkte Daniel ein wahres Madonnenlächeln. „Selbstverständlich. Das war der erste von einer Reihe anstrengender Tage, die noch vor dir liegen, Daniel McCasslin. Wie war es nach dem Match?"

„Ungefähr eine Stunde lang hat mich die Presse mit Beschlag belegt. Jeder wollte alles über meine schwarze Vergangenheit wissen. Alle fragten, ob ich nun wieder voll da sei."

„Und was hast du geantwortet?"

„Dass ich wegen des Todes meiner Frau getrunken habe, dass ich vor ein paar Monaten zur Vernunft gekommen bin und seitdem wie ein Irrer gearbeitet habe, um mich für einen Wettkampf wie den heute fit zu fühlen."

„Du warst fit. Wann spielst du wieder?"

Daniel berichtete Angela von dem Zeitplan, den Hank für ihn ausgearbeitet hatte. „Wir lassen es langsam angehen. In diesem Jahr kann ich noch nicht alles aufholen, aber im nächsten werde ich einiges zeigen."

Richy fand die Unterhaltung ziemlich einschläfernd. Er kuschelte sich so bequem an Angelas Brust, als legte er sich auf einem Kopfkissen zurecht, und schob dabei ein Händchen in das Oberteil ihres Wickelkleides. Angela beachtete das nicht.

„Wie oft hast du den Grand Slam gewonnen?", fragte sie Daniel. Vor ihrer Reise nach Maui hatte sie im Zuge ihrer Tennisstudien gelernt, dass der Sieger der offenen Tennismeisterschaften Australiens, der USA und Wimbledons den Grand Slam erhielt.

„Zweimal. Zwei Jahre lagen dazwischen. Das schaffe ich nicht wieder, aber das macht nichts. Solange ich weiß, dass ich mein Bestes gebe, bedeutet mir ein Sieg nicht mehr so viel. Den wichtigsten Kampf meines Lebens habe ich gewonnen."

Angela streichelte Daniels sonnenbraune Wange. Sie war glücklich, dass er neue Kraft und Selbstvertrauen gefunden hatte.

Mit einem Mal grinste Daniel amüsiert. Angela folgte seiner Blickrichtung und schaute an sich hinunter. Richy hatte die eine Seite ihres Ausschnitts zur Seite gezerrt und betrachtete höchst interessiert, was er da freigelegt hatte. Angela trug keinen BH, und der Anblick, der sich ihm bot, war dem Kleinen offenbar neu.

„Richy!" Angela schob seine Hand fort und schlug das Oberteil wieder ordentlich übereinander.

Daniel ließ sich nach hinten fallen und lachte laut auf „Er hat nicht sehr viel Erfahrung mit Frauen."

„Du vergisst Mrs. Laani", entgegnete Angela, wagte aber nicht, in Daniels funkelnde Augen zu sehen.

„Ach du liebe Güte, da besteht ja wohl ein kleiner Unterschied! Richy ist jedenfalls ganz offensichtlich der Ansicht, etwas Neues und Schönes entdeckt zu haben."

„Ehe er auf weitere Entdeckungsreisen dieser Art geht, solltest du vielleicht mal von Mann zu Mann mit ihm reden."

„Ja, das sollte ich wohl." Daniel erhob sich und nahm seinen

Sohn auf den Arm. Er legte den Mund an Richys Ohr und flüsterte laut genug, dass Angela es hören konnte: „Junger Mann, du hast einen ausgezeichneten Geschmack, was Frauen betrifft."

Mrs. Laani hatte den Tisch im Frühstückszimmer gedeckt. Als Daniel sah, dass seine Haushälterin Kerzen auf den Tisch gestellt hatte, warf er ihr einen vorwurfsvollen Blick zu, den sie prompt ignorierte. Lächelnd wandte sie sich Angela zu.

„Ich dachte, in diesem kleinen Rahmen ist es erholsamer und gemütlicher nach einem so anstrengenden Tag. Ich hoffe, Sie mögen Lachs, Mrs. Gentry."

„O ja, sehr gern sogar."

Der geräucherte Lachs mit Gurken und Dillsauce, der Gemüsetopf und das Vanille-Dessert waren einfach köstlich. Noch wunderbarer als das Essen fand Angela jedoch den Mann, der ihr gegenübersaß und der ihr ebenso tief in die Augen sah wie sie ihm.

Obwohl sie ihn drängte, wieder über das Match zu sprechen, tat er es nur zögernd, aber er freute sich sehr darüber, dass sie so genau zugeschaut hatte und sich jetzt an jeden Schlag erinnerte, zu dem er etwas zu erzählen hatte.

„Hat dir deine Niederlage nichts ausgemacht?"

„Es macht mir immer etwas aus, wenn ich verliere, Angela. Ich sagte dir schon einmal, ich will gewinnen. Wenn ich jedoch schon verlieren muss, dann mit Würde und nach einem fairen Kampf. Heute habe ich trotz des Ergebnisses gesiegt."

„Ja, das hast du."

„Angela?"

„Hm?"

„Ich fürchtete, du würdest nicht zum Club kommen, nachdem du dich aus dem Hotel geschlichen hattest."

„Ich habe mich nicht hinausgeschlichen", protestierte sie.

„Dann ist es wohl nur ein Zufall gewesen, dass ich gerade unter der Dusche stand, als du gingst, und vermutlich war es nur ein Versehen, dass du weder bei Mrs. Laani noch an der Rezeption eine Nachricht über deinen Verbleib hinterlassen hast."

Angela strich mit zwei Fingern an einer Kerze hinauf und hinunter. „Es war natürlich unhöflich von mir, zumal ich ja dein Gast war. Jerry Arnold erzählte mir, du seist vor dem Match ärgerlich gewesen." Eine unausgesprochene Frage folgte diesem Satz.

„Richtig. Als ich zum Club kam und Jerry keine Karte für dich hatte, bin ich wütend geworden. Ich habe ihm gesagt, wenn er keinen erstklassigen Platz für dich findet, könne er was erleben. Er hat es dann ja auch geschafft, und zwar überraschend schnell." Daniel lächelte spitzbübisch.

Angela beugte sich über den Tisch. „Weißt du was? Ich glaube, es macht dir Spaß, Leute herumzuscheuchen und zu tyrannisieren."

Daniel lachte leise. „Richtig. Besonders, wenn es um etwas sehr Wichtiges geht." Er wurde ernst. „Du ahnst nicht, wie wichtig es für mich war, dich im Club zu wissen. Ich konnte deine Unterstützung und deine Ermutigung fühlen."

„Aber du hast mich nur einmal flüchtig angesehen", entgegnete sie.

„Ich brauchte dich nicht lange anzusehen, um zu wissen, dass du Vertrauen in mich setztest", sagte er in einem Ton, der Angela bewegte.

Mrs. Laani unterbrach die intime Atmosphäre. „Wenn Sie nichts dagegen haben, würde ich jetzt gern schlafen gehen, Mr. McCasslin", rief sie von der Tür her. „Das Geschirr wasche ich morgen ab. Mrs. Gentry hat das Zimmer neben Ihrem. Ist das recht so?"

„Sehr schön. Danke, Mrs. Laani. Gute Nacht."

9. KAPITEL

„Lass uns ein bisschen am Strand spazieren gehen", schlug Daniel vor, nachdem Mrs. Laani sich zurückgezogen hatte. Er half Angela beim Aufstehen und drückte ihr dabei einen Kuss auf die Schulter. „Aber zieh dir etwas Wärmeres an. Der Wind kann nach Sonnenuntergang ziemlich kühl werden."

Angela ging in ihr Zimmer, und als sie fünf Minuten später wieder herauskam, erwartete Daniel sie am Fuß der Treppe. Sie trug einen apricotfarbenen Jogging-Anzug aus Baumwollvelour und war barfuß. Daniel bemerkte, dass sie schöne Füße und sehr gepflegte Zehennägel hatte. Es entging ihm ebenfalls nicht, dass Angela auch jetzt keinen BH trug. Mit Mühe unterdrückte Daniel das Verlangen, die Hände um ihre Brüste zu legen.

„Wirst du auch nicht frieren?", fragte er so neutral, wie es ihm unter diesen Umständen möglich war. Angela schüttelte den Kopf. Daniel legte den Arm um ihre Schultern und führte sie in die mondhelle Nacht hinaus.

Schweigend gingen sie den sanft abfallenden Rasenweg hinunter, stiegen über ein niedriges Mäuerchen und liefen dann über den weißen Ufersand. Daniels Privatstrand befand sich in einer kleinen, halbrunden Bucht. Die Wellen brachen sich in den Lavaklippen, ehe sie gezähmt über den Uferstreifen rollten. Das Mondlicht lag auf dem Ozean wie ein breites silbernes Band, das vom Horizont bis zum Strand reichte. Es glitzerte hell auf den tanzenden Wellenkämmen. Der Wind rauschte in den Palmwedeln.

Schon oft war Daniel allein an seinem Strand gewesen und hatte den Zauber dieser Umgebung gespürt. Jetzt erkannte er, dass dieser Szenerie fortan etwas fehlen würde, wenn Angela nicht hier war. Erst durch sie wurde der Zauber greifbar und wahr. Im Mondlicht leuchtete ihre Haut fast weiß; ihr Haar jedoch schien viel dunkler zu sein als am Tage. Kein Stern konnte so strahlend funkeln wie ihre schönen Augen.

Daniel setzte sich auf den festen Sand und zog Angela zu sich herunter. Sie ließ sich vor ihm nieder und lehnte sich mit dem Rücken gegen seine Brust. Er hatte ein Knie angezogen; das andere Bein lag dicht neben ihrem Schenkel. Schweigend und ohne Angela mit den Händen zu berühren, saß er eine Weile regungslos da. Er fürchtete sich vor der Reaktion auf das, was er ihr zu sagen hatte. Seine Angst war jetzt fast noch größer als vor dem Match mit Gonzales, denn der Ausgang des Tennisspiels war für ihn nicht halb so wichtig gewesen wie der Ausgang des Gesprächs, das jetzt folgen sollte.

„Ich liebe dich, Angela."

Ein schlichtes Geständnis, eine wahre, einfache Feststellung.

Angelas Haar streifte sein Gesicht, als sie sich umwandte und Daniel anschaute. Ihre Lippen waren vor Erstaunen leicht geöffnet. „Wie bitte?"

„Ich liebe dich." Daniel blickte auf den Ozean hinaus und fühlte sich irgendwie mit ihm verwandt. Das Meer schien an der Oberfläche ruhig, und dennoch gab es darunter unsichtbare und starke Strömungen, wie Daniel sie auch in sich spürte. „Nie hätte ich gedacht, dass ich das noch einmal zu einer Frau würde sagen können. Ellie habe ich sehr geliebt, und ich glaubte nicht, dass ich noch einmal so lieben würde. Das tue ich auch nicht. Ich liebe dich noch mehr."

Daniels Worte hallten wie ein Echo in Angelas Seele wider. Ihr Herz schien stehen zu bleiben. „Du brauchst dich nicht so anzustrengen, überzeugend zu wirken", flüsterte sie schließlich. „Du hast mich ja schon hier."

Daniel schüttelte den Kopf. „Wenn du noch einmal so etwas Lächerliches aussprichst, werde ich wieder böse." Seine Lippen strichen kaum fühlbar über ihre Schläfe. „Ich habe das gesagt, weil es wahr ist, und nicht, weil ich etwas damit erreichen wollte. Ich weiß, dass ich dir Anlass gegeben habe, an meinem Benehmen zu zweifeln, aber ich erklärte dir schon, wie das geschehen konnte. Als ich heute glaubte, du hättest mich für immer verlassen, bin ich fast wahnsinnig geworden."

„Während des Matchs ..."

„Später. Nach dem Kampf, als du nirgends zu finden warst." Er lachte leise. „Während des Spiels war ich noch immer wütend auf dich. Vermutlich hätte ich nicht mit solcher Energie gekämpft, wenn du mich nicht so maßlos verärgert hättest."

Angela nagte verlegen an ihrer Unterlippe. Daniel ließ seine Finger durch ihr seidiges, windzerzaustes Haar gleiten. „Übrigens hast du dich gestern völlig richtig verhalten. Du hast mir weder geschmeichelt noch versucht, mir abzuraten. Du erkanntest, dass ich meine eigene Entscheidung treffen musste."

„Ja. Ich wusste, dass du spielen wolltest. Aber das mochte ich dir nicht sagen. Das musstest du dir selbst klarmachen."

„Das ist es ja, Angela. Du hast mir nicht gesagt, was ich hören wollte. So wie Ellie es immer tat."

„Nicht, Daniel."

„Du sollst es wissen."

„Das ist nicht notwendig."

„Doch. Wenn wir uns lieben, darf es zwischen uns keine Geheimnisse und keine Unklarheiten geben."

Angela schwieg. Sie selbst bewahrte ein Geheimnis, das sie seine Liebe kosten konnte ...

„Ellie vertrat stets alles, was ich sagte oder tat, selbst wenn ihr klar war, dass ich mich irrte. Sie kam ungern zu meinen Kämpfen, weil sie fürchtete, ich könne verlieren. Sie ertrug es nicht, mich als Unterlegenen zu sehen."

Daniel bemerkte Angelas erstaunten Gesichtsausdruck. „Seltsam, nicht wahr?", fuhr er fort. „Sie reiste mit mir zu Turnieren, schaute aber nur selten zu. Sie blieb auch nicht objektiv, wenn ich verlor. Würde sie noch leben, hätte sie für meine Niederlage heute alle möglichen Entschuldigungen gefunden und über mein Schicksal geklagt. Bestimmt hätte sie nicht erkannt, dass das Spiel heute trotz meiner Niederlage ein persönlicher Triumph für mich war. Du hingegen ...“

Er drückte Angelas Kopf an seine Schulter, „Ellie konnte den Sieg mit mir teilen, nicht die Niederlage. Selbst nach allem, was wir unternahmen, um Richy zu bekommen, fürchtete ich mich vor dem, was sie tun würde, wenn unsere schöne Seifenblase einmal platzen sollte.“

Als Daniel den kleinen Jungen erwähnte, schloss Angela die Augen. Was wäre geschehen, wenn Richy nicht als normales, gesundes Baby auf die Welt gekommen wäre? Hätte Ellie ihn zurückgewiesen?

„Zu meinen besten Zeiten hatte ich fast mehr Angst vor der Zukunft als in den letzten Monaten. Ich glaube nicht, dass Ellie eine Tragödie überstanden hätte.“ Daniel berührte Angelas Ohr mit den Lippen. „Angela, wir beide zusammen können alles überstehen. Das fühle ich. Du gibst mir Zuversicht und das Gefühl, stark zu sein. Ich bin mit mir zufrieden und strebe trotzdem nach Besserem. Wenn man von jemandem für perfekt gehalten wird, wie Ellie das tat, dann verliert man den Ehrgeiz, sich zu steigern.“ Er schaute ihr in die Augen. „Verstehst du, was ich dir sagen will?“

„Vergleiche sind immer ungerecht, Daniel. Für alle Beteiligten.“

„Ich weiß. Ich wollte dir nur klarmachen, dass du für mich nicht der Ersatz für Ellie sein sollst. Du bist anders. Du bist besser für mich.“

Angela senkte den Kopf und legte die Stirn gegen Daniels Kinn. Auf diese Worte war sie nicht vorbereitet gewesen. Nie hatte sie erwartet, dass er sie aufrichtig lieben könnte. Das war etwas so Wunderbares, dass sie schon fast Angst davor hatte. Welchen Preis würde sie bezahlen müssen?

Aber jetzt wollte sie nicht an die Zukunft denken. Sie fühlte Daniels zärtliche Hände und spürte, wie ihre Herzen im Gleichklang schlugen. Jetzt wollte sie nur das Wunder seiner Liebe genießen.

„Angela, Angela“, flüsterte Daniel, und im nächsten Moment lagen seine Lippen auf ihren. Behutsam drang seine Zunge in ihren Mund ein.

Irgendwann schob Daniel eine Hand unter Angelas Joggingbluse und umschloss liebevoll ihre Brust. Sehnsüchtig schmiegte sich Angela an ihn.

„Ich möchte niemanden aus deinem Herzen verdrängen, Daniel.“

Er streichelte ihren Hals. „Das tust du nicht. Du bist etwas ganz Besonderes, und der Platz, den du in meinem Herzen hast, hat bisher noch niemandem gehört.“

Angela presste sich so fest wie möglich an ihn. Sie gab seine Zärtlichkeiten in gleicher Weise zurück und küsste ihn, wie sie noch nie einen Mann geküsst hatte. Alle Hemmungen fielen von ihr ab. Ihr leidenschaftlicher Kuss sprach von dem Verlangen, das in ihr brannte.

Als sie sich atemlos voneinander getrennt hatten, nahm Daniel Angelas Kopf zwischen die Hände und blickte ihr in die Augen. „Gehen wir hinein?“

Angela nickte nur.

Im Haus war alles still. Nur im Flur brannte noch Licht. An der Tür zu ihrem Zimmer legte Daniel Angela die Hände auf die Schultern.

„Ich habe dich bedrängt, Angela. Seit ich dich zum ersten Mal sah, musste alles nach meinem Kopf gehen. Das ist jetzt vorbei. Ich habe dir gesagt, dass ich dich liebe, und das ist wahr.

Aber das verpflichtet dich zu nichts. Wenn du zu mir kommst, zeige ich dir, wie sehr ich dich liebe. Wenn nicht, werde ich es ohne Vorbehalte akzeptieren."

Er verschwand im Schatten des Korridors in seinem Zimmer, das neben Angelas lag. Sie betrat den Raum. Ihre Sachen waren schon ausgepackt. Die elegante und ein wenig förmliche Einrichtung des Zimmers beachtete sie kaum. Wie im Traum zog sie ihren Jogginganzug aus, ging ins angrenzende Bad, drehte die Dusche an, seifte ihren Körper ein und spülte den Schaum dann ab. Während der ganzen Zeit schienen ihr Verstand und auch ihr Gewissen ausgeschaltet zu sein.

Angela rubbelte sich mit einem flauschigen Tuch ab, besprühte sich ausgiebig mit einem kostbaren Parfüm und legte etwas hellen Lippenglanz auf. Nachdem sie ihr Haar gebürstet hatte, wickelte sie sich in einen seidenen Kimono und verließ ihr Zimmer.

Auf ihr leises Klopfen hin wurde sofort geöffnet. Daniel hatte ein Frotteehandtuch um die Hüften geschlungen. Offenbar war er ebenfalls unter der Dusche gewesen. In dem krausen Haar auf seiner Brust hingen noch ein paar Wassertröpfchen. Im schwachen Licht leuchteten seine Augen wie Saphire.

„Angela?"

„Ich will bei dir sein", gestand sie leise.

„Auch im Bett?"

„Ja." Zur Bekräftigung trat sie auf Daniel zu, legte die Hände flach an seine Brust und strich dann mit den Fingern durch das krause Haar hinab bis zum Rand des Handtuchs. Sie nestelte an dem Knoten, der es hielt. Es fiel zu Boden.

Angela hörte nichts außer dem Hämmern ihres eigenen Herzens. Immer tiefer ließ sie ihre Finger gleiten, bis sie dichteres raueres Haar berührten. Dann verließ sie der Mut. Sie schaute beinahe flehentlich zu Daniel auf.

„Ich kann nicht ... ich bin ..."

„Pst, pst", machte Daniel. „Du bist auf dem allerbesten Weg. Dies hier ist keine Prüfung. Du brauchst niemals etwas zu tun, nur weil du annimmst, ich erwarte es von dir."

Er küsste sie, und in diesem Kuss lagen Bitte und Verführung zugleich. Angela verlor ihre Verlegenheit. Jetzt konnte sie den Empfindungen, die ein Leben lang in ihr geschlummert hatten, freien Lauf lassen. Ohne Scheu erwiderte sie Daniels Zärtlichkeiten. Mit jeder Berührung wuchs ihre Bereitschaft für die Liebe.

Daniels Hände zitterten ein wenig, als er sie unter den Kimono schob. Er widerstand dem Impuls, Angela das Kleidungsstück herunterzureißen. Sie gehörte nicht zu den Frauen, die nichts weiter als ein Spielzeug für eine Nacht waren. Angela war Gegenwart und Zukunft, ein kostbares Juwel.

Daniel wollte nichts überstürzen, sondern jede Einzelheit ihres Liebesspiels voll auskosten. Langsam und sanft strich er über ihre Hüften. Erst als er Angelas sehnsüchtiges Seufzen hörte, streifte er ihr das seidene Gewand ab.

Er trat einen Schritt zurück und bewunderte ihren nun völlig unbekleideten Körper. Behutsam ließ er die Hände über ihre Haut gleiten und verfolgte deren Weg mit den Blicken. Diese fast andachtsvolle Geste machte Daniel für Angela noch liebenswerter.

„Bis jetzt bin ich noch nie so bewundert worden", flüsterte sie. „Nur einfach genommen ..."

Tiefes Mitgefühl zeichnete sich auf Daniels Gesicht ab, aber im nächsten Moment leuchtete es wieder vor Glück. „Du bist schön", erklärte er mit gepresster Stimme.

Behutsam hob er Angela hoch, trug sie zum Bett und legte sie auf das weiche Laken. Dann schmiegte er sich dicht an sie.

Daniel nahm Angelas Handgelenke und hob sie über ihren Kopf. Gleich darauf streichelte er ihre Brüste. „Du siehst nicht aus, als hättest du ein Baby bekommen."

„Ich …" Angela verstummte. Beinahe hätte sie ihn berichtigt und ihm gesagt, dass es sogar zwei Babys gewesen waren.

„Deine Brüste sind so fest und rund." Er fuhr sacht mit dem Finger darüber. „Und die Spitzen sind klein und zart." Er berührte sie, und sofort reagierten sie darauf. „Du bist einfach vollkommen", flüsterte er.

Nach einem innigen Kuss wanderten seine Lippen an Angelas Hals hinunter zu ihren Brüsten, die diese Berührung schon sehnsüchtig erwarteten. Erregend strich seine Zunge über die harten Knospen.

Sie vergrub die Finger in seinem Haar und zog seinen Kopf noch dichter zu sich heran. „Oh Daniel, noch nie bin ich so liebkost worden."

„Gut, gut. Ich will nämlich der einzige Mann sein, an dessen Berührungen du dich jemals erinnerst."

Er küsste einen Weg von ihren Brüsten tiefer hinab und ließ danach die Zunge immer wieder um ihren Nabel kreisen. Angela drehte und wand sich. Nie hätte sie gedacht, dass ihr Körper solcher erotischen Empfindungen fähig sein würde.

Als Daniel den Mund noch weiter hinabgleiten ließ, schrie sie leise auf. Halb erschreckt und halb begeistert fühlte sie seine kleinen, zärtlichen Bisse an ihren Schenkeln. Danach öffnete Daniel langsam ihre Beine, und die Art, wie er sie berührte, sagte ihr, dass sie von Erotik bisher noch nichts gewusst hatte.

„Bitte, Daniel … Bitte!"

Daniel verstand ihre Worte und die Sprache ihrer Hände. Er richtete sich halb auf, blickte ihr tief in die Augen und drang wenig später ohne Zögern, aber auch ohne Hast tief in sie ein. Dann tat er etwas, das Ronald bei dieser Gelegenheit nie gemacht hatte: Er lächelte sie an. Während er sich in ihr bewegte, betrachtete er ihr Gesicht, las darin die glückliche Hingabe und versuchte zu ergründen, welche seiner Bewegungen ihr die meiste Freude bereitete.

„Du fühlst dich so gut an, Angela."

„Ja?"

„Oh ja", bestätigte er. „Beweg dich mit mir."

Als der Höhepunkt kam, versanken sie im Rausch des Glücks und der Ekstase. Atemlos und fast ungläubig erreichten sie einen Gipfel der Freude, den sie beide bisher noch nicht gekannt hatten.

Viele Minuten später hob Daniel den Kopf von Angelas Schulter. Mit dem kleinen Finger wischte er eine Träne von ihrer Wange. Angela öffnete die Augen, und er küsste sie auf den Mund.

„Danke, Angela. Du hast einen neuen Mann aus mir gemacht."

Die durchscheinenden Vorhänge an der zum Ozean hinausgehenden Fensterfront blähten sich in das Zimmer hinein. Angela öffnete verschlafen die Augen. Das lavendelfarbene Licht der Morgendämmerung durchflutete den Raum. Sie seufzte. Noch nie hatte sie sich so unglaublich glücklich gefühlt. Sie hatte die schönste und für sie völlig neue Dimension des Lebens kennengelernt.

Daniel atmete tief und gleichmäßig. Angela spürte den Hauch an ihrem nackten Rücken. Sein Arm lag auf ihrem Oberschenkel. Vorsichtig, damit sie ihn nicht weckte, drehte sie den Kopf. Gestern Abend war sie viel zu verzaubert gewesen, um die Einzelheiten des Zimmers wahrzunehmen. Jetzt schaute sie sich ein wenig um.

Der Raum war genauso geschmackvoll eingerichtet wie der Rest des Hauses. Helle Grastapeten schmückten die Wände, ein dicker naturfarbener Teppich bedeckte den Boden. Dass sich in der den Fenstern gegenüberliegenden Wand ein aus hellen

Ziegeln gemauerter Kamin mit einem Messingschirm davor befand, erschien Angela angesichts des tropischen Klimas als ungeheurer Luxus.

Sie mochte das Zimmer.

Sie liebte den Mann an ihrer Seite.

Ein schmaler Sonnenstrahl fiel wie ein Spotlight über den Teppich. Ich sollte in mein Zimmer zurückkehren, solange noch alles still ist, dachte Angela. Richy würde bald aufwachen, und danach gab es auch für die anderen keinen Schlaf mehr.

Vorsichtig hob sie Daniels Arm von ihrem Bein, rutschte zur Bettkante und stand auf. Sie legte ihren Kimono an und tappte barfuß über den weichen Teppich. Als sie schon die Hand auf den Türknauf gelegt hatte und ihn leise umdrehen wollte, schoben sich plötzlich rechts und links von ihr Daniels Arme vorbei und stützten sich gegen die Tür. Mit einem erschreckten Aufschrei sank Angela gegen das Holz.

„Wo willst du denn hin?" Daniel hielt sie zwischen seinem Körper und der Tür gefangen.

„In mein Zimmer."

„Irrtum." Er küsste ihren Nacken. „Du gehst wieder ins Bett. In meines."

Angela fühlte, wie seine Zunge von ihrem Nacken zu ihrem Ohr glitt und dabei spielerisch gegen das Ohrläppchen stieß. „Oh … Daniel, nicht doch … Ich muss jetzt in mein Zimmer zurück."

Er legte die Hände auf ihre Hüften. Dann zupfte er kurz an dem Gürtel ihres Kimonos, den sie nicht fest verknotet hatte. Das Band löste sich. „Warum?"

„Ich …" Mehr brachte sie nicht heraus. Daniel zog ihren Kimono auseinander und streichelte über ihre Rippen. Er trat dichter heran und presste seinen Körper an ihren Rücken. Angela wusste, dass er so hinter ihr stand, wie er geschlafen hatte – nackt. Plötzlich fiel ihr kein Grund mehr ein, weshalb sie ihn jetzt verlassen sollte.

Behutsam legte Daniel die Arme um Angela und bedeckte ihre Brüste mit den Händen. „Deine Brüste sind so hübsch", sagte er leise. „Und hier ungefähr ist die Grenze zwischen deiner Sonnenbräune und der weißen Haut." Er zeichnete sie mit dem Finger nach. „Wenn du dich mit mir auf meinem Strand sonnen würdest, wärst du nahtlos braun. Ich könnte dich mit Sonnenöl einreiben, und dann würdest du am ganzen Körper Farbe bekommen, während ich zuschaue."

Seine Worte hypnotisierten Angela. Sehnsüchtig richteten sich ihre Brustspitzen unter seinen Liebkosungen auf, und als Daniel ihr sein Lob dafür ins Ohr flüsterte, machte seine kühne Ausdrucksweise sie verlegen und glücklich zugleich.

„Ich mag es, wie sich deine Haut anfühlt, wenn ich sie mit der Zunge koste", sagte er. „Du schmeckst so weiblich, so ungeheuer erotisch."

Angela seufzte leise, bog den Kopf zurück und legte ihn an Daniels Schulter. Mit langsamen Bewegungen rieb sie sich an Daniel und spürte, wie erregt er war. Sein heißer Atem streifte ihren Nacken, während er die Hände von ihren Brüsten nahm und bis zu ihrem Schoß hinuntergleiten ließ. Nach einer Weile wagten sich seine Finger noch weiter vor.

„Wie weich, wie seidig." Mit den Daumen strich er durch das krause Haar.

Daniel hatte längst gespürt, dass Angela für seine Liebe bereit war, aber er setzte das verführerische Spiel fort. Zärtlich und sanft liebkoste er sie zuerst mit den Fingerspitzen, dann raubte er ihr mit drängenderen Berührungen fast den Verstand und versetzte sie in eine Leidenschaft, die sich kaum bändigen ließ.

Angela bebte und konnte nur noch atemlos seinen Namen flüstern. Schließlich drehte Daniel sie zu sich herum, legte die

Hände um ihre Taille, hob Angela hoch und drang dann in sie ein. Immer wieder bog er die Hüften vor; jedes Mal entrangen sich Angela kleine ekstatische Schreie, die bald in hilfloses Schluchzen übergingen, bis plötzlich alles um sie herum wie im grellen Licht eines einzigen Blitzschlages verschwand.

Fest schlang sie die Arme um Daniels Nacken. Ihre Schenkel umklammerten seine. Er presste sein Gesicht an ihre Brüste und erstickte so seine eigenen lustvollen Schreie.

Als Angela in die Wirklichkeit zurückkehrte, wagte sie nicht, Daniel in die Augen zu sehen. Er spürte, dass sie sich schämte, trug sie zum Bett und legte sie wie ein kleines Kind darauf nieder. Noch immer blickte sie ihn nicht an. Er streichelte ihre Wangen und lächelte liebevoll.

„Angela", flüsterte er, „war es so schlimm?"

Sie wollte ihn anschauen, schüttelte dann aber den Kopf und schloss die Augen. „Es war schön."

„Warum kannst du mich dann nicht ansehen?" Er hob ihre Hand an seine Lippen und küsste ihre Fingerspitzen.

„Weil ich verlegen bin", antwortete sie kaum hörbar.

„Ich wollte dich nicht in Verlegenheit bringen."

„Nicht du hast mich in Verlegenheit gebracht." Sie öffnete die Augen. „Das war ich selbst. Ich … ich habe noch nie … so war mir noch nie."

Sie schaute auf das goldblonde Haar auf Daniels Brust, das sie jetzt gern berührt hätte, doch dazu war sie noch viel zu verschüchtert, ja, erschreckt über ihre eigene Verwandlung. „So etwas wie … wie das eben habe ich noch nie erlebt. Dass ich so die Beherrschung verlieren konnte, verstehe ich selbst nicht."

„Angela, Liebes …"

Sie legte die Wange an Daniels Arm und sprach aus, was sie dachte. „Es ist, als wäre in mir eine andere Frau gewesen, die ich erst durch dich kennenlernte. Es fällt mir schwer, mich an sie zu gewöhnen."

„Mit anderen Worten, bisher wusstest du nicht, dass du eine wollüstige Frau mit einer unersättlichen Begierde bist."

Entsetzt schaute Angela zu ihm hoch, aber als sie seine lachenden Augen sah, merkte sie, dass er sie neckte.

„Und das finde ich höchst erfreulich", schloss Daniel.

Er nahm sie in die Arme, und beide lachten leise. Daniel machte es glücklich, dass sie einander so viel Freude schenken konnten. Seit Ellies Tod hatte es für ihn kein Lachen mehr nach dem Liebesakt gegeben, sondern immer nur tiefe Verzweiflung. Er küsste Angela innig. Sein Kuss sagte ihr, wie wichtig sie für ihn geworden war.

„Lass uns ins Badezimmer gehen", schlug Daniel nach einer Weile vor. Seine Stimme klang ein wenig rau.

Das Bad machte einen mehr als luxuriösen Eindruck. An den Seiten der riesigen eingelassenen Badewanne befanden sich Whirlpool-Düsen. Durch das große Fenster konnte man auf den Ozean hinausschauen. Die geräumige Duschkabine besaß eine durchsichtige Glastür. Dorthin führte Daniel Angela.

Die Dusche schien den letzten Rest von Verschämtheit fortzuspülen. Es tat Angela gut, von Daniel bewundernd betrachtet zu werden. Sein erotisches Interesse verbarg er keineswegs, aber sie wusste, dass ihn nicht die Begierde, sondern die Liebe leitete.

Gegenseitig küssten sie sich die Wassertropfen vom Gesicht. Dann seifte Angela sich langsam und aufreizend die Hände ein. Sie schaute Daniel in die Augen, während sie die Hände erst auf seine Hüften legte und dann langsam tiefer hinabführte. Daniel stockte der Atem, als sie ihr Ziel fanden und es umschlossen.

„Angela", flüsterte er. „Weißt du eigentlich, was du mit mir machst?"

„Mache ich etwas falsch?", fragte sie erschreckt und zog die Hände zurück.

„Um Himmels willen, nein!" Daniel fing ihre Hände ein

und führte sie zu sich zurück. „Du bist so wunderbar, dennoch scheint alles Sinnliche dir neu zu sein. Dabei warst du doch Ehefrau und Mutter.“

„Das eine hat nichts mit dem anderen zu tun.“ Angela dachte nicht nur an ihr Leben mit Ronald, sondern auch an die sterile Präzision, mit der sie Richy empfangen hatte.

Sie spülten und trockneten sich ab und gingen ins Schlafzimmer zurück.

„Leg dich auf den Bauch“, forderte Daniel Angela auf. Sie gehorchte. Er hockte sich neben sie. „Wir müssen etwas gegen diese weißen Streifen tun“, meinte er. Von den verschiedenen Bikini-Oberteilen waren einige blasse Hautstreifen zurückgeblieben, und Angelas Po hob sich besonders weiß von der Bräune ab.

„Was sollen wir jetzt tun? Was schlägst du vor?“, erkundigte sie sich schläfrig. Ihr Kopf ruhte auf ihren verschränkten Armen.

„Hm … was meinst du denn?“, fragte Daniel mit einem ausgesprochen verführerischen Unterton zurück.

„Du bist unverbesserlich.“

„Was dich betrifft – ja.“ Er begann, gekonnt ihren Rücken zu massieren.

„Und wenn Richy jetzt hereinplatzt?“

Daniels Hände wanderten an ihren Rippen hinauf. „Kann er nicht. Ich habe die Tür verschlossen.“ Er beugte sich über ihren Rücken und sprach ihr direkt ins Ohr. „Ich wollte nicht gestört werden. Nicht mal von meinem Sohn.“

Angela fühlte einen zärtlichen kleinen Biss in ihre Schulter. Wie selbstverständlich gehorchte sie Daniels Händen, die ihr bedeuteten, sich auf den Rücken zu drehen. Daniel legte den Kopf auf Angelas Bauch. Sie spielte mit seinem dichten, zerzausten Haar und spürte, dass das Verlangen wieder in ihrem Körper erwachte.

„Ich möchte dich wieder lieben, Angela.“

„Dann liebe mich.“

Daniel nahm noch nicht von ihr Besitz. Er richtete sich auf und betrachtete ihre verführerische Schönheit. „Ich kann mich nicht an dir sattsehen.“

Angela zog seinen Kopf zu ihren Brüsten hinunter. „Küss mich hier“, bat sie.

Daniel stöhnte leise auf. Seine Lippen schlossen sich um eine Brustspitze, und seine Zunge strich vorsichtig darüber hinweg. Dann liebkoste er die andere Brust in gleicher Weise. Angela konnte diese erregende Berührung in ihrem ganzen Körper fühlen. Sie hob sich Daniel entgegen und flehte ihn wortlos an, das Verlangen zu stillen, das er hervorgerufen hatte.

Sofort erfüllte er ihren Wunsch. Er glitt in sie hinein, und sie umschloss ihn fest. Wie zuvor, so war es auch diesmal der Anfang eines gemeinsam erlebten Rauschs der Liebe.

„Angela“, sagte Daniel später leise, nachdem er sich zurückgezogen hatte, „diese unmoralische Affäre muss ein Ende haben.“

Angela hatte das Gefühl, ihr Herz zerspränge in tausend Stücke. „Ein Ende?“

„Ja“, erklärte Daniel ernst. „Du musst mich heiraten.“

10. KAPITEL

„Du hast dich noch immer nicht zu meinem Heiratsantrag geäußert, Angela.“ Fünf Stunden waren schon vergangen, seit Daniel Angela mit diesem Antrag verblüfft hatte, aber sie wusste noch immer nicht, was sie antworten sollte. Jetzt saßen sie am Strand und spielten mit Richy – scheinbar eine glückliche kleine Familie, und das zählte eben zu den Dingen, die Angela ängstigten.

„Wenn ich nicht irre, war das weniger ein Antrag als ein Befehl“, wich sie aus.

„Hattest du von einem Tyrannen etwas anderes erwartet?“, fragte Daniel lachend, doch dass es ihm ernst war, las Angela in seinen Augen.

Heute Morgen hatte er nicht auf einer Antwort bestanden. Er hatte Angela nur in den Arm genommen und war wieder eingeschlafen. Angela dagegen war nicht mehr zur Ruhe gekommen.

Sie sollte Daniel McCasslin, den weltberühmten Tennis-Profi, heiraten? Daniel McCasslin wollte Angela Gentry, die unbekannte Frau, die ihm gegen Bezahlung sein Kind geboren hatte, heiraten?

Als Daniel erwachte, fanden beide, dass sie endlich aufstehen sollten. Richy saß schon beim Frühstück. Er winkte seinem Vater und Angela vergnügt zu und kippte dabei beinahe den Teller mit Cornflakes um. Daniel trug seine Tenniskleidung und Angela Shorts und ein T-Shirt. Er wollte sie dazu überreden, ihm beim Training zuzuschauen, aber sie lehnte ab.

„Daniel, meine Kleider waren eine Woche lang in einem Koffer, der in einer muffigen Kammer gestanden hat. Sie müssen ausgelüftet und dann eingeräumt werden.“

„Das kann ich für Sie tun“, sagte Mrs. Laani spontan.

„Recht vielen Dank, ich möchte lieber alles selbst ordnen,

damit ich hinterher weiß, wo es sich befindet."

Es sah so aus, als bezweifelte niemand, dass Angela für immer hier blieb. Außer Angela selbst.

Daniel fuhr also allein zum Training. Nachdem ihre Sachen ordentlich im Schrank hingen, half Angela Mrs. Laani, die neuen Kleidungsstücke zu sortieren, die sie für Richy in Honolulu gekauft hatte.

„Das ist ja süß!", rief Angela und hielt einen Spielanzug hoch, auf dessen Lätzchen zwei sich überkreuzende Tennisschläger aufgestickt waren.

Mrs. Laani lachte. „Ich dachte mir, seinem Papi würde es gefallen."

Kurz vor dem Mittagessen kehrte Daniel heim. „Du hättest die Zuschauermassen beim Trainingsspiel sehen sollen! Sie haben mir stehend applaudiert, als ich den Platz betrat. Die großen Presseagenturen haben von meinem Match gestern erfahren und die Geschichte weltweit verbreitet. Hank ist ganz aus dem Häuschen. Er hat laufend telefonische Angebote für mich bekommen. Ich soll auf Turnieren im In- und Ausland spielen. Meine Sponsoren haben auch gratuliert."

Er meinte die Firmen, deren Kleidung und Schuhe er trug, deren Tennisschläger er benutzte, mit deren Flugzeugen er reiste und für deren Zahnpasta er warb. Das Geld aus diesen Kontrakten trug mehr zu seinem Einkommen bei als die Preisgelder. Als seine Leistungen auf dem Tennisplatz nachgelassen hatten, waren auch die Verträge geschrumpft.

„Die Leute haben meine Kontrakte nicht nur erneuert, sondern weit bessere Angebote als zuvor gemacht, und das wegen des einen Spiels, das ich nicht einmal gewonnen habe. Jetzt weiß ich, dass es wieder aufwärts geht."

Seine Augen funkelten vor Begeisterung. Über den Tisch hinweg griff er nach Angelas Händen. „Ich brauche nur noch eines im Leben, um restlos glücklich zu sein."

Angela wusste, was das war. Ihr Herz zersprang fast vor Freude darüber, dass Daniel sie so liebte. Ja, sie wollte ihn heiraten, für immer bei ihm sein, bei ihm und Richy. Richy …

Was konnte sie sich mehr wünschen? Sie würde ihren Sohn heranwachsen sehen und ihm ihre ganze mütterliche Liebe schenken dürfen.

Warum aber fiel es ihr so schwer, Daniel eine klare Antwort zu geben?

Weil noch immer ein Geheimnis zwischen ihnen stand. Und wenn ihre Ehe nicht mit einer Lüge beginnen sollte, musste sie Daniel heute alles sagen. Die Ahnung, dass dann vielleicht alles aus war, machte sie krank vor Angst.

Nach dem Mittagessen waren Angela, Daniel und Richy an den Strand hinuntergegangen. Und jetzt drängte Daniel auf eine Antwort.

Richy kam herangestürmt. Er warf sich Angela mit solchem Schwung entgegen, dass sie auf dem Badelaken hintenüberfiel. „Also, du!“, rief sie und schlang einen Arm um ihn. „Wenn du so weitermachst, wird mir nichts anderes übrig bleiben, als Unterricht im Catchen zu nehmen.“

Richy krähte vergnügt. Angela schubste ihn um, kitzelte ihn und veranstaltete mit ihm einen kleinen Ringkampf. Schließlich hatte er genug und tapste zum Wasser zurück.

„Sei vorsichtig!“, rief Angela ihm nach.

Richy blieb stehen, drehte sich um und stürmte erneut auf sie zu. Er schlang die Ärmchen um ihren Nacken und drückte ihr einen ebenso enthusiastischen wie nassen Kuss auf den Mund. Danach lief er zum Wasser, und Angela schaute ihm mit tränenfeuchten Augen nach.

„Er liebt dich auch, Angela“, sagte Daniel leise.

Sie wandte sich ihm zu. „Ach, Daniel …“

„Und du hast ihn ebenfalls lieb, nicht wahr?“

„Ja."

„Und mich, seinen Vater?"

Jetzt rollten die Tränen über Angelas Wangen. Sie strich über Daniels windzerzaustes Haar. „Ich liebe dich. So sehr, dass es wehtut."

Daniel fing ihre Hand ein und drückte sie gegen seine Wange. „Dann heirate mich. Hank möchte, dass ich in zwei Wochen auf Tour gehe, und ich möchte, dass ihr beide, du und Richy, mitkommt. Du sollst mich als meine Frau begleiten."

„Zwei Wochen ..."

„Ich weiß, ich lasse dir nicht viel Zeit. Aber warum sollten wir warten? Wenn du mich liebst ..."

„Das tue ich."

„Und du weißt, dass ich dich liebe. Lass uns so schnell wie möglich heiraten, Angela." Daniel schaute zu Richy, der einer kleinen Welle nachstapfte. „Ich habe nie gedacht, dass ich einmal eine Frau so quasi zur Ehe erpressen würde, aber bei dir muss ich alle Trümpfe ausspielen." Er seufzte und schloss: „Richy braucht eine Mutter, Angela."

„Er hat Mrs. Laani." Das war ein schwaches Argument. Bitte, flehte Angela im Stillen, benutz nicht unseren Sohn, um mich zu etwas zu veranlassen, was ich nicht tun darf.

„Ich wüsste nicht, was ich ohne sie getan hätte", erwiderte Daniel. „Als ich trank und meine finstersten Zeiten durchlebte, hätte eine weniger gutherzige Frau ihre Sachen gepackt und wäre gegangen. Sie kommt großartig mit Richy aus. Für mich ist sie mehr Familienangehörige als Angestellte, doch eine Mutter kann sie dem Jungen nie ersetzen."

Er drückte Angelas Hand fester. „Angela, in ein paar Jahren muss ich hier fortziehen. Wenn Richy älter ist und ich nicht mehr in der Lage bin, beim großen Tenniszirkus mitzumachen, werden wir nicht mehr so isoliert leben können wie hier. Und wenn er zur Schule geht und sieht, dass alle anderen Kinder eine

Mutter haben, braucht er auch eine – nämlich dich."

Daniel spielte seine letzte Trumpfkarte aus. Er wusste, es war nicht sehr fair, aber jetzt war ihm jedes Mittel recht. „Sei meinem Sohn das, was du für Joey nicht sein konntest."

Angela zuckte zusammen. Mit einem Ruck entzog sie Daniel ihre Hand. „Das hättest du nicht sagen dürfen, Daniel."

„Ich weiß, verdammt noch mal. Aber ich will dich nun mal nicht verlieren. Ich kämpfe um meine Zukunft, und da muss ich alle Munition einsetzen, die ich habe." Er blickte sie wild entschlossen an.

„Oh Gott!" Sie schluchzte auf und bedeckte ihr Gesicht mit den Händen. Daniel strich über ihr Haar.

„Mir ist klar, dass ich dich wieder einmal bedränge, Angela. Ich würde es nicht tun, wenn ich dich nicht mehr als alles andere auf der Welt brauchte und wenn ich nicht glaubte, dass du Richy und mich genauso brauchst."

Angela fühlte eine nasse Hand auf ihrer Schulter. Sie ließ die Hände sinken und wandte den Kopf zur Seite. Richy stand neben ihr. Seine Unterlippe zitterte, und in seinen blauen Augen schimmerten helle Tränen. „Gela", sagte er mit zitterndem Stimmchen. „Gela."

„Oh mein Liebling, nicht weinen, nein?" Angela wischte Richy die Tränen aus den Augen und zwang sich zu einem Lächeln. „Siehst du? Es ist alles wieder gut." Wenn ein Kind einen Erwachsenen so offenkundig traurig sah, konnte das seine kleine Welt erschüttern.

Richy schaute zweifelnd zu seinem Vater, aber dessen Blick ruhte weiter auf Angela. Sie zog ihren Sohn in die Arme. Wie hatte sie ihm auch nur einen Augenblick lang Kummer bereiten können!

„Du siehst, ich bin ganz lustig, ja?", sagte sie. „Na, wo ist denn dein dickes Bäuchlein? Hier ist es!" Sie kitzelte ihn. Richy kicherte, und seine Tränchen trockneten.

Von dem Mäuerchen her, das das Grundstück vom Strand trennte, war Mrs. Laanis Stimme zu hören. „Sie sollten sich beide schämen, den Jungen nackt herumlaufen zu lassen!“, schalt sie. „Er wächst ja wie ein Wilder auf.“

„So hat ihn der liebe Gott aber geschaffen, Mrs. Laani!“, rief Daniel zurück und warf Angela einen Verschwörerblick zu.

„Die reinste Lästerung!“, erklärte Mrs. Laani, kam heran, griff sich den kleinen Kerl und versuchte, eine Badehose über seine strampelnden und sandbedeckten Beinchen zu ziehen. Richy wehrte sich erbittert. Schließlich gab sie auf. „Da haben Sie es! Er ist ja jetzt schon ein halber Wilder.“

Mit dem Jungen auf dem Arm keuchte sie über den Sand hinauf zum Haus.

„Nicht Bett!“, wiederholte Richy unausgesetzt, bis beide außer Sicht waren.

„Ich wusste nicht, dass Richy mich weinen sah“, sagte Angela. „Ich hätte ihn nicht so aufregen dürfen.“

„Wenn ich nun auch noch zu weinen anfange, heiratest du mich dann?“ Daniel machte ein so kindlich trauriges Gesicht, dass Angela unwillkürlich lachen musste.

„Ach, Daniel!“ Sie beugte sich zu ihm und küsste ihn auf die Wange. „Ich liebe dich, aber …“ Sie verstummte und legte den Kopf an seine Brust. Sein krauses Haar kitzelte ihre Nase. „Es gibt etwas, was mich zögern lässt, deinem Antrag zuzustimmen. Es geht um meine Vergangenheit. Ich habe etwas getan, das …“

Daniel bog ihren Kopf zurück und blickte in ihre Augen. „Angela, in deiner Vergangenheit kann es nichts gegeben haben, dessen du dich schämen müsstest. Und selbst wenn, dann hast du im Vergleich zu mir sicher noch wie eine Heilige gelebt. Deine Vergangenheit ist mir gleichgültig. Für mich zählt nur die Zukunft.“ Er drückte sie an sich. „Im Übrigen gibt es auch etwas, was ich dir nicht gesagt habe, es ist jedoch etwas, was meine Liebe zu dir weder betrifft noch berührt."

„Daniel, das …"

Er unterbrach sie. „Hat dein Geheimnis etwas mit mir zu tun? Mit dem, was du für mich fühlst? Liebst du mich deswegen weniger?"

Darauf konnte Angela ihm ehrlich antworten. „Nein, es schmälert meine Liebe zu dir nicht."

„Dann denk nicht mehr daran. Unser Leben begann, als wir einander begegneten. Unsere Vergangenheit ist ein Buch, das wir jetzt für immer zuschlagen." Er küsste sie innig. „Heirate mich, Angela."

„Daniel, Daniel …"

Schon lag sein Mund wieder auf ihren Lippen, und der Kuss machte alles unwichtig außer der Liebe, die sie für Daniel empfand.

Er legte die Arme um Angela, als wollte er sie so von der übrigen Welt abschirmen. „Zieh deinen Bikini aus", bat er.

Angela befreite sich aus Daniels Umarmung und schaute ihn gespielt verärgert an. „Ist das der einzige Grund, aus dem du mich heiraten willst? Damit du uneingeschränkt deine Lust an meinem Körper stillen kannst?"

„Einer von mehreren", antwortete er und ließ seinen Blick übertrieben gierig über ihre Kurven gleiten, die der winzige Bikini kaum verhüllte.

Wenn Daniel das Geheimnis von Richys Herkunft hütete, war es dann wirklich so schlimm, wenn sie, Angela, auch ihres bewahrte? Alle Bedenken fielen von ihr ab. Sie mochte sich nicht mehr von Schuldgefühlen quälen lassen.

„Und wenn jemand zufällig vorbeigeschlendert kommt?", fragte sie mit einem mutwilligen und vielversprechenden Unterton.

„Maurice und Mrs. Laani sind die Einzigen, die Zutritt zu

dem Grundstück haben. Beide wissen, dass sie sich nicht blicken lassen dürfen, wenn ich mit einer Frau allein am Strand bin."

„Aha. Und wie oft warst du mit einer Frau allein am Strand?"

„Dies ist das erste Mal. Ich habe heute Morgen die Anweisung ans Schwarze Brett geschlagen."

Angela biss sich auf die Lippe, um nicht loszulachen. „Und Boote? Wenn jemand vorbeigesegelt kommt und uns ... mich unbekleidet sieht?"

„Den sehen wir zuerst und gehen dann in volle Deckung."

„Ich merke schon, du hast an alles gedacht."

„An alles", bestätigte Daniel. „Ach, übrigens ... hast du inzwischen meinem Heiratsantrag zugestimmt? Darf ich die positive Antwort deinen Küssen entnehmen?" Mit einer Hand zog er die Schleife in Angelas Nacken auf, mit der anderen öffnete er den Rückenverschluss des Bikini-Oberteils.

„Ich habe noch nicht Ja gesagt." Der Wind erfasste das leichte Kleidungsstück und wehte es davon. „Aber da ich mich jetzt hier mit dir am Strand ..."

Daniel stand auf und streifte seine Badehose ab. Wie eine lebendig gewordene Statue stand er ein paar Augenblicke vor Angela, ehe er sich wieder auf das Badelaken setzte.

„... hier am Strand mit dir ...", fuhr Angela fort, während sie ihr Bikini-Höschen ablegte, „... nackt herumtreibe ..." Mit einer geschmeidigen Bewegung kam Daniel zu ihr. „... werde ich wohl deine Frau werden müssen."

Daniels Küsse waren so heiß wie das Sonnenfeuer und so ungestüm wie das Meer und der Sturm.

„Reizende Flitterwochen!", schimpfte Daniel vor sich hin. Er war mit Angela und Richy auf dem Weg nach Lahaina, einem malerischen kleinen Ort an der Nordwestküste Mauis, der früher die Hauptstadt und jetzt das Touristenzentrum der Insel war.

„Ich finde sie großartig", erklärte Angela fröhlich und stopfte zum x-ten Mal Richys Hemd in seine Hose.

„Unter Flitterwochen verstehe ich, dass ich mit dir im Bett bleibe und nicht eher aufstehe, bis wir alles durchprobiert haben, was es so gibt."

„Dazu kommen wir noch", meinte Angela, worauf Daniel ihr sofort den Kopf zuwandte und sie voller Verlangen anschaute. „Aber im Augenblick wäre ich dir dankbar, wenn du dich mehr um den Verkehr auf der Straße kümmertest."

Nachdem Angela mit der Heirat einverstanden gewesen war, hatte Daniel keine Zeit verloren. Innerhalb von vier Tagen waren alle Formalitäten erledigt. Die Zeremonie selbst hatte heute Morgen in aller Stille in Honolulu stattgefunden. Nur Mrs. Lani, die Frau des Pastors und natürlich Richy hatten daran teilgenommen. Die Presse hatte Daniel auf Angelas ausdrücklichen Wunsch nicht informiert.

Angela erinnerte sich noch zu genau an die Reporter und Fotografen, die Daniel umschwirrt hatten, als er mit Ellie und dem Baby das Krankenhaus verließ. Solange sie ihm ihr Geheimnis nicht gestanden hatte, wollte sie nicht mit ihm zusammen fotografiert oder interviewt werden. Je weniger Leute von ihrer Hochzeit erfuhren, desto besser.

„Ich bin so stolz auf dich", hatte Daniel gesagt. „Warum willst du die Tatsache verbergen, dass wir geheiratet haben?"

„Ich will sie nicht verbergen. Ich will sie nur nicht publik machen." Angela suchte nach einer einleuchtenden Erklärung. „Wegen … wegen Ellie. Sie war so schön, sie war ein Teil deines Lebens. Ehe ich die Spielregeln deines Berufes nicht ebenso gut beherrsche wie sie, will ich nicht, dass ich mit ihr verglichen werde."

„Es gibt keinen Vergleich", erklärte Daniel zärtlich und strich über Angelas dunkles Haar.

„Es gibt aber vielleicht Leute, die anderer Meinung sind, und das ist mir unbehaglich."

Also hatte Daniel Angelas Wunsch erfüllt. Am frühen Nachmittag waren sie nach Maui zurückgekehrt und hatten den inzwischen nörgeligen Richy ins Bett gebracht.

„Du musst dich noch mit Gary für zwei oder drei Trainingssätze verabreden."

„An meinem Hochzeitstag?", hatte Daniel vorwurfsvoll gefragt.

„Willst du auf den Turnieren gewinnen oder nicht?"

Daniel hatte sich zu Mrs. Laani umgedreht und hilflos die Arme ausgebreitet. „Erst ein paar Stunden verheiratet, und schon scheucht sie mich!" Trotz seines Spotts erkannte Angela, wie es ihn freute, dass sie Verständnis für seinen Beruf aufbrachte. „Aber du schaust mir doch dabei zu?"

„Auf jeden Fall."

Arm in Arm waren sie die Treppe hochgestiegen. Mrs. Laani hatte Angelas Kleider schon in den zweiten Schrank des großen Schlafzimmers umgeräumt; ihre Wasch- und Kosmetikartikel lagen ordentlich aufgereiht auf einem Bord in Daniels Badezimmer.

Daniel schloss Angela fest in die Arme und zog sie so dicht an sich heran, dass sie den Beweis für seine Ungeduld deutlich fühlen konnte. „Ich sehne mich so nach dir, Angela." Er presste seinen Kopf an ihre Brüste. „Von jetzt an gibt es für uns keine Grenzen mehr."

Daniel küsste Angela mit aller Sehnsucht, die sich in ihm aufgestaut hatte, und schaffte es dabei, sie so weit auszuziehen, dass sie schließlich nur noch in ihrem cremefarbenen Unterkleid dastand. Er streichelte ihre Brüste, und als die Spitzen anschwollen, berührte er sie durch den seidigen, glatten Stoff hindurch mit der Zunge.

Angela streifte Daniel das Oberhemd ab, öffnete dann seinen Gürtel und half ihm, sich von seiner Hose zu befreien. Sie schob die Hände an seinen Hüften in den Slip und ließ sie zu seinem Rücken gleiten. Daniel liebkoste ihren Körper durch das dünne Gewebe ihres Unterkleides. Als seine Zärtlichkeiten kühner wurden, packte sie ihn bei den Haaren und zog seinen Kopf fort.

„Du musst doch gleich Tennis spielen", brachte sie hervor.

„Zum Teufel damit!", knurrte er und wollte das verführerische Spiel fortsetzen.

„Und deine Gewinnchancen gehen auch zum Teufel, wenn du dein Training ausfallen lässt", erklärte Angela unerbittlich.

Daniel schimpfte leise vor sich hin, trat aber zurück. Angela begann den Rest ihrer persönlichen Dinge einzuräumen und versuchte, sich dabei nicht durch Daniels Anblick ablenken zu lassen. Völlig unbekümmert bewegte Daniel sich nackt im Raum und suchte seine Sportkleidung zusammen.

Als er fertig angezogen war und Kleidung zum Wechseln in seine Sporttasche packte, war Angela noch immer dabei, ihre eigenen Sachen ein- oder umzuräumen.

„Nachdem du meine erotischen Annäherungsversuche aus Zeitgründen zurückgewiesen hast, willst du doch wohl nicht so lange trödeln, bis ich mich verspäte, oder?"

Angela fühlte sich plötzlich wie ein schüchternes Schulmädchen. „Könntest du nicht bitte unten auf mich warten? Ich … ich bin in ein paar Minuten fertig."

„Was soll denn das nun …" Daniel unterbrach sich, trat zu Angela und legte ihr verständnisvoll die Hände auf die Schultern. „Es ist schon lange her, seit du ein Zimmer mit einem Mann geteilt hast, ja?"

Angela schluckte und nickte. Sie kam sich reichlich albern vor.

Daniel küsste sie auf die Wange. „Ich warte unten."

Ehe er zur Tür hinausging, hielt sie ihn auf. „Daniel!" Er drehte sich um. „Danke", sagte sie schlicht.

Er lächelte und schlug mit der flachen Hand gegen den Türrahmen. „Ich denke mir schon etwas aus, womit du das wieder gutmachen kannst." Er blinzelte ihr zu und verschwand.

Beim Trainingsspiel schlug Daniel sich dann ganz ausgezeichnet. Wieder hatten sich viele Zuschauer angesammelt, und bei jeder gekonnten Rückgabe applaudierten sie begeistert. Daniel war in seinem Element und genoss jeden Augenblick.

Am Abend wollte Daniel sie zu einem besonders feierlichen Abendessen ausführen, aber als sie sich anschickten, sich auf den Weg zu machen, brach Richy in herzzerreißendes Geheul aus.

„Können wir ihn nicht mitnehmen, Daniel?", fragte Angela und drückte den weinenden Jungen an sich.

„Angela, ich habe meine frisch Angetraute heute fast den ganzen Tag mit anderen Leuten teilen müssen. Jetzt möchte ich dich endlich für mich allein."

„Mir geht es nicht anders. Ich hätte jedoch keine Freude daran, wenn wir Richy traurig zurückließen."

Daniel versuchte es mit einem sachlichen Argument. „Er stellt sich nur so an, um dein Mitgefühl zu wecken."

„Das ist mir klar. Und ich weiß auch, dass ich ihm das abgewöhnen muss. Nur nicht gerade heute Abend."

Nach einigen höchst plastischen Flüchen gab Daniel nach. „Aber komm nicht auf die Idee, dass er heute Nacht bei uns schlafen darf", warnte er sie.

Kurz vor Lahaina fragte Angela: „Wohin führst du mich und Richy denn heute Abend eigentlich?"

„Da du auf einem Familienausflug bestanden hast, wirst du unser Abendessen selbst zubereiten müssen", erwiderte Daniel.

„Wie bitte?"

„Du wirst schon sehen."

Er fuhr sie zum *Pioneer Inn*, einem historischen Gästehaus aus der Mitte des neunzehnten Jahrhunderts, in dem Seeleute gewohnt hatten, zu Zeiten, da Lahaina noch zu den bedeutendsten Walfängerhäfen des Pazifiks zählte. Der offene Innenhof des Hauses war von Laternen und Fackeln beleuchtet und mit Tropenpflanzen dekoriert.

„Ist das hübsch hier!“, rief Angela, nachdem sie an dem ihnen zugewiesenen Tisch Platz genommen hatten.

„Freut mich, dass es dir gefällt. Aber das mit dem Selberkochen war kein Scherz. Schau mal!“ Daniel deutete auf einen Holzkohlegrill unter einem Schutzdach. An der Mauer befand sich eine Uhr, sodass der Benutzer des Grills die Garzeit im Auge behalten konnte, und auf dem Rand standen Gewürze und Saucen.

„Zufällig bin ich eine ganz famose Köchin“, verkündete Angela stolz. „Vor … vor meiner Scheidung, und als Joey noch lebte, hat mir das Kochen einen Riesenspaß gemacht. Hinterher …“ Ihr Gesicht verdunkelte sich. „Hinterher habe ich das Interesse daran verloren.“

Daniel drückte ihre Hand. „Wenn du Freude daran hast, kannst du in Zukunft für uns drei – dich, mich und Richy – kochen. Fang mal gleich damit an.“

Sie bestellten ein großes Steak für Daniel, einen Hamburger für Richy, und für Angela eine hawaiische Spezialität, einen Mahimahi-Fisch, der filetiert, mariniert und in Folie gewickelt gebracht wurde.

Als Fleisch und Fisch gar waren, trug Daniel alles zu ihrem Tisch. Verschiedene Salate und gebackene Bohnen wurden dazu serviert.

„Köstlich“, fand Daniel, verdrehte verzückt die Augen und schmatzte anerkennend. Richy ahmte ihn sofort nach.

Angelas Herz konnte die Liebe zu den beiden „Männern“ ihres Lebens fast nicht mehr fassen. So viel Glück auf einmal ängstigte sie.

Die Reisen zu organisieren war keine ganz leichte Angelegenheit. Mrs. Laani und Richy sollten sich ein Zimmer teilen, Daniel und

Angela ein weiteres, und Hank Davis, der Manager, bekam einen Raum für sich allein. Glücklicherweise erledigte Hank fast alle Formalitäten. Mrs. Laani brachte Angela Raum sparendes Packen bei, dennoch schien die Arbeit kein Ende zu nehmen.

Angela hatte sich ein wenig davor gefürchtet, Hank gegenüberzutreten. Er war ein ergrauter, nicht besonders großer Mann mit fleischigen, behaarten Händen. Er kaute ständig auf einer dicken Zigarre herum. Sein Bauch quoll über den Hosenbund. Trotz allem besaß er einen gewissen Charme. Angela mochte seine direkte und aufrichtige Art sofort.

Hank hatte sie und Daniel in der Ankunftshalle des Airports von Los Angeles begrüßt. Er nahm Angelas Hände fest in seine und schaute ihr in die Augen. Offenbar gefiel sie ihm auf Anhieb.

„Was immer Sie mit Daniel bisher angestellt haben, tun Sie's weiterhin", sagte er.

Angela wusste, dass dies ein uneingeschränktes Lob sein sollte.

Zwei Dinge passten Hank allerdings nicht recht: erstens, dass Daniel darauf bestand, Angelas Wunsch zu respektieren, die Presse von ihr fernzuhalten, und zweitens, dass Daniel ein paar freie Tage haben wollte, um seine Mutter in Oregon zu besuchen.

Vor diesem Besuch fürchtete sich Angela ebenfalls, aber es stellte sich dann heraus, dass ihre Angst unbegründet gewesen war. Mrs. McCasslin nahm sie sehr herzlich auf. Nach der Aufregung der allgemeinen Begrüßung blieben Daniels Mutter und Angela ein paar Minuten miteinander allein. Sie waren in die sonnendurchflutete Küche gegangen und warteten nun darauf, dass das Wasser im Teekessel kochte.

„Ich habe Sie mir ganz anders vorgestellt", sagte Rose McCasslin, während sie die Teedose aus dem Schrank holte.

„Wie denn?"

„Nun … ich nahm an, Sie seien furchtbar energisch. Eine Frau, die sofort Richys Erziehung in die Hand nimmt und Daniel entweder in Form prügelt oder wieder in den Alkohol treibt. Jedenfalls habe ich Sie mir nicht halb so schön und so … sanft vorgestellt.“

„Danke“, sagte Angela bewegt. „Daniel hat sich selbst in Form geprügelt, ehe er mich heiratete.“

„Gut, sehr gut.“ Rose McCasslin legte den Kopf schief. „Er muss Sie sehr lieben. Wissen Sie das?“

„Ja, ja, ich glaube ja.“

„Das freut mich. Als wir Ellie zu Grabe trugen und er nach Maui zog, dachte ich, er würde sich dort für den Rest seines Lebens verschanzen und verkommen. Aber er ist wieder glücklich geworden. Angela, ich habe eine große Bitte an Sie …“

„Und welche?“

Rose McCasslins Augen, die ebenso blau waren wie die ihres Sohnes und ihres Enkelsohnes, funkelten humorvoll. „Bewegen Sie Daniel dazu, zusammen mit Ihnen und meinem Enkelkind öfter zu Besuch zu kommen.“

Die Reiseroute führte von Oregon aus nach Phoenix in Arizona, dann nach Dallas und Houston in Texas, New Orleans in Louisiana und Miami in Florida.

Daniel zeigte beeindruckende Leistungen, verlor jedoch zuweilen. Weder ihn noch Hank entmutigte das, denn er hatte ja die Besten dieses Profisports als Gegner und machte ihnen die Siege nicht leicht.

Dann kam Memphis in Tennessee an die Reihe. Daniel gewann. Ebenso in Atlanta, Georgia, und in Cincinnati, Ohio. Sein Wert stieg.

Das Reisen, zumal mit einem so lebhaften Kind wie Richy, ermüdete Angela sehr, aber sie war glücklich über Daniels Erfolg. Die Artikel, die zu schreiben sie sich verpflichtet hatte,

hatte sie schon auf Maui fertiggestellt. Sie erfuhr, dass sie alle angenommen worden waren und gedruckt wurden. Weitere Aufträge lehnte sie fürs Erste ab.

„Was machst du eigentlich den ganzen Tag, wenn ich arbeite?“, erkundigte sich Daniel eines Nachts, als sie, erschöpft von der Liebe, nebeneinanderlagen. Wird es dir nicht langweilig?“

„Langweilig? Mit jemandem wie Richy? Wohl kaum.“ Angela kuschelte sich an ihren Mann und fühlte sich herrlich sicher in seinen Armen. „Ich freue mich auf deine Kämpfe, und ich träume … hiervon.“ Sie strich mit der Hand an seinem Körper hinab und berührte, was sie meinte. Daniel stöhnte leise auf.

„Du lieber Himmel, willst du mich umbringen? Ich habe heute ein hartes Match hinter mir … fünf Sätze … und dann habe ich dich geliebt … und … Großer Gott!“

„Ich habe nicht den Eindruck, als würdest du gleich vor Überanstrengung das Zeitliche segnen. Ganz im Gegenteil.“ Angela streichelte den Beweis ihrer Ansicht.

„Wenn Richy dich nicht in Anspruch nimmt und du dir nicht gerade ausdenkst, wie du deinen Ehemann in ein frühes Grab bringen kannst, was tust du dann?“

„Ich schreibe.“

„Du schreibst? Nein, hör auf … nein, mach weiter. Ja, so, oh … Himmel! Was schreibst du denn?“

„So Sachen. Notizen für einen Roman. Poesie.“

„Poesie? Was du hier machst, ist Poesie!“ Daniel drehte Angela auf den Rücken und ließ sich von ihr führen. „Schreib tausend Verse darüber.“

11. KAPITEL

Die ganze Familie war froh, wieder nach Hause zu kommen. Hank hatte versucht, Daniel noch für einige weitere Turniere einzuspannen, und schließlich sogar Angela angehalten, ihn zu überzeugen.

„Daniel muss überall spielen, wo und wann es nur geht", hatte er erklärt. „Es ist so wichtig …"

„Aber er möchte für ein paar Wochen nach Hause zurückkehren."

„Sie könnten ihn umstimmen."

„Vielleicht. Aber ich tu's nicht."

„Habe ich mir schon fast gedacht." Hank schob seine Zigarre in den Mund, schimpfte leise und fuhr sie letztendlich zum Flughafen.

Maurice hatte das Haus für sie vorbereitet. Alles nahm wieder seinen üblichen Gang. Daniel spielte täglich mit Gary im Club und arbeitete an seinen Schwachstellen. Angela beschäftigte sich mit Richy, schrieb hin und wieder und machte Pläne für die nächste Reise, die sie nach Europa führen sollte.

Eines Nachmittags saß sie entspannt im großen Schlafzimmer in einem Sessel am Fenster, als Daniel hereinkam. Er ließ seine Tennistasche neben der Tür fallen. Angelas und seine Blicke trafen sich und sprachen von der Liebe, die während der vergangenen Wochen noch größer geworden war.

„Du siehst wunderschön aus, Angela", stellte Daniel leise fest. „Der Sonnenuntergang setzt rote Lichter auf dein Haar."

„Danke schön. Eigentlich wollte ich ja bei deiner Heimkehr fertig angezogen sein, aber dann hat mich etwas so beschäftigt, dass …" Sie klappte den Schreibblock auf ihrem Schoß zu und legte ihn auf den Tisch neben dem Sessel.

Daniel schloss die Tür ab, ehe er zu Angela trat. Sie trug einen Morgenmantel, den er sehr hübsch fand. Er hatte einen weiten Halsausschnitt, war bodenlang und umspielte ihren Körper wie eine durchscheinende hellblaue Wolke. „Du hast gebadet", bemerkte Daniel.

Angela duftete nach blumigem Badeschaum. Daniel kniete sich neben sie. Er legte seine Fingerspitzen an beide Seiten ihres Halses, weil er so gern fühlte, wie sich ihr Pulsschlag erhöhte, wenn er sie berührte.

Angela symbolisierte für ihn den Frieden, das Zuhause, die Liebe – alles, was er für immer verloren geglaubt hatte. Jedes Mal, wenn er sie nach kurzer Abwesenheit wieder sah, merkte er aufs Neue, wie sehr er sie liebte.

„Was hat dich denn so beschäftigt?"

„Ach, nichts von Bedeutung", antwortete Angela in einer Tonlage, die das Gegenteil besagte. Wer hatte ihr nur eingeredet, dass das, was sie tat, unbedeutend war? Ihr geschiedener Mann? Ja, Ronald. Vielleicht hatte er recht gehabt. Sie verspürte Unsicherheit.

„Du hast geschrieben, nicht wahr?"

Angela blickte zur Seite. „Es taugt nichts, aber ich wollte es schon immer einmal zu Papier bringen."

„Darf ich es lesen?"

„Dazu ist es nicht gut genug."

„Das glaube ich nicht."

„Es ist zu persönlich." Angela strich mit der Zunge über die Lippen.

„Nun, wenn du nicht willst …"

„Ich würde gern deine Meinung hören", unterbrach sie ihn rasch.

Sofort nahm Daniel den Schreibblock zur Hand und schlug ihn auf. Die Überschrift auf der ersten Seite lautete „Joey". Er schaute Angela an. Sie wich seinem Blick aus, stand auf und trat zum Fenster. Ihre Silhouette hob sich dunkel gegen den roten Abendhimmel ab.

Daniel las das lange Gedicht, und bei jeder Zeile schnürte sich ihm der Hals mehr zu. Angela hatte die eindringlichen, aber nicht sentimentalen Worte mit ihrer Seele geschrieben, und es war ihr sicher nicht leicht gefallen. Die Verse schilderten die abgrundtiefe Trauer und Hilflosigkeit einer Mutter, die ihr Kind dahinsiechen sieht. Die letzten Zeilen jedoch sprachen voller Dankbarkeit von der unendlichen Freude, die dieses Kind ihr trotz allem geschenkt hatte.

Daniel schloss den Schreibblock und stand auf. Seine Augen waren feucht. Er trat hinter Angela und legte die Arme um sie.

„Es ist wunderbar, Angela."

„Ehrlich? Oder sagst du das nur so?"

„Ehrlich. Ist es zu persönlich, um es mit anderen zu teilen?"

„Du meinst, um es zu veröffentlichen?"

„Ja."

„Ist es denn dazu wirklich gut genug?"

„Aber ja! Ich glaube, alle Eltern können diese Worte nachempfinden. Ja, ich glaube, du solltest es veröffentlichen. Vielleicht hilft es anderen Menschen, die gerade das durchmachen, was hinter dir liegt."

Angela drehte sich zu Daniel um und legte ihren Kopf an seine Brust. Sie lauschte auf das gleichmäßige Schlagen seines Herzens.

„Ich wünschte, ich hätte bei dir sein können, als du jemanden brauchtest", sagte Daniel leise. „Du hast mir aus meiner Krise geholfen, deine eigene musstest du allein überwinden. Das tut mir so leid, mein Liebes." Er streichelte ihren Rücken. „Komm", bat er, nahm ihre Hand und führte sie zum Bett.

Daniel hatte sich auf die Bettkante gesetzt. Angela stand zwischen seinen Beinen vor ihm und strich mit dem Zeigefinger über seine Augenbrauen.

„Ich wünschte, ich könnte mit meiner Liebe den Kummer

vertreiben, der noch in dir ist.“ Daniel lehnte die Stirn an Angelas Hüfte.

„Und ich wollte, ich könnte deinen Kummer ebenso auslöschen. Vielleicht lieben wir einander nur deshalb so sehr, weil wir die Enttäuschung und die Trauer kennen.“

„Ich habe nie geahnt, dass es möglich ist, jemanden so zu lieben, wie ich dich liebe.“ Daniel hob den Kopf und sah sie an. „Angela, du nimmst doch keine Verhütungsmittel, oder?“

„Nein“, antwortete sie leise.

„Gut.“ Er streichelte ihre Brüste. „Ich möchte ein Kind von dir haben. Ein Kind, das deines und meines ist. Unser eigen Fleisch und Blut.“

Angela dachte an Richy. War jetzt der richtige Zeitpunkt gekommen, Daniel zu sagen, dass es dieses Kind ja schon gab? Würde er sie nach dem Geständnis weiterhin lieben, oder würde er ihr vorwerfen, sie hätte sich auf unverzeihliche Weise in sein Herz und sein Vertrauen geschlichen?

Angela öffnete den Mund, um zu sprechen, aber es war zu spät. Daniels Zärtlichkeit hatte sich in Leidenschaft verwandelt. Er küsste das Dreieck zwischen ihren Schenkeln durch den leichten Stoff hindurch. Dann raffte er das Morgenkleid hoch, bis es sich um ihre Taille bauschte. Er vergrub das Gesicht in dem weichen, luftigen Gewebe und atmete seinen Duft ein.

Als Daniels Lippen wenig später Angelas nackte Haut berührten, bebte sie erwartungsvoll und packte ihn bei den Schultern. Er legte die Hände um ihre Hüften, zog sie dichter heran und neigte den Kopf weiter hinunter.

„Daniel, das kannst du nicht tun!“ Er konnte es, und er tat es. Sein suchender Mund entzündete eine heiße Leidenschaft in ihrem Körper, ihrem Herzen und ihrer Seele.

Angela ließ sich von Daniel aufs Bett legen. Er kniete sich vor sie und öffnete ihre Beine. Immer wieder küsste er sie mit meisterhaftem Geschick. Sein Mund war besitzergreifend und dennoch zärtlich, und seine Zunge brachte Angela ein ums andere Mal auf den Höhepunkt des Empfindens.

Wieder einmal spürte sie, dass sie gleich im Rausch der Sinne versinken würde, vergrub die Finger in Daniels Haar und zog seinen Kopf hoch. „Bitte, Daniel! Komm zu mir! Jetzt!“, stieß sie hervor.

Irgendwie schaffte er es, sich in Sekundenschnelle von seinen Shorts zu befreien, und im nächsten Moment erfüllte er Angelas Bitte. Er glitt in sie und bewegte sich in ihr ungestümer als je zuvor, bis für sie nichts mehr existierte als der Rhythmus seiner Liebe, der ihr die Erfüllung schenkte.

Schließlich gab Daniel sie frei. Angela hatte das Gefühl, als wäre ihr Körper bleischwer und schwebte dennoch allen Naturgesetzen zum Trotz im freien Raum. Daniel streifte den Rest seiner Kleidung ab, befreite Angela von dem zusammengeknüllten Morgenmantel und legte sich dann neben sie.

„Warum hast du das getan?“ Angela hatte kaum die Kraft, hörbar zu sprechen.

Daniel ließ die Hand an ihrem Körper hinabgleiten und hielt zwischen ihren Schenkeln an. Sein Blick folgte diesem Weg und kehrte dann zu Angelas Brüsten zurück. „Um dir zu zeigen, dass meine Liebe zu dir grenzenlos ist.“

„Ich bin ganz schwach vor lauter Liebe zu dir.“

„Und mich machst du stark.“ Daniel lächelte zärtlich. Er neigte den Kopf und liebkoste eine ihrer Brustspitzen mit der Zunge. „Stark und glücklich, ein Mann zu sein.“

Angela spielte mit den Fingern in seinem blonden Haar. „Meinst du, dass … dass wir eben ein Baby …?“

Daniel lachte leise und kuschelte sich an sie. „Ich sage dir etwas: Wir machen einfach so weiter, bis wir es genau wissen.“

Eingehüllt von dem purpurnen Dämmerlicht schliefen sie sofort ein.

„Ihr beide seid zirkusreif!", rief Angela den Tennisspielern zu. Daniel und Gary schlugen sich die Bälle übers Netz hinweg zu und schmetterten sie dabei jedes Mal so hoch, wie es nur ging. Sie alberten herum, um Richy Spaß zu bereiten, der am Platzrand stand und begeistert in die Händchen klatschte. Als Daniel sich auch noch umdrehte und den Ball durch seine Beine zurückschlug, kreischte der Kleine entzückt und hopste auf und nieder.

„So, nun ist's aber gut!", bestimmte Angela. „Nachher verletzt sich noch einer von euch, und ich bin dann die Unglückliche, die es Hank beibringen muss. Ich werde euch jetzt euren jüngsten Bewunderer entführen. Vielleicht könnt ihr euch dann zu ernsthafter Trainingsarbeit entschließen."

„Spielverderberin!", rief Gary und ging zu seiner neuesten Eroberung hinüber, die mit einem Handtuch und einer Thermosflasche voll Eiswasser am Spielfeldrand auf ihn wartete.

„Recht hat er!", pflichtete Daniel bei, schlang sich ein Handtuch um den Hals und drapierte auch eines um Richy, der ihn anstrahlte. „Deine Mutter ist ein Sklavenschinder und Miesmacher", erklärte er dem Jungen, ehe er ihm einen Kuss auf die Stirn drückte. Dann senkte er die Stimme und flüsterte: „Außer im Bett. Da ist sie einsame Klasse."

„Und du bist der Klassenbeste", sagte Angela. Sie rieb ihre Nase an seiner. „Ich würde dich ja gern küssen, aber ich finde keine trockene Stelle an dir."

„Na gut, dann bleibst du mir eben einen Kuss schuldig. Musst du schon gehen?"

„Du weißt doch, dass Richy unverträglich wird, wenn er keinen Mittagsschlaf kriegt. Nachher können wir ja vielleicht alle drei an den Strand gehen."

„Au ja, und dann spielen wir Nackedei."

„Denkst du eigentlich nie an etwas anderes?"

„Oh doch!" Daniel tat beleidigt. „Manchmal denke ich auch

daran, es einmal in voller Kleidung zu tun."

„Du bist unmöglich!" Angela warf Daniel ein Handtuch ins Gesicht. „Jetzt spiel gut, und dann sehen wir uns daheim wieder." Sie hob Richy auf den Arm, hängte sich die Schultertasche über und strebte langsam dem Parkplatz zu.

Sie dachte an Daniels Erfolge in Europa. Drei Monate hatte die Reise gedauert. Sie waren von Land zu Land gezogen, von Turnier zu Turnier und erst in der vergangenen Woche zurückgekehrt. Daniel stand jetzt an fünfter Stelle der Weltrangliste. Er hoffte, im nächsten Jahr wieder Nummer Eins zu sein.

„Dann ziehe ich mich zurück", hatte er erklärt.

Angela war ein bisschen überrascht gewesen. „Nächstes Jahr schon? Und was willst du dann tun?"

„Was hältst du von einer Kette von Sportartikel-Geschäften? Ich würde das Ganze sozusagen als Familienkonzept aufziehen – Joggingschuhe für Vater und Sohn, Tenniskleider für Mutter und Tochter, Bewegungsspiele für die ganze Familie und so weiter."

„Das fände ich großartig. Und die Sache mit dem Familienkonzept gefällt mir."

„Mir auch. Wir werden den Markt erobern."

„Wir?"

„Hank will sich ebenfalls zurückziehen. Er meint, er sei zu alt, um noch einmal mit einem blutjungen Tennisanfänger von vorn zu beginnen. Er will in mein Geschäft einsteigen. Und in deines natürlich", hatte Daniel mit einem raschen Kuss hinzugefügt.

Angelas Gedicht „Joey" war in einem Frauenmagazin abgedruckt worden. Die Redaktion hatte angefragt, ob sie nicht noch eine Kurzgeschichte oder eine Erzählung schreiben wollte. Angela spielte mit mehreren Ideen.

„Mommy!“ Richy patschte ihr ins Gesicht und riss sie aus ihren Gedanken.

„Hat es dir Spaß gemacht, Daddy beim Tennis zuzuschauen?“, fragte Angela den Kleinen, der seinen zweiten Geburtstag in Paris gefeiert hatte. Eigentlich war er schon zu schwer, um andauernd getragen zu werden, aber sie tat es immer wieder gern. Er nannte sie jetzt „Mommy“, und jedes Mal, wenn er das Wort aussprach, hätte Angela vor Glück weinen mögen. „Ist Daddy nicht fabelhaft? Na, du bist ja genauso voreingenommen wie ich.“

Angela bemerkte den Mann in dem Auto nicht, das hinter ihrem parkte. Als sie ihre Wagentür aufschloss, warf sie zufällig einen Blick über die Schulter zurück. Der Mann war ausgestiegen. Angela erstarrte.

Er brachte mindestens noch zehn Kilo mehr auf die Waage als früher. Sein Haar war schütterer, grauer und schlecht geschnitten. Seine Haut sah schlaff und fahl aus, wodurch seine rotgeäderte Nase besonders auffiel. Die Kleidung wirkte ungepflegt und für dieses Klima viel zu warm. Seine Schuhe waren ausgetreten.

Aber sein hinterhältiger Gesichtsausdruck war noch immer der alte, und sein verschlagener Blick sagte, dass er etwas gegen jemanden in der Hand hatte und nicht erwarten konnte, es zu seinem Vorteil auszuspielen.

Angela wurde es buchstäblich übel. Instinktiv drückte sie Richy beschützend fester an sich.

„Hallo, Mrs. McCasslin.“ Er sprach den Namen wie eine Beleidigung aus.

Angela wäre am liebsten so schnell wie möglich davongerannt. Doch sie verharrte, schaute den Mann hasserfüllt an und sagte eiskalt: „Guten Tag, Ronald.“

Er musterte sie von Kopf bis Fuß. Sie hatte das Gefühl, als beschmutze sie dieser unverschämte Blick.

„Du siehst gut aus“, stellte Ronald schließlich fest.

„Und du wie ein Wrack“, entgegnete sie und wusste nicht, woher sie den Mut dazu nahm. Es musste Daniels Liebe und ihr gemeinsames Glück sein, das ihr die Kraft gab.

Einen solchen Ton war Ronald von Angela nicht gewohnt. Einen Moment zeichnete sich Verblüffung auf seinen Zügen ab, dann verzog er die Lippen zu einem üblen Grinsen. „Stimmt. Aber ich bin ja auch nicht so fein raus wie du, Mrs. McCasslin.“

Angela stellte Richy auf den Boden. Er war unruhig geworden, weil ihm die Unterhaltung uninteressant erschien. Die Metallnägel, die die Parkbuchten markierten, fand er entschieden aufregender. Angela passte auf, dass er sich außerhalb Ronalds Reichweite bewegte.

„Gib mir nicht die Schuld an deinem Schicksal, wie immer es auch aussehen mag, Ronald. Dir wurden die besten Voraussetzungen für ein erfolgreiches Leben auf einem Silbertablett serviert. Oder sollte ich besser sagen, mit einem goldenen Ehering? Wenn du aus deinen Chancen nichts gemacht hast, bist du selbst schuld.“

Ronald ballte die Hände und trat drohend einen Schritt vor. „Bitte nicht so von oben herab, ja? Ich kann nämlich deine kleine Welt mit einem Schlag zertrümmern, verehrte Mrs. McCasslin. Wie hast du ihn aufgetrieben?“

Angela fand, die beste Verteidigung sei, nichts zuzugeben. Sie hob stolz den Kopf.

„Ich weiß nicht, wovon du redest.“

Ronald packte sie mit stahlhartem Griff am Oberarm. Wie bist du auf die Spur gekommen? Halt mich nicht für so dumm, mir weismachen zu können, du seist durch reinen Zufall in McCasslins Arme geraten.“

Die Furcht überfiel Angela aufs Neue. Ronald würde skrupellos, grausam und gewalttätig vorgehen, wenn er auf andere

Weise nicht erreichte, was er wollte.

„Logisches Nachdenken“, antwortete sie knapp und atmete auf, als Ronald sie losließ. „Ich hatte ihn und seine Frau an dem Morgen gesehen, als sie das Krankenhaus verließen.“

„Gratuliere. Fein gemacht.“

Er betrachtete Richy mit einem Blick, der Angela beinahe das Blut gerinnen ließ. „Er ist mir gut gelungen. Meine Zeugung war gute Arbeit.“

Angela wurde schwarz vor Augen. Sie fürchtete, in Ohnmacht zu fallen, und wunderte sich, dass sie ein paar Sekunden später noch immer aufrecht dastand. „Deine Zeugung?“, presste sie hervor.

Ronald lachte hässlich. „Was ist denn, Mrs. McCasslin? Denkst du jetzt, alles war umsonst, und du hättest dich dem falschen Mann an den Hals geworfen?“

„Ist Richy … ist Richy nicht Daniels Sohn?“, stieß sie entsetzt hervor.

Ronald war anzusehen, dass er Angelas Verzweiflung genoss. „Ja, aber ich habe die Arbeit für ihn getan.“

Angela lehnte sich gegen das Auto. Ihre Übelkeit ließ langsam nach, doch der schlechte Geschmack in ihrem Mund blieb. Dieser Mann war ein zu allem fähiger Teufel.

„Wie die Dinge liegen, hast du mir sogar einen Gefallen mit dieser Heirat erwiesen“, sprach Ronald weiter und betrachtete seine Fingernägel.

Angela tat ihm nicht den Gefallen, ihn zu fragen, wie er das meinte. Sie schaute ihn nur an.

„Ich mache schwere Zeiten durch, Angela. Sicher trifft es auch dich hart, dass die Klinik, die dein verehrungswürdiger Herr Vater so mühselig aufgebaut hat, nicht mehr existiert.“

„Als ich mich von dir scheiden ließ, habe ich mich auch von ihr geschieden“, erwiderte Angela. „Für mich war die Klinik nicht mehr das Werk meines Vaters, sondern nur noch ein

Spielzeug für deine Skrupellosigkeit."

„Nun ja ..." Ronald zuckte die Schultern. „Jedenfalls ist sie weg. Futsch, verloren. Und das bringt mich zu dem Grund für diese schöne Reise." Er beugte sich zu Angela und flüsterte verschwörerisch: „Du wirst mir helfen, ein paar Verluste wettzumachen."

„Bist du wahnsinnig? Für dich rühre ich keinen Finger. Und die schöne Reise, wie du das nennst, ist hiermit zu Ende. Belästige mich nicht noch einmal." Angela hockte sich nieder, nahm Richy hoch, riss die Wagentür auf und setzte ihn ungeachtet seines Protests ins Auto.

„Sekunde noch!" Ronald hielt sie fest, ehe sie einsteigen konnte. „Und wenn ich deinem neuen Ehegatten mal einen Besuch abstatte?"

Angela starrte Ronald mit angehaltenem Atem an.

„Du magst vielleicht eine schlechte Meinung von mir haben", fuhr er fort. „Aber McCasslin und seine Frau hielten mich für einen Halbgott. Dein lieber Mann ist gewiss erfreut, mich wiederzusehen. Soll ich mich mal ein bisschen mit ihm unterhalten?"

Angela hoffte, dass Ronald ihr die Panik nicht anmerkte. Sein triumphierender Blick sagte ihr jedoch, dass sie ihm nicht entgangen war.

„Ahnte ich's doch! Mr. McCasslin weiß nicht Bescheid, nicht wahr? Er weiß nicht, dass er eine käufliche Frau geheiratet hat, die sich ihre Dienste teuer bezahlen ließ. Mit fünfzigtausend Dollar, genau gesagt. Wäre doch interessant für ihn, die Wahrheit zu erfahren, oder?" Ronald ließ Angela los und stieß sie in das Auto. „Ich lasse von mir hören!"

„Schmeckt dir dein Kalbsschnitzel nicht?"

Angela hörte auf, in dem Essen auf ihrem Teller zu stochern, und lächelte Daniel zu, der sie besorgt anschaute. „Entschuldige. Ich glaube, wir hätten heute lieber nicht ausgehen sollen." Sie waren zum Abendessen in eines der besten Restaurants von Lahaina gefahren.

Daniel griff nach ihrer Hand und drückte sie. „Wenn dir nicht nach Ausgehen zumute war, hättest du das doch sagen können. Ebensogern wäre ich mit dir zu Hause geblieben."

Angela erinnerte sich an die vielen schönen Abende daheim, und als sie jetzt Daniels liebevollen Blick sah, quälte sie die Schuld, mit der sie lebte, so sehr, dass es schmerzte.

Während des ganzen Nachmittags waren ihre Nerven zum Zerreißen gespannt gewesen. Jedes Mal, wenn sie sich umdrehte, meinte sie, Ronald hinter sich stehen zu sehen. Er ekelte sie an, er und seine Selbstbedienungsmethoden. Aber war sie besser als er? Hatte sie nicht Daniels Gutgläubigkeit und seine Liebe ausgenutzt? Warum hatte sie ihm nicht gleich zu Anfang die Wahrheit gesagt? Sie sah sich jetzt auf einer Ebene mit Ronald Lowery und konnte sich nur noch verachten.

„Es tut mir leid, dass ich dir den Abend verderbe." Sie seufzte. Am liebsten hätte sie sich in Daniels Armen verkrochen und sich vor den Gefahren der Außenwelt versteckt.

„Ein Abend, den ich mit dir verbringe, kann gar nicht verdorben sein", entgegnete Daniel leise. Er lächelte ein bisschen frech. „Von ein paar Abenden vor unserer Hochzeit abgesehen natürlich, an denen ich in dein Bett wollte und du alle möglichen Tricks aufbotest, mich da rauszuhalten."

Angela musste trotz ihres Kummers und ihrer Niedergeschlagenheit lächeln. „Ich habe mich doch nur an die Regeln für gutes Benehmen gehalten", behauptete sie mit einem scheinbar verschämten Augenaufschlag.

„Von wegen gutes Benehmen! Ich wette, du ..." Daniel vollendete den Satz nicht. Er hatte etwas entdeckt, was ihn ablenkte.

„Daniel?"

Es dauerte eine Weile, bis er Angela wieder anschaute. „Ich ... Wie bitte? Oh, entschuldige. Was sagtest du?"

„Du hast etwas gesagt, nicht ich." Angela drehte sich um, weil sie ergründen wollte, was Daniel so sehr interessierte. Ihr Lächeln erlosch. Allein an einem Tisch am anderen Ende des Raums saß Ronald Lowery und studierte die Speisekarte. Angela wusste, dass er nicht zufällig hier war.

Sie wandte sich wieder Daniel zu. „Kennst du den Mann?", fragte sie zögernd. Gleich darauf merkte sie, dass sie sich damit entschlossen hatte, die Wahrheit weiter zu verschweigen. Dies wäre die beste Gelegenheit gewesen, Daniel zu gestehen, dass Ronald ihr geschiedener Mann und sie die Mutter von Richy war. Stattdessen hatte sie es wieder einmal gescheut, Daniels Liebe aufs Spiel zu setzen.

„Ja", antwortete Daniel. Er presste die Lippen zusammen, wie er es immer tat, wenn ihm etwas nicht gefiel. Anscheinend empfand er nicht ganz so viel Hochachtung für Ronald, wie dieser annahm. „Er ... ähm ... Ellie und ich lernten ihn in Los Angeles kennen. Er hat uns einmal sehr geholfen."

„Ach so." Angela griff nach ihrem Glas.

„Er ist Arzt. Für den großen Dienst, den er uns erwies, wurde er gut bezahlt. Später hat er versucht, noch mehr Geld aus uns herauszupressen."

Angelas Magen krampfte sich zusammen. Was war Ronald nur für ein Mensch! „Mit welcher Begründung forderte er denn eine Nachzahlung?" Angela hoffte, dass ihre Frage sachlich klang.

„Er sagte, es seien unerwartete Schwierigkeiten eingetreten", antwortete Daniel und blickte wieder zu Ronald hinüber. „Wir haben uns geeinigt. Ich möchte bloß wissen, was er jetzt auf Maui macht. Urlaub?"

„Vermutlich." Angela staunte, wie normal ihre Stimme klang, obwohl sie innerlich bebte.

„Wenn du genug mit deinem Kalbsschnitzel gespielt hast, könnten wir jetzt gehen."

„Natürlich." Großer Gott, wie sollte sie das alles nur überstehen?

Daniel führte Angela an den Tischen vorbei in Richtung Ausgang, und gleich würden sie Ronalds Platz erreichen. Angela war klar, dass er ihr und Daniel absichtlich zu diesem Restaurant gefolgt war, um sie an seine Drohung zu erinnern. Ronald wollte etwas von ihr, und dieses Ziel würde er verbissen verfolgen, bis sie aufgab. Sie wusste jetzt schon, dass sie kapitulieren musste, um ihr Leben mit Daniel und Richy zu retten.

Die Szene, die Ronald hinlegte, war bühnenreif. Als er Daniel „entdeckte", kannten seine Überraschung und seine Freude keine Grenzen. Mit keiner Miene verriet er, dass ihm Angela keine Unbekannte war. „Daniel McCasslin! Wie schön, Sie nach so langer Zeit wiederzusehen."

Daniel blieb kühl. „Guten Abend, Dr. Lowery."

Ronald schüttelte Daniels Hand. „Sie sehen hervorragend aus, Daniel. Ich habe kürzlich fantastische Meldungen über Sie im Sportteil meiner Zeitung gelesen." Sein Gesicht nahm einen traurigen und mitfühlenden Ausdruck an. „Das mit Ihrer Frau tut mir schrecklich leid, wirklich. Wie geht es dem Baby?"

„Danke für Ihr Beileid. Richy ist inzwischen ein strammer Zweijähriger. Ihm geht's ausgezeichnet."

„Das freut mich."

„Übrigens", Daniel zog Angela heran, „das ist meine Frau. Angela, darf ich dir Dr. Ronald Lowery vorstellen?"

Sie hatte solche Szenen schon in Komödien gesehen. Wer konnte so etwas nur komisch finden? Die Wirklichkeit war so grausam, dass sie fast mit einem irren Lachen oder hysterischem Geschrei reagiert hätte. Angela schaffte es, beides zu unterdrücken. „Guten Abend, Dr. Lowery", sagte sie. Aber keine zehn

Pferde hätten sie dazu gebracht, ihm auch noch die Hand zu reichen.

„Guten Abend, Mrs. McCasslin", erwiderte Ronald freundlich.

Die beiden Männer tauschten noch einige Höflichkeiten aus. Ronald erzählte, dass er ein paar Wochen Urlaub auf den Inseln machen wolle, und Daniel wünschte ihm viel Spaß. Angela überstand die Prozedur, ohne durchzudrehen. Ihr Lächeln war so verkrampft, dass ihre Wangenmuskeln schmerzten.

„Ich habe mich wirklich sehr gefreut, Sie wiederzusehen", sagte Ronald zum Abschied.

„Ganz meinerseits", erwiderte Daniel und führte Angela endlich zum Ausgang. Als sie im Auto saßen, startete er den Motor, fuhr aber nicht an.

„Stimmt etwas nicht?", fragte Angela.

„Es … es ist nur …" Daniels Stimme erstarb.

Angela saß stocksteif neben ihm. Sie kämpfte noch immer gegen ihre Hysterie an.

„Weißt du, Dr. Lowery spielte eine wichtige Rolle in Ellies und meinem Leben", begann Daniel erneut. „Ich sagte dir ja, dass sie Schwierigkeiten mit der Empfängnis hatte. Lowery … er machte es möglich, dass wir Richy bekamen. Ich muss ihm für meinen Sohn dankbar sein. Aber … Herrgott, Angela, ich kann es dir nicht erklären!"

Er strich sich über die Stirn. „Es ist nicht nur die Tatsache, dass er für seine Dienste mehr Geld als vereinbart verlangte. Es ist seine ganze Art, die mich misstrauisch macht. Und dass ich ihm heute sozusagen auf meinem eigenen Territorium begegnet bin, beunruhigt mich." Daniel lachte leise und unfroh. „Jetzt denkst du sicher, ich sei verrückt." Er legte den Gang ein und fuhr an.

„Nein", erwiderte Angela. „Ich halte dich nicht für verrückt. Dem Kerl traue ich auch nicht."

„So, jetzt ist das Licht aus. Willst du mir nun nicht endlich erzählen, was dich bedrückt?“, fragte Daniel.

Angela hatte schon ein paar Minuten im Bett gelegen, als Daniel die Nachttischlampen ausschaltete und sich zu ihr legte. Wie üblich, waren beide völlig unbekleidet. Darauf hatten sie sich schon in ihrer ersten Ehewoche geeinigt, weil es „Zeit sparte“, wie Daniel mit einem Augenzwinkern bemerkte. Heute aber hätte Angela am liebsten ihr Nachthemd angezogen. Sie wollte sich bedecken, sich verstecken.

„Gar nichts bedrückt mich“, murmelte sie in ihr Kopfkissen.

„Wie kommt es dann, dass du wie ausgewechselt bist, seit du heute Nachmittag den Club verlassen hast? Du warst nur noch ein Nervenbündel, hast dein Abendessen nicht gegessen, kaum geredet und, was das Ungewöhnlichste ist, du hättest fast Richys Gutenachtkuss vergessen. Also bitte – irgendwas stimmt doch nicht!“

Mit einem Mal kam die ganze Angst an die Oberfläche. Angela musste einfach um sich schlagen und traf natürlich den, der am nächsten war, Daniel. „Bloß weil mir heute nicht nach Sex ist, glaubst du, irgendwas stimmt nicht. Ich bin einfach nicht in Stimmung, verstehst du? Ich bin keine Lampe, die sich nach Belieben ein- und ausschalten lässt. Kannst du mich nicht mal eine Nacht lang in Frieden lassen?“ Sie zog die Bettdecke bis ans Kinn.

Ein paar Sekunden lang herrschte absolutes Schweigen. Dann sprang Daniel aus dem Bett. „Dein Gedächtnis funktioniert nicht richtig. Ich habe dich heute Nacht noch gar nicht zu Intimitäten aufgefordert.“

Er war schon fast an der Tür, ehe sie ihn bitten konnte zu bleiben. „Daniel!“, rief sie und setzte sich auf. „Sei nicht böse. Es tut mir leid. Bitte, komm zurück. Nimm mich in die Arme.“ Im Mondlicht, das durch die großen Fenster ins Zimmer fiel, glänzten die Tränenspuren wie Silber auf ihren Wangen.

Sofort war Daniel wieder bei Angela. Er umarmte sie, strich ihr zärtlich übers Haar und drückte ihr Gesicht an seine Schulter. „Was ist denn, Angela? Habe ich dir etwas getan? Oder habe ich etwas nicht getan?“

„Nein, nein“, jammerte sie leise. „Ich hätte nicht so scheußlich zu dir sein sollen. Das wollte ich gar nicht. Ich …“

„Was denn, Angela? Komm, sag's mir.“

Angela versuchte, die Kraft und den Mut aufzubringen, um Daniel alles über Ronald und Richy zu erzählen. Es ging nicht. Sie wischte sich die Tränen ab. „Ach, nichts. Wirklich nicht. Ich … ich fühle mich heute nur nicht so ganz wohl.“

„Leg dich hin“, bat Daniel. Er streckte sich neben ihr aus und nahm sie wieder in seine beschützenden Arme.

Der leichte Wind, der vom Ozean her durchs Fenster hereinkam, fächelte über ihre Körper. Es war so warm, dass Daniel die Bettdecke nicht wieder hochgezogen hatte. Angela fühlte Daniels Atem in ihrem Haar.

„Sorgst du dich, weil du noch nicht schwanger bist?“

Das hatte sie tatsächlich beunruhigt, allerdings nicht so sehr, dass sie darüber gesprochen hätte. „Es wird schon noch“, sagte sie leise.

„Das glaube ich auch. Aber es ist nicht so wichtig. Ich liebe dich, und wenn wir kein Kind bekommen, liebe ich dich nicht weniger.“

Angela führte seine Hand an die Lippen und küsste sie. „Ich möchte alles für dich sein.“

„Das bist du. Für mich bist du ohne Vorbehalte Richys Mutter. Wenn man euch beide zusammen sieht, kann man auf gar keine andere Idee kommen.“

Angela erstickte ein Schluchzen und kuschelte sich noch dichter an Daniel. Dieses blinde Vertrauen, diese Liebe verdiente sie nicht!

„Wenn ich dich umarme, Angela, denke ich am allerwenigsten ans Kinderbekommen. Dabei denke ich nur an dich."

Er legte eine Hand um ihre Brust. Angela schluchzte und seufzte gleichzeitig. Daniel flüsterte ihr liebevolle, beruhigende Worte ins Ohr.

„Ich denke an deine Brüste, die so wunderschön sind und die ich so gern berühre. Wie jetzt." Mit einem Finger streichelte er die Spitzen. „Deine Haut ist so seidenweich." Seine Hand glitt zu ihrem Bauch hinunter. „Ich küsse sie so gern. Und dies hier …" Nun waren seine Finger zwischen ihren Schenkeln angelangt. „Dies hier ist überwältigend." Angela stöhnte auf bei der erotischen Berührung. „Ich bin so gern in dir. Es ist das schönste Gefühl, das ich kenne."

„Oh Daniel …" Angela bot ihm ihre Lippen. Er küsste sie.

„Meine Liebe gehört dir, Angela, und zwar bedingungslos und für alle Zeit."

Angela schaute Daniel in die Augen. „Jetzt … jetzt möchte ich doch gern, dass … Komm, liebe mich."

Daniel lächelte glücklich und überrascht, als Angela sich aufrichtete, ihre Hände an seine Schultern legte und ihn aufs Laken drückte, sodass er flach auf dem Rücken lag. Sie kniete sich über ihn. Angela staunte über ihre eigene Kühnheit, während sie die Hände unter ihre Brüste hielt und sie Daniel wie zwei Früchte anbot. „Magst du …?"

Daniel richtete sich ein wenig auf. Er schob ihre Hände fort und nahm das Geschenk nur zu gern an. Mit der Zunge liebkoste er die harten Knospen, bis Angela ihre Leidenschaft nicht länger zügeln konnte. Mit einem kleinen Aufschrei ließ sie sich auf Daniel nieder und nahm ihn in sich auf.

„Oh Angela, mein Engel …" Daniel schloss die Augen.

Angela bewegte ihre Hüften in kleinen Kreisen, sie hob und senkte sie, damit Daniel immer wieder tief zu ihr kommen konnte. Er atmete schwer und rau, aber seine Liebkosungen waren unendlich weich und zärtlich. Erst streichelte er Angelas Brüste, dann schob er die Hand an die Stelle, wo ihre beiden Körper miteinander verschmolzen waren. Das Spiel seiner Finger versetzte Angela in Ekstase.

„Daniel, bitte … bitte!“ Ob sie ihn bat, aufzuhören oder weiterzumachen, wusste sie nicht. Er hingegen wusste es. Er setzte fort, was er begonnen hatte, bis sie gemeinsam den Gipfel ihrer Liebe erreichten.

Erschöpft ließ sich Angela auf Daniel niedersinken. Beide rangen nach Atem; beide waren sich ihres unendlich großen Glücks bewusst.

Nach einer Weile rollte Angela zur Seite. Daniel strich ihr die feuchten Haarsträhnen aus dem Gesicht.

„Unsere Liebe ist das Schönste, Reinste und Aufrichtigste, was es auf der Welt gibt, Angela.“

„Ja.“ Ihre Stimme klang heiser. Sie lächelte Daniel an. Erst als er eingeschlafen war, ließ sie ihren Tränen freien Lauf.

12. KAPITEL

Ist die Dame des Hauses am Apparat?“ Angela packte den Telefonhörer fester. Sie erkannte die Stimme sofort. Diesen Anruf hatte sie seit Tagen gefürchtet. Dass Ronald anrufen würde, war ihr klar gewesen. Sie hatte nur nicht gewusst, wann. Als sie ihn jetzt hörte, war sie fast erleichtert, zumindest war die Anspannung damit vorüber. Nun brauchte sie sich nur noch vor seinen Forderungen zu fürchten.

„Am Apparat“, lautete ihre kurze Bestätigung.

„Restaurant Orchid Lounge. Drei Uhr.“

Es klickte, und die Leitung war tot. Langsam legte Angela den Hörer auf die Gabel. Viel Zeit hatte Ronald ihr nicht gelassen. Es ging schon auf halb drei zu. Richy hielt seinen Mittagsschlaf. Daniel befand sich in seinem Arbeitszimmer und führte ein langes Ferngespräch mit Hank. Wenn Richy aufwachte, wollten sie gemeinsam zum Spielen an den Strand gehen.

„Mrs. Laani“, sagte Angela und steckte den Kopf durch die Küchentür. „Ich möchte Daniel nicht beim Telefonieren stören. Würden Sie ihm bitte ausrichten, dass ich ein paar Einkäufe erledigen muss? Er und Richy sollen allein an den Strand gehen. Ich komme später nach.“

„Aber ich kann doch für Sie einkaufen“, bot die Haushälterin an.

„Nein, danke. Ich benötige ein paar persönliche Dinge. Es dauert nicht lange.“ Kurz darauf verließ sie das Haus.

Angela kannte die Orchid Lounge. Das Restaurant befand sich in einer heruntergekommenen Gegend etwas außerhalb von Lahaina. Sie war ein paarmal daran vorbeigekommen, wenn sie in die Stadt fuhr. Im Inneren war es noch grässlicher als erwartet. Der Gestank von kaltem Zigarettenrauch und schalem Bier machte ihr den Aufenthalt in dem trüb beleuchteten Raum fast unerträglich.

Nachdem Angelas Augen sich an die Dunkelheit gewöhnt hatten, merkte sie, dass sie die einzige Frau in der Kneipe war. Aus den finsteren Ecken starrten ihr Augenpaare gierig entgegen. Angela unterdrückte ihren Ekel und setzte sich nahe beim Ausgang in eine der Sitznischen.

„Mineralwasser, bitte“, bestellte sie bei dem Barmann, der zu ihr geschlurft kam.

Sie hielt den Blick auf die große Uhr an der gegenüberliegenden Wand gerichtet. Das Glas Mineralwasser, das vor sie hingestellt wurde, hätte sie nicht einmal mit der Feuerzange angefasst. Die geflüsterten, auf sie gemünzten Kommentare, denen bald Gelächter folgte, überhörte sie.

Nach einer Viertelstunde war Ronald noch immer nicht da. Natürlich ließ der Schuft sie absichtlich hier in diesem Laden schmoren. Psychologische Kriegsführung nannte man das wohl. Darin kannte er sich ja aus. Aber das Spiel machte sie nicht mit, nein, keinesfalls!

Angela wollte gerade aufstehen und gehen, als Ronald sich ihr gegenüber in die Nische schob.

„Wo willst du hin?“, fragte er feindselig.

„Ich mag Treffpunkte nicht, die du auswählst“, erklärte sie.

„Du musst sie ja auch nicht mögen.“ Ronald winkte dem Barmann. „Einen doppelten Scotch. Pur.“ Er wandte sich wieder an Angela. „Ich brauche zwanzigtausend Dollar.“

Der Barkeeper brachte Ronalds Whisky und fragte Angela, ob sie noch etwas zu trinken wünsche; eine dumme Frage, wo doch ihr Glas noch unberührt vor ihr stand. Sie schüttelte den Kopf, und der Mann schlurfte fort.

Ronald stürzte die Hälfte seines Drinks hinunter, verzog das Gesicht und nahm dann einen kleineren Schluck. „Du wirst mir das Geld beschaffen.“

„Bist du verrückt? Nichts dergleichen werde ich tun."

Ronalds Blick glitt zu ihren Brüsten hinunter. Er lächelte teuflisch. „Oh doch, du wirst." Er trank noch einen Schluck Whisky. „Mir sitzen Leute im Nacken, weißt du. Harte Leute, Bluthunde. Ich stehe bei denen bis zur Halskrause in der Kreide. Die wollen Geld sehen."

„Dein Problem. Nicht meins."

„Ich mache es aber zu deinem Problem. Du bist jetzt mit einem reichen Tennis-Star verheiratet. Ganz großes Kaliber. Berühmter Knabe. Ohne mich hättest du den nie getroffen. Du schuldest mir also etwas."

Angela lachte höhnisch auf. „Nach allem, was du mir angetan hast, nachdem du mich sogar gezwungen hast, das Kind eines fremden Mannes zu bekommen, soll ich dir etwas schulden?"

Ronald zuckte die Schultern. „Jedenfalls wirst du das tun, was ich dir sage. Wie früher auch immer. Du bist nämlich ein Feigling, Angela."

„Bin ich nicht!", fauchte sie.

„Nein?" Ronald blickte über die Schulter zu den zehn oder zwölf Männern hinüber, die sie mit Interesse beobachteten. „Warst du nicht ein ganz kleines bisschen ängstlich, ehe ich hereinkam? Du fühltest dich hier nicht recht wohl, oder? Bist du nicht ein wenig nervös geworden unter all diesen Kerlen, die dich anstarren und sich ausmalen, wie es wohl unter deinem Rock aussieht? Ein Wort von mir, und sie schauen nach."

„Ronald, hör auf."

Er tat erstaunt. „Na so was! Täusche ich mich, oder zittert deine Stimme ein bisschen? Bittest du mich etwa um Gnade?" Er verschränkte die Arme auf der Tischplatte und beugte sich vor. „So habe ich es gern, Angela." Er trank sein Glas leer und signalisierte dem Barmann, dass er ein weiteres wünschte. „Und jetzt zur Sache. Fünftausend brauche ich sofort. Die restlichen fünfzehntausend über drei, vier Wochen verteilt."

Angela versuchte, nicht die Fassung zu verlieren. „Ronald, so viel Geld habe ich nicht."

„Ihr habt ein Bankkonto, an das du herankommst!" Ronald schlug mit der Faust auf den Tisch. „Das weiß ich genau."

Angela duckte sich unwillkürlich. „Womit soll ich denn Daniel Ausgaben in dieser Höhe erklären?", fragte sie ziemlich verängstigt.

„Denk dir etwas aus. Wenn du gerissen genug warst, den Burschen vor den Traualtar zu tricksen, wird dir wohl auch hierzu etwas einfallen."

„Ich habe ihn nicht vor den Traualtar getrickst!", protestierte sie.

„Aber das wird er denken, wenn ich ihm erzähle, wer du in Wirklichkeit bist." Ronald schüttelte scheinbar bekümmert den Kopf. „Ja, ich glaube, seine Begeisterung für dich würde erheblich nachlassen, wenn er das erführe."

„Ich könnte es leugnen. Natürlich müsste ich zugeben, dass ich einmal mit dir verheiratet war, das beweist jedoch nicht, dass ich die Mutter von Daniels Sohn bin. Ich brauchte nur zu behaupten, dass du uns mit einer Lüge erpressen willst."

„Arme Angela! Bist du wirklich so naiv? Erinnerst du dich nicht mehr an den Rechtsanwalt von damals? Er ist mein Freund, und er hat alle Unterlagen über die Vorgänge in seinem Safe. Ich könnte ihn bitten, sie McCasslin zu zeigen. Im Übrigen sagte ich dir ja schon, dass McCasslin mich in den Himmel hebt, weil ich ihm zu diesem Jungen verholfen habe."

„Darauf verlass dich nur nicht, Ronald! Er hat mir erzählt, dass du Geld aus ihm herausquetschen wolltest, weil es angeblich Komplikationen gegeben hätte. Er hält nicht halb so viel von dir, wie du glaubst."

Ronald verzog spöttisch die Lippen. „Egal. Jedenfalls hätte er es sicher nicht gern, wenn ich der Presse erzählte, was ich über dieses Kind weiß. Das würde nicht nur seinen eigenen Ruf ankratzen, sondern auch das Andenken an seine geliebte Dahingeschiedene ruinieren." Ronald tat, als wäre ihm eben etwas Unangenehmes eingefallen. „Sag mal, wird es bei euch im Bett nicht ein wenig eng zu dritt? Du, dein Tennis-Ass und das Gespenst seiner Frau?"

Ronald hatte Angela verletzen wollen, und es war ihm gelungen. „So ist es nicht!", widersprach sie heftig.

„Nein? Der war doch irrsinnig in seine Frau verknallt. Selbst jemand wie ich, der Liebe für Schwachsinn hält, konnte das nicht übersehen. Weißt du, ich war auch mal verheiratet. Du magst ja eine fantastische Haushälterin, Köchin und Mutter gewesen sein, aber im Bett warst du stinklangweilig."

Angela sah rot. Der Hass überwältigte sie. Am liebsten hätte sie diesem Scheusal jede Einzelheit ihres Liebeslebens mit Daniel an den Kopf geworfen. Sie ballte die Hände und blickte ihn wutentbrannt an. „Daniel liebt mich. Ich liebe ihn. Wir wollen ein Kind haben. Wir ..."

Ronalds hässliches Gelächter unterbrach sie. „Du und ein Kind? Was bringt dich denn auf den Gedanken, du könntest noch Kinder kriegen?"

„Was ... was meinst du damit?" Angela war vor Entsetzen fast wie gelähmt.

„Damit meine ich, dass dein zweites Kind dein letztes war. Nichts geht mehr. Du wurdest sterilisiert, Mrs. McCasslin."

„Unmöglich", flüsterte Angela. „Das ist doch unmöglich."

„Du warst damals in Narkose, weißt du nicht mehr?"

„Doch, aber ... dann hätte doch ein Schnitt gemacht werden müssen, um ..."

Ronald winkte ab. „Es gibt immer neue Methoden, die ein Gynäkologe ausprobieren kann. Und das beste Versuchskaninchen ist die eigene Ehefrau. Ich dachte, dein Mutterinstinkt würde dich vielleicht überwältigen, nachdem du das McCasslin-Baby hergeben musstest. Da wollte ich verhindern, dass du dann noch eins haben konntest. Joey hat mich schon genug Geld gekostet."

Angela schrie auf, als hätte Ronald sie geohrfeigt. Wie konnte er nur so von Joey, seinem eigenen Sohn, reden? Und jetzt hatte dieser grausame Mensch auch noch ihre Hoffnungen auf ein weiteres Kind zunichte gemacht!

Angela fühlte sich geschlagen. „Wie viel brauchst du? Fünftausend?" Ronald sollte aus ihrem Leben verschwinden. Wenn sie das mit Geld erreichte, wollte sie jeden Betrag zahlen.

„Fürs Erste, ja. Und zwar morgen."

„Morgen? Ich glaube nicht, dass ich das so schnell schaffe, aber ich versuche es." Sie stand auf. Ihre Beine gaben fast nach.

Ronald packte ihren Arm. „Du wirst es mir morgen übergeben, oder ich statte deinem Ehemann einen kleinen Besuch ab."

Angela befreite ihren Arm und ging benommen zur Tür. Das Sonnenlicht draußen blendete sie. Oder waren es ihre Tränen?

„Morgen?", wiederholte Angela. Daniel war mit der Nachricht herausgerückt, als sie gerade ihre Gabel zum Mund hatte führen wollen. Sie erstarrte mitten in der Bewegung und legte das Besteck dann auf den Teller. „Wir reisen morgen nach Kalifornien?" Morgen, morgen. Immer wieder hörte sie dieses Wort.

„Ich weiß, das kommt ein bisschen plötzlich. Ich habe es selbst erst vor ein paar Minuten erfahren." Daniel hatte ein langes Telefongespräch mit Hank geführt und war danach zu Angela und Richy ins Esszimmer gekommen. „Mrs. Laani kann heute Abend noch Richys Sachen packen. Wir nehmen morgen die Dreizehn-Uhr-Maschine nach Honolulu und dann den Spätflug nach Los Angeles."

„Aber weshalb denn diese Eile?", fragte Angela verzweifelt.

„Für die Eile gibt es mehrere Gründe. Erst einmal laufen Turniere in San Diego, Las Vegas und San Francisco, an denen ich mich nach Hanks Ansicht beteiligen soll. Nur wenige der Topleute werden spielen, und so kann ich vielleicht ein paar Siege einheimsen. Zwischen den Spielen liegen jeweils einige Tage, und Hank und ich haben da ein paar Dinge zu erledigen."

Angela blickte auf ihren Teller. Seit dem Treffen mit Ronald wagte sie kaum noch, Daniel in die Augen zu sehen. Jetzt hatte sie zwei Geheimnisse vor ihm: dass sie Richys Mutter war und dass sie keine Kinder mehr bekommen konnte. Und zu allem Überfluss wollte sie ihm nun auch noch Geld aus der Tasche ziehen, um damit einen Erpresser zu bezahlen. Wie tief war sie gesunken!

Im Gegensatz zu Ronalds Ansicht hatte Angela keinen ungehinderten Zugang zu Daniels Bankkonten. Daniel hatte ihr ein eigenes Konto eröffnet, das er immer sehr großzügig auffüllte. Auch die Honorare für die Artikel und Erzählungen, die sie schrieb, gingen auf dieses Konto.

„Das ist Geld, das du dir verdient hast", hatte Daniel erklärt. „Gib es nicht für den Haushalt aus, sondern ausschließlich für dich persönlich."

Wie sie heute Nachmittag festgestellt hatte, befanden sich zurzeit nur etwa dreitausend Dollar auf diesem Konto. Angela bezweifelte nicht, dass Ronald seine Drohung wahr machen würde, wenn sie ihm morgen nicht die geforderte Summe brachte. Morgen! Und morgen flogen sie aufs Festland.

Als Mrs. Laani hereinkam, um Richy ins Bett zu bringen, nickte Angela ihr nur zu und gab dem Kleinen völlig abwesend einen Kuss auf die Wange.

„Hank und ich haben die Möglichkeit, uns in eine schon bestehende Ladenkette für Sportartikel einzukaufen", erläuterte Daniel, nachdem er und Angela allein waren. „Ein landesweites Unternehmen. In ein paar Jahren gelingt es uns vielleicht, die anderen Partner auszuzahlen, und dann gehört das Ganze uns."

„Das ist großartig, Daniel."

„Ich habe schon mit einer Bank in Honolulu wegen der Kredite gesprochen. Unser Bargeld wird in den kommenden Monaten ein bisschen knapp werden, bis ich ein paar Preisgelder einstreichen kann und die ersten Einkünfte aus meinen neuen Werbeverträgen fließen. Wirst du es überleben, mit einem etwas engeren Budget auszukommen?", fragte Daniel scherzhaft. Angela brachte nur mit Mühe ein Lächeln zustande. Selbst wenn ihr eine glaubwürdige Lüge einfiel, könnte Daniel ihr jetzt kein Geld geben. Sie sah all ihre Träume und ihr Glück in Trümmern vor sich liegen.

Dass Angela über die schnelle Abreise entsetzt war, beunruhigte Daniel. Schon während der vergangenen Tage hatte er sich über Angelas verändertes Verhalten Sorgen gemacht. Sie war übernervös, brach beim kleinsten Anlass in Tränen aus und bewegte sich meistens wie eine Schlafwandlerin.

Zuerst hatte Daniel sich ihr Benehmen nicht erklären können, dann war er auf die Idee gekommen, Angela könne vielleicht doch schwanger sein. Als er sie danach fragte, bekam sie einen Weinkrampf.

Warum sagte sie ihm denn nur nicht vertrauensvoll, was ihr fehlte? Und weshalb fürchtete sie sich jetzt so vor der Reise? Dies war doch nicht die erste Tour, auf der sie ihn begleitete, und bisher war sie mit dem Wanderleben ausgezeichnet zurechtgekommen.

Woran zum Teufel lag es nur, dass sie wie verwandelt war? Etwa an ihm? Hatte sie die Ehe mit ihm satt? Dieser Gedanke erschreckte Daniel zutiefst.

„Ich ... ich muss dich doch nicht unbedingt begleiten, oder?" Angela zerknüllte nervös ihre Serviette. „Ich meine, es ist vielleicht viel angenehmer für dich, wenn ich ... wir nicht alle immer hinter dir her stolpern. Und deine Besprechungen und so ..."

Daniel schaute Angela prüfend an. „Ich habe deine und Richys Begleitung nie als ‚Hinterherstolpern' empfunden. Ich möchte euch bei mir haben. Was die Besprechungen angeht, so hätte ich es gern, wenn du dabei wärst. Du sollst ein wichtiger und sichtbarer Partner bei allem sein, was ich unternehme. Ganz besonders bei diesem Geschäft, das die finanzielle Absicherung unserer Zukunft bedeutet." Daniels Blick wurde noch eindringlicher. „Es gibt noch einen Grund, weshalb du mitkommen sollst. Ich möchte, dass du einen Arzt aufsuchst."

Angela klammerte sich mit beiden Händen an der Sitzfläche ihres Stuhls fest, damit Daniel ihr Zittern nicht bemerkte.

„Das … das ist doch albern. Einen Arzt? Warum denn?"

„Weil ich glaube, dass du dich einmal gründlich untersuchen lassen solltest. Du behauptest zwar, dir fehle nichts, aber ich möchte die Meinung eines Fachmannes hören."

„Was für einen Arzt meinst du?", wollte sie wissen. „Einen Psychiater?"

„Ich finde, wir fangen erst einmal mit einem Mediziner an." Daniels Blick wurde weicher. „Angela, du bist kein Roboter. Du musstest dich innerhalb kürzester Zeit an einen neuen Ehemann, an ein Kind und an ein fremdes Klima gewöhnen. So etwas wirkt sich unbestreitbar auf Körper und Seele aus. Ich glaube, wir fühlen uns beide wohler, wenn du beim Arzt warst."

Und wie wohl wir uns erst fühlen, dachte Angela, wenn der Arzt sagt: Mr. McCasslin, ihre Frau ist kerngesund, aber steril. Tut mir leid. Sie wollten doch nicht etwa noch ein Kind haben?

Was sollte sie nur tun? Was konnte sie überhaupt tun? Nichts. Falls Ronald morgen sein Geld nicht bekam, würde er Daniel ins Bild setzen, und dann war ohnehin alles aus. Warum also jetzt lange wegen des Arztbesuches streiten? Das kostete nur Kraft, die sie wahrscheinlich noch dringend benötigte. „Gut, ich gehe zu einem Arzt."

„Prima. Hank meldet dich an."

„Was soll das heißen, du kannst es nicht beschaffen?“ Ronalds Stimme klang ebenso drohend wie verzweifelt.

„Dass ich es eben nicht beschaffen kann“, antwortete Angela im Flüsterton. Sie wollte niemanden aufwecken. Es war kurz nach Sonnenaufgang. Vorsichtig war sie aus dem Bett geschlüpft, hatte sich den Morgenmantel umgelegt, war die Treppe hinuntergeschlichen und hatte die Telefonnummer gewählt, die Ronald ihr gegeben hatte. Er war sofort am Apparat gewesen.

„Du kannst ungefähr dreitausend Dollar kriegen. Mehr habe ich nicht, und mehr bekomme ich auch nicht.“

„Das reicht nicht! Ich brauche fünftausend!“, brüllte er.

„Die habe ich nicht!“, erwiderte Angela.

„Dann beschaff sie.“

„Geht nicht, Ronald. Du hast mir weniger als einen Tag Zeit gelassen. Denk doch mal vernünftig.“

„Die Kerle, die mir an den Hals wollen, sind auch nicht vernünftig.“

„Das hättest du bedenken sollen, ehe du dich mit ihnen eingelassen hast.“ Hoffentlich merkte Ronald trotz ihrer kühnen Worte ihre Panik nicht. „Wir fliegen heute Mittag aufs Festland. Vielleicht, wenn wir zurückkehren …“

„Bis dahin bin ich tot.“

Am liebsten hätte Angela ihm gesagt, wie ungemein sie das erleichtern würde.

Ronald ahnte das. „Du meinst wohl, dann wärst du fein raus, was? Von wegen! Bevor die mich umlegen, erzähle ich denen nämlich, wo sie das fehlende Geld kassieren können. Wenn du meinst, ich sei ein Quälgeist, dann solltest du diese Kameraden erst mal kennenlernen! Da bist du mit mir weit besser bedient, sage ich dir.“

„Ich beschaffe das Geld“, erklärte Angela. „Du musst nur deine Gläubiger noch etwas hinhalten.“

„Nichts zu machen. Entweder du bist heute um elf mit fünftausend in bar in der Kneipe, oder ich ziehe eine hübsche kleine Schau auf dem Flugplatz ab.“ Damit legte er auf.

Angela starrte eine Weile auf den Ozean hinaus. Dann stieg sie die Treppe hoch und hatte dabei das Gefühl, als hingen zentnerschwere Gewichte an ihren Beinen.

Aus dem Schlafzimmer kam Gelächter und lautes Gekreische. Angela öffnete die Tür und sah, dass Richy mit seinem Vater in dessen Bett herumtobte. Beide waren im Adamskostüm. Sie balgten miteinander, und jedes Mal, wenn Daniel seinen Sohn kitzelte und dabei drohende Brummlaute von sich gab, quietschte der Kleine vor Vergnügen.

Angela setzte sich auf die Bettkante. Tränen stiegen ihr in die Augen. Daniel und Richy ... sie liebte sie unbeschreiblich, und die beiden liebten sie. Noch. Denn spätestens heute Mittag würde sie als Betrügerin dastehen. Sie sollte jetzt endlich reden. Aus Furcht vor Daniels Zorn wagte sie es nicht. Zu lange hatte sie gewartet.

Möglicherweise bestand eine schwache Möglichkeit, Ronald vorerst loszuwerden. Wenn sie ihm das Geld brachte, das sie besaß, würde er ihr vielleicht für den Rest doch etwas Zeit lassen, kostbare Zeit, die sie noch mit Daniel und ihrem Sohn verbringen konnte.

Daniel stellte Richy auf seinen Bauch und hielt ihn aufrecht. Er blinzelte Angela zu. „Ein Prachtkerl, was?“

„Ja.“ Sie lächelte unter Tränen. „Ich liebe euch beide so sehr! Ihr wisst gar nicht, wie sehr. Ihr seid meine Welt, mein Leben – alles.“

„Mein Gott, Angela, wie habe ich darauf gewartet, das wieder einmal von dir zu hören! In den letzten Tagen habe ich mich schon gefragt, ob du inzwischen meinst, du hättest mit mir einen schlechten Fang gemacht.“

Angela strich über das krause, goldschimmernde Haar auf

seiner Brust. „Nein. Ich habe mehr bekommen, als ich mir je erträumt habe."

Daniels Sehnsucht nach ihr spiegelte sich in seinen Augen. „Wollen wir das nicht mit einer wilden Orgie zu dritt feiern?"

Vielleicht war dies das letzte Mal, dass Daniel ihr seine Liebkosungen, seine Küsse und seine leidenschaftliche Liebe schenken wollte. Angela senkte den Blick. „Ich dachte immer, mehr als zwei Leute seien für eine Orgie zu viel."

„Da hast du völlig Recht. Einer von uns muss gehen." Daniel setzte sich mit einem Ruck auf und stupste dabei Richys Nase mit seiner an. „Rate mal, wer das ist, Freundchen." Er trug den Kleinen zur Tür und gab ihm einen Klaps auf den runden Po. „Geh zu Mrs. Laani. Vermutlich sucht sie dich schon, um dich in die Badewanne zu stecken."

Richy machte sich brav auf den Weg. „Laani! Laani!"

Daniel schloss die Tür hinter Richy ab und war mit ein paar Schritten wieder beim Bett. Er verlor keine Zeit, sondern umarmte Angela und küsste sie heiß und hungrig. Irgendwie schaffte er es dabei noch, ihr den Morgenmantel abzustreifen. Seine Hände gingen auf eine erregende Entdeckungsreise.

Angela schob die Finger in sein dichtes Haar und zog seinen Kopf noch fester zu sich heran. Sie bog sich Daniel entgegen und bewegte sich an seinem Körper.

„Du hast mir so gefehlt", rief er, als wäre Angela eben erst von einer langen Reise heimgekehrt. „Ich habe mich so nach dir gesehnt, nach meiner geliebten Angela. Du darfst dich nie mehr von mir zurückziehen. Es erschreckt mich zu Tode. Ich will dich nicht verlieren. Ich könnte es nicht ertragen."

Daniel biss zärtlich in ihre weiche Haut. Dann legte er die Lippen um eine ihrer Brustspitzen, und Angela stöhnte auf. Sie konnte ihm nur noch in zusammenhangslosen Sätzen immer wieder sagen, wie himmlisch seine Liebe für sie sei. Begehrlich ließ sie die Hände an seinem Körper hinabgleiten und zeigte ihm mit zärtlichen Fingern, wonach sie sich jetzt sehnte.

„Meine süße, süße Angela“, seufzte er, und es klang wie der Anfang eines Liebesliedes, das nur ihr gehörte.

Mit einer heftigen Bewegung hob Angela Daniel die Hüften entgegen und führte ihn zu sich. Herzen und Körper verschmolzen miteinander im erst langsamen und dann immer wilder werdenden Rhythmus der Leidenschaft.

Daniels Liebe löschte Angelas Verzweiflung aus. Wie eine Ertrinkende klammerte sie sich an ihn und rief immer wieder seinen Namen, bis beide vom Sturm der Empfindungen davongetragen wurden.

„Ich habe noch ein paar Besorgungen zu machen“, sagte Angela etwas unsicher, als sie sich zu Daniel und Richy gesellte, die am Tisch saßen und sich Mrs. Laanis selbst gebackenes Frühstücksgebäck schmecken ließen.

„Jetzt?“ Daniel wischte Richy die Krümel vom Mund. „Möchtest du nicht erst etwas essen?“

„Nein, nein. Ich muss mir noch ein paar Dinge für die Reise kaufen.“

„Nun gut, aber vergiss darüber nicht unsere Abflugzeit. Hast du schon gepackt?“

„Ja. Nur noch ein paar Kleinigkeiten fehlen.“

Angela war schon fast aus dem Zimmer, als Daniel sie zurückrief. „Hätte ich fast vergessen. Du hast Post bekommen.“ Er stand auf und ging hinaus.

Angela setzte sich neben Richy und biss in das Gebäckstück, das er ihr hinhielt. Sie fürchtete fast, dass sie den Bissen nicht hinunterbringen würde. Vorhin hatte sie Daniel im Stillen Lebewohl gesagt, und jetzt streichelte sie Richy zärtlich über das Köpfchen und verabschiedete sich so auch von ihm. Wie sollte sie nur ohne die beiden geliebten Menschen weiterleben?

„Hier.“ Daniel kam zurück, nahm wieder Platz und schob Angela einen Umschlag über den Tisch. Der Brief kam von der Zeitschrift, die Angelas erste Kurzgeschichte veröffentlicht hatte, und enthielt einen Scheck über zweitausend Dollar.

„Oh!“, rief sie aus und sprang auf. Tränen traten in ihre Augen.“ Daran habe ich ja gar nicht mehr gedacht.“ Unbewusst drückte sie den Scheck an ihre Brust.

Daniel musste lachen. „Der Scheck scheint dich ja ungeheuer zu erleichtern. Hast du gefürchtet, ich könnte dich nicht mehr ernähren?“

„Nein, nein“, stammelte Angela. „Natürlich kannst du mich ernähren. Aber gestern Abend sagtest du … die Sache mit dieser Ladenkette …“

Daniel lächelte sie strahlend an. „Liebling, nur weil ich sagte, dass es für eine Weile etwas knapper wird, brauchst du nicht zu denken, wir müssten nun ein Arme-Leute-Leben führen. Habe ich diesen Eindruck in dir erweckt?“ Er tätschelte ihre Hand. „Gib dieses Geld aus, wofür du willst. Es gehört dir. Um die Finanzen der Familie kümmere ich mich schon.“

Einer plötzlichen Eingebung folgend, setzte sich Angela wieder, rief nach Mrs. Laani und bat sie, ihr eine Tasse Kaffee zu bringen. „Ich kann meine Einkäufe ebenso gut in Los Angeles oder San Francisco erledigen. Jetzt möchte ich mit meinem Mann und meinem Sohn frühstücken.“

Angela verließ das Haus nur so lange, wie sie brauchte, um den Scheck einzulösen und das Geld von ihrem Konto abzuheben. Sie steckte die fünftausend Dollar in einen Umschlag, trat in eine Telefonzelle, rief die Orchid Lounge an und bat, Ronald Lowery an den Apparat zu holen.

„Wo zum Teufel steckst du? Ich warte seit einer Viertelstunde.“

„Ich komme nicht.“ Angela machte eine Kunstpause, ehe sie

weitersprach. „Das Geld wird in unserem Briefkasten liegen, wenn wir fort sind. Er befindet sich auf der Straße vor unserem Grundstück und ist nicht zu übersehen."

„Was soll denn das? Ich sagte ..."

„Wenn du das Geld haben willst ... bitte, du weißt jetzt, wo es zu finden ist. Wir verlassen das Haus gegen halb eins. Adieu, Ronald."

„Moment mal!", rief er. „Und die nächste Rate?"

„Wenn wir von der Reise zurück sind." Angela hängte ein, ehe er noch etwas sagen konnte. Sie zweifelte nicht daran, dass Ronald die fünftausend Dollar aus dem Briefkasten holen würde. Er hatte mehr Angst vor seinen Gläubigern als Angela vor ihm. Wie sie allerdings die nächsten fünftausend Dollar zusammenbekommen sollte, wusste sie noch nicht. Aber jetzt hatte sie sich erst einmal einen weiteren Monat des Glücks erkauft.

13. KAPITEL

Daniel schaute vom Bett aus zu, wie Angela sich mit dem Verschluss ihrer Perlenkette abmühte. Ihre schlanken Finger zitterten, und ihre ganze Körperhaltung verriet, dass ihre Nerven gespannt waren.

Mrs. Laani hatte mit Richy die Hotelsuite schon früher verlassen. Daniel hatte sie gebeten, das Kind für ein paar Stunden zu beschäftigen. Jetzt erhob er sich vom Bett und trat zu Angela. Er nahm ihr die beiden Enden der Kette aus den Fingern und hatte selbstverständlich keine Schwierigkeiten mit dem goldenen Verschluss.

Daniel betrachtete Angelas Gesicht im Spiegel. Er sah die gleiche Angst, die gleiche Sorge in ihren Augen, die ihn schon vor ein paar Wochen so bedrückt hatte. Umso mehr bekümmerte sie ihn jetzt, denn während der dazwischenliegenden Zeit waren sie beide so glücklich wie nie zuvor gewesen.

Daniel hatte alle Turniere gewonnen. Er war jetzt die Nummer drei auf der Weltrangliste. Nur wenige Leute erinnerten sich noch daran, dass er sich vorübergehend vom Profi-Tennis zurückgezogen hatte, und kaum jemand erwähnte dieses Thema. Daniel hatte das Comeback geschafft.

Er legte die Arme um ihre Schultern. „Angela, du machst entschieden zu viel Aufhebens wegen dieser ärztlichen Untersuchung."

„Du bist derjenige, der zu viel Aufhebens davon macht!", fuhr sie ihn an.

„Das darf ein besorgter Ehemann ja wohl auch. Andersherum würdest du dich genauso verhalten wie ich."

„Ich würde dich nicht dazu drängen."

„Doch, das würdest du."

Natürlich hatte Daniel recht. Aber mit Angela war alles in Ordnung – wenn man davon absah, dass ihr Ehemann in ein paar Stunden erfahren würde, dass sie kein Kind mehr bekommen konnte.

Angela befestigte die Ohrringe. „Daniel, ich bin gesund. Hattest du einen anderen Eindruck?"

„Nein", antwortete er ehrlich. Seit sie Hawaii verlassen hatten, war Angela für ihn eine Ehefrau gewesen, wie sie sich ein Mann nur wünschen konnte.

Erst in den letzten Tagen, nachdem Daniel energisch auf dem Arztbesuch bestanden hatte, war sie wieder in diesen unerklärlichen Zustand verfallen, der sich noch verschlimmerte, wenn er das Wort „daheim" aussprach. Fürchtete sie sich etwa vor einem ärztlichen Befund? Vermutete sie Schlimmes? Verbarg sie ihm etwas, damit er sich keine Sorgen machte?

„Angela." Er schaute ihr in die Augen. „Mein Liebes, tut dir wirklich nichts weh? Ich meine, befürchtest du, dass der Arzt etwas Böses feststellen wird? Bist du deshalb so …"

Angela legte ihm den Finger auf die Lippen. Dass sie ihm solche unnötigen Sorgen bereitete, tat ihr in der Seele weh. „Nein, nein, Liebling. Ich bin wirklich bei allerbester Gesundheit."

Daniels Erleichterung war offensichtlich. „Du magst doch unser Zuhause auf Maui, ja?"

„Selbstverständlich", bestätigte Angela.

„Aber jedes Mal, wenn ich von unserer Heimreise spreche, scheint dich das zu bedrücken. Wenn es dir dort nicht mehr gefällt, ziehen wir ganz einfach um. Das Haus war für mich immer ein Zufluchtsort, aber den brauche ich jetzt nicht mehr. Ich brauche nur noch dich und Richy. Mit euch beiden kann ich überall leben. Manche Menschen leben nicht gern so abgeschieden wie …"

„Ich gehöre nicht dazu", unterbrach Angela ihn. „Ich mag dein Haus, das jetzt auch meines ist. Dort könnte ich mit dir und Richy bis in alle Ewigkeit leben."

Daniel drückte Angela fest an sich. „Ich liebe dich, Angela.

Habe ich dir das heute schon gesagt?"

„Nicht, dass ich wüsste", antwortete sie leise. „Sag es mir sicherheitshalber noch einmal."

Daniel sprach die Worte aus, dann presste er seine Lippen auf ihre.

Seine Zunge lockte, und sein Kuss wurde immer fordernder. Mit einer Hand streichelte er Angelas Brüste, bis er die harten Knospen unter dem dünnen Blusenstoff fühlen konnte.

Angela zog sich erschreckt zurück. „Daniel, du wirst doch nicht …"

„Warum nicht?"

„Das geht nicht. Ich darf so etwas nicht kurz vor der Untersuchung …"

Er machte ein ziemlich gequältes Gesicht und griff nach seinem Jackett. „Nimm deine Tasche und lass uns gehen, ehe ich den Kopf verliere."

„Sind Sie ganz sicher?" Angela blickte den Arzt ungläubig an. Der Mann war für sie natürlich ein Fremder, doch nach dem, was er ihr eben gesagt hatte, würde sie ihn vermutlich für alle Zeiten als ihren Freund betrachten.

„Aber ja! Es gibt absolut keinen medizinischen oder körperlichen Grund, weshalb Sie keine Kinder mehr bekommen könnten." Er bemerkte Angelas Verblüffung. „Wie kamen Sie denn auf die Idee, dass Sie unfruchtbar gemacht worden sind?"

Angela antwortete nicht sofort. Die Tatsache, dass sie nicht steril war, und die mörderische Wut auf Ronald Lowery mussten erst einmal verarbeitet werden. Dieser Schuft! Das war also nur einer von seinen grausamen Einfällen gewesen!

„Ich … also … ich litt einmal unter einer Infektion, und mein behandelnder Arzt meinte damals, das hätte mich für immer unfruchtbar gemacht."

Der Doktor schüttelte den Kopf. „So ein Unsinn! Sie sind eine beneidenswert gesunde junge Frau." Er faltete die Hände auf der Tischplatte und beugte sich etwas vor. „Sind Sie glücklich mit Ihrem Mann? Lieben Sie ihn?"

„Ja!", rief Angela mit Nachdruck. Sie fühlte, wie die Bürde von ihr abfiel, die sie wochenlang geschleppt hatte. „Sehr!", fügte sie hinzu. Dann brach sie in Gelächter aus.

Als Angela und Daniel in ihrem Mietwagen zum Hotel zurückfuhren, sprühte sie vor Frohsinn und Übermut wie ein kleines Kind. Sie setzte sich fast auf Daniels Schoß und stahl ihm einen Kuss, wann immer es ging.

„Sag mal, Angela, hat dir der Arzt irgendeinen Liebestrunk verpasst? Du machst mich ganz verrückt."

„Wie verrückt?", hauchte sie und schob die Hand zwischen seine Schenkel. Die Antwort fiel recht deutlich aus.

„Nun sag schon, was hat der Doktor mit dir angestellt, dass du so aufgedreht bist?"

„Freche Frage!" Angela kniff Daniel zur Strafe ein bisschen, woraufhin er fast auf die andere Fahrspur geriet. „Ich bin deshalb so aufgedreht, weil ich den schönsten, klügsten, männlichsten und … unersättlichsten Ehemann der Welt habe."

„Spiel nur weiter so! Aber wenn ich dich mal so sexy angezogen sehe wie neulich in San Diego auf der Cocktailparty und meine Hand in deinen Ausschnitt stecken möchte, um deine Brüste anzufassen, dann darf ich das nicht! Dabei würde ich dich bei solcher Gelegenheit am liebsten sofort auf der Stelle …"

„Hör auf!", rief Angela. „Das ist der helle Wahnsinn. Wie sollen wir denn in unserem Hotel ohne Zwischenfall durch die Halle kommen?"

Die Frage besaß durchaus ihre Berechtigung. Beide waren schon atemlos, als Daniel die Zimmertür aufschloss, nachdem er das „Bitte nicht stören"-Schild draußen angehängt hatte. Rasch legte er Jacke und Krawatte ab und zog Schuhe und Socken aus.

Angela hielt ihn auf.

„Warte." Sie entkleidete sich mit verführerischen Bewegungen.

Er lächelte und wollte den obersten Knopf seines Hemdes öffnen. Angela hielt seine Hand fest und führte ihn zum Bett. Sie setzte sich auf die Bettkante, strich mit den Händen von Daniels Taille bis zum Kragen hoch und öffnete dann langsam Knopf für Knopf. Zwischendurch gerieten ihre Finger immer wieder auf Abwege und glitten über das krause Haar auf Daniels Brust,

„Angela!", stöhnte er flehentlich. Sie streifte ihm das Hemd ab und blickte zu ihm hoch. „Lass mich dich endlich lieben", bat er.

„Nein. Heute ist mein Tag." Ohne den Blick von Daniels Augen zu wenden, löste Angela seine Gürtelschnalle, zog den Reißverschluss seiner Hose hinab, schob die Hände in seinen knapp sitzenden Slip und dann beide Kleidungsstücke zusammen hinunter. Dann schmiegte sie sich an ihn.

„Ich liebe dich", flüsterte sie. Ihre Lippen schenkten ihm das Paradies.

Die Orchid Lounge war genauso düster und die Kundschaft ebenso unerträglich wie beim letzten Mal. Zehn, zwölf Männer saßen in Gruppen zusammen und unterhielten sich leise miteinander. Angela war die einzige anwesende Frau. Der übliche Zigaretten- und Biergestank hing in der Luft.

Angela fühlte sich so gelassen wie noch nie.

Die Rückreise von San Francisco war für sie alle das reinste Vergnügen gewesen. Daniel freute sich riesig über seine Turniersiege. Über Angelas Gemütszustand nach ihrem Arztbesuch war er ebenso glücklich. Die eine Stunde beim Doktor schien offenbar alle Sorgen von ihr genommen zu haben.

Angela hatte sich auf die Heimreise ebenso gefreut, wie sie sich vorher davor gefürchtet hatte. Sie sonnte sich in Daniels Erfolg und seiner Liebe. Während des langen Flugs über den Pazifik konnte sie kaum die Hände von ihm lassen. Daniel ging es nicht anders.

Am Morgen nach ihrer Heimkehr hatte Ronald angerufen. „Wird ja Zeit, dass du rangehst. Die ersten beiden Male hatte ich deine Wirtschafterin am Apparat und musste wieder auflegen."

„Ich bedaure, dass du solche Unannehmlichkeiten hattest."

„Plötzlich so naseweis?" Ronald schnaufte leise. „Vergiss nicht, dass deine Rate fällig ist."

„Wo und wann?"

„Sei um zwei in der Orchid Lounge."

Angela hätte ohne ein weiteres Wort aufgehängt. Jetzt saß sie in derselben Nische, und Ronald verspätete sich wie beim ersten Mal. Der Barmann hatte sich bei ihr einschmeicheln wollen und ihr ein Glas auf Kosten des Hauses angeboten. Angela hatte selbstverständlich abgelehnt. Heute wich sie den unverschämten Blicken nicht aus. Im Gegenteil, sie begegnete ihnen mit so viel Herablassung, dass die Männer bald wegschauten.

„Schön, wieder daheim zu sein?", fragte Ronald und ließ sich auf dem Platz ihr gegenüber nieder. „Gute Reise gehabt?"

„Ja."

„Dein Ehemann macht sich ja einen guten Namen. Bist du nicht stolz, mit so einer Berühmtheit verheiratet zu sein?"

„Ich wäre auch stolz auf ihn, wenn er nicht berühmt wäre."

Ronald legte sich dramatisch die Hand aufs Herz. „Auf so viel weibliche Ergebenheit muss ich einen trinken." Er rief dem Barmann seine Bestellung zu und wandte sich wieder an Angela. „Wie stolz er wohl auf dich ist, wenn er erfährt, dass du mal deinen Körper für fünfzigtausend Dollar verkauft hast."

„Das weiß ich nicht. Aber ich werde es feststellen, wenn ich es ihm erzähle."

Ronalds Augen erinnerten Angela plötzlich an die eines Reptils. Starr sah er ihr ins Gesicht. Er rührte den Drink nicht an, den der Barkeeper vor ihn hinstellte.

„Erbärmlicher Schuft", bemerkte Angela völlig ruhig und unbewegt. Das war wirkungsvoller, als wenn sie gezetert hätte. „Ich kenne niemanden, der sich solche bodenlosen Gemeinheiten ausdenkt wie du."

Ronald grinste unverschämt. „Also hast du herausgefunden, dass ich dich nicht sterilisiert habe." Er lachte. „Hat dich ganz schön erschreckt, was?"

„Weshalb hast du das gesagt?"

„Weil du mir zu hochnäsig wurdest. Du glaubtest, du könntest mich mit einer Handbewegung abschütteln, und ich wollte dir zeigen, dass es mir mit dem Geschäft ernst ist."

„Ich muss dich leider enttäuschen, Ronald. Unsere ‚Geschäftsbeziehung' besteht nicht mehr. Deine Drohungen sind hohl, denn sonst säßest du nicht in Löchern wie diesem herum und legtest den Hörer wieder auf, wenn jemand anders für mich ans Telefon geht. Nicht ich bin der Feigling von uns beiden; du bist es. Du bist ein Versager auf der ganzen Linie – als Arzt, Ehegatte, Vater und als Mann." Angela erhob sich würdevoll. „Mich kannst du nicht mehr einschüchtern. Scher dich zum Teufel." Sie drehte sich um und ging hoch erhobenen Hauptes hinaus.

Angelas Knie waren zwar weich, und ihr Mund fühlte sich trocken an, als sie ihr Auto erreichte, aber sie hatte es geschafft. Sie hatte Dr. Lowery für immer aus ihrem Leben gestrichen. Noch heute Abend wollte sie Daniel die ganze Wahrheit erzählen. Sie fürchtete nicht mehr, dass ihre Liebe an dieser Wahrheit zerbrechen könnte.

Fast wäre Angela die Weinflasche unter dem Arm hervorgerutscht, als sie sich durch die Eingangstür wand. „Mrs. Laani!", rief sie fröhlich. Sie packte den Blumenstrauß fester und versuchte, ihn dabei nicht an der Schachtel zu zerdrücken, in der sich ihr neues Negligé befand.

Mrs. Laani kam herangestürzt, aber Angela merkte sofort, dass sie nicht wegen ihres Rufens so rannte. „Mrs. McCasslin, gottlob, dass Sie wieder da sind!"

„Ist etwas passiert?"

Die Haushälterin deutete mit dem Kopf zu Daniels Arbeitszimmer. Die Tür war geschlossen. „Mr. McCasslin will Sie sofort sprechen. Sobald Sie im Haus sind, sagte er." Die normalerweise so gelassene Frau rang die Hände.

„Warum denn? Was ist denn ...?" Angelas Herz zog sich zusammen. „Ist etwas mit Richy?"

„Nein, ihm geht es gut, er ist in der Küche. Gehen Sie jetzt zu Ihrem Mann." Mrs. Laani wagte nicht, Angela in die Augen zu sehen.

Angela reagierte mechanisch. Sie gab Mrs. Laani die Flasche. „Kühlen Sie den Wein, und stellen Sie die Blumen in eine Vase, die Sie dann bitte in unser Schlafzimmer bringen. Heute Abend werden wir Steaks essen. Bitte bereiten Sie Richys Essen schon früher zu. Und legen Sie diese Schachtel in meinen Schrank."

„Ja, Mrs. McCasslin."

Angela unterdrückte ihre Angst, öffnete die Tür zu Daniels Arbeitszimmer und trat ein.

„Liebling, ich ..." Ihr Blick fiel zuerst auf die Flasche Scotch auf Daniels Schreibtisch. Daneben stand ein Whiskyglas. Eine Hand, deren Knöchel ganz weiß waren, hielt es fest umklammert. Daniels Hand. Angela starrte eine Weile fassungslos darauf, ehe sie begriff, was sie sah.

Sie blickte Daniel an. Sein Haar war zerrauft, und seine Wangenmuskeln bewegten sich unausgesetzt.

„Komm herein!“, befahl er mit eiskalter Stimme. „Ich glaube, du kennst unseren Gast.“

Erst jetzt nahm Angela den Mann bewusst zur Kenntnis, der auf dem Stuhl vor Daniels Schreibtisch saß und der sich nun zu ihr umdrehte. Sie schaute in Ronald Lowerys spöttisches Gesicht. Angelas Knie gaben nach. Sie sank gegen den Türpfosten und musste sich daran festhalten.

Daniel lachte böse auf. „Du brauchst keine Überraschung zu heucheln, deinen Exmann zu sehen. Ich habe gerade von ihm gehört, dass ihr euch in der letzten Zeit recht oft getroffen habt.“

Angela versuchte, sich auf den Beinen zu halten. Sie wollte, dass Daniel die Situation im wahren Licht sah. „Daniel, was hat er dir erzählt?“

„Eine recht interessante Geschichte“, antwortete er mit dem gleichen bösen Lachen. „Ich dachte immer, ich sei der größte Sünder aller Zeiten und mich könne nichts mehr verblüffen, was sich menschliche Niederträchtigkeit einfallen lassen kann. Aber eure Genialität übertrifft alles. Gratuliere!“

„Bitte, Daniel!“ Angela trat weiter ins Zimmer hinein. „Hör mir zu. Ich habe dir …“

„Hast du deinem Mann gestattet, dich mit meinem Samen zu befruchten? Hast du Richy ausgetragen? Hast du ihn für fünfzigtausend Dollar hergegeben … verkauft, sollte ich sagen? War das die Hälfte von den hunderttausend, die mir dein Mann berechnet hat? Stimmt das alles?“

Tränen liefen über Angelas Gesicht. „Ja, aber …“

„Und dann hast du den Nerv besessen, nach Hawaii zu kommen und dich in mein Vertrauen, in mein Leben zu schleichen? Hast du das getan?“

„Es war nicht …“

„Was für ein gottverdammter Narr ich war!“ Daniel sprang

auf, leerte sein Glas und setzte es hart auf den Schreibtisch. Dann drehte er Ronald und Angela den Rücken zu, als wäre deren Anblick zu widerlich, um erträglich zu sein.

„Es war nicht so“, versuchte Angela es noch einmal. „Wirklich nicht.“

„Spar dir deine Lügen!“ Daniel fuhr herum. „Was wolltet ihr noch aus mir herauspressen?“ Die Frage war nicht an Ronald, sondern an Angela gerichtet.

„Nichts, Daniel.“

„Nichts? Mein Geld, meinen Sohn? Wann hättest du genug gehabt? Mein Leben hast du ja schon zerstört mit deinem Betrug.“

Angela versuchte angestrengt, die Gedanken zu ordnen, die ihr durch den Kopf schossen. „Vor ein paar Wochen hat Ronald Kontakt zu mir aufgenommen. Er sagte, er würde dir verraten, wer ich bin, wenn …“

Sie zuckte unter Daniels verächtlichem Blick zusammen, fuhr aber fort: „… wenn ich ihm nicht zwanzigtausend Dollar gebe. Er ist ein Spieler und hat Kredithaie am Hals. Darum brauchte er auch das Geld, das du ihm für Richy gezahlt hast. Und ich wollte mich von Ronald befreien.“

Daniel ließ sich wieder in seinen Sessel fallen. Seine ganze Haltung drückte aus, dass er an Angelas Dilemma nicht glaubte. Wenn sie ihn doch nur überzeugen könnte!

„Ich habe ihm vor unserer Reise fünftausend Dollar gezahlt“, redete sie weiter. „Das war mein Geld, Daniel, nicht deins. Und ich hätte ihm doppelt so viel gegeben, um dir diesen Auftritt zu ersparen.“

„Du hättest also weiterhin diesem Kerl Geld gegeben, damit ich nicht erfahre, was für ein verlogenes Geschöpf ich geheiratet habe! Deine Rücksichtnahme auf mein Wohlergehen rührt mich.“

Angela schluchzte auf und schüttelte den Kopf. „Nein, Daniel, nein! Ich wollte es dir doch gestehen."

„Wann, Angela? Das möchte ich mal wissen. Wenn Richy in die Schule geht? Oder wenn er vom College kommt? Oder auf seiner Hochzeit? Hättest du mir da auf den Arm getippt und gesagt: Ach, übrigens, ich bin die Frau, die ihn geboren hat?"

Daniels Worte trafen Angela wie Geschosse. „Nein!", rief sie. „Ich konnte mit dem Geheimnis nicht länger leben. Heute Abend wollte ich dir alles sagen."

Jetzt lachte Daniel laut, anhaltend und Furcht erregend. „Heute Abend! Na, ist das nicht entzückend?" Er starrte sie wütend an. „Das soll ich dir glauben? Wo du mich von Anfang an belogen hast?"

„Ich habe nicht gelogen."

„Die ganze gottverdammte Geschichte war eine Lüge!" Daniel sprang wieder auf. „Wenn ich daran denke, wie du mich hereingelegt hast!" Er schüttelte den Kopf. „Immer lieb und nett, immer höflich und entgegenkommend, voller Mitgefühl und …" Er winkte ab, als lohnte es sich nicht, weiter mit ihr zu reden, und wandte sich an Ronald, der auf seinem Stuhl hockte wie ein Aasgeier, der darauf wartet, endlich über den Kadaver herfallen zu können. „Raus!"

Das hinterhältige Grinsen verschwand von Ronalds Gesicht. „Augenblick mal! Wir haben doch noch gar nicht besprochen, wie wir die Sache regeln wollen."

„Falls Sie glauben, Sie bekommen von mir auch nur einen Cent, sind Sie nicht nur ein Verbrecher, sondern ein Vollidiot dazu. Und wenn Sie nicht auf der Stelle verschwinden, schlage ich Sie kurz und klein und übergebe Sie dann der Polizei."

Ronald stand wutbebend auf. „Sie werden andere Töne von sich geben, wenn ich der Presse die hübsche Story liefere. Wenn ich denen erzähle, wie Sie und Ihre blasse Frau mich um ein Baby angebettelt haben und dass Sie jetzt mit der natürlichen Mutter verheiratet sind. Vielleicht verschweige ich, dass ich die künstliche Befruchtung vorgenommen habe. Dann werden sie denken, die Zeugung sei auf natürlichem Wege erfolgt und der Junge somit ein Bastard!“

Daniel zuckte die Schultern. „Und wer soll eine solche weit hergeholte Geschichte glauben, die von einem Arzt kommt, der seine Praxis und die Achtung seiner Kollegen verloren hat, der überall verschuldet ist und jetzt das Leben eines Landstreichers führt? Wem wird man wohl eher glauben – Ihnen oder mir? Leute meines Berühmtheitsgrades werden öfter das Opfer irgendwelcher Wirrköpfe, die schnell Geld machen wollen. Das weiß die Presse genau. Auslachen wird man Sie, Lowery!“

Ronald verlor sichtbar an Selbstvertrauen. „Aber der Rechtsanwalt! Der hat alle Papiere. Er ist mein Freund und unterstützt mich.“

„So? Auf wessen Seite würden Sie sich an seiner Stelle schlagen? Auf die eines weltbekannten, im Höhenflug begriffenen Tennis-Profis oder auf die eines heruntergekommenen Arztes, dem das Wasser bis zum Hals steht? Selbst ein Mann, den Sie Ihren Freund nennen, kann so dumm nicht sein. Und wenn, dann werde ich ihm mehr fürs Schweigen zahlen, als Sie ihm fürs Reden.“

Ronalds Gesicht war kalkweiß geworden.

Daniel kam um den Schreibtisch herum. „Ich sage es noch einmal: Verschwinden Sie! Und falls Sie sich hier noch einmal blicken lassen, sorge ich dafür, dass Sie hinter Schloss und Riegel wandern.“

„So leicht werden Sie mich nicht los, McCasslin!“

„Doch, und das wissen Sie auch. Deshalb baden Sie auch in Angstschweiß.“

Ronald sah Angela hasserfüllt an. „Wenigstens habe ich dich damit auch zerstört. Jetzt verachtet er dich!“ Er verließ das Zimmer. Kurz darauf hörte man die Vordertür zufallen.

Etliche Minuten verstrichen. Nichts regte sich im Raum. Das

Schweigen war geradezu unheimlich. Daniel schaute auf den Ozean hinaus, und Angela blickte auf Daniels Rücken.

Wie sollte sie es nur anfangen, sein Verständnis zu erlangen? Warum nur hatte sie nicht früher geredet! Wie schön wäre es, wenn er sie in den Arm nähme und ihr versicherte, dass er ihre Beweggründe von damals verstand und an ihre große Liebe zu ihm glaubte.

Stattdessen aber hatten ihn die Wut und der verletzte Stolz geschlagen. Als er sich zu Angela umdrehte, erkannte sie sein Gesicht kaum wieder. „Bist du noch immer hier? Ich dachte, du verschwändest zusammen mit deinem ersten Ehemann und überlegtest dir, wie du an die nächsten fünfzigtausend Dollar für ein Kind kommen könntest."

Angela senkte den Kopf „Daniel, damals das ... Ich tat es für Joey."

„Ach, gab es tatsächlich einen Joey? Ich bezweifelte das schon."

Angela warf den Kopf zurück und blickte Daniel aufgebracht an. „Ich tat es, um sein Leben zu verlängern. Ich tat es, weil das die einzige Möglichkeit war, aus der unerträglichen Ehe herauszukommen und diesen Mann loszuwerden, den ich von Tag zu Tag mehr verabscheute. Wenn du einmal für einen Moment aufhören würdest, dich selbst zu bemitleiden, würdest du vielleicht verstehen, was das für mich bedeutete."

„Ich bemitleide mich selbst? So ein Unsinn! Ich verachte mich nur wegen meiner bodenlosen Dummheit. Wenn ich daran denke, wie schüchtern ich dich von weitem beobachtet habe, wie sorgfältig ich mir eine Methode, dich anzusprechen, ausgedacht habe und wie aufgeregt ich war, als ich endlich mit dir reden konnte, dann wird mir richtig übel. Wie hast du es nur fertiggebracht, ernst zu bleiben? Für dich muss das doch zum Totlachen gewesen sein."

„Das stimmt nicht, Daniel! Anfangs wollte ich dir wirklich

begegnen, weil ich Richy sehen wollte. Ja, ich wollte meinen Sohn sehen!“, rief Angela. „War das so schlimm? Aber nachdem ich dich kennenlernte, wollte ich dich auch. Fast noch mehr als Richy.“

„Du wolltest nichts anderes, als mich verführen.“

„Verführen?“, wiederholte sie fassungslos. „Hast du dein Gedächtnis verloren? Wenn mir daran gelegen gewesen wäre, hätte ich mein Ziel am allerersten Abend erreicht!“

„Dazu warst du viel zu schlau. Wenn du gleich am ersten Abend das Bett mit mir geteilt hättest, würde ich vielleicht das Interesse an dir verloren haben. Nein, nein, ein bisschen wohlkalkulierter Widerstand ist die beste Methode, einen Mann anzumachen, um den sich sämtliche Frauen drängen.“

„Das wäre das Dümmste gewesen, was mir hätte einfallen können. Dein verletzter Stolz und deine Wut haben dir wohl den Verstand geraubt!“ Angelas Zorn und ihre Lautstärke nahmen gleichermaßen zu. „Mein Wunsch war es, mich mit dir anzufreunden, nicht deine Geliebte zu werden. Dann habe ich mich aber in dich verliebt und fand nicht mehr den Mut, dir zu sagen, wer ich bin. Ich fürchtete, dass du so reagieren würdest, wie du jetzt reagiert hast.“

Angelas Brüste hoben und senkten sich bei ihren erregten Atemzügen. Daniel musste immer wieder hinschauen und verfluchte sich im Stillen dafür.

Selbst jetzt erschien Angela ihm noch als die begehrenswerteste Frau, die er jemals kennengelernt hatte. Wie war es ihr nur gelungen, ihn so zu täuschen? Irgendetwas muss doch in ihrem Blick gelegen haben, das ihn hätte warnen sollen. Aber er hatte sich von ihr einfangen und in die Ehe locken lassen, ohne es zu merken. Welcher Mann, der auch nur einen Funken Stolz besaß, würde so etwas ertragen?

„Einmal wollte ich dir alles erzählen“, begann Angela wieder. „Doch da meintest du, wenn die Geheimnisse unserer Vergangenheit nichts mit unserer Liebe zu tun hätten, sollten wir sie für uns behalten."

„Da ahnte ich nicht, welcher Art dein Geheimnis war", entgegnete Daniel in einer ziemlich arroganten Tonlage, die Angela fast die Beherrschung kostete.

„Und was ist mit deinem Geheimnis, Daniel? Hast du mir jemals gesagt, dass nicht deine geliebte Ellie Richy geboren hat, sondern eine wildfremde Frau?"

„Das tat nichts zur Sache."

„Eben!", schrie Angela. „Das sage ich ja! Ich hätte dich und Richy genauso geliebt, wenn ich nicht seine Mutter wäre."

„Wirklich, Angela?"

Sekundenlang herrschte angespanntes Schweigen.

„Ja, Daniel", sagte Angela dann leise. „Ja."

Daniel durchbohrte sie mit seinem harten Blick. „Aber genau werde ich das nie wissen, nicht wahr? Du hast mir einmal eines Kindes wegen deinen Körper verkauft. Hast du das später nicht wieder getan?"

Hilflos beobachtete Angela Daniel, der zum Schreibtisch ging und die Whiskyflasche in die Hand nahm. Er trat damit ans offene Fenster, beugte sich hinaus und zerschmetterte die Flasche an der Außenmauer.

„Ich werde mich von dir nicht wieder dazu treiben lassen. Jetzt bin ich wieder ein Gewinner, und das lasse ich mir weder von dir noch von sonst jemandem nehmen."

14. KAPITEL

„Sie machen einen Fehler."

Angela, die gerade eine Bluse in ihren Koffer legen wollte, drehte sich zu Mrs. Laani um, die an der Schlafzimmertür stand. Am liebsten wäre sie zu ihr gelaufen und hätte sich an ihrem mütterlichen Busen ausgeweint. Sie kannte nichts mehr als Tränen, seit dem Tag vor einer Woche, an dem Daniel das Haus verlassen hatte.

Ohne ein Wort des Abschieds war er aus seinem Arbeitszimmer gegangen und hatte gepackt. Kurz darauf hörte Angela ihn draußen nach Maurice rufen, der ihn zum Flugplatz fahren sollte. Seitdem hatte Daniel ein paarmal angerufen, um sich nach Richy zu erkundigen. Stets hatte er mit Mrs. Laani gesprochen, nie mit Angela. Im Augenblick befand er sich in Los Angeles zu den Abschlussverhandlungen für seine Sportartikelgeschäfte.

„Ich glaube nicht, dass das ein Fehler ist", widersprach Angela leise und beschäftigte sich weiter mit ihrem Koffer.

Mrs. Laani trat ins Zimmer. „Er ist ein halsstarriger Mann, Mrs. McCasslin. Stolz. Ich hätte taub sein müssen, um den schrecklichen Streit nicht mitzubekommen. Sie sind Richys Mutter. Das hätte ich eigentlich längst erkennen müssen."

Angela lächelte traurig. „Manchmal meinte ich, meine Liebe sei so deutlich sichtbar, dass Sie ... oder Daniel ... das entdecken würden."

„Für Mr. McCasslin war das jetzt ein Schock, aber wenn er ein bisschen nachdenkt, wird er merken, wie unvernünftig er sich verhalten hat."

„Er hatte eine Woche Zeit zum Nachdenken. Ich weiß nicht, was dabei herausgekommen ist, aber ich werde nicht länger hier herumsitzen wie ein Kapitalverbrecher, der auf sein Todesurteil wartet. Ich bin der Eindringling. Daniel und Richy kommen auch ohne mich aus."

Mrs. Laani richtete sich hoch auf und kreuzte die Arme vor der Brust. „Also wollen Sie sich feige davonmachen."

Angela setzte sich auf die Bettkante. „Versuchen Sie, mich zu verstehen. Wirklich feige wäre ich, wenn ich jetzt brav hierbliebe und mich mit Daniels Uneinsichtigkeit und seiner Wut abfände, so, wie ich es in meiner ersten Ehe gehalten habe. Daniel verachtet mich ja, weil ich mich meinem ersten Mann gebeugt habe. Vielleicht hofft er, dass ich wenigstens jetzt etwas Rückgrat zeige und die Konsequenzen ziehe."

„Und Richy?" Tränen standen in Mrs. Laanis Augen.

„Ja, Richy …" Angela dachte an diese Woche, die sie allein miteinander verlebt hatten. Tagsüber war sie stets mit ihrem Sohn zusammen gewesen, und nachts hatte sie sich neben sein Bettchen gesetzt und ihn angeschaut, während er schlief.

„Ich hoffe, Daniel gestattet mir, den Kleinen hin und wieder zu sehen. Es wäre töricht, wenn ich versuchte, Anspruch auf das Kind zu erheben. Dies hier ist Richys Zuhause."

„Überlegen Sie es sich noch einmal." Jetzt weinte Mrs. Laani ungehemmt. „Sie lieben doch die beiden viel zu sehr, um sie zu verlassen."

„Ich liebe sie zu sehr, um hierzubleiben", entgegnete Angela leise.

Als Angela ein paar Stunden später wieder neben Richys Bett saß, erklärte sie dem fest schlafenden Kind alles.

„Ich weiß nicht, was dir dein Daddy über mich erzählen wird, aber ich hoffe, eines Tages wirst du erfahren, wer ich bin, und mir verzeihen, dass ich dich fortgeben musste. Ich tat es, um das Leben deines Bruders zu retten, Richy." Sie lächelte. „Schade, dass du Joey nicht kennenlernen konntest. Ihr hättet euch sicher gemocht."

Sie strich sanft über die blonden Locken ihres schlafenden

Sohnes. „Ich liebe deinen Vater, Richy, und ich möchte euch beide nicht verlassen, aber ich muss es tun. Wir würden fortan in einer vergifteten Atmosphäre leben, die für dich am schädlichsten wäre. Und vielleicht verstehst du eines Tages auch, dass es jede Liebe zerstört, wenn man ihr seine Selbstachtung opfert."

Mit dem Finger streichelte sie Richys kleine Faust. „Ich gebe dich jetzt zum zweiten Mal auf, Richy. Bitte, versteh, dass ich es tun muss."

Angela erhob sich und tastete sich vorsichtig zur Tür. Es war absolut dunkel im Zimmer, doch die Finsternis in ihrer Seele war noch viel tiefer.

Das Motelzimmer war zweckmäßig eingerichtet, lag aber an der „falschen" Seite der Kalakaua Avenue, sodass man von seinem Fenster aus nicht auf den Ozean und den Strand von Waikiki sehen konnte. Früher hatte die Anlage einmal bessere Tage gekannt. Jetzt stellte sie nur noch eine preiswerte Unterkunftsmöglichkeit dar, genau das Richtige für Angelas Finanzen und Bedürfnisse. Hier konnte sie die langen, einsamen Tage ebenso gut verbringen wie anderswo auch.

Angela unternahm lange Spaziergänge den Strand entlang. Sie schrieb viel. Gedanken und Eindrücke, noch unsortiert, füllten einen Schreibblock nach dem anderen. Immer wieder dachte sie an Richy. Was tat er jetzt gerade? Vermisste er sie? Und Daniel? Fehlte sie ihm?

Am vierten Tag nach ihrer Abreise von Maui saß Angela wieder vor ihrem Schreibblock, doch heute hatten die Musen anscheinend ihren freien Tag. Seit einer Viertelstunde starrte Angela auf die leere Seite ihres Blocks. Plötzlich fiel ein Schatten darüber. Sie schaute auf und zum Fenster. Daniel stand davor.

Eine kleine Ewigkeit lang sahen sie einander durch die Glasscheibe hindurch an. Angelas Denkvermögen setzte aus. Schließlich ging Daniel zur Tür.

Angela stand auf. Ihre Knie zitterten. Sie wandte sich zur Tür. Daniel hatte nicht angeklopft. Sie öffnete trotzdem.

Sein Gesicht sah so grau aus, dass Angela schon fürchtete, er sei wieder dem Alkohol verfallen. Seine Augen waren jedoch klar und seine Bewegungen so athletisch und geschmeidig wie immer. Er trug weiße Shorts und ein gelbes Polohemd. Mit einem Mal sehnte sie sich heftig danach, ihn zu berühren.

Daniel betrat das Zimmer. Er blickte sich darin kurz um und schaute dann wieder Angela an. „Guten Tag, Angela."

„Guten Tag."

„Geht es dir gut?"

Angela schluckte. „Ja." Sie spürte, dass er unter einer starken inneren Anspannung stand. Von Daniel schien eine Kraft auszugehen, auf die ihr Körper sofort reagierte. „Und du? Geht es dir auch gut? Und Richy?"

„Ich bin erst heute Morgen nach Maui zurückgekehrt. Ich war lange nicht daheim, aber Richy scheint es gut zu gehen. Gesundheitlich, meine ich. Mrs. Laani sagte, er habe in der letzten Zeit viel geweint." Daniel schien die Palme vor dem Fenster sehr interessant zu finden. Er hielt den Blick nun stur darauf gerichtet. „Er vermisst dich."

Angela senkte den Kopf. „Ich vermisse ihn auch." Im Stillen setzte sie hinzu: Und ich vermisse dich.

„Ich … erst als ich wieder daheim war, erfuhr ich, dass du fortgegangen bist." Daniel räusperte sich. „Ich bin sofort hierher nach Honolulu geflogen."

Angela schaute jetzt auch auf die Palme vor dem Fenster. „Wie hast du mich gefunden?"

„Mit einer Tüte voll Münzen."

„Wie bitte?"

„Ich ließ mir eine Tüte voll Münzen von der Bank geben und fing zu telefonieren an."

„Ach so." Angela erlaubte sich ein kleines, zaghaftes Lächeln.

„Ich wollte so lange in Hawaii bleiben, bis in Los Angeles alles bereit ist. Mein altes Apartment hatte ich nämlich vor der Reise nach Hawaii aufgegeben, weil ich dachte, mein Aufenthalt hier würde ... würde vielleicht länger dauern. Eine meiner Freundinnen sucht jetzt eine neue Wohnung für mich."

„Du hast also vor, nach Los Angeles zurückzukehren?"

Was deutete das Zittern in seiner Stimme an? Angst oder Erleichterung? Angela wagte nicht, Daniel anzusehen. „Ich denke, ja."

Daniel trat an den Tisch. Sie hörte, wie ihr Schreibpapier raschelte. „Du schreibst?"

„Ja." Also wollte Daniel mit ihr nicht über die Trennung sprechen. Er würde sie einfach ziehen lassen. „Ich schreibe, wenn ich in der Stimmung dazu bin", erklärte sie so gleichmütig wie möglich.

„In welcher Stimmung warst du, als du dies schriebst?", fragte Daniel schließlich.

Angela drehte sich langsam um. Daniel ließ einen zerknüllten Bogen auf den Tisch flattern. Es handelte sich um ein Gedicht, das sie vor über einem Monat geschrieben hatte, als sie alle zusammen in San Francisco waren. An jenem Morgen hatte sie nach einem ausgiebigen Frühstück und einem darauf folgenden Liebesspiel noch im Bett gelegen, während Daniel schon zu seinem Tennistraining unterwegs gewesen war. Sie hatte nach ihrem Schreibblock gegriffen und ganz unter dem Eindruck der vergangenen Stunden ein Liebesgedicht geschrieben, das in bewegten Worten ausdrückte, was Daniel ihr bedeutete.

„Ich glaube, der Text erklärt die Stimmung genug", antwortete Angela. Sie versuchte, die Tränen zu unterdrücken, und wagte einen Blick in Daniels Gesicht. Auch seine Augen schimmerten feucht.

„Ich habe es gestern zerknüllt in einer Kofferecke gefunden", erklärte er.

Angela schwieg.

„Vor ein paar Tagen bin ich endlich zu der Erkenntnis gelangt, dass ich der allergrößte Dummkopf aller Zeiten bin. Du hast allen Grund, mich für mein unmögliches Verhalten zu hassen. Ich wollte dich um Verzeihung bitten, aber erst als ich dies hier fand, hatte ich den Mut dazu. Ich hoffte, wenn du einmal so für mich empfunden hast, sei vielleicht noch nicht alles verloren."

„Du möchtest mich um Verzeihung bitten?"

„Ja. Dafür, dass ich mich wie ein Idiot, wie ein beleidigter Verlierer, wie ein verwöhntes Kind benommen habe."

„Liebling, dein Ärger war gerechtfertigt. Ich habe dich schließlich unter falschen Voraussetzungen in die Ehe gelockt."

Inzwischen hatten sie sich einander langsam genähert. Jetzt zog Daniel Angela in die Arme. Er barg sein Gesicht in ihrem duftenden Haar. „Das hast du nicht. Ich habe dich geheiratet, weil ich dich liebte. Ich wollte dich zur Frau. Das will ich noch immer! Ich war schrecklich verzweifelt, als ich erfuhr, dass du fortgegangen bist. Angela, komm zu mir zurück."

„Ich bin gegangen, weil ich dachte, du könntest mich nicht länger ertragen." Sie blickte ihm in die Augen. „Und ich hätte nicht ständig mit deiner Verachtung leben können. Daniel, ich muss wissen, dass du verstehst, warum ich mich einst so und nicht anders verhalten habe."

Daniel griff nach ihrer Hand und führte sie direkt zum Bett. Sie setzten sich auf die ausgeblichene Decke. „Was du getan hast, war nicht falsch. Ungewöhnlich vielleicht, aber bestimmt nicht falsch. Für Ellie und mich war damals die Frau, die uns unseren Richy geschenkt hat, der absolut wunderbarste Mensch auf Erden."

Liebevoll strich er ihr über ihre Wange. „Warum ich so unverzeihlich reagiert habe, nachdem ich hörte, dass du diese Frau bist, weiß ich nicht. Wahrscheinlich war ich gekränkt, weil du mir nicht so viel Vertrauen und Liebe entgegengebracht hast, es mir zu sagen."

„Denkst du nicht schlecht von mir, weil ich mein Baby verkauft habe?"

„Ich habe schon nicht schlecht von dir gedacht, ehe ich dich kannte. Warum jetzt? Ich weiß, dass du es tatest, um Joeys Leben zu retten. Wenn ich vor dem gleichen Problem mit Richy stünde, würde ich sogar einen Pakt mit dem Teufel schließen."

„Das habe ich getan."

Daniel lächelte. „Nachdem ich das wahre Gesicht deines geschiedenen Mannes kennengelernt habe, glaube ich dir das aufs Wort."

„Fürchtest du nicht, er könnte noch Schwierigkeiten machen?"

„Nein. Dazu hat er viel zu viel Angst. Wir sind nicht die Einzigen, über die er sich den Kopf zerbrechen muss. Wenn er aber doch irgendwie zuschlagen sollte, kann mich das nicht erschüttern, solange ich dich und Richy an meiner Seite weiß." Er küsste ihre Fingerspitzen. „Du kommst heim mit mir, ja? Und dann verlässt du mich nie wieder, nein?"

„Möchtest du das?"

„Ach, Angela, das fragst du noch?"

Sie ließen sich aufs Bett zurückfallen, und ihre Lippen trafen sich in einem Kuss voller Zärtlichkeit und Verlangen. Daniels Zunge koste, tastete, drängte und weckte Angelas Begehren. Aber dies war nicht der richtige Zeitpunkt, den körperlichen Gelüsten nachzugeben. Angela war dankbar, dass Daniel das auch erkannte.

Sie schob ihn ein wenig zur Seite, setzte sich auf und schaute sich im Zimmer um. „Mein Gott, ist das hier deprimierend! Lass uns heimkehren."

Richy war entzückt, ein so dankbares Publikum zu haben.

Seine Eltern saßen im Wohnzimmer auf dem Teppich und applaudierten bei seinen übermütigen Turnübungen, die immer wilder wurden.

„Sie sollten ihn wohl lieber ins Bett bringen, ehe er noch aufgedrehter wird“, empfahl Mrs. Laani, die sich immer wieder heimlich eine Träne abwischen musste, seit Daniel und Angela plötzlich Arm in Arm durch die Vordertür hereinspaziert waren.

„Okay, großer Meister, die Autorität hat gesprochen.“ Richy strahlte, als sein Vater ihn auf seinen Schultern reiten ließ. Die kleinen Händchen krallten sich in das dichte blonde Haar. Angela legte den Arm um Daniels Hüften, und so gingen sie gemeinsam die Treppe hoch.

Richy wollte aber um keinen Preis ins Bett. Es war so gut wie unmöglich, den wild strampelnden Burschen in seinen Pyjama zu bekommen. „Pipi!“, rief er immer wieder eindringlich.

„Vielleicht ist es diesmal kein falscher Alarm“, meinte Angela. Daniel, der es kaum erwarten konnte, endlich mit ihr allein zu sein, machte ein skeptisches Gesicht, doch dann handelte er.

Er schnappte sich Richy, trug ihn ins Badezimmer und setzte ihn auf sein Töpfchen. Zur Verblüffung seiner Eltern folgte Richys Ankündigung wirklich die Tat. Ein paar Minuten später lag der Kleine in seinem Bettchen und schlief sofort völlig übermüdet ein.

„Haben wir nicht einen fabelhaften Sohn zustande gebracht?“, fragte Daniel.

„Ja, das haben wir.“ Angela lehnte sich an Daniel. Dann erzählte sie ihm stockend, wie Ronald ihr eingeredet hatte, er habe sie bei Richys Geburt unfruchtbar gemacht, und wie erleichtert sie nach dem so gefürchteten Besuch bei dem Arzt in

San Franzisco gewesen war. „Der Doktor hat mir glaubhaft versichert, dass wir noch viele Kinder bekommen können“, schloss sie.

„Dieser Lowery ist ein Schweinehund.“ Daniel küsste Angela auf die Stirn. „Wenn wir noch Kinder bekommen, werde ich sie alle lieb haben. Kriegen wir keine mehr, bin ich auch nicht traurig. Nächstes Jahr erreiche ich die Spitze der Weltrangliste. Dann kann ich mich in Würde vom Tennis zurückziehen. Ich habe einen wundervollen Sohn, und ich habe eine Frau, die ich mit jeder Faser meines Herzens liebe. Was will ich mehr?“

Sie gaben ihrem schlafenden Sohn noch einen zärtlichen Kuss auf die Stirn und verließen auf Zehenspitzen das Zimmer. Als sie im dunklen, leeren Flur standen, wurden beide plötzlich ungeheuer verlegen und nervös. Daniel schaute Angela voller Begehren an.

„Ich kann es wirklich kaum erwarten, dich in mein Bett zu bringen, aber ich weiß auch, dass du erst umworben werden willst.“

Angelas Augen leuchteten verräterisch. „Das war vor meiner Hochzeit.“

„Und jetzt?“

„Jetzt will ich mit meinem Ehemann schlafen.“

„Ich muss erst mal ins Bad.“

„Ich auch.“

„Dann nehme ich das Badezimmer unten. Eine Viertelstunde?“

Angela lächelte glücklich. Sie freute sich, dass Daniel sie allein ließ, während sie sich für ihn sorgfältig vorbereitete. „Oder weniger.“

Sie duschte, wusch sich das Haar und trocknete es rasch. Danach verteilte sie Bodylotion auf ihrer Haut und benutzte ein verführerisches Parfüm. Das durchscheinende Gewebe ihres Negligés unterstrich die Schönheit ihres nackten Körpers darunter. Angela setzte sich aufs Bett, lehnte sich in die Kissen und erwartete so ihren Mann.

Daniel hatte sich nur ein Frotteehandtuch um die Hüften geschlungen, das jeden Moment herunterzurutschen drohte. Er hielt Angelas Blick gefangen, während er auf das Bett zutrat. Das Handtuch fiel zu Boden. Angela betrachtete ihren Mann ohne Hemmungen.

„Das ist sehr hübsch“, lobte Daniel das neue Negligé. Sein Blick glitt zu ihren Brüsten. Durch den Stoff konnte er ihre dunklen Knospen erkennen.

„Danke.“

„Die Farbe steht dir sehr gut.“

„Ich werde es mir merken. Deine Farbe gefällt mir auch sehr gut.“

Daniel lächelte. „Ich muss etwas für meine Bräune tun. Sie ist während der vergangenen Woche ziemlich verblasst.“ Er beugte sich hinunter, schob einen Finger in Angelas Halsausschnitt und lugte hinein. „Deine Bräune lässt ebenfalls zu wünschen übrig.“

Die leichte Berührung seines Fingers ließ Angelas Atem schneller gehen. Ihre Brüste hoben und senkten sich gegen Daniels Hand, und in ihre Augen trat jener Blick, der sein Verlangen unbezähmbar machte.

„Angela ...“ Daniel streckte sich neben ihr aus – in entgegengesetzter Richtung – und legte den Kopf auf ihre Hüfte. „Ich liebe dich. Die Zeit ohne dich war ein Albtraum. Wir dürfen uns nie wieder trennen.“

„Nie wieder“, schwor Angela und kämmte mit den Fingern durch sein Haar.

Daniel schlug ihr Negligé auseinander und rieb seine Wange an ihrer weichen Haut. „Du duftest so gut.“ Er küsste ihren Nabel und ertastete ihn mit der Zunge. „Und hier hast du meinen Sohn getragen." Er strich mit den Lippen über ihren Bauch.

„Ja", flüsterte Angela und legte ihre Wange auf das raue Haar unterhalb seines Nabels, „Angela ..." Daniel griff sanft in Angelas seidigen Schopf und drückte ihren Kopf tiefer hinunter. Sein ganzer Körper erstarrte wie im Krampf, als er zuerst die zärtliche Berührung ihrer Lippen und dann die geschickten Bewegungen ihrer Zunge fühlte.

Das erregende Liebesspiel versetzte beide in den unbändigen Taumel des Verlangens. Daniel richtete sich auf, drehte sich um und spreizte langsam und liebevoll Angelas Beine. Er kniete sich vor sie und legte sanft ihre Schenkel über seine, schob die Hände unter ihre Hüften und hob sie vorsichtig an. Er wandte den Blick nicht von Angelas Gesicht ab, während er in sie glitt.

Vorsichtig führte er die Hände an ihrem Rücken bis zu ihrem Oberkörper hoch und brachte Angela in eine sitzende Position. Seine Lippen verschmolzen mit ihren. Er umfasste ihre Brüste und ließ dabei die Daumen leicht über die angeschwollenen Spitzen kreisen. Dann gab er Angelas Mund frei, neigte den Kopf und setzte die Liebkosung mit den Lippen und der Zunge fort.

Angelas Körper antwortete auf diese aufreizende Berührung mit immer heftiger werdenden Bewegungen, bis Daniel sich nicht länger zurückhalten konnte. Ohne sich von ihr zu lösen, legte er sie auf den Rücken. Noch einmal drang er tief in sie ein, und auf dem Höhepunkt ihrer Leidenschaft schenkte er ihr seine ganze Liebe.

Es dauerte lange, bis sie von ihrer Reise zu den Gipfeln des Glücks in die Wirklichkeit zurückkehrten.

„Angela, ich liebe dich." Daniel stützte sich über ihr auf und schaute unendlich liebevoll zu ihr hinunter.

„Ich liebe dich auch, Daniel. Vom ersten Augenblick an und unwiderruflich."

Die Schmerzen und Missverständnisse der Vergangenheit gab es plötzlich nicht mehr. Nur die Gegenwart zählte jetzt noch und die Gewissheit, dass eine wunderbare Zukunft vor ihnen lag.

– ENDE –

Pia Engström
Mittsommerglück
Band-Nr. 25294
7,95 € (D)
ISBN: 978-3-89941-479-0
464 Seiten

Alison Kent
Weiber on the Rocks
Band-Nr. 25295
7,95 € (D)
ISBN: 978-3-89941-480-6
400 Seiten

Carly Phillips
Dumm gelaufen, Darling
Band-Nr. 25293
7,95 € (D)
ISBN: 978-3-89941-478-3
320 Seiten

Tori Carrington
Adonis auf Abwegen
Band-Nr. 25285
7,95 € (D)
ISBN: 978-3-89941-466-0
368 Seiten

Susan Mallery
Suche: Köchin
Biete: Liebe
Band-Nr. 95005
7,95 € (D)
ISBN: 978-3-89941-369-4
400 Seiten

Susan Mallery
Habe Mutter, brauche Vater
Band-Nr. 25268
7,95 € (D)
ISBN: 978-3-89941-436-3
400 Seiten

Sandra Brown
Das verbotene Glück
Band-Nr. 25190
6,95 € (D)
ISBN: 978-3-89941-283-3
336 Seiten

Sandra Brown
Nur wer Liebe lebt
Band-Nr. 25154
6,95 € (D)
ISBN: 978-3-89941-193-5
304 Seiten